有爱的青春陪伴者

乌龙对白

禾灼 · 著

贵州出版集团
贵州人民出版社

图书在版编目（ＣＩＰ）数据

乌龙对白 / 禾灼著. — 贵阳 : 贵州人民出版社,
2023.11
　　ISBN 978-7-221-17740-7

　　Ⅰ. ①乌… Ⅱ. ①禾… Ⅲ. ①长篇小说 – 中国 – 当代
Ⅳ. ①I247.5

中国国家版本馆CIP数据核字(2023)第135927号

乌龙对白
WULONG DUIBAI

禾灼 / 著

出 版 人：朱文迅
责任编辑：李　康
特约编辑：年　年
装帧设计：刘　艳　唐卉婷
封面绘制：可乐喝手

出版发行：贵州出版集团　贵州人民出版社
地　　址：贵阳市观山湖区长岭北路贵阳国际会议展览中心D区D1栋
印　　刷：长沙鸿发印务实业有限公司
版　　次：2023年11月第1版
印　　次：2023年11月第1次印刷
开　　本：880毫米×1230毫米　1/32
印　　张：11
字　　数：376千字
书　　号：ISBN 978-7-221-17740-7
定　　价：42.80元

贵州人民出版社微信

目 录

目 录

/第 1 章/

一百八

"没那少爷命，一身少爷病，穷讲究。"

沈仟怀早上六点就起来干活，当免费劳动力忙到中午稍微歇了一会儿，结果就听到句这个。

他没忍住回了句嘴，还落得一通数落。

沈仟怀站在码头塑料棚底下，双手环胸靠着一摞水产箱。

盛夏暴雨后，码头的工人已经陆续开始上工，白色泡沫箱上印着"广仔水产"的红字，空气中翻腾着一股难闻的鱼腥味。

一个红毛青年拉船靠岸，刚忙里偷闲咬上支烟，抬头就看见人往回走了，忙跟上几步："仟哥，这就走了？"

沈仟怀回身朝他挥下手，微蹙起眉："走了，闻不了这鱼腥味儿，待会儿你来店里找我。"

他来这地方快有十年了，还是闻不了这味道。

身后老街电线私拉乱拽，各家小本经营撑着红伞。沈仟怀离了码头，手插在兜里慢悠悠往回晃着，从这些乱中有序的小破店里找见自家那小破牛杂店进去。

不对，是他舅妈家的。

店门口几个不穿鞋的小孩儿踩着水洼满地跑，他台阶上到一半，沉默了几秒，转头去了另一家小破发廊。

半下午的时间，光这一条街就五个发廊，没生意也是正常。

沈仟怀走过去，店里雇的帮工抬头看他一眼，又继续顶着一头靓丽的"洗剪吹"蹲门口嚼槟榔。

"仟哥，怎么在这儿啊？我刚去牛杂店找你了。"红毛把身上穿的那马甲随手挂到门口，大大咧咧地往里进。

沈仟怀坐在椅子上，手枕在脑后，也不看是谁："躲清净，一般没人来。"在那牛杂店累死累活也不落句好，不如在这儿守株待兔，赚个零花钱。

"也是，这条街啥也不开尽开发廊了，剪个头十块钱都没人来。"红毛说得起劲，唾沫横飞，连带着揭露他的奸商行径，"你上回不是剪个头就收人家八十嘛。"

闻言，沈奸商没良心地勾了下唇："有些外地来的，一看就是一副'人傻钱多'样儿，不宰他宰谁。"

话音未落，外面接着一阵行李箱拖拽的声音，轮子声音略大，想听不见都难。

沈奸商和红毛侧头往门口看，嘴角那点恶劣的笑意还未消散，就听见来人问："这里，给洗头发吗？"

一个穿着连衣裙的少女站在门口，背着把琴，拖着个大箱子，轮子好像还缺了一个。

从上到下，一身名牌儿。

啧！

门口嚼槟榔的帮工不知道上哪儿嚼了，红毛胳膊肘碰沈仟怀一下："仟哥，来活儿了。"

沈仟怀不紧不慢地站起来，看着红毛笑了下："这位，也是八十。"

邢芸拖着行李箱，乌黑柔顺的头发散在肩头，上面落着一些不好弄掉的碎金纸片。

狼狈，又恰在这暴雨后潮湿的傍晚，带着点破碎的美感。

"进来吧。"他下巴往旁边一点，"那边躺下，我去拿条毛巾。"

门口要上几个台阶才能进店，她拎着箱子有些费力，沈仟怀想着人家一个小姑娘，就上手顺便帮一把，结果这箱子沉得让他差点没扶住。

他侧头瞧她一眼，眼神不言而喻：这位同学，你箱子里该不会放的金砖吧，这么沉？

"箱子有点重，谢谢。"邢芸卸下背着的琴，冲他不好意思地点头。

她去过各种各样的发廊，但还是第一次来这种……从地段到装潢都像上个世纪画报里遗留下来的。

沈仟怀穿了件黑 T，挺简单的款式，松松垮垮地套在身上，头发稍长，正到眉睫。

接下来整个吹洗的过程很简单，全程他都没说话。

邢芸盯着镜子走神，镜子里男生松松抓着把她的头发，黑发间若隐若现的那只手骨节清晰，修长好看，直到耳边吹风机的声音一停，他把东西搁下，清了清嗓子说："帮你加了个护理，和洗头一共一百八。"

邢芸侧头看他，算不明白："一百八？我好像没要护理。"

这莫非就是，明明可以直接抢，却偏偏要帮你洗个头？

沈仟怀两手插兜，说得气定神闲："你这头发上弄的都是碎金纸片，情况跟别人也不一样啊，妹妹。"

门开着，巷子里有风吹进来还挺凉快，他闲闲撂下这么一句，邢芸也不好再说什么了。

她刚要扫墙上的二维码付钱，跟前的人就掏出手机，递了过来，并惜字如金地说了句："扫这个。"

这店里就他一个，后面那红毛躺在沙发上打游戏，闻言抬头瞅了眼，也没吭声。

眼神无意交汇上的一瞬，邢芸顿时觉得自己是进了家黑店。

电视上花季少女出事的新闻在她脑海中闪过，令她起身的动作和付钱的速度一样快，仿佛慢了几秒就会被扣下似的。

邢芸背上琴，拎上行李箱，全程愣是头都不敢回，一步未停地走到了住的地方。

铜钱镇 109 号。

上次来还是五年前，这几年里铜钱镇虽然陆续翻新过，但风吹雨淋上大半年，骑楼角落已经长满青苔，瞧着尽是岁月的痕迹。

邢芸拿钥匙开门进屋，坐在沙发上歇了会儿。天气热，她双颊有些泛红，开了窗随手抓来个本子扇风，目光无意落在前面一把吉他上，是陌生的，一把她没见过的吉他。

她盯着看了一会儿，才后知后觉地反应过来这屋子收拾得很整洁。这么久没人来，应该落灰了才对，但四处都干干净净的，一尘不染。

邢芸过去拿起那把吉他上下打量，她识货，这牌子好贵的。

吉他侧面靠下的地方刻着一串拼音，读起来像是个人名。

她指尖落在上面，不自觉地念出来。

"沈——仟——怀。"

"什么？我真没听见。"

沈仟怀一只手拿着手机，另一只手拎着个小卖部的袋子，里面放着几罐可乐。

电话那边的人说："仟怀，你弟弟生病了，挺严重的，你看你愿不愿意回来……"

后面几个字像是消了音，他还是没听清，但懒得再问，半猜着接话，散漫得不行："愿意啊。"

他爽快地答应一句愿意，倒是让那边的人蒙了，半晌才说："你真的……愿意回家来吗？"

这回他听清了。

声音诚恳又动人，一句回家，似乎让人没法拒绝。

"那小孩儿也就只比神仙过得差一点吧儿，怎么还成天病恹恹的。"沈仟怀慢悠悠走着，无所谓道，"我耳朵不太行你又不是不知道，我刚还以为你叫我回去继承家产，我正想这好事怎么落我头上了。"

只可惜，幻想破灭得有点快。

沈仟怀走到楼前习惯性往上瞧了一眼，二楼窗户开了一扇，很是明显。

他眉心微蹙，耐心已然殆尽，冲电话里的人说："我很忙的大姐，没别的事就先挂了。"

他没心思关心那只有一半血缘的弟弟病没病，倒是想看看这什么贼敢摸到他家里，遇上他算那个贼倒八辈子霉。

那边金银窝里十指不沾阳春水的沈女士说："你一个学生成天忙什么？不是已经放暑假了吗？"

沈仟怀不清楚她是真不知道还是假不知道，也是被问得没脾气了："您流落民间的亲儿子，我，闲暇时间给舅妈一家免费打杂，累得腰都要断了还落得一通数落，您要是真的心疼我，只管往我卡里打钱就成了。"

说话间他已经上了二楼，末了，还是他先结束："挂了，需要继承家产的话记得叫我。"

没等那头说话他便随手摁了挂断，顺势把手机往兜里一揣，周围瞬间静下来，依稀能听见外面树上的虫鸣声。

门外插了几根干掉的艾叶，铁门老旧，锈迹斑斑。

他看着这扇门，想到刚刚电话里的乌龙，自嘲地低头笑了声。

沈仟怀啊沈仟怀，大白天做什么《公主小妹》的春秋大梦。

这儿，才是你的"家"。

邢芸正拿着那把吉他看，忽然门锁转动，钥匙的开门声不急不慢，像是故意给她提个醒。

她还没来得及做出反应，视线就猝不及防地跟来人撞上。

屋子里的光溢出去，在门口照出小片光亮，半明半暗中，他左手拎着塑料袋，里面放着几罐可乐，右手她没看错的话，那是拖着一根实打实的……

棒球棍。

沈仟怀瞧见她也是一怔，这不下午那"人傻钱多"吗，怎么还上他家里来了。

邢芸抱着吉他，一时忘了放，这诡异的画面像是他干架赶错了场子。

空气安静几秒后，她眼神逐渐变得警惕："你怎么会有我家的钥匙？"

出门在外，忽然闯进来一个青年男性，还是下午收她一百八的黑心托尼。

说不怕是假的。

她嗓音里露了怯，那点软音听着接近于哭腔。

在别人眼里跟张白纸似的，什么都藏不住。

他惯性尾音上扬，散漫疏懒："谁家？"

尽管语气很轻，但对上她视线那一瞬，他还是破天荒地反思了一下，这话问得不过分吧。

"我家。"邢芸点头，说得笃定。

屋子里陈设大多没变，还是过去的老式钟表、老式电视，旁边墙上还有她小时候的稚嫩涂鸦。

沈仟怀随手把棒球棍靠墙放，以免把这外地来的大小姐吓着，觉得当地民风太过于彪悍。

他带上门，拎着可乐往屋里走："我在这儿住了两年多了，你说这是你家？"

少年语调懒懒散散的，这半死不活的调调总让人觉着有那么点威胁她的意思。

她眼看着说不清楚，有些着急："这是我妈妈的房子。"

话音落下，沈仟怀抬眸瞧了她一眼。

"你妈是……原屋主?"他随口一提,自顾自开了罐可乐,汽水发出"呲"的声响,"三年前她就把这儿卖给我们了,她住旁边。"

他舅妈图便宜把这儿买下来的,说下面那层留着以后开牛杂二店也不吃亏,但也就光嘴上说,这么久了二店一直没提上日程。

沈仟怀见她不说话,不知道她是走神了还是太惊讶了,还是别的什么。

纵然他下午刚黑了她一百八,这会儿却难得想要自证清白:"你要是不信,自己打电话问。"

他平时顶多也就在理发店坑人个十块百块的,非法入室的勾当,他不干。

邢芸放下吉他,拿出手机给老妈打电话,接连打了三次,都是无法接听。

她情绪不高,再侧头看一眼大大咧咧坐在沙发上喝可乐的人,他说的是真是假她不清楚,但硬耗下去,吃亏的总不会是他。

邢芸在心底无声地叹了口气,重新背上自己那把小提琴。

"哎。"沈仟怀看她要走,开口叫住了她,"有地方住吗?"

她半侧过身,摇了摇头。

他又问:"有钱吗?"

邢芸没吭声,手抓着包带,倒是看他的眼神越发警惕。

夜晚,小镇,黑店托尼问她有钱吗。

这不正是犯罪片里的经典开端。

"别误会,不抢你。"沈仟怀短促笑了一声,靠墙站着没个正形,"这儿借你住两天,不白住,给钱就成。"

她还是那个姿势,没说好,也没说不好,但就差把"我不信"三个字写脸上了。

这是沈仟怀第一次后悔坑了她一百八。

人与人的信任,已经在那小破发廊里彻底崩塌了。

邢芸看着男生朝自己这边走。这个年纪的男生身高腿长,肩膀宽阔,身形是少年人独有的清瘦,但她还是忘不掉他进门时候,手里得心应手地拖着那根——棒球棍。

沈仟怀自然不知道她此刻在想些什么,在距离她一米处的木柜前停下,随手拉开个抽屉,从里面翻了些现金出来。

这一天发生的事情过于魔幻,等她反应过来的时候屋里已经只剩下她,手里是一把他塞过来的零钱。

总共一百七。

他走时还撂下句话——

"洗头十块。"

邢芸对这块地方不熟,虽然是林女士的房子,但她来过的次数屈指可数。

至于老妈什么时候把它卖了,她不知道。

她试着又打了一次电话,这次通了。

邢芸看了眼屏幕,又放回到耳边:"妈,我到铜钱镇了。"

"不是说了不让你来嘛。你爸也真是,你说什么就是什么,你不懂事你爸也……"林女士唠叨一半,想到她大老远来,也不忍再说,"算了算了,来都来了,你现在在哪儿,妈去接你。"

邢芸背着琴还未放下,过去拿上行李道:"在 109 号。"

"……"

前后不到十分钟,林女士就接邢芸回了家,铜钱镇 112 号,只跟这 109 隔了两户。

林女士帮她接过琴,没等她问,就边上楼边絮叨着:"109 号我前几年卖出去了,换到这边,这户有个小阳台,咱们原来的没有。"

邢芸低低"哦"了一声。

109 号,是真的卖出去了。

"卖给了巷口开牛杂店的那家人,现在好像是她家侄子还是谁住在里面。"林女士回头说,"你爸真给你把学籍都转过来了?"

邢芸:"不好转,是借读,到时候高考我再回去。"

她说话声音夹杂在行李箱轮子和台阶的磕碰声里,在"咔"的一声脆响之后,轮子又成功掉了一个。

得,这箱子,就算是光荣牺牲了。

林女士跟她老爸的关系说起来有点复杂,离婚了,但双方都没再找,相比之下,她老爸那边的经济情况更好一点,于是当年林女士自动放弃了抚养权。

是为她好,邢芸明白的。

这些年没有故事里的恶毒后妈摧残,每年寒暑假林女士也都会坐飞机去找她,跟她一起住上十天半个月。

只是她太久没来，不知道林女士已经换了房子。

她洗完澡拿毛巾擦着头发，去了东边的小阳台。月光下衬得她肤色瓷白，额角冒出来的碎发乌黑柔软。

这阳台被打理得井井有条，还放了整排的绿植，从她这个角度看，差不多能看完整条小巷。

前面不远处亮着灯的是家牛杂店。

而且隔着距离听上去……

很像是在吵架。

"我们店在巷子口开了二十年，谁会闲着没事往你碗里放东西，你吃坏了指不定是吃了别的，可别来讹人！"

"谁讹你们了，我儿子今天就吃了你们家牛杂……"

"……"

"吵死了。"在后面躺椅上睡觉的少年不耐烦地蹙了下眉，睁眼就看见店里多了乌泱泱一群人。

正经唾沫横飞吵架的只有两个，其余都是看热闹的，随便一点破事能掰扯一晚上。

沈仟怀胳膊支在桌沿，偏头往火线上看了两眼，论吵架，没人吵得过他舅妈。

听着含"妈"量超标的脏话，他醒了会儿神，起身从冰柜里拿了瓶汽水，心想他这耳朵在这种时候怎么就不能暂时失灵。

他没上去打扰，拿着这瓶汽水出去了。

这地方热，也就雨后和晚上还能勉强见点凉风。

邢芸在阳台上见牛杂店门口走出来一个人，他穿黑T、运动长裤，手里拿了瓶橘子汽水。

她没看见脸，就认出那是他。

或者说，是记得这身衣服。

邢芸看着他往这边走，手下百无聊赖地拨着盆栽里的鹅卵石，不小心碰掉了一个。

石子儿从二楼掉下去，不偏不倚砸在他脚边，还不死心地多滚了几圈。

沈仟怀抬头，第一眼看见的是她，第二眼，才是天上的月亮。

邢芸的头发湿着，依稀往下滴水，可能刚洗过澡，脸上还有未散去的红晕，整个人看着毫无攻击性。

"抱歉。"她两手搭在围栏上，看着下面的人说，"今天误会你了，这里才是我家。"

不是别人拿着她家的钥匙，而是她拿着别人家的钥匙。

这把钥匙早就不该在她这儿了。

沈仟怀郁闷地揉了下耳朵，又听不见了。

短暂耳鸣后，他倏然听见她开口："我改天把钥匙还给你吧。"

一把钥匙而已，他根本没放在心上："放着吧，等我哪天忘了带钥匙再找你要。"

他的声音很好听，松松散散的，这会儿还带着那么点倦意。

身后林女士过来收衣服，忽然想起来问："芸芸啊，你吃晚饭了没，要不我再给你做点？"

邢芸摇摇头说："不用了，妈，我下去吃碗粉。"

这条巷子都还营业，她刚才看见下面有家粉面店。

前后一句话的工夫，等林女士收上衣服回去，她再扒着围栏往下看，那人已经走了。

邢芸把头发吹干，披上件衬衫下楼去解决晚饭，出去走到一半，忽然想起林女士说起的那家牛杂店。

她过去时可能店里刚吵完架，桌子上只剩没来得及收的碗筷，看不见人。

"我在码头上货一天二百，每天晚上都累得腰疼，仟哥整天在这牛杂店帮忙，工作量可不比码头小，没工钱也就算了还得被骂，憋屈死了。"红毛嘴里叼着根烟，手里拿着一摞红钞边走边为他们仟哥抱不平。

同行的人搭腔："这也就是他舅妈的店，要是别人的他肯定不干。"

毕竟这些年沈仟怀吃住都是他舅妈出，估计心里多少有点过意不去。

"哎，仟哥实惨，这说穿了不就是寄人篱下嘛。"红毛痛心疾首地叹了口气，抬头就看见店里多了个妹妹，仔细一看，还是下午刚见过的。

村没碗大，用仟哥的话说就是路边跑条狗他都知道是谁家的，忽然多个生面孔，想不注意也难。

红毛嚼着口香糖，要笑不笑地朝她吹了声口哨："哟，妹妹。"

这打招呼的方式过于"热情"，邢芸本能地就往后退了一小步。

旁边楼梯上人似是没忍住笑，噗出声鼻音。

邢芸抬头往上看，见那人胳膊搭在栏杆上，微弓着肩看向下面。

他嘴角轻扬，浑身透着股坏劲儿。

红毛像个地痞似的，挑了下眉："仟哥，这哪家的妹妹。"

"行了啊，把你那流氓做派收敛点。"沈仟怀视线从她身上移开，嘴角勾着抹笑，"要不然还让人以为这是家黑店。"

邢芸只是一时兴起进来看看，现在弄得她站在原地，进退两难。

沈仟怀走下最后一级台阶，但仍比她高出一截，他右手搭在实木扶手上，随口扯了个由头说："打烊了，想吃明天来。"

跟前的姑娘仿佛得了特赦，匆忙一点头："那我下次再来。"

等人走了，红毛好奇得紧，眼巴巴看向门口的方向说："仟哥，认识？"

看着她那抹纤瘦背影消失在浓稠夜色中，沈仟怀收回视线，迈开长腿往外走，懒洋洋地丢下一句："不认识。"

就是单纯觉得她挺逗的。

说她傻吧，她还挺记仇，估计那一百八她得在心里记上好长一段时间。

又傻又精。

红毛跟着他出去，侧头看了下他的脸色。他轻抿着唇，隐约还带着笑，让人看不出在想什么。

红毛小心试探着问："仟哥，我刚刚在店里说的话你都听见了？我其实不是那个意思……"

"哪句啊？我这耳朵最近又时好时坏，估计没听见。"沈仟怀半开玩笑地回他句，"你该不会说我坏话了吧。"

红毛笑着挠了挠头："没有，没有，仟哥。"

沈仟怀看着巷子两边昏黄的灯笼，有那么一瞬的走神。刚才他在二楼其实都听见了。

不就是寄人篱下嘛，红毛又没说错。

邢芸在112号住了几天，有事没事就会去阳台转转，视野很好，怪不得林女士会喜欢。

她简单浇了浇花，无聊地看下面的人。

在午后安静的巷子里，少年在一根柱子旁打电话，一边打还一边时不时对着那根柱子笑一下："行啊，钱到位怎么都好说。"

尽管她不想承认，但这个托尼，是她见过的最帅的。

他穿了件条纹衬衫，头发未经打理，就那么随意垂在额前，干净清爽，不像发廊里那个"洗剪吹"弄得那么夸张。

不知道他还上不上学，如果还上学的话，在学校得收割一众迷妹。

一通电话三五分钟，他打完就走了，看方向是去了发廊。

他前脚刚走，后面小路就出来四五个人，各个肩膀上文龙画虎，一看就是不好惹的狠角色。

她隐约听见其中有人说："那小子是吧，巷口牛杂店的？"

"我记住了，没他好果子吃。"

"……"

邢芸听见了，也只当没听见，她并不想掺和进这场"非主流"的争斗中。

况且孰是孰非她也不清楚，听听就算。

她进屋还没看完一集电视，外面就响起了救护车的鸣笛声。

邢芸正准备换台，忽然想到了什么，抓着遥控器的手跟着一紧。

方才在阳台看到的画面不自觉地浮现在脑海。

画面的开头是她隐约听那几个文身大哥要找那人的麻烦，画面的末尾是在 109 号，他塞了把零钱，把多收的一百七退给了她。

他这个人顶多是有点贪财，但不至于连心肝都是坏的。

她不过是在阳台多看了几眼，这声声鸣笛仿佛成了对她的审判。

往严重了说，她算是袖手旁观的罪人。

邢芸听着那阵鸣笛声渐行渐远，手心已经轻微出汗。

她坐不住，匆匆跑下楼去看，刚才听声音判断，救护车应该是往前去了。

邢芸往那个方向没走几步，就看见那人靠着根电线杆，手里拨着手机，不知道在干什么。

她的影子投射在地上，一部分和他的交融。

他从上到下，看不出任何伤痕，如果硬要算的话，他手腕侧面贴了个创可贴。

是卡通的。

还是很火的艾莎公主。

沈仟怀看着地上的人影，缓缓抬眸。

她目光跟他对上一瞬，又很快移开。除了这个离谱的创可贴外，他整个人的精神面貌好得不能再好了。

沈仟怀抱着胳膊，闲闲地站在那儿："找我？"

尽管他也没干什么太讨人厌的事,但总让人觉得贱兮兮的。

邢芸看了眼他,又指了下路口方向:"我刚刚看见过去一辆救护车。"

他还是刚才那姿势,下巴朝那头一点,慢悠悠说:"是后面的刘大妈,哮喘,好几年了。"

邢芸松了口气,还好不是什么暴力斗殴。

但她在阳台不清不楚听的那两句话,越想越让人不安。

沈仟怀见她欲言又止的模样,明显是憋着事儿,又问了声:"怎么?"

她不知道该不该说,想了想还是说了。把该说的说完,他要是真的被打,也不怪她。

反正她提前告诉他了,不算见死不救。

"我下午在阳台上,看见你在这儿接了通电话,你走了没多久,就有一伙人说他记住你了……"

邢芸当时就没听清,现在也说不出一句确定的证词,她沉默了一瞬开口道:"也可能是我听错了。"

后面有风吹动他的衬衫,更显得他身材高瘦,轮廓分明。

沈仟怀吊儿郎当地笑了一下,说:"你这搭讪方式挺特别啊,这就担心上了?"

邢芸目光从他脸上移走,真是好心当成驴肝肺,谁要搭讪他。

他倚着的那根电线杆,正是他今天打电话时那根,当时他看着电线杆笑了一下,冲电话里的人说"行啊,钱到位怎么都好说"。

她此刻看着电线杆上的小广告,表情有一瞬变得复杂,再转头看向他,故意说:"你这赚钱方式,也挺特别。"

邢芸说完就转身走了,只剩下他站在原地不明所以。

沈仟怀怀疑是不是自己这耳朵又漏听了什么,他怎么没明白。

他微拧着眉看向旁边的电线杆,上面贴着张小广告,标红的大字写着:

重金求子

激情热线:186×××××××

沈仟怀今天罕见地没去牛杂店帮忙,反正费心费力在舅妈眼里也是偷懒,不如他直接称病,"摆烂"到底,借此休息两天。

红毛拎着几瓶啤酒上来,在门口就开喊:"仟哥,没事儿吧,仟哥。"

沈仟怀过去给他开了门,话还没说倒是先闻到他身上那股鱼腥味儿。

"衣服换了再进来。"说他少爷病就少爷病吧，他是真闻不了这味道。

沈仟怀看着红毛把外面那马甲脱了才让开门口，侧身让红毛进："早上不是告诉你了？我是装病。"

"不是，你的手没事吧？"红毛把啤酒往边一放，目光往他手上看。

红毛早上在码头跟沈仟怀闲聊两句，旁边车上有个箱子没放稳，沈仟怀就是那个唯一的倒霉蛋。

不过还好只是个空箱，里面没东西。

当时码头人很多，有人着急叫红毛搬货，他从包里翻了个创可贴扔给沈仟怀，没顾上问就匆匆忙忙走了。

"没事。"沈仟怀低头扫过一眼，手腕侧面是一个艾莎公主的创可贴。

他上手把它撕了，表情略嫌弃："你这什么创可贴，'娘'死了。"

红毛没领悟到他的点，还纳闷儿说："卡通的也能用啊。"

"没说不能用。"沈仟怀把撕下来的创可贴扔进垃圾桶，抬眸睨他一眼，"那你就不能买个奥特曼的？"

这又是重金求子又是艾莎公主的，他还做不做人了。

"之前怎么没发现你这么臭屁。"红毛一边笑一边从包里翻，还真给翻出来了，"给，奥特曼的。"

红毛包里还剩下好多，干脆一股脑都给他："还有海绵宝宝、派大星，想要什么都有。"

沈仟怀想说不用，但刚才没撕好，手腕那处破口又出血了，他伸手从红毛手里拿了一个："这东西买这么多干什么。"

"搬货虽然都戴手套，但难免磕磕碰碰，还是多带着好。"红毛把剩下的给他整到一堆，"这些给你留着吧，我家里还有。"

"不用。"他重新贴好，放下手说，"用不惯卡通的。"

红毛视线看过去，这回换成奥特曼了。

这不用得挺惯的嘛。

虽然他说不要，但红毛自作主张打开抽屉，给他都扔进去了。

这些零散的卡通创可贴下面，是一摞明黄色的奖状。

都是沈仟怀上学这些年的证明。

他成绩算不上顶尖的好，但在红毛眼里，已经是这一片儿属于优秀的了。

沈仟怀在沙发上坐下，拿遥控器把空调温度调得更低了些。

红毛合上抽屉，犹豫了半天才说："要不这个暑假就别去店里帮忙了，我早不上学了，可你不一样。"

沈仟怀随口应着，满不在意："我怎么不一样。"

红毛不爱念书，很早就辍学了，但沈仟怀从小就是这群人里学习好的，红毛也一直认为，以后他们仟哥能考上大学，是能走出这里的人。

单凭沈仟怀身上那股要强的韧劲儿，就说明他不属于这个被人遗忘的码头小镇。

他该走到更大更远的地方。

红毛看着他说："你能考上大学。"

这人难得正经，严肃到他还有点不适应，沈仟怀沉默了一瞬道："没说不考。"

他七岁到这个码头，就再没出去过，咸咸的海风磨光了人们的斗志，这儿大部人都很悠闲，吃饱喝足，不求其他。

但他又总想着出去，离开这儿，似是对当年沈女士把他像累赘一样丢在这儿的无声反抗。

除此之外有件事，红毛是真想不通："你妈不是过得挺好的吗？就真不给你打钱？"

"以前打过，我没要。"沈仟怀手上把玩着一个小玩意儿，嗓音倦淡透着股懒，"我拒绝了几次之后，人就真不打了。"

他以前怎么跟钱过不去。

他自己都纳闷儿。

手机"叮咚"一声，是条转账信息。

转账人：金银窝里的沈女士

沈女士倒是不小气，给沈仟怀转了两笔钱，总共十万。

他刚看到这两条短信，老妈的电话就打了过来。

十万块钱，接一个电话。

这买卖值。

沈仟怀点了接听，但没说话，手枕在脑后靠着沙发背，在等着她先开口。

之前沈女士的电话他都是爱接不接的态度，这回算是接得快的。

有钱能使鬼推磨，这道理放他身上最好使不过，没准儿还能推得比鬼再快点。

沈女士说："等过段时间你弟弟的情况好一些，我去看看你。"

从前这么多年，沈女士从没来看过他一次，就连嘴上说说的都没有，今天也不知道是怎么了。

沈仟怀听了这句话，内心没有任何期待，甚至还有点烦，语气又冷又硬地撂下两个字："随便。"

就算是送给人养的猫狗，平时有空也会来看看吧，但他老妈显然没这么做。

"现在你长大了，如果用钱多的话你跟我说就行，妈会给你的。"沈女士迟疑两秒，还是说，"以前是我错了。妈现在是想，接你到这边来，跟你弟弟好好相处，咱们毕竟是一家人。"

沈仟怀不咸不淡地应了一声。他答应是绝不会答应的，就是别扭，就是逆反。在长久的沉默过后，他答非所问地回了句："谢谢你的钱。"

沈女士没吭声，他便默认点了挂断，随手丢在一边。

这通总共十七秒的电话，让他心口涌起一种无名的烦躁。

也不知道在烦些什么，就是烦。

他随手拿起桌子上的杯子喝了一口水，红毛在旁边看着也不知道该说什么。

在这烦闷燥热的午后，聒噪的蝉鸣里，忽然传来一阵悠扬琴声。

邢芸坐在阳台对着琴谱练琴，她倒是没勤奋到这个地步，就是一个人无聊，闷得慌。

练练琴还能解闷。

这铜钱镇位于祖国南端的一个小岛上，小到地图上很难找到，天气热得人根本静不下心，一支曲子能错上好几个音。

林女士端了盘芒果过来，小声提醒邢芸："你晚点再练琴，这个点扰了人睡觉，人会找上门说的。下午天凉了你也出去转转，这镇上你这么大的孩子很多，都能聊到一块去，多出去走走，交个朋友平时也不闷得慌。"

"好，晚点练。"邢芸放下琴，接过林女士递来的芒果，盘子摸着触感冰凉，应该是刚从冰箱里拿出来切的。

她叉了一块芒果吃，想着林女士说的话。

她在这儿人生地不熟的，上哪儿去跟人交朋友。

在这儿见过最多的人就是那个发廊的托尼。

说这人好吧，又说不上哪儿好。

说他坏吧，他偏偏又主动退了她一百七。

邢芸吃完芒果，捧着手机和她的好闺蜜聊天。

她的好闺蜜，一个花季、妙龄的"当糊"艺人。

草字头：好无聊，在这小岛我连个能说话的人都找不着。

当糊艺人：那就出去玩呗，那边风景不是非常棒吗？

草字头：外面 35℃，你认真的？

邢芸每有出去的打算，只需要看见那太阳，这念头就瞬间失踪了。

当糊艺人：反正闲着也是闲着，要不你晚上出去转转，之前不是说那边有个糖水铺吗？你晚上去看看，说不定能交上几个朋友，然后再来个海边夜游，多浪漫。

草字头：谢谢您嘞。

邢芸把手机一扣，这家伙越说越离谱，什么海边夜游，都是虚的。

大海是真大海，但海边甚至很少见人，只有码头上货的工人和充满腥味的渔船。

她真的很难想象在这种地方能有什么浪漫的邂逅。

邢芸最终得出几个字——无稽之谈。

话虽如此，她晚上还是去了那家徐记糖水铺，地方很偏，修在地下，向下的楼梯窄得只能容下一个人。

黑漆漆的过道，"吱呀吱呀"的木梯。

这地方修得真的很"阴间"。

邢芸一咬牙走下去，推开那扇门后竟是别有洞天。

糖水铺里安静的音乐传出，暗黄色的灯光投射在脚底，墙上贴着上个世纪的港星画报，装修看上去还很不错。

邢芸进去点了杯绿豆汽水，找到个角落位置坐下。她目光随意扫过这家小店，前面有个红毛拎了几瓶喝的，往二楼去了。

这红毛看着还挺眼熟，像在牛杂店冲她吹口哨那个。

店里服务生端了东西上来轻放在她桌上，是个小巧的玻璃杯："您的绿豆汽水，还要什么吗？"

"要个小吃拼盘吧，谢谢。"她朝前面的目录单随手一指。

等服务生走后，这里又成她一个人的小角落了。

这糖水铺放的都是粤语歌，她听不懂，也就听个感觉，平时没事坐在这儿喝瓶汽水也挺惬意的。

一首完，音乐声也跟着停了。

邢芸抬头去看，看见一个熟悉的身影拿了把吉他走上台，动作娴熟地调整话筒高度。

昏暗的灯从他身后照过来，给他的轮廓描上一圈细细的光，完全就是个高高瘦瘦的少年模样。

他调好话筒高度，抱着吉他坐在高脚凳上，一条腿微屈着，踩着下面的横杠。

这种不明了的光线模糊了这屋子里的一切，自然没人注意到她所在的角落。

沈仟怀在台上唱的是首民谣，民谣忧伤的调调被他那把嗓子唱出了九分，自由洒脱，像是在唱他自己。

邢芸咬着吸管，轻叹了声。她开学才高二，这个年纪的男生假期要么约朋友打球出去玩，要么被家里人报了补课班去上课，这么努力逮着机会就赚钱的，还真不多。

可能他也有他不得已的苦衷。

在"圣母心"难得泛滥的瞬间，那一百八的初衷好像也变得情有可原。

他唱了三首歌下台，店里的老板过去给他塞了二百块钱，从她这个角度正能看得清楚。

店老板也是个年轻人，理了个寸头，简单干练，他看着沈仟怀说："唱得不错，不打算发展发展当歌手？现在选秀节目那么多，说不定就选上了。"

"我这两下子也就糊弄糊弄外行的，当歌手，没戏。"沈仟怀拿着那二百块钱，不是他谦虚，恰恰相反，他这话说得特实诚。

真就是糊弄一下外行，要是坐一个懂行的在这儿，一下子就暴露了。

店老板笑了两声问他："明天还来吗？"

沈仟怀看了眼手中的毛爷爷，他今天找这份工作其实就是为了多赚点钱，但没想到沈女士那人财大气粗，随手就是十万，他现在倒也不缺钱。

算是天上掉馅饼，这不，砸中他了。

沈仟怀若有似无地笑了下："今天这二百我收了，明天来，算是免费。"

邢芸见他和老板简单聊了两句后各自分别，他拿着吉他过去，过了会儿又空手回来。

他从前面路过时余光瞥见一方角落，偏头看过来，真的是她。

沈仟怀抱着胳膊，宽松的衬衫随意向两边敞着，里面是件白T，他朝这边叫了她一声："喂。"

主要还是地方小，别说是人，就连后面大婶家养的狗，他一天都不只见上两回。

隔着张桌子，邢芸看见他手腕处的创可贴换了，艾莎公主换成了奥特曼。

她咬着吸管随口问了句："你的手怎么了？"

沈仟怀看见她张嘴说话了，但没听见声儿，他伸手指了指自己的耳朵，示意她再说一遍。

他指得潦草，说是耳朵也行，说成侧脸，好像也没毛病。

邢芸没看懂，他那散漫的表情更像是在说："来，往这儿亲。"

她咬吸管的动作一松，看他的眼神又多了些莫名的嫌弃："你变态啊。"

这句他听到了。

沈仟怀也是被她给气笑了："你怎么张嘴就骂人。"

关爱一下残障人士不行吗？

她模仿他刚才的动作，又做了一遍："那你这，是什么意思？"

"我这耳朵受过伤，时好时坏，个别时候听不见。"沈仟怀也纳闷儿得很，"不然是什么意思。"

还能是什么意思。

邢芸自知她想多了，有点尴尬地"哦"了一声。

沉默几秒后，她才又补了句："抱歉。"

他没当回事儿，靠着身后大理石面的吧台，胳膊随意搭着，眉眼带笑地看过来，嗓音倦哑："城里来的说话就是客气，这有什么可抱歉的，又不是你弄的。"

这下一句就想让人接着问，那是谁弄的。

但这种事，再问下去就不礼貌了。

邢芸没揪着这个话题不放，接着刚才的说："我是问，你的手怎么了。"

"早上在码头跟人聊天，不小心碰的。"他忽然想起中午她那莫名其妙的话，估摸是她误会了，也借此机会澄清一下，"还有，我不赚歪门邪道的钱。"

非法入室他不干，重金求子什么的，他也不接。

四舍五入他还算是个听话懂事的好青年。

沈仟怀左右看看，没什么生面孔，目光又落回在她身上，随口问："一个人？"

她刚吸上口汽水，含混不清地咕哝道："嗯。"

邢芸本就是想省事，结果咬着吸管，发出糯糯一声"嗯"，倒滋生出不少卖萌的嫌疑。

沈仟怀唇边的笑意愈深，还有点痞性，像是故意逗她："你们城里人都这么说话吗？"

邢芸松了吸管，清了清嗓子，又一本正经地"嗯"了一声。

这声音就正常多了。

至于为什么是一个人，她不说沈仟怀也猜得出来："刚来这儿没朋友吧，你要闲的话可以找我，发廊、牛杂店、109，一般就这三个地方。"

算是不坑不相识，他觉得这姑娘挺有意思的，他朋友到处都是，再多她一个不多。

她隔着一米远的距离看他，手里捏着吸管在玻璃杯里打转："我叫邢芸。"

他懒散笑了下说："沈仟怀。"

邢芸回家一进门，林女士正在门口换鞋，地上放了两兜水果，看样子也是刚回来。

林女士回头看她："回来了？交到个能说话的朋友没？"

她不确定地点头："算是……交到了吧。"

如果说相互交换姓名就算是交到朋友的话，那便算。

如此一来，这就是她长这么大交的第一个异性朋友。

林女士拎上水果起身，笑着唠叨她："我就说，多出去走走能交到朋友，咱们镇上就一所海城五中，说不定上学还能相互结伴。"

说到上学，邢芸想了想，试探着问："妈，经常在牛杂店帮忙的那个男生，他还上学吗？"

"他？还上着吧，之前他放学就穿着校服在店里帮忙，出来进去的都能看见。"林女士顿了一瞬才反应过来，"你去跟他交朋友了？"

邢芸也不太确定，吞吞吐吐道："可能，算是。"

见林女士大惊小怪地看她，看得她倒是没底了，有些心虚地帮林女士拎了袋水果，去到冰箱前，打开柜门假模假样地往里放："他这个人不好吗？"

林女士也走上前，实话说："这孩子还行，平时也不干什么坏事，就是去年受伤后，耳朵好像落下点毛病。

"要是去大医院治，说不定能治好，就是他舅妈，舍不得花钱，一直拖着。"林女士说起来就忍不住替这孩子惋惜，叹了口气，"说来说去都是别人的家事，咱们外人也不好掺和什么。"

清官难断家务事，更何况他们这种平民老百姓。

邢芸刚在糖水铺得知他耳朵有点听力障碍的事，这会儿忍不住想问："他是怎么受的伤？"

他虽然看着没个正形，但她总觉得，那人不像是个会到处惹事的刺儿头。

林女士把东西都塞进冰箱，拿了半个西瓜去了厨房。邢芸也跟着进去，靠在厨房门口看老妈切西瓜。

林女士想了下说："不知道他怎么伤的，那天我去镇上赶集了，没在家，他当时好像伤得还挺重，说是救护车带走的时候，人已经没意识了，身上还都是血。咱们这儿半年赶一次大集，老人小孩都去凑热闹，这巷子里总共也没剩下几个人，我也是回来听别人说的。"

铜钱镇就这么点大，芝麻大的事一传十，十传百，用不了一晚上全镇都知道了。

关于他受伤的确切原因，说法还都不一样，真真假假的，那一阵儿过去也没人再提了。

邢芸默默回味着林女士这段话，住在109号那位，人生还真是起起落落落落落落。

她从小到大日子一直平平稳稳的，受过最重的伤大概是小时候跑着玩磕破膝盖。

虽然一家人没能生活在一起，但该有的陪伴和关爱，家里一点都没有缺过她。

林女士切好西瓜递给她："端出去放茶几上吧，正好边看电视边吃。"

邢芸接过西瓜，咬了口，笑着说："谢谢妈。"

她吃完两块西瓜，时间还早，八点多不到九点，想着把琴谱拿出来坐阳台上练会儿琴。

林女士看她去拿东西，操心道："你这琴来这儿没老师教，会不会给耽误了？"

邢芸拿着琴往阳台走，没想那么多："我就闲着没事，随便练练。"

她说随便，林女士不依："我过两天给你联系个老师，之前你爸找的老师教得好好的，你不听劝非要来这儿，要是还想靠这个艺考，自己瞎练可不行。"

"那等新老师来之前，我先自己练着。"邢芸搪塞过去，拿着琴谱跑去阳台，等关上阳台门后才缓缓舒了口气。

她知道靠自己瞎练远远不行。

林女士说她为什么不听劝地非要来这儿，哪怕她明知这儿的学校和老师都不如原来的好。

从前那所学校漂亮又华丽，但容不下她。

邢芸叹了口气，翻出琴谱，有几页是被撕破后她又重新买来补上的。

在上高中之前她从来没想过被针对这种事会发生在她的身上，她成绩中上，性格平平，除了会拉两下小提琴整个人毫无亮点，在那种学生都是各有所长且家境优越的贵族学校里，像她这样黯淡无光的人，也不知道碍了谁的眼。

邢芸不是个软柿子，也反抗过，谁欺负她，她忍不了就还回去，但那些人下次就会变本加厉，周而复始，像这样没完没了的日子，她过烦了。

直到现在她都想不通，为什么那个被盯上的人是她。

简直毫无逻辑可言。

不过这些事她没告诉任何人，只是有天回家忍不住，眼泪汪汪地跟爸爸邢朝军说想妈妈了，要搬去铜钱镇住。

她在家很少提要求，开口这么一说，邢朝军心软，都依了她。

邢芸抱着琴，翻过琴谱。从前的事都过去了，现在她在铜钱镇，山高水远，她和那些烦人的事再也不会有牵连了。

她摆好谱子开始练琴，拉的是埃尔加的曲子——《爱的礼赞》。

悠扬的琴声回荡在巷子里，穿过前头闹哄哄的烧烤摊，便再听不见。

沈仟怀从糖水铺出来就去加了顿夜宵，和红毛坐在烧烤摊吹风。这铜钱镇别的没有，海鲜看着是真的鲜，还很便宜。

红毛跟前的盘子里都是生蚝、扇贝、螃蟹、鱿鱼，沈仟怀那边像个苦行僧似的，一盘烤茄子，一盘豆角，还有干干巴巴的几片馍。

铜钱镇烧烤摊只卖海鲜，这是不成文的规定，其余肉类概不售卖，素食也稀缺得可怜。

沈仟怀少爷病之二——海鲜过敏。

守着一片汪洋大海生活，却闻不了鱼腥味，也吃不了海鲜。

细说起来，他跟这个地方真是哪儿哪儿都格格不入。

红毛手里剥着螃蟹，抬头看他一眼："仟哥，要不下回吃烧烤去市区吃吧，那边能有牛羊肉，这跟你一桌，我吃着都不好意思。"

主要是这一眼看着，对比太鲜明了点。

沈仟怀拿竹筷拨着烤茄子，他倒没觉得什么："市区太远，路上来回就得三个小时。"

"这放假不是挺无聊嘛，下周我有两天休假，想去市区……"红毛话说一半，看见路口过来的人忽然就噤了声。

"去干什么？"沈仟怀抬头，就看见红毛冲他挤眉弄眼的。

他侧身往后看，后面那个女人阴沉着脸，是他的舅妈赵彩霞。

赵彩霞明显也看见了他，过来单手叉腰，不知道的看这架势还以为是捉奸在床了。

她上前质问道："你不是说生病了吗？"

赵彩霞嗓音尖锐，塑料普通话混合着方言，声音一大就很吵吵。

沈仟怀放了筷子，抽张纸擦擦手靠向椅背，整个一副冥顽不灵的样子，破罐子破摔："病了就得饿死不能吃东西还是怎么着啊？"

装病他都懒得装了，俨然我就这样儿，你能拿我怎么着吧。

烧烤摊人多，赵彩霞不想在街上嚷嚷，只得说："一会儿吃完了回来。"

他懒洋洋地应了声："成。"

就这一盘烤茄子、几串豆角、几片馍，他也硬生生磨蹭到十一点半才回去。

沈仟怀自从去了 109，就很少回赵彩霞这边。赵彩霞的儿子今年七岁，跟他那同母异父林黛玉体质的弟弟同年。

赵彩霞的这孩子骄纵成性，典型的三天不打，上房揭瓦。

他进门时候没听见声音，想着那熊孩子应该睡了，球鞋踩在门口木地板发出"吱呀"的声响。赵彩霞从里面出来，压低声音道："小点声，别吵醒你弟弟。"

他表情有点无语："不是你叫我来的吗？"

赵彩霞指了指外头："去楼下说。"

　　一楼开商铺，二楼住人，算是小镇骑楼的一个特色，楼下牛杂店已经关门，赵彩霞去开了盏灯，煞有介事地坐在他对面，语气很硬："你是不是跟你妈告状了？"

　　忽然这么一问，他还有点没反应过来，想想前两天跟沈女士那通电话，他好像是顺口抱怨了一句在这儿打杂累得腰都要断了。

　　但这也算不上是告状吧。

　　他懒得争辩："你说是就是吧。"

　　相比他的随意，赵彩霞比他严肃得多："你还跟那边说什么了。"

　　"没说什么。"他是真不记得了。

　　每天说那么多话，每一句他都要记的话那不得累死。

　　赵彩霞还觉得自己委屈，替自己鸣不平："你也十七八的孩子了，大人平时让你干点活你不能……"

　　"不能心存埋怨，要懂得感恩，您一个人养我们两个长大不容易。"这话他听得耳朵都起茧子，沈仟怀跟她较劲，但每回赵彩霞只要把这话搬出来，他便是一点办法都没有。

　　再说哪是让他干"点"活，她自己的亲儿子还小，就逮着他当牲口使。

　　赵彩霞一时语塞，孩子在楼上睡觉，她又不好大声吵嚷，只是干瞪着眼看他。

　　沈仟怀被她这眼神看得浑身不自在，沉默了一小会儿才开口："明天我这病就好了，准时来帮忙。"

　　谁让他天生就是那劳碌的命。

　　他有点困，想回去睡觉，站起身说："那我走了。"

　　"明天不用来店里了。"赵彩霞也跟着站起来，安静几秒后凶巴巴地甩出一句，"你妈过几天会来一趟，可别再去说我苛待了你。"

　　怪不得要问他是不是向沈女士告状了，原来是沈女士私下联系过她。

　　沈仟怀从这儿出去，手插在兜里不紧不慢地走。骑楼巷子里各家闭户，安静得很，除了还亮着的灯笼，看不到一丝生气。

　　他头一回得到不用干活的偷懒特权，竟是因为沈女士远在天边的一通电话。

　　打狗看主人，是不是就是这意思？

　　邢芸可能是今天想起太多在学校的事，晚上罕见地失眠了，睡不着。

她拿出手机刷微博，在附近的人中刷到一条：

这什么觉还得我亲自睡。

ID 为"暴躁修勾"。

时间就在一分钟前。

配上这文字确实是挺暴躁的。

可能同病相怜，邢芸点进这个"暴躁修勾"的主页，顺手往下翻了翻，连着三条都是相同的。

时间分别是，一分钟前、二十五分钟前、一小时前。

同是天涯失眠人，邢芸表示理解。这人很少发微博，大多是些游戏截图，在快翻到底的时候看见有张照片，配文"日出"，应该是在凌晨看日出时的意外收货，一个挺漂亮的大海螺，一只手都握不住。

而且看图片上的感觉，像是只男生的手。

盯着这图上的海螺看了几秒，她忽然心血来潮地坐起来，现在已经快四点了，要不干脆去海边守着看个日出。

"暴躁修勾"躺在沙发上，切换成微博树洞似的又发了一条。

这次连前缀都没有了，只有一个符号"。"，一个圆滚滚的句号。

沈仟怀抓了把头发坐起来，烦得不行，这什么觉啊还得他亲自睡，屋里空调坏了，热到根本睡不着。

他起身去开了窗户，外面比屋里好一点，至少不闷得慌。

目光在下面随意扫过，瞧见有个人轻手轻脚地走在路上，他靠着窗台饶有兴致地多看了两眼，竟然是她。

现在凌晨四点钟，遛弯儿也不是这么遛的。

"喂。"他清了清嗓子，发出点声音，"去哪儿？"

邢芸听见人说话，抬头才注意到109还亮着灯，他胳膊支在窗沿，正看着她。

"我去海边。"她没敢太大声，怕扰民。

他回了句："等着，我也去。"

一分钟后，邢芸就在楼下见到了沈仟怀。

她觉得奇怪："大晚上的，你怎么也不睡觉？"

他朝她这边走，随口道："太热，睡不着。"

邢芸和他并排，灯下两道少年男女的身影一长一短，有一句没一句地搭话。

在通往海边的路口，她在自助售卖机上买了瓶绿豆汽水，一般人喝不惯这个味道，她也就没问他。

海边比码头好很多，没有渔船，鱼腥味就还能接受。

邢芸沿着岸边走，不远处的灯塔亮着，依稀能看见沙滩上杂乱的枯枝和几只慌忙逃窜的小蟹。

她出门时随手扎了个马尾，两边的碎发被风吹着，发丝轻扬。

看着很乖。

沈仟怀沉默了一瞬，移开视线："你原来在哪儿上学？"

她说："上海。"

"那为什么来这儿？"

沈仟怀去过那儿，但那也是很小的时候了，只记得景点拍照人挤人，别的都忘了。

"哪有那么多为什么，喜欢小镇喜欢看海，就来了。"她停下脚步，弯腰捡了个贝壳，往前走几步在海水里冲掉泥沙，不大，但是挺完整的。

邢芸没说实话，在学校被针对并不是什么光彩的事，来到这儿就是想摆脱从前的生活，不想让别人知道。

想到学校，她佯装不经意地问了声："这儿的学校里同学关系都还好吗，不会有欺负同学的事情发生吧？"

"怕什么，你这不认识我了嘛。"沈仟怀百无聊赖，拿了颗石子儿往海里丢，"咚"的一声，"在这儿，就没人敢欺负你。"

邢芸拿着洗干净的贝壳回头："那，要交保护费吗？"

他半真半假地点下头："你还挺上道。"

他就没见过这么积极主动想往外送钱的。

邢芸握了握手里的汽水瓶，甚至认真思考了一下，给多少比较合适。

她手里的绿豆汽水还一口没喝，就被横出来一只手给拿走了。

那清瘦手腕上，贴着奥特曼的创可贴。

他音调沉沉懒懒的，透过海浪和风声传来："保护费，算我收过了。"

/第2章/

喂，送你个月亮

　　他收了她一瓶绿豆汽水，拧开喝了口，当即就微蹙起眉："这什么味儿？"
入口的味道很怪，像是兑了水的绿豆汤。

　　邢芸猜到他会是这个反应，弯着唇笑："味道是奇怪，但多喝几次就会
喜欢上。"

　　他拧上盖子，在手里有一下没一下地抛着玩。

　　等日出的过程漫长，他有点渴，只能喝手里这瓶怪味汽水，直到喝完瓶
底最后一口的时候，好像真是她说的那样，多喝几次就会喜欢上，味道也没
那么奇怪了。

　　海边的日出确实好看，太阳跳出海平线，东方露出鱼肚白，这种小学作
文里的句子走进了现实。

　　邢芸拿出手机拍了几张，但怎么拍都不太满意，没有眼睛看到的那么美。

　　沈仟怀本不打算拍，和今天的日出美不美无关，就是见多了觉得没意思。

　　他看旁边这姑娘举着手机拍得起劲，拍了起码有十来张，他也顺手从口
袋里摸出手机，选角度拍了张日出。

　　他对照片构图没有什么追求，随手拍的不糊就成，想了想又用这张图发
了条微博。

　　沈仟怀在手机上快速打了几个字，发送。

　　暴躁修勾：天亮了。

　　邢芸一晚上没睡觉去看日出的结果就是，睡到日上三竿还没起，林女士
忍不住进门唠叨："芸芸，都几点了还不起床，昨天是不是又熬夜玩手机了？

照你这么看下去，迟早把人给看坏。"

林女士三两下拉开窗帘，大片的光照进来。

床上的人拿被子遮着脸，往里缩了缩："妈，我再睡会儿。"

"都十一点了，准备起来吃午饭。"林女士铁了心要把她叫起来，"早上没吃中午再不吃那怎么行。"

邢芸无奈妥协，从被窝里伸出只手来："好，我马上就下去，我保证。"

她说着马上，却还是拖拖拉拉磨蹭了半个小时才下床洗漱。

中午十二点，林女士在桌上摆满了饭菜。

今天的午餐很丰盛，螃蟹和虾一样不少。不知道是不是因为林秋月女士从小就靠海生活的原因，所有海鲜类的东西她都做得特拿手。

以至于尝过老妈的手艺，就会不自觉地对外面的海鲜饭店挑三拣四，要么是调料味太重，掩盖了食物本身的味道，要么是步骤做得不到位，鱼虾还有点腥。

从前跟老爸住，老爸工作忙，在家雇了个阿姨做饭，来到这儿，林女士每天变着花样做，算是她这个假期有口福了。

邢芸往碗里夹了个螃蟹，吃饭的时候忽然想起 109 那位，不知道睡醒了没。

沈仟怀醒来就在下午了，一半是睡醒的，一半是饿醒的。

他开手机看了眼时间，下午四点半，按道理这起来应该先吃点……

早饭。

沈仟怀出去在冰箱前站了一会儿，拿了份牛奶面包，这里面也实在没别的东西可吃。

他包装刚撕开一半，外面就有人敲门。

"沈、沈仟怀，你起了吗？"

邢芸第一次正式叫他的名字，还有点生涩。她端了一盘刚出锅的螃蟹，上面淋着汤汁，撒了把葱花，看着很有食欲。

林秋月下午问起她牛杂店那孩子平时有人做饭吗，她说不知道，林女士就顺手把其余的螃蟹做了，让她给他送来。

沈仟怀过去开了门，见她站在门口，手里是一盘螃蟹。

她双手端着盘子，递上前去："我妈刚做好的，说给你送一盘。"

毕竟这是她在铜钱镇，交到的第一个朋友。

"还真是送到点子上了。"沈仟怀垂眸看了眼那盘螃蟹，又看向她，"我吃不了这个，海鲜过敏。"

邢芸一双眼睛里写满真诚，真得不能再真，试探着问："一点点都不能吃吗？"

她真挺想让他尝尝的，林秋月女士的手艺，可算是海鲜一绝。

她认为的好东西，就想分享给身边所有人。

"也不是一点都不能吧。"沈仟怀手搭椅背上，拖腔带调地说，"先说好，吃出问题你负责啊。"

邢芸想了下，没让他吃："算了，还是别吃了。"

毕竟这个"一点"的分寸挺难把握的。

林女士交代过，要送出去的东西，就绝没有再带回家的道理。

但眼下情况特殊，她端着盘子也不知道该怎么办。

身后楼梯忽然响起一阵脚步，红毛抖着身上的水上来："这雨说下就下，我再快几步就淋不着……"

"这哪儿来的螃蟹啊？"红毛话锋一转，指了指她的盘子，"仟哥吃这个过敏，要不给我得了。"

红毛算是个自来熟，邢芸闻言愣了两秒，点点头说："好，还热着，现在吃正好吃。"

外面雨声很大，这会儿出去就算是打着伞也会被淋湿。

于是就出现了三个人坐在一起的画面。

红毛上手剥着螃蟹，沈仟怀不紧不慢地吃面包。

邢芸跟他们一同坐在沙发上，傻瞪着眼不知道该干什么。她和红毛基本没说过话，和沈仟怀吧，也还算不上太熟。

雨斜飞打在窗户上，从密密匝匝的雨点中汇集成细小的水流往下淌。

在没有空调相对闷热的屋子里，她坐得端正，手放在膝盖上，可能是心静不下来，只觉得周围越来越热。

她下意识地用手扇了扇风，这效果显然——微乎其微。

沈仟怀吃完最后一口，把面包的包装袋放在桌上，余光无意瞥见了她的小动作。

这屋里确实有点热。

他从桌上那堆东西里把遥控器翻出来，对着上头摁了下，空调昨天晚上就坏了，他也没抱有太大希望。

029

此刻却是听见"叮"的一声，空调启动了。

沈仟怀把温度调低，偏头看她："你热怎么也不早说。"

她睁着眼睛说瞎话："还好，也不太热。"

邢芸额角已经有些出汗，他看见了，也没揭穿她，转过头时嘴角勾起一抹弧。

红毛埋头吃着正香，根本没注意这边发生了什么。他掰了一条螃蟹腿，想起来说："仟哥，过两天去市区玩呗，去转转，或者找个网吧打游戏'开黑'也行。"

末了，红毛又朝这边抛来个眼神："带上阿妹一起。"

不知道是不是红毛这流氓气质难以收敛，随便一个眼神都像是在抛媚眼。

"跑那么远就是为了去个网吧？瞧你这点出息。"沈仟怀靠向沙发不咸不淡地看他一眼，目光转而又落回在邢芸身上，问她，"要不要一起去？"

不了吧，我跟你们两个男生一起去有点奇怪。

邢芸心里碎碎念着，开口却很诚实："去。"

沈仟怀低头在手机上点了两下，递到她跟前："加个微信，到时候叫你。"

邢芸拿出手机加他好友，他的微信名是：暴躁修勾。

好像在哪儿见过。

她盯着这个小狗头像看了几秒，也没多想，等她反应过来时人已经在家了。

暴躁修勾。

这不就是她晚上睡不着刷微博刷到的那个人吗？

恰是晚饭时候，林女士刚叫了半天让她下来吃饭，结果眼看着她下楼，又急急忙忙跑上楼去，再下来时还抱着个手机。

林女士摘了围裙，看她走到哪儿都抱个手机："吃饭时候就不要看手机了，你这么大点孩子哪有那么重要的事情要处理。"

"马上，马上就好。"邢芸一边说一边在微博搜"暴躁修勾"这个ID，可是叫这个名字的太多，找起来还真不容易。

她往下翻了好久，才找到那个熟悉的小狗头像。

关注 0，粉丝 1。

唯一一个粉丝是微博官方，注册就有的。

他这微博更像是用来当情绪树洞，凌晨那几条发牢骚的已经在他睡醒后全部删掉了。

最新的动态发布时间是今天早上，图片上是海边日出，角度和她相册里的差不多。

那这个，八九不离十就是沈仟怀。

邢芸没去点关注，就这样呆呆地看了几秒，像是无意发现了一个秘密，一个关于他的秘密。

她不想去打破这份平衡，就只是看了看，便点了退出。

客厅电视机里主持人的声音字正腔圆，缓缓传来："在本周五的晚上，或将迎来一场盛大的流星雨，在我国东南部沿海地区的海城、东城等市，具有观看此次流星雨的绝佳地理优势……"

听到海城，邢芸特意过去看了两眼，铜钱镇属于海城，这儿说不定真能看见流星。

林秋月女士也侧着身看，调侃道："这新闻是真的假的，每年都说有，但我在这儿活了大半辈子，一次流星都没见过。"

邢芸耸了下肩，摇摇头说："不知道。"

小时候相信流星能许愿，现在长大了，也早就不信这些了。

晚上十点，外面响起了雷，邢芸想着阳台的门还开着，穿着睡衣就跑去关。

在关门前似是听见底下有人叫了她一声。

她动作一慢，往前稍走了几步，下面巷子里，沈仟怀正站在那儿。

他穿了件蓝白色的T恤，手里拿着个球，溢散出淡黄色的光。

今天阴天没有月亮，有那么一瞬间的恍惚，仿佛是月亮掉在他手里了。

沈仟怀微昂着头看她，抛了下手里的东西："喂，送你个月亮。"

等"月亮"真到邢芸手中，她掂了掂，还是有点分量的。

直径大约是碗口那么大，是个发光的灯。

"在哪儿买的？"球状不好拿，她两只手捧在身前，"真好看。"

沈仟怀微垂下眸子看她，"月亮"的光反衬在她眼睛里，让他有那么片刻的失神，停顿几秒才清了清嗓子，若无其事地开口说："在酒馆那边儿买的。"

酒馆门口有人支了个摊，旁边架个牌子。

上面是行漂亮的瘦金体：

星河滚烫，你是人间第二个月亮。

他从徐记出来时夜色沉沉，那个摊主像是载了一车月亮，当时他可能忽然"中二病"犯了，就因为这句话过去买了一个。

邢芸想着他今天可能是去那边代驻唱的班，但看他两手空空，随口问："你的吉他呢？"

她目光上移，看向沈仟怀，少年下颌清削，说话已有明显的喉结，他衣服领口有点向下，隐约露出一点锁骨。

邢芸无意看到，又心虚撇开。

本来也算不得什么不该看的，但她这一撇开，就显得不那么对劲。

路上黑灯瞎火的，他也没注意到，语气懒散随意："扔徐记了，明天还得去，就没往回带。"

那么大个东西拿来拿去也挺沉的。

"那么贵，你也舍得随手扔。"她当时在109号拿起来看了看，也都是轻拿轻放。

沈仟怀对那把吉他的价位全然不知，"别人送的，很贵吗？"

她大致估了个价："那把吉他得三万多吧。"

从前同班同学有人买过同款，不过心血来潮练了几天后就闲置了，堆在琴房落灰。

简直暴殄天物。

听到这个价，沈仟怀再次感叹了一下他老妈的出手大方："我要知道它值这个价，早挂网上卖了。"

他那吉他都是自己买了本书自学的，非常业余的水平。

技术实在配不上这么贵的装备。

天上又是一声惊雷，已经有雨点往下落。

她腾出一只手遮在头上，催他道："要下雨了，你先赶紧回家吧。"

他轻微一点头，挑了下唇："走了。"

邢芸看着他走，把月亮灯带回家放在床头的柜子上。它的做工很精致，就算近距离看，也还是像坠入人间的月亮。

沈仟怀回家先洗了个澡，出来坐在沙发上，单手拿着毛巾擦头发，另一只手拿起桌上的手机。

草字头：刚刚忘了说，谢谢。

他有点纳闷儿，一个看上去没多大攻击力的姑娘，怎么起个这么糙的网名。

草字头。

艹。

他脑子里就只有这么一个草字头，单独打出来还像是骂人的。

暴躁修勾：你这个名字怎么看着比我的还暴躁。

邢芸收到这个回复，在床上翻了个身，她没太看懂。

她的微信名就是"草字头"这三个字，细想了一下才反应过来，这个草字头写出来是句脏话。

沈仟怀看着屏幕上端"草字头"输入好半天，最终发来这句。

草字头：邢芸的芸，是芸不是云，所以叫草字头。

草字头：你这么一说好像确实不太好。

是芸不是云：我改好了，这下没问题了。

今晚喜提新网名——是芸不是云。

他头发湿着，手机屏幕上落了几滴水，刚擦掉打出半行字，对话框里就又弹出一条。

是芸不是云：就是来说声谢谢，晚安。

沈仟怀指尖一顿，随后删掉那半句，又重新写。

暴躁修勾：晚安。

窗外雨声淅淅沥沥，她听着声音入眠，雨点打在小巷，梦里有个高高瘦瘦的少年站在渔船上，手里捧着明月一轮。

他看着前头，夜色浓稠，始终留给她一个模糊的背影。

她向前追过去，瞬间斗转星移，天上的星星皆坠入了海里，少年半侧过身回头，懒洋洋笑了声说："喂，我送你个月亮。"

邢芸在铜钱镇过得还挺惬意，每天不定时接受林秋月女士的"投喂"，就怕开学前要吃胖几斤。

自从那天晚上匆匆一面后，她好几天都没再见过他。

发廊、牛杂店，他都没在。

每次路过 109 的时候她会抬头看，窗户总是关着的，也不知道他在不在里面。

一连几天，这人杳无音信。

邢芸在超市买了几瓶绿豆汽水和雪糕，拎回家放冰箱里囤着，最后一次路过 109，窗户依旧是关着的。

他总不能在里面闭关修炼，得道升仙了吧。

她关上冰箱，开了瓶汽水喝。

上午十点半，邢芸扑在沙发上点开和他的对话框，犹豫着要不要问一下他这几天干什么去了。

他们就算是朋友了吧，这么问一句应该不唐突。

对话框里上一句还停留在他发的晚安，她要不要再接一句……

早安？

邢芸在对话框里输入，删除，再输入，又删除。

手机"叮咚"一声。

暴躁修勾：在家吗？去市区。

沈仟怀在 112 号楼下台阶上坐着，屈起一条腿，右手架在膝盖上，还松松拿着罐可乐。

他刚看上面一阵激烈的输入，愣是半天没有下文，才发了这么一句。

邢芸看到怔了下，回复说：好啊。

暴躁修勾：我在楼下等你。

楼下？

她看完这行字，拿着手机跑去阳台看，这角度正好挡住了，看不到他，只能看到有人手搭膝盖上，拿了罐百事可乐。

应该就是他了。

邢芸快速回卧室换了身衣服，不想让他等太久便匆匆下楼。

楼下红毛也在，跟他并排坐着："那些手续都办好了？"

她过去时正好听见他说："办好了。"

身后脚步渐近，他和红毛同时回头。沈仟怀看见她后站起身，下巴朝路口方向扬了扬："正好，车也到了。"

他动作自然，抬手递过来一瓶饮料。

是冰镇的绿豆汽水。

"谢谢。"邢芸接过，跟着他们走。

刚才话听一半，她好奇地问："你们刚才在说，什么办好了？"

她稍抬起头去看沈仟怀，沈仟怀似是想起了什么事，半天没接话，倒不是不能说，他是不知道从何说起。

"仟哥本来开学就该高三了，但是去年后半年休学落了课，学校老师建议他跟着高二再读一年。"红毛嘴快，替他说完还抱怨一句，"铜钱镇地方不大，屁事儿不少，干什么都要手续，这几天尽干这个了。"

沈仟怀是前几天接到孔老师电话的，说建议他重读高二，去年因为意外休学，本来的成绩能上个重本，别被这个事儿给耽误了。

他休学半年后去了学校，当时的听力状况实在糟糕，只能说人坐在教室，听着听着忽然就成了"哑剧"，上课效果大打折扣，他课下想办法补了一些落下的课程，但最后一次成绩还是跌到全校百名之后。

按照五中往年的升学率来看，全校百名以后，也就勉强摸到本科线。

孔老师知道他家里的情况，犹豫再三还是给他打了这个电话，问了他现在的恢复程度，最后跟他说别轻易放弃。

高考是目前对他而言唯一的路。

邢芸在一旁听着，红毛话里沈仟怀休学半年，和林女士说去年他受伤的时间正能对上。她没有刨根问底地去问出个一二三，只是转移话题说："我开学也是高二。"

沉默了半天的沈仟怀终于偏头看过来。

红毛："哪个班？你俩说不定能凑到一起去。"

她想了想说："好像是，五中理科实验班。"

她从家走的时候，听老爸说给她办了借读，当时简单提了一句，没有细说。

"那真说不准能凑一起。"红毛瞬间来了精神，胳膊肘搭沈仟怀肩上，"仟哥也是理科实验班。"

不知道为什么，邢芸之前一直就默认他学的理，但可能是因为他身上这份散漫，让她没看出来他竟然是个成绩好的。

沈仟怀手插在兜里，阳光正盛，他微眯起眼："学文学理都一样，我随便选的，抓阄。"

当时说分文理，那张表他都没有仔细看过，还是交表最后一天才从书包里翻出来，随手钩了一个。

他不偏科，文理都没差。

邢芸选理纯粹就是因为在较为平均的成绩里，不论成绩如何浮动，她的理科比文科每回都多那么几分。

可以称之为某种玄学。

于是本着玄学不蹭白不蹭的原则，毫不犹豫地选了理。

想到开学后大概率和他同班，邢芸侧头看他一眼，隔了几秒又看他一眼，说不上什么感觉，就像手里这瓶绿豆汽水，奇怪又微妙。

车子停在路口，开车的司机是个大叔，等他们上车问："把你们送到哪儿？"

邢芸没去过海城的市区，自然说不上去哪儿，沈仟怀随口报了一个："中街商城。"

他也没想好要去哪儿，中街商城在市中心，繁华地段，到了想去干什么都行。

车子平稳行驶上路，一时没人说话，周围安静下来，能清楚地听见车内的电台广播。

"在几日连续降雨后，本市天气已经逐渐转晴，预测今年最大的一场流星雨即将来临，各位听众朋友，今晚携手你最爱的人，共同奔赴一场可遇不可求的流星盛宴……"

车子到了市中心，司机把三人放在中街商城门口就走了。

他们几个"镇里来的"在路边傻站了几分钟，最后跟着红毛去了一家电玩城。

电玩城里差不多都是他们这么大的学生面孔，前面打气球那块围了一群人，还想着有什么"神枪手"出现，结果过去才看见是个戴口罩的小男孩。

且不说这三十六度的天戴个口罩闷不闷，这男孩看着也就七八岁，玩这个项目却打得挺准的。

至少比他准。

红毛在旁边看得起劲，忽然想抽支烟，手都摸到口袋里了才反应过来这是在商场室内，最终往嘴里叼了个棒棒糖，咬着过瘾，含混不清地说了句："这小孩儿还挺厉害。"

前面戴口罩的小男孩正结束这一局，转身看他，声音稚嫩却透着股不服输的劲儿："我不是小孩儿。"

他一本正经的样子把红毛逗笑："你不是小孩儿你是什么？你有我大吗？"

男孩坚持道："我七岁了。"

红毛适可而止，怕把人家孩子逗哭了："行行行，不是小孩儿，那你一直戴个口罩干什么？"

那孩子说："不能摘，妈妈说摘了容易生病。"

男孩抬头看了沈仟怀一眼。沈仟怀双手环胸，心里还想这什么孩子啊娇贵成这样，他小时候皮得跟什么一样，别的小孩儿怕打针，他根本连医院都没进过。

沈仟怀不像红毛那么多嘴，也不喜欢逗孩子，两人对视一眼，那小男孩就举着电话手表跑掉了。

邢芸在旁边看着这个小男孩，他戴着口罩，人小小一个，但看着还挺酷的。

沈仟怀在电玩城转了一圈，最后走到那个糖果机前去投币。他枪打得不准，总共能中一枪都算是超常发挥。此时百无聊赖地看着跟前那机器慢慢悠悠推棒棒糖，三十个币耗进去，收获三根棒棒糖。

总价值，一块五。

这机器是不是太坑人了点。

他拿着这三根糖过去给他们俩一人一根。

邢芸接过他递来的糖，是草莓味，再抬头他已经拆了糖纸塞进嘴里，叼着截小棒，扬了扬下巴："走吧，吃饭去。"

今天周五，按理说是个工作日，但中午的人格外多，火锅烤肉这些店挤得人山人海，比过年还热闹。

多久来不了一次市区，吃快餐不甘心，吃别的又挤不上，最终妥协，去吃了一家椰子鸡。

一家虽然看着很本土但是他和红毛从来都没吃过的店。

邢芸对吃的东西不挑，像林秋月女士那样的巧手做的菜她能吃，随便煮碗清汤寡水的挂面她也觉得还不错。

椰子鸡挺清淡的口味，甚至给她一种在喝大补汤的感觉。

邢芸吃得差不多，先去了趟洗手间，再回来的时候，就看见红毛表情不太对。

沈仟怀倒是没表现出什么，靠着椅背，语气平平一如往常："我舅妈叫我有点事，我得先回去了。"

刚刚赵彩霞告诉他，沈女士来了，他的亲妈。

邢芸没问缘由，但看红毛表情隐约猜到算不上什么好事。

回去的路上沈仟怀抱着胳膊看向车窗，下颌收紧，整个人在一种介于紧张和烦躁之间的情绪里。

车到了铜钱镇，邢芸和他们在 109 分别，她想问的，但话到嘴边又咽了下去。

邢芸往家的方向走了几步，又回头看他，他正长腿一迈，进了 109 号，心想他没主动说，可能也是像她一样，有不想让人知道的秘密吧。

109 号，他进门，沈女士就已经在了。很多年未见，她头发和皮肤虽细心保养，但仍有岁月痕迹，身上的连衣裙温柔大方，没有一丝不该有的褶皱，俨然就是有钱人家里的富太太。

沈女士有变化，他也有。他当年还是个只到沈念腰间的小男孩，现在正值年少，已经抽条拔高，比她高出了大半个头。

他觉得陌生与尴尬，沈念似乎不觉得，她上上下下地打量他，目光最后还是落在他的耳朵上，担心地问："仟怀，你这听力最近怎么样？"

"还能怎么样。"他不冷不热地应了句，"不好不坏呗。"

一问一答，没掺杂任情绪在里面，平淡得很。

沈念往后让了让，热情地说："来坐下吧，坐下说。"

她坐在沙发这头，旁边留了很大的位置给他，他却如同看不见，坐在了距离她最远的那一端。

他懒散惯了，此刻大剌剌坐着，随手在茶几上拿了个橘子剥，举手投足都透着股散漫："找我想说什么。"

沈女士想跟他先熟络几句，中间这些年流失掉的感情，她总想弥补，但看他这态度，问得也心虚了："你在这儿，过得还好吗？"

他慢条斯理地剥橘子，嘴角一勾："还活着，挺好。"

金银窝里的沈女士问出他这种话，倒有种"何不食肉糜"那味道。

他还能怎么样，才算过得不好。

怎么都不能比现在更糟了吧。

沈念声音温温柔柔的，跟他商量："赵彩霞都带你去哪些医院治过，国内要是都不行，咱们能去国外。"

沈仟怀掰橘子的动作一顿，偏头看向沈女士，只觉得她莫名其妙。沉默半晌后，他塞了瓣橘子进嘴里，闲闲撂下句："你挺大方啊。"

偶尔听不见这毛病可大可小，小地方治不好，大医院去不起，赵彩霞哪儿来的钱带他去治，再者说，人赵彩霞姓赵，他姓沈，他终究是外人。

赵彩霞怎么舍得在他身上花这个冤枉钱。

沈女士没听懂他这不阴不阳的话，耐着性子问："是去了医生都说不行吗？"

他觉得现在两人说话驴头不对马嘴，根本不在一个层面上，不再跟她弯弯绕绕，直言说："没治过。"

沈女士秀眉拧起，他这随意的态度又让人猜不准他说的是真话还是假话。

她像是难以置信："你再说一遍。"

沈仟怀低头吃橘子，他知道沈念听见了，懒得再说。

空气僵持几秒，沈女士仿佛终于被他气到，起身走了，高跟鞋踩出的脚步声在楼梯上急促而凌乱。

他没追上去，不紧不慢地把手里这橘子吃完，吃完后又吃了一个。

距离沈女士从这儿走前后也就三五分钟，红毛上楼告诉他，牛杂店那边他舅妈又跟人吵起来了。

不过这一次，输的是赵彩霞。

沈仟怀不情不愿地走到牛杂店门口，才发现，里头跟赵彩霞吵架的是沈女士。

原来这些年沈念一直不间断地给赵彩霞打钱，算是给她抚养沈仟怀的费用，去年为了治好他的耳朵，沈女士也是下了血本，不过这些钱通通进了赵彩霞的口袋，有去无回。

他在门口听着两人吵架，脚步迟迟没迈进店里，他忽然不知道该站在谁那一边。

邢芸回家看了会儿电视，又玩了几局游戏打发时间。她总是时不时想起红毛那复杂又沉重的表情，想去了解一下，又怕他现在正烦着，她再问是火上浇油。

林秋月从外面进来，关上门看见她在屋里，还惊讶了一瞬："这么早就回来了？"

"嗯。"邢芸点了点头，随口编了个理由，"没什么好玩的，就回来了。"

林秋月没怀疑她这话的真假，指了指外面说："牛杂店那边好像又跟人吵起来了，沈仟怀，那孩子亲妈来了。"

简短的一句话，其中的信息量却很大。

牛杂店，沈仟怀，和他的母亲。

邢芸不知道这其中有什么纠葛，听林女士说那边正在吵架，她现在赶过去倒是有看热闹不嫌事儿大的嫌疑。

她没去添乱，直到在家吃晚饭的时候，林秋月一眼看穿她的心不在焉。

邢芸一只手拿着手机看，一只手捏着汤勺，有一下没一下地在瓷碗里搅，搅得汤都要凉透了也不见喝一口。

林女士拿筷子敲了下她碗沿："看看看，你干脆长到手机上得了。"

她是在刷微博，隔一会儿就刷新一下。

林女士话音刚落，她那边就刷新出一条动态。

暴躁修勾发的，和上次一样，只有一个句号。

时间是刚刚。

孤零零一个句号，她都想象得到他一脸无语地打出这个句号的表情。

"妈，我这不是等凉一下再喝吗？"邢芸放下手机，冲林女士笑一下。她笑起来眉眼弯弯，似是有种魔力，就算是她的错，也让人不忍再责备她。

她配合地喝完这碗汤，把碗搁下："喝完了，妈，那我出去转转。"

林秋月没拘着她，由她去了。

邢芸从112号出去，走到109号也就半分钟不到，她抬头去看，他窗户关着，灯也没亮，应该是不在家。

她没问他在哪儿，铜钱镇就这么几条巷子，绕着走走也能找着。

邢芸沿着路，大约走了十几分钟，在码头的破渔船上，看见一个熟悉的身影。

他戴了个黑色的鸭舌帽，背对着她坐在渔船上，微弓着身，让人看不清在做什么。少年肩背宽阔而清瘦，弯成一道自然的弧。

这边算是废弃的旧码头，鲜有人来，渔船也都破破烂烂地靠在岸边。

邢芸往船上踏了一步，旧木板发出些刺耳的"吱呀"声，她轻声说："你在这儿啊。"

四下无人，在这个安静的旧码头，他偏头往后看了一眼，声音很浅地应了声："嗯。"

他帽檐遮了半张脸，从她这个角度只能看见半截清削的下巴。

沈仟怀胳膊搭在腿上，沉默了一瞬说："你怎么过来了？"

"路过，看见你在就过来了。"邢芸这话说得半真半假，也跟着坐下。

她没半点犹豫，也不怕这渔船弄脏了她浅色的裙摆。

沈仟怀表面看着和平常没什么两样，但这会儿明显话少了，显得心事重重。

邢芸侧头看他，他看着前头。踌躇片刻，她似不经意地一问："你为什么一个人坐着？"

他觉得这话说着矫情，但是人问了，不说越发显得扭捏，他手撑在身后，微昂着头看向远处的灯塔。

"我已经分不清她们谁好谁不好了，也不知道该站哪边。"

就像小时候看《黑猫警长》，他也一直认为黑就是黑，白就是白。

现在忽然看不清了。

邢芸大概能猜到这话和他妈妈有关，其中曲折她不清楚，但那些烦人的事儿，不该由他来承担才对。

她从随身背的小包里掏出一根棒棒糖，拉过他手腕，把糖放进他掌心："别人怎么样我不知道，但是沈仟怀，你很好啊。"

这棒棒糖是今天沈仟怀从那个糖果机里得来的，她还没吃，算是借花献佛。

借他的花，献他的佛。

他没听见，微拧下眉："你说什么？"

她又重复了遍："你很好啊。"

他还是没听见。

沈仟怀看着手里这根草莓味的棒棒糖，也被自己这关键时刻掉链子的耳朵给气笑了："什么啊。"

大约趁着夜色，人胆子也变得大了，她倾身凑近他耳边，上手轻捏了下他耳朵："我说，你很好啊。"

红毛姗姗来迟，隔着老远就看见那搜破渔船上坐着两个人，画面中一男一女，从这个角度看少年歪着头，女孩像是揪着少年的耳朵。

红毛又瞪着眼睛仔细看了两眼，那个被揪耳朵的，好像……

是他们仟哥。

不确定，得再看看。

红毛沿着岸边走，确定那人是他仟哥后愣在原地，仿佛是撞见了什么不得了的事。

　　破渔船上，沈仟怀简单跟邢芸说了两句。关于这个事儿，他整个人就是无语，非常无语："之前我和我舅妈关系也一般，虽然我偶尔也会呛她两句，但毕竟她养我，不管怎么说，我始终心存感激。"

　　结果今天下午告诉他真相是另外一种局面，二者的偏离程度让人一时难以接受。

　　邢芸听他说完，觉得他简直头顶一个大写的"冤种"，这不就是被他舅妈 PUA 了嘛。

　　她看着他说："那以后怎么办？"

　　"不知道。"他没想过以后，走一步算一步，他目光扫向周围，想了下说，"要不换个地儿坐，船上这味道，再坐会儿都要吐了。"

　　她反应两秒点头说："好。"

　　说实话，邢芸没觉得那么夸张，这是从前来用来捕鱼的船，当然会有鱼腥味，但废弃这么久了，四面通风，味道早就淡了。

　　也不知道他对这个味道怎么这么敏感。

　　之前听说当人失去一个感官，另外的几个感官就会变得特别灵敏，可能他失去的这部分听觉，全都补到嗅觉里去了。

　　邢芸先下的船，回头的瞬间无意瞥见，天上的星星好像动了。

　　像头重脚轻的银丝，在夜空一闪而过。

　　她抬头，指了下说："流星，真的是流星。"

　　沈仟怀还站在船上，抬头去看，夜空中又一道流星划过，转瞬即逝。

　　少年站在渔船上的背影，从某个角度看，和她梦境中的无限重合。

　　邢芸心下一惊，匆忙看向别处，醒醒，别想了。

　　这都什么乱七八糟的。

　　夜色之下，她和他同时望着一片天空，仰得脖子都酸了也没等到下一颗流星。

　　她悄悄走了神，视线总不自觉偏移，再偏移，最后落在他挺拔宽阔的背影上。

　　"就两颗也好意思叫流星雨？"他往后退了一步，猝不及防转过身来，"不会这就……"

　　二人视线毫无防备地撞上，他后半句话也忽然没了声。

她明显没看天上，是在看他。

还正巧被他给发现了。

沈仟怀顿了顿，目光移开，半晌后轻咳了声："流星雨，不会这就结束了吧。"

他跳下渔船，球鞋踩在木板上发出闷闷的声响，她心跳如擂鼓，却佯装无事往左右看："谁，谁知道呢。"

此刻流星悄然划过，在天边划出无数细丝。

隔天，车子停在楼下，沈念说什么都要带沈仟怀走，沈仟怀不依，场面就这么僵持着。

早上七点半，他还有点没睡醒，沈女士就已经在他旁边碎碎念了十几分钟。

各种苦口婆心，动之以情，晓之以理。

但沈仟怀看着这个优雅大方的女人，他眼睛里只有陌生和疏离，中间隔了将近十年的距离，岂是一朝一夕可以改变？

沈念话锋一转，忽然又改变策略，打起了感情牌："你弟弟也来了，在市区，我昨天让你后爸带他玩去了。"

闻言，他抬了抬眼，看着她这双眼睛若有所思，忽然笑了声说："那小孩儿——是不是你让他一直戴着口罩？"

沈念表情一怔，他接着说完："我碰见了，昨天在电玩城。"

这双眼睛，几乎一模一样。

不愧是亲生的。

沈念以为有机会说动他，刚想再劝，就听见他说："你走吧，我跟你们回去也是尴尬，不如让我在这儿念完高中再说。"

把他扔在铜钱镇一扔就是十年，也不差这一两年。

沈念好说歹说，他油盐不进，最后只能是她让步："你跟我去医院做个检查，做完了我就走。"

她语气诚恳，不像会胁迫他去做什么。他答应说："好。"

于是上午又跑了趟市区，在一家大医院做了详细检查，医生拿着单子，扶了下眼镜："这恢复挺好的，再有个半年到一年，应该就跟正常人一样，不会有突然就听不见的情况。但要保护好自己，不能有二次创伤，这要是再伤一次，大概率就不可逆了。"

沈念听完医生的话，才算是暂且放下心来。沈仟怀配合走完流程从医院出去，门口还是来时的那辆车，他没多想就拉开了车门，一只脚都踏进去了，才看见前面驾驶座和副驾驶有人。

副驾驶是那个戴口罩的小孩儿，不过现在没戴。

驾驶座上，应该就是他素未谋面的后爸。

男人见他开了车门但没上车，教那孩子说："叫哥哥。"

沈念的小孩儿也听话，回头叫他："哥哥。"

沈仟怀略微尴尬地点头，最终还是往后退了半步，关上车门。

沈念在旁边劝说："上车吧，把你送回去。"

"不用了，我打车。"他要是坐这个车回去，两人路上轮流教那小孩儿喊他哥哥，那不得尴尬死。

路边正好有车，沈念留不住他，只能眼睁睁看着他上了一辆出租车走了。

在一路往回走的出租车上，沈仟怀才后知后觉地回想起去医院时，沈念跟他说的话。

她说他在这儿不回去的话，每个月他们会把生活费按时打给他，他要是愿意，随时可以回家。

她甚至给他留了把钥匙，怕他回去进不去家门。

经过这么一闹，他和赵彩霞的关系也就到此为止了，109 号依然是他住着，当时赵彩霞买下 109 号总共花了二十万左右，单是去年一年沈念给她的都远不止这个数，她这些年拿钱不办事，自然没好意思说别的。

半下午的时间，小镇又下了一场大雨，沈仟怀在家睡了一觉，再醒来时屋子很暗，人睡得昏昏沉沉。

邢芸今天一天在家练曲子，饭后纳凉还在楼下碰见了红毛，他头发像是新染过，原先长出来那截黑色发根，现在也全染红了。

红毛看邢芸的眼神很怪，没再像之前那样一副流氓样，反而带着那么一点……

匪夷所思。

就这么一个看起来挺温柔的姑娘，会揪着他们仟哥的耳朵？

离谱，太离谱了。

红毛嚼着口香糖，顺口问她："今天见仟哥了没？"

她摇摇头，"没有。"

红毛"哦"了一声，把马甲往肩上一甩就走了。

大步迈进了 109 号。

红毛上去的时候沈仟怀刚起来没多久，煮了碗面打开电视，里面放的什么《雪花公主》的动画片，制作粗糙至极。

画面中长发飘飘的公主腾空飞起来，长裙下面没有脚……

沈仟怀随手调了台，红毛进来看他正在吃面，一碗红烧牛肉面。

红毛还是惯例把马甲扔门口才进来的，看了眼他的吃食，觉得很惨："你现在才吃饭啊？你不早说让我给你带一份，下面都还开着门呢。"

"忘了。"沈仟怀随口道。

红毛冷不丁开口："仟哥，问你个事儿，你觉得新来那妹妹漂亮不？"

沈仟怀筷子搭在碗沿，偏头不咸不淡地睄他一眼。

红毛急忙打住："随便问问，随便问问。"

憋了会儿又看见桌上的书，英文的，一行看过去他除了那句"good night"几乎没有认识的。

沈仟怀之前劝他回去念书，道理红毛都懂，但就是跟那教室八字不合，除了让他上学，让他干什么都行。

沈仟怀吃着面，越吃越觉得索然无味，把筷子放下说："不吃了，一会儿出去吃点别的。"

每次睡醒后他都莫名有食欲，下去不论吃点啥都比这泡面强。

邢芸正在家坐着吃西瓜，林女士从外面回来，进门领了一个小女孩："芸芸，你带着她出去玩会儿。这是后面陈大爷的孙女，家里大人都不在，让我帮忙照看一会儿。"

她嘴里这口瓜还没咽下，就多了个带孩子的活儿。

她根本不知道怎么看孩子，尤其是五六岁这么小的。

林秋月热情地把孩子送过来："没事，孩子乖，你领上出去转转就行。"

"好。"邢芸看着这小女孩，不行也得说行。

女孩也不认生，过来扯她的衣角："姐姐，我听林阿姨说，你会拉小提琴，可厉害了。"

林女士在一旁跟着起哄，撺掇她出去："芸芸，拿上琴，出去拉两段，反正在家练也是练，出去练也是练。"

邢芸唇边那点笑意僵住，连忙说："不行的妈，在外面我怕人笑话。"

她除了上台表演，从没有在外面大街上拉过琴，总感觉不好意思。

林女士不听她，老觉得她宅在家里要闷坏："怕谁笑话你，这是铜钱镇，又不是歌剧院。"

邢芸摇头："不行的，我真的不行。"

"……"

反抗无效，被林秋月女士连人带琴赶出来了。

邢芸拿着琴，在门外和这个小女孩大眼瞪小眼。

女孩倒是捧场，满眼崇拜地看着她："姐姐好棒。"

"……"

邢芸这小提琴曲，是说什么都得来一段了。

铜钱镇夜晚的巷子里，没有路灯，只靠各家门前的灯笼点亮，巷子上方左右拉着灯串，底下放几把塑料椅子供镇上居民乘凉。

小女孩眼巴巴地看着邢芸，邢芸摆好琴，深呼了一口气，摆出一副视死如归的架势，奏了曲网上很火的《玫瑰少年》。

路过的有人驻足倾听，还有的看看就罢，等琴声真正响起的那一刻，她忽然觉得在这种大街上拉琴，好像也没有想象的那样可怕。

不论懂与不懂，都没有人对她评头论足。

上面灯串如繁星点点，下面偶然能听见几声狗吠，晚间微风吹过少女的裙摆，配上这首曲子温柔也热烈。

沈仟怀从楼上下来还没去吃饭，就听见一阵悠扬的小提琴声。

在铜钱镇听见二胡倒是不稀奇，这种洋乐器，少有人会。

沈仟怀朝那边去，稀稀落落的人群中，邢芸站在中间拉小提琴，听着调子挺熟，但他一时叫不上名字。

她扎了个简单的高马尾，落在耳侧的碎发轻扬，在灯下染着淡金色的光。

红毛从后面凑过来，左右开弓往前挤了挤："这妹妹还会玩这高级乐器，真有两下子。"

岂止是有两下子，可比他那业余吉他专业多了。沈仟怀双手环胸看着前头，答非所问地应了句："是漂亮。"

"什么？"红毛耳朵好使，他听见了，但感觉又好像没听清。

沈仟怀淡淡地说："没什么。"

邢芸一曲《玫瑰少年》结束，旁边人不多，投来的目光也都是赞美。

她第一次在大街上拉琴初体验，算是圆满结束。

邢芸拿着琴，余光无意瞥见个熟悉的身影。她侧头去看，是红毛和沈仟怀。

主要是红毛那头发，在人群中太扎眼了，自带一种谁也不服的张扬个性和态度。

她放下琴，向他们这边走了几步："你们怎么在这儿？"

"下来吃饭，路过。"沈仟怀手插在兜里，不疾不徐，腔调懒懒的。

这个点了才吃饭，也不知道他这是什么不良作息。

邢芸还得照顾陈大爷的孙女，就没耽误他太久："那你们快去吧，我就不跟着了，我得带着她去转转。"

一双小手忽然扯了扯她的裙摆，她低头，小姑娘扎着两个羊角辫，满眼期待地看着她："姐姐和我去玩吧，广场那边人很多，去那里拉小提琴会有更多人看的。"

去……广场？

她刚刚在这儿拉琴都紧张得要命，要是去广场那种热闹拥挤的地方，怕是手都不知道怎么抬了。

沈仟怀刚才只顾着看她，这会儿才注意到她身后一直跟了个小不点。

此刻看着小女孩一双水汪汪的眼睛，拒绝的话，邢芸说不出口，于是取了个折中，打算浑水摸鱼过去："要不咱们去广场，不拉琴，就逛逛怎么样？"

小女孩不肯，缠着她道："不嘛，我就要我就要。"

她左右为难，这万能"糊弄学"失灵了，正发愁要怎么办，就见沈仟怀蹲下身，挺熟络地跟那孩子讲："阿花，听话，别折腾她，姐姐胆子小。"

少年那把慵慵懒懒的嗓音说出来，倒让人听出几分不自知的偏袒。

阿花像是很听他的话，低下头，半晌才小声嘟哝道："好吧。"

他笑了下说："乖，给你买糖。"

他戴着个鸭舌帽，看不清眉眼，这么一笑愈显得下颌清晰，有些痞气。

邢芸心想这人是个老少通吃的杀手吧，这么小的孩子也被他收得服服帖帖。

沈仟怀站起身，随口说了句："别领她去人多的地方。"

邢芸刚刚走神在心里碎碎念，此刻冲他点点头，"哦"了一声。

他目光对上来，唇边笑意更盛："我跟阿花说的。"

没等她回应，他又轻飘飘撂下句："走了。"

"……"

沈仟怀刚走没几步，阿花又扯了扯邢芸的裙摆："姐姐，你脸红了。"

"嘘，小点声。"邢芸匆忙看了眼前头，莫名地有些心虚。

他没回头，应该是没听见吧。

邢芸用手背碰了下侧脸，还有点烫。

她在原地站了会儿，直到看不见他背影，才上楼把琴送回家，又带着阿花在这附近转了转。

路过那片破码头时小阿花又忽然神神秘秘地说："姐姐，我告诉你个秘密。"

"秘密"这个词的诱人程度，着实让人没法拒绝。

她随口问："什么秘密？"

小孩子的秘密大约是在树下埋了什么宝藏，又或者干了什么大人不知道的事。

邢芸蹲下身跟她齐平，小阿花凑近邢芸耳边，说悄悄话："沈哥哥去年受过伤，耳朵有时候听不到，别生他气，他不是不理你，你再多说一遍就好了。"

陈大爷这小孙女，倒是挺向着沈仟怀说话。

这其实早就不算是秘密了，邢芸也配合着点头："好，我再多说一遍。"

她记得刚刚沈仟怀叫这个小不点"阿花"，这在当地算是挺大众的名字，邢芸想了想问："你大名叫什么？"

女孩的声音稚嫩，看着她说："阿花的名字叫陈阿花。"

邢芸跟着念了念："陈阿花。"

晓芳粉面店，红毛跷着条腿踩在凳上，往嘴里塞了一筷子牛肉："仟哥，吃饭啊看什么呢。"

沈仟怀回了条消息，放下手机，从盘子里拿了颗煮鸡蛋剥："是孔老师，问我那些手续办好了没。"

红毛叹了声，嘴里的牛肉仿佛都不香了："孔老师对你还挺用心，但开学他带毕业班，也教不到你了。"

年年毕业季，都有以前的学生回来看望孔老师。孔老师教物理，今年已经四十三了，每一届都把班里的学生当自己孩子看，大事小事操心得很，一心想让这小镇上的孩子通过高考走出去。

沈仟怀修长的指节剥着鸡蛋壳，动作不紧不慢："再怎么说，我也不能让他失望。"

这话红毛是信的，他"卷"起来拼命得很，没人比得了。

沈仟怀剥干净一个鸡蛋，慢慢悠悠把它吃了。他也不想当这个"卷王"，谁让他压根没有退路可言。

他连个家都没有。

尽管嘴上说只要钱到位，什么都好说，但面对沈念，他也说不上是在跟谁较劲，但绝不会向她低这个头。

他想要的一切，他自己会去争取。

红毛一口面就一口蒜，口味重得不行："那城里来的妹妹和你一样，我感觉她也是个不服软的，而且还挺漂亮。"随后又摇摇头更正，"也不是漂亮，我说不清楚。"

沉默了半晌的沈某人终于肯搭话："行了啊，少打她主意。"

他脑子里不自觉浮现出她刚来铜钱镇那天拎着箱子站在发廊门口的样子。既然不是个服软的，又怎么弄得那么狼狈。

想着，他又忍不住调侃一句："你看见漂亮妹子就吹口哨这毛病改改，别跟个流氓似的。"

"不是，我哪敢啊。"红毛筷子一停，忙辩解道，"除了头一回不知道，我那天不小心看见你跟她坐在渔船上，举止还挺亲密，我就想着你跟她是不是有点什么。"

沈仟怀筷子在碗里翻了翻，头也不抬，一句话打消了红毛所有念头："纯洁的革命友谊，该有的不该有的都没有，吃你的面。"

邢芸带着陈阿花逛到九点多回去，想着她爷爷应该已经到家了，赶紧把这"小魔王"交到她爷爷手上才是正事。

刚刚在路边小店，陈阿花想要灯，邢芸帮她买了一个，陈阿花戴在头上，一闪一闪的，小孩子高兴得不得了，拉着邢芸的手又蹦又跳。

目光落向灯下分散的三两人群中，她脚步一顿，真是地方小到低头不见抬头见。

又遇见了。

邢芸自从来到铜钱镇，怕是提前要把这辈子的偶遇次数都用完了，遇见沈仟怀的概率比狗血偶像剧的桥段还要多出一倍。

　　沈仟怀在距离她一米远的地方停下脚步，闲闲抛下一句："听话没？"

　　冷不丁这么一句，很无厘头。

　　邢芸和小阿花刚刚从巷口过来的，大概是被巷口躁动的广场舞音乐给洗脑了，脑子里转着快节奏的旋律，都没听清他问的什么，就点头说："我刚刚带她去……"

　　前面随即溢出一声笑来，状似不经意，又明摆着是在笑她，沈仟怀下巴朝那小阿花点了点，透着股蔫儿坏："你怎么老是乱抢答，我问人小孩儿呢。"

/ 第 3 章 /

他们也不值得被原谅

　　这人，倒是怪会取笑她的。

　　邢芸没说话，他倒也不是执意要让她下不来台，转而就问陈阿花："听话没？"

　　陈阿花手里还在玩着那个灯，非常"见灯忘友"地抽空应他一声："听了。"

　　沈仟怀答应她的，伸出手来，里面放着一把奶糖："奖励。"

　　糖果对小孩子的诱惑力同样很大，陈阿花看着糖，手伸到一半又落回去，有些不舍："爷爷说我不能再吃糖了，牙齿会坏掉。"

　　"那我先存着，等你过两年找我要。"沈仟怀把糖收走，站直身子。

　　邢芸去把陈阿花送回家，他手里这把糖，最终还是进了她的口袋。

　　邢芸收下时还有那么一点点不知名的罪恶感："你不是说给她存着吗？"

　　他笑了声："骗她的，你也信？这糖放两年都该变味儿了。"

　　"……"

　　沈仟怀这个人神龙见首不见尾，那日一别，邢芸又是一连好几天都没见过他。

　　他要么就是整日游手好闲，成天竟在巷子里转悠，要么就是压根见不到人，以前经常出现的地方都看不到他的人影。

　　不过这回，他倒不是去鬼混了。

　　红毛在徐记糖水铺坐着，看他手边放了一沓卷子，都是新的，刚到手就被叫过来，顺手带上了。

"这难道就是趁着假期，卷死一个是一个？"红毛这种念不进去书的，对此表示叹为观止。

他认识还在上学的不止沈仟怀一个，但其他人都是去学校混日子，最后随便读个什么学校，拿个文凭。

不只是他们，这整个铜钱镇都是这样。

大家都没有那么渴望走出这里，这里日子虽不富裕，但吃穿够用，抱颗椰子吹吹海风，闲散安逸，尤其十七八岁这个年纪的玩心大，放在学习上的精力，更是没剩下多少。

人都有惰性，在普遍"躺平"追求安逸的氛围里，想埋头做那个努力向上的人，没点超乎常人的定力是不行的。

沈仟怀把那摞卷子随手放到一边，他来这儿就是坐会儿："玩了够久的，马上开学，也该看看了。"

他承认，他有野心，比别人多读这一年书，从前够不到的，现在伸伸手，也想要够到了。

红毛往旁边挪了下座位，像是压倒了什么东西，伸手摸出来看，拿在手上四四方方的："这谁的手机啊？"

话音刚落，手机屏幕上弹出一条消息，红毛想划走，却不小心点进去了。

这条消息是一段视频，视频开头是漫天的琴谱，有的已经被撕成碎片，纸片翻飞，后面是众人起哄的嬉笑声，画面一转，一个穿着精致小礼服的女生看向镜头，眼睛里有惊恐、狼狈和无奈。

总共八秒钟的视频，红毛举着手机的动作却僵住了。

视频里最后一帧看向镜头的女生，就是那城里来的妹妹。

红毛愣了半晌，才磕磕巴巴道："仟、仟哥，这手机……"

"怎么？"沈仟怀看红毛那表情，简直比见鬼了还难以描述。

红毛也不知道该怎么形容，把手机递过去，一咬牙："你自己看吧。"

沈仟怀浑不在意，全然没兴趣："看什么，扔前面收银台不就得了。"

他没伸手接，红毛直接塞他手里，屏幕上那段视频再次循环播放，琴谱、纸片，和在众人嬉笑声中看向镜头的她。

沈仟怀眉心微蹙，又想起她曾经问，这里的学校怎么样，不会有欺负同学的事情发生吧。

当时没多想，就当她随口问问。

他松松拿着，倏然被人一把夺了去。

邢芸是一路小跑着来的，呼吸声还没平复，就看见他正拿着她的手机，走近时，还听见手机里传来的嬉笑声。

这声音她再熟悉不过。

沈仟怀眼神看过来，四目相对，她紧握着手机，像是握着不能让人知道的秘密。

"我得赶紧回家了，再见。"

她匆匆忙忙撂下这么一句，拿着手机落荒而逃。

沈仟怀看着她跑掉的背影，脑子里还是刚刚那八秒钟的视频。

他当时没有跟上去，直到晚上睡前洗完澡，那视频里的最后一帧又一次浮现在他眼前，她一双眼睛看向镜头，整个人是生气又无助的样子。

像只被惹毛又无法反抗的动物。

沈仟怀没顾上擦头发，任由乱发遮眼，就随它那么湿着。

他拿出手机，在对话框里删删改改，最后只剩一句。

暴躁修勾：对不起，我不是故意要看你手机。

他指尖点下发送，这句话前面就出现一个鲜红的感叹号。

他被拉黑了。

邢芸回去删掉这段视频，把手机扔得老远。

那里头仿佛藏着吃人的恶魔。

她之前以为她心眼儿够大，那些人开过分的玩笑，她报复回怼几句，让那些人哑口无言算是扯平。

再者几张琴谱不值钱，再买就好了。

但这段视频毫不遮掩地暴露在他面前，那一刻的窘迫、尴尬，比任何时候都让她难堪。

她不想让人看见那个狼狈的她。

沈仟怀作为她在铜钱镇交到的第一个朋友，就这么被她拉入了黑名单。

接连几天小雨，邢芸直接闷在家里不出门，借着雨宅在家。林秋月女士也没觉得奇怪，只是时常埋怨这雨季什么时候能过去，成天下雨，洗完的衣服都干不了，要是再不放晴，连换洗的衣服都没得穿了。

天上的雷公电母似是被林女士那张嘴给叨叨烦了，终于在第九天的时候放了晴。

天气一晴，林秋月赶忙支起根杆子去阳台，能多晒几件衣服。

邢芸这些天大门不出二门不迈，快成了闺阁里的名门千金，等林女士出了门，她站在阳台往下面巷子张望两眼，没看见他。

正好，她也出去透透气。

邢芸出去绕最远的路去超市买绿豆汽水，刻意避开 109 和发廊，千算万算，还是在快到楼下的时候，跟他打了个照面。

"哎。"沈仟怀开口叫住她，"我……"

邢芸脚步只慢了一瞬，没等他说，就把头埋低装作没听见地先走了。

就好像他二人忽然角色呼唤，她成了那个耳朵不太好使的人。

只不过她这听不见的毛病，只针对他。

红毛看着人走了才走上前，费解地挠了挠头："她还是不肯理你啊？这可怎么办？仟哥。"

"你问我，我问谁去。"他抬眸看向红毛，不咸不淡问，"这事儿怪谁。"

"怪我怪我。"红毛连连认罪，也是没辙，"要不，哄哄？"

沈仟怀往前瞧了眼，人已经跑得没影儿了，说："你看人家乐意听我说话吗？"

他平时跟红毛这些人混在一起，插科打诨一个抵两个，随便一个都是爱谁谁的态度，论哄人，这学问是真的难。

邢芸拎着一袋子东西跑上楼，进门还有些喘。

"外面这么热的天，跑什么。"林女士从旁边拿出一个袋子，放到她跟前，"我刚刚路过五中帮你领了校服，你待会儿试试够不够大，马上开学了，新校服得抓紧洗洗晾起来。"

她把绿豆汽水放冰箱，坐下歇着："放着吧，妈，我等会儿再试。"

袋子里的新校服，白蓝配色，左胸的位置绣着红字：海城五中。

运动款式的校服，穿身上宽宽松松的，她晚上试穿的时候觉得正好，就是林女士觉得号大了，像是往身上套了个麻袋。

邢芸最近和 109 那位一直不冷不热的，偶尔在外面碰见，她就低头走。

她知道他没有恶意，看到那段视频应该纯属意外，但对她来说却是把避无可避的难堪摆到了眼前，不知道该怎么面对他。

这小心翼翼藏着掖着的秘密，也还是被他看见了。

暑期的末尾，又断断续续下了几天的雨，简直是没完没了。

沈仟怀听着屋外的雨声，有些心不在焉地停下笔，桌上是本厚厚的习题。

他拿出手机，点开"是芸不是云"，发了条消息过去。

毫无疑问，还是那个熟悉的红色感叹号。

这次，他好像真的把人给惹恼了。

他撂下手机，往后靠着椅背，轻合上眼。

沈仟怀，看你干的好事。

两天后，8月31号，高二开学的前一天。

午后，巷子里安静无声，林秋月女士惯例午睡，嘱咐邢芸去阳台把晾干的衣服收回来。

邢芸拿了个撑衣杆去阳台，刚取下几件短袖，接着去收另一排，听着下面巷子里有人走动，没多久，那脚步声就忽然停了。

她本能朝下看了一眼，不偏不倚，正对上他的视线。

邢芸最近见他要么埋头，要么就快走，都没正眼看过他，这么猝不及防的一眼，才发现他头发好像短了些，应该是去剪过。

头发剪短，眉眼倒是更清晰了。

午后毒辣的太阳晒得人眼晕，他往上看，是轻皱着眉。

流动的空气仿佛静止了。

看着他愣了两秒，邢芸才反应过来她正抬着手，手里拿着一块粉色布料。

她惊觉回神，把手边那一排内衣匆忙收走，慌不择路地往盆里一放，转身抱上盆，回屋了。

上面阳台门"砰"的一声关上，沈仟怀后知后觉地收回视线，耳根也有些烫。

他不自觉摸了下自己的耳朵，才慢半拍地反应过来。

"……"

好像，有点尴尬。

邢芸背靠着阳台门，这些天她像是什么也没干，成天尽顾着尴尬了。

这人怎么老是出现得这么不合时宜。

早不出现晚不出现偏偏这个时候站在楼下。

简直，真的，太不巧了。

可能是刚才关门的声音太大，吵到了林女士。林秋月从卧室出来，手里拿了个空杯子接水，看她端了一盆子衣服站在那儿，跟她说："去睡一会儿吧，等明天开学，中午可就没这么长的时间能用来午休了。"

邢芸点头说："好。"

开学那天邢芸特意早起了十分钟，外面桌子上放着豆浆和水煎包，还有一个水煮蛋。

她磨磨蹭蹭地吃完，最后是被林女士催着才走的。

邢芸背着书包下楼，手里拿着一瓶牛奶，是出门前林秋月硬塞过来叫她带上的。

假期的时候没发现，现在赶着上学的时间点出门，路上能碰见不少穿着同款校服的学生。

不过他们都是三三两两，成群结队。

邢芸两手抓着背书包带子，脑子里又想到他，自己就那么一声不响就把他拉黑了，是不是有点过分。

毕竟他也没做什么，只是她从前的负面情绪作祟，狼狈的样子被人看见，自己觉得难堪。

但仔细想想，那事件的始作俑者，从来就不是他。

邢芸看了眼手表，在 109 号门前停下，现在七点零五分，在楼下等他五分钟。

如果他七点十分之前能出现，那她就……

就怎么样邢芸还没想好，但她确实在他楼下等了五分钟，手表指针走向十，他还是没有出现。

邢芸看了眼表，抬头望向二楼，窗户都关着，不知道他在不在里面。

后面陈大爷骑着电瓶车过来，路过问了声："上学啊？"

她轻声说："嗯。"

"我这是赶集去。"陈大爷说，"你也赶紧，别迟到了。"

"……"

电瓶车的车轮碾过地上浅浅的水洼，邢芸又抬头望了眼二楼，然后默默等了会儿，等到路上穿校服的人很少了，她才离开。

海城五中，文理科的分班情况贴在学校公告栏里，邢芸简单看了一眼，217 班，后面括号里有字标注着，理科实验班。

分班表带着排名，她没有这儿的成绩，在那张表里排最后一个，总计 0 分。

表格排在她上面那个人也是 0 分。

是留级一年的沈仟怀。

邢芸视线在那个名字上停留了好一会儿才从人群中退出去，上楼，找到 217 教室。

她进班老师没见到，倒是先看见了他。

沈仟怀坐在后排，规规矩矩穿着校服，纵是如此，也无形中透着股散漫。

他脚踩在桌下的横杠上，另一条腿伸在过道上，旁边坐了个女生，两个人正说着话。

她只瞄了一眼便错开视线，就近找了个位置坐。

邢芸刚坐下，旁边桌子上就有人扔了个书包过来，热情地说："同学，我看你一个人，我也是，我朋友都不在这个班，要不咱俩做个伴呗。"

她回头，对方是个短头发的女生，戴着眼镜，说话大大咧咧，看起来很好相处。

"好啊。"她主动介绍说，"我叫邢芸。"

女生坐下，冲她笑了声："我叫叶嘉琪。"

坐下没一会儿，叶嘉琪侧着身子往后看，又神神秘秘地凑过来说："后面那个不是沈仟怀吗？他开学该高三了，怎么跟咱们高二的一个班？"她说这话时还欲盖弥彰地拿了本书挡着，生怕被"正主"瞧见她背后议论。

邢芸沉默了一瞬道："你认识他？"

自认为很平常的一句话，叶嘉琪却看她一眼，表情有些纳闷儿："五中没人不认识吧。"

五中作为镇上唯一一所中学，整个高中部就算一个年级分为九个班，同学间私下也基本都认识，自己不认识的，也许自己的朋友会认识，再或者朋友的朋友会认识。

像穿串子一样，想认识谁，稍微打听一下就知道了。

邢芸没忍住，回头瞄了一眼又转回来："他在学校很出名吗？"

"对啊，人长得帅，成绩也好。"叶嘉琪推敲了一下这句话里的逻辑，补充道，"他成绩不是最好的，但人确实是最帅的。"

成绩上那点差距，已经完全被他的形象分拉满。

邢芸之前班里的男生大多都是富家子弟，沈仟怀和他们身上那种感觉不一样，他是自由的、潇洒的，完全属于他自己的。

带着一点放纵的野性。

邢芸配合点头："他长得是挺帅。"

上课铃声响起，一个穿着条纹衬衫的中年男人走进教室，矮矮胖胖，头发梳得很顺。

底下小声说话的同学也都安静下来。

他在讲台上写了电话号码和名字，转回身道："给大家介绍一下，我是本班的班主任……"

邢芸这一整天除了听各科老师自我介绍，还从叶嘉琪嘴里听到了不少关于沈仟怀的事。

叶嘉琪说他中考入学时候是铜钱镇第一名，分数能上市里最好的高中，最后不但没上留在这儿，成绩像是还退步了，再没考过第一，一直在校榜前二十，直到去年，一下子跌到了百名以后。

听上去就是一个学霸逐渐泯然众人的事情，但总让人不自觉会去想，他去年休学背后的故事。

晚间放学，邢芸收拾好东西往后看了眼，没看见他。

可能是先走了。

邢芸在心底叹了口气，见了面又不知道该说什么，从她单方面躲着沈仟怀，再到这种双方默契的避让，心里越发有种说不上来的感觉。

像夏天汽水开封的第一口，入口冰凉，还有点涩。

从学校步行十几分钟就能到家的路程，邢芸磨蹭了将近半个小时。

她走出拐角，跟前忽然多出一道人影，蓝色校裤下，是双白色的篮球鞋。

灯下少年的身影挺拔高瘦，轮廓分明。

他站在她跟前，清了清嗓子，语气难得正经："对不起啊，我那天，不是故意要看你手机的。"

这句道歉，他一直没忘。

"我没在意。"她微低下头，有些难为情，"就是觉得，那段视频里面，我挺丢人的。"

丢人丢一次就够了，被人看见就等于又丢人一次。

她眼睛没敢看他，是心头那点还未平复的难堪，也是一言不发就把他拉黑的心虚。

空气安静几秒，听见他说："以后不会再有这种事，他们也不值得被原谅。"

她不大度，小心眼儿得很，那些人，她这辈子都不会原谅。

路边矮墙上有只猫跑过，沈仟怀想了下说："那件事儿，后来怎么办了？"

邢芸也是没预料到，她一个多月前就到铜钱镇了，那些人竟还会追着她。

"我报了警。"她不想再提，摇摇头说，"没事，都过去了。"

"……"

邢芸到家后坐在书桌前，无意看见旁边的月亮灯，她忽然想到上次在海边，他收了她一瓶绿豆汽水，说保护费，算是收过了。

她说不上是什么心情，有点怪，思前想后好一会儿也没找到奇怪的根源所在。

邢芸拿出手机把他从黑名单里拉出来，随便弹了个"开始学习"的表情包过去。

与此同时，沈仟怀刚上楼，本该远在天边的沈女士却站在他家门口，手里还拖着个行李箱。

这些天沈念回家后怎么想怎么不是滋味，之前被赵彩霞蒙骗以为他这些年过得好也就算了，现在明明知道他一个人在这儿，跟赵彩霞的关系也彻底闹僵，万一平日里有个什么事，他一个十七八岁的学生也找不到人帮忙。

沈念这么想着，把家里安顿好后就拎着箱子来了。

这些年终究是她亏欠他，如今再放任不管怎么也说不过去。

"你开门吧。"沈念从门口让开位置，看着他说，"你不跟我回去，那就先住这儿，我过来照顾你的起居，你的耳朵，也要定期去检查。"

沈念顿了顿，接着道："高中读完，希望你能跟妈回家。"

沈仟怀手插兜站在台阶上，他没那闲心配合她演母子情深的戏码，但看沈念这行李箱，应该是动真格的。

人大老远来了，他自然说什么她都不会走。

他一言不发，上去把门开了，进门也没多余的话，拎上书包径直回房间。

现在是晚上十点刚过，沈念看了眼时间问他："你饿不饿，我给你做点吃的。"

"不用。"他懒懒应了声，顺手关上了门。

口袋里的手机振动一下，他拿出来看，是条邢芸发的消息。

一个挺"二"的动图表情包。

他看着手机，嘴角不自觉扬起抹弧，总算把他从黑名单里拉出来了。

次日清晨，早上六点多，沈仟怀睡醒刚走出卧室，就听见厨房有人在做东西，出了会儿神才想起应该是他老妈。这家里忽然多个人，搞得他还有点不适应。

沈念起得很早，赶在他起床之前就去厨房做了早餐。这厨房他基本没用过，锅碗瓢盆这类东西也欠缺得可怜。

但沈念依旧戴着围裙，用这些不怎么好使的家伙什做了早餐，沈仟怀出去时她刚把摊成的饼放盘子里端出来，听见脚步回头，说话声音温温柔柔的："吃了再走吧。"

他偏头瞧了一眼，是他小时候喜欢吃的鸡蛋饼，旁边还有一杯热牛奶。

他手里正拿了瓶一样的，不过是刚从冰箱里拿的，凉的。

沈仟怀书包挎在肩上，随口道："不吃了。"

他没做停留，径直去门口换鞋，开门出去。

走之前还听见沈念在后面说早上空腹喝冰牛奶对肠胃不好，后半句他就已经关上了门。

他不知道该怎么说，从昨天见到沈念那一刻，她的一举一动，就差把"弥补"这两个字写在脸上了。

突然多出一份关怀备至的爱，让他莫名有些抗拒，招架不来。

沈仟怀下楼，拧开那瓶牛奶喝了口，是挺凉的。

六点四十五分，邢芸特意比昨天早了些，在 109 号楼下等了他几分钟。

昂头能看见上面二楼灯亮着，但迟迟不见人下来。

在快到七点的时候才听见声儿，紧接着下面大门打开，沈仟怀单肩背着包出来。

二人视线隔着两三米的距离遇上，他沉默了一下说："早啊。"

"早。"她主动道，"一起走吧。"

路上有不少结伴而行的学生，他们两个一起走，看着一点也不奇怪。

先前那一点小小的不愉快，也烟消云散了。

邢芸在前面路口买了饭团，想着他应该没吃，就帮他一起买了，付钱时扫了眼班群，是班主任昨晚发的消息。

她目光在一大段话中看到"考试"这个词，整个人瞬间像霜打的茄子："五中怎么还有开学考试啊，我玩了整整一个假期，根本不知道这回事。"

她读书这么多年，印象里是没有开学考试这一说的。

沈仟怀看她刚才还高高兴兴的，一听考试就皱起了眉，他善意科普道："还有周考、月考、期中期末，五中什么都不多，就考试多。"

他高中上了一年半，考得人都麻木了，平时小考桌子一反就能考试，剩下全凭自觉。

不出所料，她听完更发愁了。

在之前的学校，她的成绩中等偏上，被安排在普通班，这次全靠老爸帮她办借读，还稀里糊涂进了实验班。

卷子还没看到，压力却是先来了。

沈仟怀倒没把这个"开学考"视作洪水猛兽，闲闲靠着电线杆，不紧不慢地说："晚上给你找两套卷子做一做，还有两三天，应付一下考试，不难。"

邢芸接过两个饭团，分他一个，听了叶嘉琪昨天那番话，潜意识把他归于跌落神坛的过气学霸。

她叹了口气，忧心忡忡地劝他："那张分班表咱们两个垫底，我是没成绩，你是重读，别到时候咱们俩难兄难弟，排名又抱团落在最后。"

沈仟怀撕着这饭团的包装，看她为一个小考试发愁，头顶简直阴云密布。他懒笑了声："不信我？"

邢芸咬了口饭团，心想上次你排名都掉到百名以后了大哥，五中高二年级理科总共也就二百个人不到。

但这话说出来伤人自尊，更何况他成绩落下的原因是休学，曾经是入学的全镇第一的学霸，看着自己在成绩上逐渐泯然众人，心里应该也不好受吧。

顾及沈同学的自尊心，她昧着良心摇头："没有，我信。"

他还是那副没个正形的样子："一个考试，就随便考考得了。"

沈仟怀话是这么说，又怕邢芸真考砸了闷闷不乐，趁着晚自习挑了几张卷子，都是孔老师给的，上面有他刚圈起来的一些题，捡着这部分好得分的做就成。

五中传统开学考，在本部上学的都知道，假期最后几天多少都会在家复习一下，像她这种玩了一个假期书都没看一下的，在理科实验班参加开学考确实容易"翻车"。

邢芸正在座位上慢吞吞看着以前学过的内容，想着看一点是一点，之前网上那句话怎么说来着。

今天多看一页书，明天考试不像猪。

话糙理不糙，是这个理。

忽然一道人影靠过来，桌上多了几张卷子，递卷子的那只手干净白皙，指节修长。

他点了下卷子上圈的题号："不想考得太砸就做一下。"

晚自习没人说话，周围都很安静，她没多想地点头："嗯。"

等人走了，叶嘉琪凑过来，一脸的神神秘秘："哎，你们这么熟吗？他还给你圈题。"

虽然这么说很不地道，但邢芸始终抱有怀疑态度。她翻着看了看这几张卷子，最后一张是他手写的答案："这个……靠谱吗？你不是说他都没落到百名以后了吗。"

她之前的成绩中上，不算出挑，却从没退出过百名，最差的一次是全校第八十五名。

叶嘉琪犹豫一瞬说："是没落了，他高二才没落的，但咱们是考高一的内容，应该没什么大问题吧。"

毕竟曾经的凤凰也是凤凰，瘦死的骆驼比马大。

邢芸这样说服自己，晚自习把上面的题做了一遍，剩下没做完的拿回家做了。

做完对着他给的答案改，确实步骤清晰，一看就懂。

邢芸咬着笔，看着他潇洒飘逸的字体感叹，沈同学，不愧是从前的骆驼。

高一的题型不多，很好掌握。直到两天后，周四一整天考试结束，邢芸才切实体会到，沈仟怀，是有点本领在身上的。

因为分班排名吊车尾，她和沈仟怀也被安排在了同一个考场，和那张成绩表上一样，他位置在她前面。

考试过程中她发现沈仟怀做题很快，偶然看到他翻页，答题卡上也是满满的，而且不像是睁着眼睛瞎做的。

他圈到的那些题型，也确实大部分都考到了。

周五还有一天考试，邢芸回家又临阵磨枪地练了几道理综题，睡前为了表示感谢，给他发了条微信消息。

是芸不是云：明天加油！谢谢铁子。

收到这条消息时，沈仟怀正坐在沙发上气定神闲地吃西瓜。

他抽了张纸擦手，在对话框打下几个字。

暴躁修勾：现在信了没？

是芸不是云：信了信了。

她说什么也得抱住眼前这个大腿。

林女士在外面催她："不早了早点睡，考试也不差你今天晚上看这两眼书。"

"马上就睡了。"邢芸一边应着，一边看了下时间，快十一点。

她又点了点手机，发了条消息说：早点睡，明天见！

暴躁修勾：明天见。

聊天记录最后一句是三个字，明天见。

邢芸第二天早上又到沈仟怀家楼下等着，五分钟，十分钟，十五分钟……等到快要迟到也没见他下来。

邢芸正想上去叫他，二楼的窗户却忽然开了。

开窗的是一个女人，长发绾在脑后，很温婉的样子。

牛杂店的赵彩霞她见过，那这个人应该是他妈妈。

邢芸迈出去的脚步又收了回来，他家里既然有人在，心想他应该是提前走了吧。

这么想着，她匆匆赶去了学校，踩着铃声进教室，结果一直等到开考也没看见他，前面沈仟怀的位置，也一直是空着的。

109号，沈仟怀睡醒揉了揉泛疼的太阳穴，还真被他老妈给说中了。

昨天晚上沈念帮他倒了杯水，看空调温度开得很低，跟他说："这几天降温，晚上空调就别开那么低了，容易生病。"

他嘴上应着"知道了"，其实压根没听进去。

之前他一个人住的时候怎么舒服怎么来，这身体平日里怎么造都没事儿，比铁打的还结实，怎么沈念一来他就忽然变得柔弱到不能自理了。

吹个空调还能吹得第二天头疼。

这让他不自觉想到那林黛玉体质的弟弟，小小年纪一直戴着口罩，之前听说好像是什么，冷空气过敏。

真够离谱的。

他抓了下乱糟糟的头发，简单收拾一下挎上书包出门。沈女士见他脸色有点差，担忧地问："昨天没睡好？"

"没事，我先走了，今天考试。"沈仟怀顺手从桌上拿了瓶豆奶，出去才慢半拍地反应过来，这豆奶是常温。

应该是沈念提前从冰箱里拿出来放在这儿的。

沈仟怀回头瞄了一眼他关上的门，忽然有种说不上来的感觉。

上午考数学，邢芸做到第四道选择题的时候，教室门口才有人喊了一声报告。

他迟到了。

教室有抬起头看一眼热闹的，还有不闻窗外事专心做题的，这群人里，邢芸属于抬头的那一个。

沈仟怀站在门口，懒洋洋地背着个书包，监考老师催他赶快进来。邢芸目光落在他身上，看着他走近。

两人一前一后的位置，沈仟怀见她抬头，冲她笑了一下，嘴角轻扬，随意散漫。

考场安静，他也没说什么，安静坐下了。

教室里谁也不知道，在这看似不起眼的末位考场，还坐着一位深藏不露的黑马选手。

下午邢芸写完英语，再抬头。前面那位不知道什么时候已经靠在桌子上睡着了，他胳膊支在侧脸，手自然垂下，虚搭在后颈。

少年肩背宽阔，搭在后颈的手指微屈，袖口露出一截清瘦手腕。

她看了多久，他就睡了多久。

直到最后的铃声响起，他才动了动身坐好，把答题卡摆在桌边让人来收。

邢芸整理好东西，背上书包，正看见沈仟怀手撑着脑袋，揉了下太阳穴，上午有点头疼他放着没管，结果拖到下午，这头痛还愈演愈烈了。

她看他脸色不好，有点担心道："你怎么了？"

他起身三两下收拾着东西，随口说："头疼。"

沈仟怀本来皮肤就白，现在更是透着些病态，说话声音也有点哑，像是真的不舒服。

旁边同学还没走完，她小声问："很难受吗？"

他本想说没事，看她这紧张的表情也大概猜到自己现在什么样儿。他这人但凡有点不舒服，脸色瞧着就很病态，其实根本没那么夸张。

沈仟怀非但没解释，还故意逗她说："是啊，难受得要死，怎么办？"

教室里的人已经走得差不多，连监考老师也已经走了，邢芸没遇上过这种事，又怕他真的很难受："要去医院吗？"

他听了却忽然勾唇，贼兮兮道："骗你的，就是昨天睡觉空调开太低，今天回去睡一觉就好了。"

他这人说话总不正经，让人觉不出真假，邢芸还是多问了句："等下要去医务室吗？"

"不用。"他单肩背上包，下巴朝门口扬了扬，疏懒散漫，"走了，人都走光了。"

学校医务室里就一个头发花白的老大爷，上次运动会同学摔倒磕破了腿，他看着都觉得惨不忍睹，结果去医务室那老大爷一本正经地给开了两包板蓝根。

医务室两包万能的板蓝根，让他觉得不如自己扛一扛。

在回家的路上，邢芸想起来说："早上我好像看见你妈妈了。"

他点了下头："嗯，她来了。"

她早上只远远看了一眼，看得出来，那是个很温柔的女人。

二人从骑楼巷子口走进，小店破破地立在路边，白色的牌子上红漆写着两个字——发廊。

门口蹲着一个满头"洗剪吹"的青年嚼槟榔。

邢芸指了指那家店："平时，你还会去发廊吗？"

"以前偶尔去。这发廊十天半个月也不见人来，门口那人是我舅妈那边的亲戚，游手好闲不工作，来这地方当帮工，也就是换个地方游手好闲。"沈仟怀朝那块看了一眼，门口的帮工换了个方向，继续嚼槟榔。

他是真学过一段时间剪头发，去发廊收入十块二十的也是全凭手艺，之前赵彩霞说，以后要是不上学，学一门理发起码有个营生，饿不死。

她浅浅应了声："哦。"

说着，就到了109号。邢芸停下脚步，侧头看他："明天也不上课，正好周六日，你回去好好休息。"

沈仟怀还想说什么，看见前面路口出现的人，话到嘴边又改口说："成，回见。"

邢芸往家走，也就几步远的距离，迎面走过来那个女人像是她早上看见的，沈仟怀的妈妈，她穿了一件碎花长裙，在这小镇也不显土气，手里提了一袋子水果。

邢芸呆呆地看，走过时她还冲自己笑了一下，是一种和善的、亲切的笑。

邢芸也笑了下，算作回应。

在进门之前邢芸听见身后那个女人轻声问他："你同学？"

他说："嗯，同学。"

沈仟怀上次亲眼见到一向温柔的沈女士去找赵彩霞吵架，质问赵彩霞为什么拿了钱，却不带他去治他的耳朵。

治好治不好另说，气的是赵彩霞压根没提起。

这些年沈念带着那个小他十岁的弟弟，那小孩儿成天不是在看病就是在去看病的路上，沈女士也就疏忽了他，只知道打钱，让他在舅妈这儿吃好喝好。

结果事与愿违，两头都没落得好。

自那天以后，他和沈女士的关系就很微妙，没有句句抬杠，但也绝对算不上亲密。

晚上沈念做了晚饭，吃饭时候他也吃得不多，沈念看出他今天一整天都不对劲，找不到缘由，只能半猜着说："你是不是最近太累了？"

他夹了一筷子菜，借口道："没睡好。"

反正绝不承认这是空调吹的，空调就是他半条命。

他吃完回房间，屋里依旧开着空调，不过是 26℃，这是他最后的妥协。

邢芸考试完忙里偷闲一下，写着作业就开起小差，手里摆弄着那个月亮灯，突发奇想从抽屉里翻出根金色的笔。

在灯上写了一个名字：

沈仟怀。

两样美好的事物结合。

是月亮与他。

今天放学早，现在不过也就才八点多，邢芸瞧了眼书，干脆合上推到一边，抱着灯等金色的笔迹彻底干掉，又伸手碰了碰，确定不会被蹭花。

沈仟怀，她第一次写这个名字，写出来竟是意外的好看。

林秋月女士在外面敲门："芸芸，我帮你找的老师来了，出来见见。"

邢芸放下灯，起身出去。

客厅坐着一个二十多岁的女生，齐肩短发，打扮得挺时髦，手里还拿着几张琴谱。

这应该就是林女士帮她找的小提琴老师，算是一对一家教。

林秋月说："你先和杨老师聊着，我去切盘水果。"

她点点头，过去坐下。杨老师放下谱子问："我听你妈妈说，你想靠这个艺考。"

"以前想过，我从小就喜欢小提琴，但之前机构的老师说，我在这方面没天赋，如果以后想靠这个发展也很难。"邢芸一五一十，说得清楚，"我在学校文化课成绩也还凑合，而且我爸的意思是，学好文化课，把小提琴当爱好。"

杨老师跟她年纪相差不是很大，问问题总是一针见血："那你的意思是什么？"

她的意思，当然是选小提琴。

邢芸沉默一瞬说："我想艺考，虽然没天赋，但可以努力。"

她觉得老天是会眷顾努力的人的。

邢芸和杨老师简单聊了聊，晚上睡觉前抱着手机点进暴躁修勾的对话框，虽然心中已经有了答案，但还是想问问他，她这种情况该怎么选。

她输入了好长一段话，包括老爸不支持她拿小提琴当职业都写进去了，忽然想到什么，扫了眼时间。

已经十一点多。

想到他今天那个状态挺没精神的，终究还是没忍心打扰他，又把对话框里的话尽数删除。

她没有发，倒是对方先发制人。

暴躁修勾：想说什么。

刚才她暴风输入那么久，他不会全都看见了吧？

邢芸抱着手机有些尴尬，他怎么老是能撞见这种时刻，她半天没动静，对方又发了一个问号。

暴躁修勾：？

这 ID 配一个问号，莫名有点"欠"，但这毕竟是雪中送炭，帮她圈题的恩人，她改口道：想关心一下沈同学，可还康健。

对方回了两个字。

暴躁修勾：康健。

周一成绩出来，沈仟怀无疑是众人眼中最大的"黑马"选手，曾经跌落百名之后的学霸再次出现在大榜前排，641分，年级第四。

数学147分，单科第一名。

邢芸依次看过去，他的英语96分，比同样排在前面那几位少很多。

别人可能不清楚，她却是知道的，最后考英语的下午，他应该是不舒服，草草做完就趴桌子上睡了。

如果英语正常发挥，这次的年级第一妥妥是他。

她的成绩中规中矩，总分523，班里排二十七名，年级排六十多名。

邢芸看着成绩表，相比之下沈仟怀几乎每一科都名列前茅，她转头看向他："沈同学，你这么强的吗？"

他倒是肯说实话："这些题型假期我都做过，换汤不换药，都一样。"

"假期？"邢芸看了一眼他的分值，又看了眼他，有些难以置信地重复了遍，"你居然背着我，悄悄学习。"

他那天可是说随便考考的。

沈仟怀这个人，怎么看怎么不像嘴上说随便考考，结果背地里挑灯夜战"卷"死一个算一个的那种人。

很不像，一点也不像。

就算他亲口说了，让人也不太相信。

对此，沈某人一脸无辜。

天地良心，那段时间邢芸见他就躲，他连张嘴说话的机会都没有。

也不能算是……

背着吧。

这个问题一直困扰着她进到教室，沈仟怀闲闲靠着她桌子，随手拿了支她的笔在手上转，一下一下的："那不是我想说，你没理我嘛。"

邢芸哑言片刻，咕哝一声："哦。"

是她没搭上那班顺风车，假期里只顾着玩了。

上课铃响，沈仟怀走时还顺了她一支笔。

笔盖是个"蠢萌"的小兔子。

她和叶嘉琪坐同桌这两天，耳朵里没少听班里人的八卦，关于沈仟怀的尤其多。

有些事邢芸一直挺好奇，但没好意思当面直接问，见她说得起劲，邢芸插了句嘴："嘉琪，那他的耳朵，怎么伤的？"

"这个我不清楚。"叶嘉琪摇头，"每月初一十五要拜神，这两天通常各家是不开店的，而且当时好像还是赶集，没多少人，自然知道的人也少。"

邢芸应了一声，没有再问。这些天从别人那里听来的只言片语，真是足足勾起了她的好奇心。

她拿着笔在纸上百无聊赖地画圈，心想沈同学，还真是藏了一身的秘密。

熬到最后一节体育课，这课一向轻松，先领着跑两圈就自由解散，男生要打球的打球，剩下的都在树荫下乘凉。

等到快放学的时间，邢芸坐在高台阶上，手里拿着包芒果干吃。沈仟怀先是买了瓶水，觉得无聊也过来坐着了，他手搭在膝盖上，刚才路上折了根草玩。

篮球场上几个男生正和外班的打球，他跟高三那一届的人比较熟，现在忽然降一级，刚来了半生不熟的，也就没参与进去。

球场上有个穿红衣服的屡屡进球，招式花得人眼都看不清，给人的感觉就是"装"得不行，却偏偏能吸引一众目光。

沈仟怀看了两眼就觉得没意思，拿出手机翻了翻。班群里是新发的座位表，估计是早就排好的，他和邢芸的名字挨在一起，同桌，偏后排的座位。

他随口说："座位表发群里了。"

半晌没听见她应声，沈仟怀扭头，发现她也在看热闹，两只眼睛巴巴地往场看，恨不得人能瞬间移动跟过去看。

她还身处其中，目光落在球场，问他："叶嘉琪说那个红衣服的，咱们班长，篮球打得很好，你说是不是真的？"

得，这是压根没听见他刚刚说什么。

沈仟怀偏头瞧了一眼又转回来，带点不屑："我为什么要关注别人篮球打得好不好，关我什么事。"

邢芸吃着芒果干，颇有一副吃瓜群众的样子："虽然这么远我也看不清，但感觉叶嘉琪说得没错，确实很帅。"

他反问："帅吗？"

她没听出他这话里的不对劲，点头说："帅的。"

看了会儿球，邢芸收回视线，拿了一片新的果干，递过去。他正想拿，她却忽然使坏，往回收了一寸。

沈仟怀笑了下："逗狗啊。"

这姑娘什么时候还学会这个了。

她故意模棱两可，不明不白"啊"了一声。

球场上同时响起一阵欢呼，她那眼神就又被勾了去，看热闹，人之本性。

但给某人的感觉就像是百忙之中抽出时间来敷衍他一下。

下一秒，沈仟怀跳下台阶，起身走了，肩上松垮垮背着书包，包括那倔强的后脑勺仿佛在传达一句：

哄不好了。

邢芸见某人像是生气了，也下了台阶，忙追上去："喂，我开玩笑的，你多大人了，我开玩笑的你听不出来啊，都给你……"

/第4章/

如此可不是一个好预兆

正巧响了放学铃，邢芸跟沈仟怀出了学校，他走得不快不慢，没刻意甩掉她，却也不说话。

"喂。"邢芸扯了一下他校服衣角，小心翼翼地看他，"喂，真生气了？"

他稍冷着脸，一言不发。

也不知道"逗狗"这两个字戳到了他哪根神经，有必要生气吗？

再说他微信名字就是暴躁修勾，这可是他自己起的。

邢芸没想通，又试探扯了一下他袖子："哎，我开玩笑的。"

接着，便听见某人破功，极轻地笑了一声，透着股蔫坏："干什么，撒娇啊。"

她抬头去看，沈仟怀嘴角勾着抹笑，散漫得毫不遮掩。

邢芸顿时收回自己有"撒娇"嫌疑的手，掩盖罪证般揣进口袋："沈仟怀，你'演'我？"

她瞪过去一眼，只可惜毫无杀伤力。

可以，沈同学，这演技不去拿个奥斯卡小金人都是屈才。

刚才他闷不吭声，她还以为他真生气了。

沈仟怀也只是笑，不客气地拿走她手里的芒果干，吃完还要嫌上一句："这么齁甜的东西你是怎么吃下去的。"

邢芸在旁边碎碎念："不爱吃拉倒。"

"……"

正午阳光透过稀松的树影落下来，洒在少年的发梢上。

刚才有那么一个瞬间，他倒不完全是装的，是真的有点气，不是因为她开玩笑，他自认为还没那么小心眼儿。

但路上他后知后觉也没想明白自己到底在气什么。

不知道，想不通，百思不得其解。

他默默叹了口气，沈仟怀，这可能就是少爷病。

中午到家，沈念已经做好了饭菜，其中还有一碗牛杂。

之前跟赵彩霞他们一起住的时候，所有饭点赵彩霞都在牛杂店忙活，他和赵彩霞的儿子要么在店里将就吃一碗，要么去外面买。

出去买得多了还会被赵彩霞念叨浪费钱。

吃了那么多顿牛杂，现在看着这东西都完全不想再碰一下。

他安静地吃着饭，沈念在旁边接了一通电话，是他后爸打来的，他零碎地听见几句，说是那小孩儿又发烧了还是怎么了。

这通电话结束，他看沈女士也是忧心忡忡，于是语气淡淡地说："你要不还是回去吧，在这儿你也是惦记。"

沈念微蹙起眉："我走了那你怎么办。"

这话她不说还好，说了就好像他得了多大的恩惠似的。沈仟怀放下筷子，觉得好笑："这些年有人想过我怎么办吗？你把我丢在这儿的时候，我也就他那么大吧。"

他七岁，赵彩霞还没孩子，等没过两三年怀了孕，他那舅舅又是个甩手掌柜不管事儿的，赵彩霞忙着照顾自己的孩子还顾不过来，哪有空管他。

现在沈念问他，她走了他怎么办。

多少年他都这么过来的，现在想起来问他要怎么办。

沈念被他一句话说得哑口无言，半天没能张口。

沈仟怀没再说，继续吃了几口，草草放下碗筷："我吃饱了。"

他起身径直回了房间，习惯把空调温度开到最低，烦躁地塞上耳机。

点了两下，没听见声儿，他重新试了试，耳机没坏，手机也没坏。

是他这耳朵，听不见。

更烦了。

他把东西往桌子上一扔，后面有人推门进来："你再用点力，手机该摔烂了。"

红毛刚走到他房间门口，就听见里面不小的一声。

沈仟怀见红毛走到跟前，他指了下耳朵说："听不见。"

红毛看见桌上的耳机，瞬间懂了。

这搁谁身上谁不烦，虽说不是啥大毛病，但毫无征兆不时来这么一下，确实是搞心态。

沈仟怀靠床坐在地毯上，红毛也陪他坐着，就这么安静地等了一会儿，沈仟怀问："你刚说什么。"

红毛看他，也看不出什么："我说你力气再大点，手机要摔烂了。"

沈仟怀沉默一瞬，又问："你进来时候，她走了？"

"没走，在外面呢。"红毛看得出来沈仟怀心情不好，有点烦，但不知道具体发生了什么。

按道理，像沈念那种说话做事都温柔亲和的人，不该这么难相处。

不管怎么样，红毛站在沈仟怀这边，在镇上他们算是从小就认识的，平日里他都看得清楚，别的小孩儿放假在外面到处玩不着家，只有沈仟怀十二三岁就开始在牛杂店帮他舅妈打杂。

亲妈多少年也不来看看，红毛越想越觉得他们仟哥实惨，这什么破命啊。

红毛在内心已经写了一篇沈仟怀版《窦娥冤》，再偏头，沈仟怀那点烦躁已经不见踪影，没事儿人一样刷着手机，点开了一局游戏。

很无聊的单机游戏。

种花，养宠物。

红毛看了两眼，往跟前凑了凑："这游戏好玩不？"

他点着屏幕，种花种草，淡淡撇下句："不好玩，很没意思。"

班级群里的那张座位表，邢芸看见的时候它就已经以纸质版的形式放在了讲台上。

送表的班长留下句话："下午三节课后换了位置再去吃饭。"

邢芸看着那张表，上面她和沈仟怀坐一起。

虽然刚来这个班人还没认全，但这座位表明显就是按照分班排名安排的座位。

她和沈仟怀两个后插进来的，自然被排在一起了。

叶嘉琪依依不舍，"戏精"上身："咱们只剩最后三节课的同桌了，芸，分开了你会想我吗？"

邢芸指着表上叶嘉琪的名字："嗯……咱俩改成前后排，倒也不至于……生离死别吧。"

叶嘉琪顺着她所指看过去,表情意味深长:"老实说,沈仟怀是不是对你有意思?"

邢芸想都没想,便说:"没有。"

"没有"二字一出,她就不合时宜地想起他收了她一瓶绿豆汽水当保护费,以及考试前轻描淡写扔在她桌上的卷子,答案却都是他手写的。

沈仟怀刚好从门口进来,校服宽大的袖子挽在手肘,手里拿瓶冰水,偏头朝这边看了一眼,慢悠悠道:"老师来了。"

邢芸思绪被打乱,匆忙拉着叶嘉琪赶回座位上,因为心虚没敢看他。

她这叫什么行为,"玛丽苏"幻想症?

教室忽然安静了,班主任拎着水壶走上讲台,用不那么普通的普通话起了个头:"上课了啊。"

他姓"王",普通话带着浓浓的口音,私底下不少搞怪的学生喜欢模仿他讲话。

这会儿下面有人小声地笑,老王清了清嗓子,也不在意,眯着眼睛看了眼成绩单,抬头说:"沈仟怀,是哪个?"

后排沈某人举手:"我。"

"考得还行。"老王推着眼镜,随口说,"英语怎么才这点分,下去好好补一下。"

办公室那几个老师都是在镇上教了十几年的,高三实验班的孔老师特意跟他说,沈仟怀,是个有能力的,可以重点关注。

这会儿老王见了成绩和人,满意地点了点头:"行了,打开书,开始上课。"

邢芸这课上得是昏昏欲睡,上到半截回头看了一眼他,那人怎么就一点不困,手里还晃晃悠悠转着支笔。

笔盖是只粉色的兔子。

不知是不是她回头的动作太明显,他视线看过来,对视一眼,邢芸就转回了身。

这下不困了,清醒得要命。

邢芸和叶嘉琪度过最后三节课的时光,便搬着书,去了后排。

不知道怎么说,跟他成为同桌,总感觉哪里不对劲。

她搬着书跑了两趟,再过来时他已经把自己那一边东西放好了,两个人站着默不作声地整理书。

在闹哄哄的教室里，这气氛就显得更奇怪了。

邢芸想问，他是不是也觉得有什么地方很怪，旁边一个男生忽然急急忙忙地凑上前："兄弟，江湖救急，借支笔。"

沈仟怀还没吭声，那人就已经捞起桌上那支兔子笔拿去写了个名字又放回来。陆峥仔细端详了一下这支笔，犹豫几秒，试探地问："这个，是你的吗？"

"是啊，怎么了？"沈仟怀倒不见外，大言不惭说是自己的，还补了句，"不可爱吗？"

"可爱。"陆峥挠了挠头，一脸见鬼似的表情走了。

刚来这几天，他也只和陆峥比较熟，细说起来陆峥还是赵彩霞那边八竿子能打着的亲戚。

陆峥见面第一次就说，四舍五入，一家人。

邢芸看着那支笔，越看越眼熟："这不是我的笔吗？"

他把最后一本书扔进桌兜，说得理直气壮："忘带笔了，借我用用。"

邢芸"哦"了声，慢吞吞地整理着书："你觉不觉得咱俩坐同桌，有种说不出的奇怪。"

他没听清："嗯？"

她又说了遍："你觉不觉得咱俩有点奇怪？"

分明是老师安排的位置，两个人正大光明坦坦荡荡，她却单方面有一种微妙的心思在作祟。

仿佛和他的关系是秘密的、不可告人的。

见不得光的。

像谍战片里不到万不得已不接头的间谍。

现在忽然坐在一起，心里总有种预感，像是马上就有什么秘密要暴露了一样。

这种感觉来势汹汹又莫名其妙，让人摸不着头脑。

比她还摸不着头脑的是沈仟怀，他压根没听见，在旁边看着她磨蹭，问："什么？"

邢芸哑然一瞬，看他全然还在状况外，想着问了也是白问，垂下头轻叹了声："我说，我可能得了一种类似相思病的病，但不知道在思谁。"

沈仟怀想不通她脑子里都装的什么伤春悲秋的东西，照这么说他早就得病了。

少爷病。

那点不知名的奇怪一直困扰着邢芸，让她整个晚自习时不时就侧头看沈仟怀两眼。

沈仟怀仗着坐在后排地方大，一条腿大刺刺迈在桌腿外，他做题认真，像是压根没注意到她一次次偷瞄过来的眼神。

隔着一道走廊，陆峥压低声音喊她："同学，成绩表在你这儿吗？再给我看看。"

邢芸在桌子上翻了翻，仔仔细细，连每本书中间夹着的纸片都拿出来看过了。

她目光最终落在沈仟怀桌子上，这人终于换了个姿势，在距离放学还有十几分钟的时候，趴在桌上睡着了。

她今天换完座位依稀记得把成绩表带过来了，当时桌子上东西很乱，她的书和沈仟怀的混在一起，乱七八糟难舍难分。

是不是被他不小心拿走了？

邢芸没出声叫他，视线在他桌子上扫了一遍，又落向他的桌兜。

桌兜有本横出来的数学书，里面明显夹着一张表格类的东西。

她犹豫一瞬，便伸手去拿。

胳膊无意擦过他宽大的校服，一直趴着的人忽然清了清嗓子，懒声问："往哪儿摸？"

邢芸的手还拿着他的数学书，匆忙扯出来道："陆峥要成绩表。"

她装得气定神闲，但终究还是脸皮薄，把成绩表递给陆峥之后再回想他那句话，还是惹人耳热。

沈仟怀手支着下巴，似是在等什么，半分钟后便没了耐心："书也不还了？"

邢芸把数学书放他桌上，目不斜视地盯着自己跟前的卷子。

某人语不惊人死不休："哎，你今天晚上一直看我，不会就是想趁机摸我一下吧？"

不然他想不通，她这一晚上魂不守舍到底在看什么。

光他发现的就不下十次。

邢芸拿笔的动作一僵，他都看到了？

这人嘴里没一句能信，连睡觉都能是装的，还有什么不能。

邢芸没辙，她也说不清看他做什么，干脆用魔法打败魔法："嗯，想摸就摸，还摸不得了？"

她语气平平，握笔的指尖却悄然收紧。

这绝对是她有生以来说过最流氓的一句话。

不过魔法确实有效，这下换沈仟怀没话说了。

他似是没想到这话能从她嘴里说出来，沉默了几秒后淡笑了声："成，本事见长。"

放学铃响，陆峥又把成绩表扔了过来。邢芸看着这张"罪魁祸首"，以防明天还有人问她要，她干脆状似不经意地丢给了沈仟怀。

反正是从他数学书里拿出来的，算是物归原主。

自从这次成绩下来，沈仟怀还没仔细看过这表，现在拿在手上，扫了眼第一名。

陈帅，这名字和他的球技一样浮夸，是高一升上来的班长。

他和这个人从未有过过节，但经过上回体育课，他就看这个人不是很爽。

沈仟怀肩上背着包，微屈着一条腿虚靠着后排的桌子。

像是有心灵感应似的，那个让他看得不是很爽的"本尊"过来了。

陈帅抱着颗篮球，校服拉链没拉，往两边敞着，看了眼他手里的成绩表说："同学，这个还是放我这儿吧。"

沈仟怀递过去，也没说话。

邢芸回头就看见他一副冷淡的表情，心想人家也没招你吧，你成天摆一张臭脸是交不到朋友的。

等人走了，沈仟怀站直身子，像是在跟她说，又像是自言自语："这个第一，先让他当两天。"

沈女士接过那通电话后还是没走，这倒让沈仟怀挺意外的。

沈仟怀其实并不是很在意她在与不在，无非就是她在这儿，他回家能吃上口热饭，其余没太大差别。

唯一要说差别的话，那就是沈念在，毕竟男女有别，他还有点不自在。

他中午那么说多少带点情绪在里面，现在回家看见沈念，此刻没带有任何情绪的，他也还是想说："那小孩儿身体不好，年纪也还小，要不你还是回去吧。"

沈念本坐在沙发上，听他说完，眼神有些复杂地看向他。

那一眼里有亏欠、内疚，还有太多说不清道不尽的情绪掺和在一起。

他避开那样的眼神，看向别处，过了会儿说："我没有赌气或者怎么样的，我已经就这德行了，他还小，总不能你养孩子都是只养七年就撒手不管了。"

沈念听得出他说这话是真心的，但她这次来，也是放下了那边的一切，铁了心过来的。

沈仟怀过去接了杯水，头也没抬："好歹让他有个完整的家。"

他没有就没有了，长大了也不那么在乎，就像天上的月亮不能分成两半，那便让一个人得到完整。

他一直是这么认为的。

沈念看着他的背影，少年人的肩膀很宽，清瘦挺拔。她除了浓浓的无力感，再无其他："仟怀，我不知道这些年赵彩霞是这么对你的，早知道这样，我说什么也不会把你丢在这儿。"

那天晚上，他和沈念难得好好说话一次，省去中间过程，最后他说："我大方一回，把我没有的，都补给他。"

沈女士在这儿又待了几天，在周五那天早晨同他一起出门，不过这次，她打包好了行李箱。

她出门叮嘱他一定要按时去医院复查耳朵，还要他上点心，千万不能再有二次创伤。

沈仟怀不论听没听进去，都点头答应。沈念陪他一路走到校门口，目送他进校门。

他进去就没再回头，因为他知道沈女士还没走，回头要是两人对上眼，倒是还挺尴尬。

这个周五如电视里演的一般，恰是台风天，上午就下起大雨，仿佛是在衬托这场本来不怎么悲伤的离别。

全校下了通知，说台风走向突变雨势渐大，提前放学，下午也因台风休假，各班用胶带在窗上贴"米"字，走时留意门窗关好。

这儿的人应对台风很有经验，多数人都提前备了伞。

邢芸收拾东西，听着教室闹哄哄的，班长领了胶带，安排人帮忙贴窗，她从前也就在电视上见过这种阵仗。

沈仟怀好整以暇在旁边等她，手里拿了把墨绿色的雨伞，尾音微微上扬："没见过台风。"

她诚实说："第一次见。"

出去后邢芸才发现这儿的雷雨天，和她之前见过的雷雨天都不一样。

雷声很近，像是在人头顶炸响。

之前觉得电视里女主角怕打雷挺矫情的，但这雷别说她，怕是男主角都遭不住。

沈仟怀撑着伞，只能遮住二人头顶，雨势倾斜，身上的衣服是如何都遮不住的。

还没走出校门，在"嘭嘭"的伞面下，沈仟怀余光瞥见她的小动作，身边的姑娘一直不着痕迹地往外挪。

他微低下头问："离我那么远干什么。"

邢芸这才瞧了眼伞面，倾斜得厉害，仿佛她往边上移一寸，伞就往她这边偏一寸，沈仟怀在伞外的半边肩膀已经全湿了。

她匆忙扶正伞柄："伞偏了。"

沈仟怀心想偏没偏我能不知道吗，这句调侃还没来得及出口，就被手背上一阵温软的触感打断。

是她的手，覆上了他的。

邢芸刚刚一直把手缩在袖子里，还是暖的，此时扶伞无意触碰到他，指尖却是明显的凉意。

她怔愣一瞬，如受惊的刺猬般收回了手。

别待会儿沈仟怀又要说她趁机耍流氓。

邢芸见他湿了大半的右肩，也顾不上扭捏，主动往他身边靠了靠。这会儿她胳膊有意无意就能碰到他的，他低头时，耳郭甚至能感觉到他温热的呼吸。

他身上淡淡洗衣液的香味和潮湿的空气混杂在一起，几乎闻不到。

此刻恐怕只有她自己清楚，和雨声一样"嘭嘭"的，还有她的心跳。

她不自觉地皱起眉，这心跳，"嘭嘭"得非常莫名。

如此可不是一个好预兆。

沈仟怀兜里的手机响了声，他顺手摸出来看。

红毛站在发廊雨棚下看着路上穿校服的学生，在大风中凌乱地给他发了条消息：仟哥，你们是不是放学了，我在发廊站着也没伞，你回来顺便接我一下。

上头输入一阵，红毛便有种不太好的预感。

暴躁修勾：今天不行。

红毛在发廊雨棚下等了二十多分钟，眼睁睁地看着沈仟怀撑着伞带个妹妹过去，他想喊一嗓子，最后还是忍住了。

不过好在沈仟怀还有那么一点尚未磨灭的良心，在三两分钟后又折返回来，见红毛穿着个老汉背心在路边瑟瑟发抖，忍不住调侃一句："路上那么多人你不会随便蹭把伞，还真就在这儿等。"

千年等一回都没他这么能等。

眼下沈仟怀伞下就他一个，红毛迫不及待地往伞下窜："谁知道一个认识的都没瞧见，路边随便拉一个人家还以为我不怀好意。"

沈仟怀不咸不淡地扫红毛一眼："你看看你这头发，像好人吗？"

不知道什么时候红毛就热衷于染头发，黄的、绿的、红的，什么"杀马特""非主流"染什么，总体还是热衷于红色，立志当这条街最靓的仔。

红毛人在伞檐下，不得不低头，憋着话到了109才问："仟哥，你跟那妹妹真的清清白白？"

他之前可从没看见沈仟怀和哪个女生走这么近。

像是古树开了花，着实稀奇。

沈仟怀收了伞，随手放靠在门边，压根听不懂红毛这逻辑："我俩怎么就不清白了，一起打个伞就是订婚了还是怎么着？"

他只是个单纯的撑伞"工具人"，可什么腌臜心思都没有。

红毛说不过他，但就觉得哪里不对，奈何自己的感情生活空白至今，也指点不出个一二。

红毛摇摇头，暂且不管这事儿，看沈仟怀身上那校服湿得够呛，"啧"了声："仟哥，你这伞好像打了，又好像没打。"

沈仟怀低头瞧了一眼，衣服后面全湿了，像是淋雨回来的。他进门先去换了身干净的衣服，一件深色的薄T恤，现在这个温度穿正好，出来顺手给红毛拿了件自己的衣服，丢给红毛说："换上吧。"

屋里没外人，红毛也不见外，直接脱了就换。

窗外恰好一声雷，吓得红毛没忍住一个激灵。虽然听起来挺不爷们儿，但红毛从小就怕打雷。

沈仟怀鼻腔里溢出一声笑，几秒后忽然想起什么似的，拿出手机想问。

她怕打雷吗？

可能是两个人关系还不到位，这话怎么听都散发着"油腻"。

他指尖在输入框点了点，最终什么也没发。

她家里有她妈妈在，不该他问的事情，还是别问。

邢芸上楼正遇上林女士穿好衣服，手里拿着伞像是刚要出去。

二人相视一眼，林女士上下打量她："我正准备去接你呢。"

她除了身上衣服不可避免地湿了些，头发倒都是干的，明显是路上有伞。

林女士这才放下心道："那赶快进去吧，谁送你回来的？"

"沈仟怀。"邢芸进门放下书包，想着林女士那句"谁送你回来的"，觉得稍有不妥，补充说，"他顺路。"

顺路和特意送她回家，其中暖昧差了可不止一星半点。

林秋月没仔细抠字眼，草草"哦"了一声就喊她先去把衣服换了再坐沙发，别弄得到处都是水。

外面雷声阵阵，惊动下面一排电瓶车响铃此起彼伏，她倒是不怕打雷，就是有点担心这老房子撑不撑得住。

雨水打在玻璃上，像是层透明幕布往下淌。

比这天气更糟心的是吃饭时候林秋月说，上午邢朝军给她打了电话，说让彻底停掉小提琴，高二了以学习为重。林秋月起初还跟邢朝军掰扯了两句，说孩子愿意往哪方面就往哪方面发展，做家长的不要过分干预。

但邢朝军的话有理有据，让林秋月没法反驳。邢芸学习成绩还说得过去，上大学没必要非走艺考这条路，况且小提琴也确实没天赋，别为了一时喜好，到时候小提琴没学成还把成绩落下了，得不偿失。

林秋月也问过前两天帮她联系的杨老师，杨老师的意见是，以后若想走小提琴这条路子，天赋固然是重要的。

趁着吃午饭，林女士帮邢芸夹了一筷子菜，试探着好言相劝："要不你看，小提琴先放放，爸妈答应你，以后上了大学，想学还能接着学，绝不干涉你。"

邢芸看着老妈，沉默一瞬后又低头扒着碗里的饭，也不吭声。

道理她都懂，爸妈就她这么一个女儿，吃穿都给她最好的，自然不会害她。

但让她把小提琴仅仅当作一个爱好，她说什么也不甘心。

碗里是她平日最喜欢的小炒肉，今天却没什么心思吃，她筷子在碗里有一下没一下地拨："妈，我就是想试试，你看我之前一直练着琴，成绩不也稳稳保持着没落下嘛。"

她企图说服林女士，怎料下一秒被无情揭穿。

林秋月说："你平时用了多少心思在学习上，你以为我看不出来吗？要是不练这个琴，好好努努力成绩说不定还能冲一下六百分。"

这话让邢芸哑口无言，闷闷不乐往嘴里塞了口饭。

她喜欢小提琴，老天却偏偏捉弄人，不给她这个天赋，她能有什么办法。

海城台风天，大雨一直断断续续到周日下午才停。

邢芸草草应付完作业，一觉睡下再醒来就听见楼下巷子里有小孩子的跑闹声，天晴，雨也停了。

她在家里闷了快两天，开学到现在只在那天晚上匆匆见了杨老师一面，现在这情况看来，杨老师应该也不会再来了。

这两天爸妈态度坚决统一战线，没给她半点周旋的余地。

邢芸视线落向竖在墙角的小提琴，默默叹了一声，简单换了身衣服和林女士说出去转转。

今天雨一停，赵彩霞的儿子小东就拿着本小学一年级的题过来问沈仟怀，一个月不见，这求贤若渴的态度倒是让人挺吃惊。

沈浩东问问题是假，想见沈仟怀才是真的，这会儿开了门，探着脑袋往里张望，见没人才敢说："哥，以后，都不回家了吗？"

自从上次那事情之后，沈仟怀就再没进去过牛杂店，这小家伙虽然被他舅妈惯得熊了点，但人不坏，现在堵上门问，问他还回不回家。

可是牛杂店，那本就不是他的家。

这些话沈仟怀不知道该怎么跟他一个孩子说，随手翻了两页他的作业本："你妈知道你过来吗？"

沈浩东摇头："她不知道。"

沈仟怀猜着也是这样，半开玩笑地岔开话题："以前没见你这么好说话，是不是想我了？"

孩子眼巴巴看着他，说："是。"

沈仟怀无名指上还套着钥匙圈，这小孩儿要是再晚来一步他就出门了。

两人大眼瞪小眼地看了会儿，他今天出门是真有事儿，耽误不得，此刻蹲下身跟沈浩东讲："今天我要去给人送样东西，以后要想来找我，109号，来就成，这书就别拿了，太假。"

沈浩东虽小，却也看见他手里拿着要出门的钥匙，点点头说："好，那我下回就不拿书了。"

沈仟怀送沈浩东回去，也只是站在牛杂店门口，进去免不了要碰见赵彩霞，见了面也是尴尬。

沈仟怀看着人进去，一转身，就瞧见那抹纤瘦身影从前面路口出来。

那姑娘低着头，看着蔫头耷脑的，浑身上下写着个"丧"字。

邢芸嘴里吃着糖，漫无目地在路上闲逛，之前觉得逃离那个学校到新的地方就好了，结果到了新的地方，新的不开心又出现了。

刚才在楼下乱跑的那几个孩子不知去了哪儿，小巷只有零散的几个行人。

她忽然听到一道熟悉的嗓音说："哎，要不要一起走？"

少年声音疏懒倦淡，却莫名好听。

邢芸抬头见他站在不远处，穿着件纯黑色的T恤，宽松休闲裤，单手扶着一辆自行车，还是很老式的那种二八大杠。这种陈旧的老物件出现在同样陈旧的巷子里，画面看上去竟是没来由地和谐。

她正因为小提琴的事情心烦意乱，问都没问一句去干什么，就跟着他一起走了。

等走出巷子经过码头才慢半拍地问："沈仟怀，这是去哪儿啊？"

他随口说："帮红毛送样东西，送到他爷爷那儿。"

邢芸见他两手空空，连口袋都不像是能放下东西的："送什么？"

沈仟怀点了点下巴，漫不经心："这自行车。"

话题结束，一时无人说话安静得很，等走过码头那一段路，他低头看了眼跟前的姑娘："怎么，不高兴？"

关于小提琴艺考的事情她上次就打算问他的，但是一耽搁，就再没想起来。

邢芸出门扎了高马尾，利落清爽，额角还有点碎发散下来，显得一张脸就更加小了。

她声音闷闷的，明显透着不高兴："我爸妈不让我艺考，是想让我走大文大理的路，我想学小提琴，可我还有点笨。"

沈仟怀慢悠悠推着车："就你下那点功夫能考五百多，说明这脑子不笨啊。"

邢芸偏头看着他道："你不也没下多少功夫吗？"

成为同桌后，这些天两人上课下课都在一起，她看沈仟怀也就正常听课流程，偶尔还摸鱼开开小差。

"你跟我能一样吗？我怎么也算是读过一年高二，这是第二次读高二。"他嘴角轻勾，半开玩笑，"再说，我这人还不地道，就喜欢背着人悄悄学习。"

邢芸不懂他这是什么歪理，矛盾得很。

她手垂在身前，手指交叉握在一起，半晌才说："可小提琴，我真的有好好练，但练不好。"

林秋月那句话说得没错，她学小提琴可比学课本上的知识用功多了。

可就是不知道用功用哪儿去了，不起效果。

海风阵阵，空气中还混着一点海水的咸涩，跟前推着自行车的少年脚步一顿，邢芸只低着头，看见那双白色的篮球鞋。

她视线上移，正巧跟他的撞上。沈仟怀说话一向懒散，此时却难得收敛些。

"想做的事情，就尽力去做，喜欢的东西，就努力争取。"他说，"实在做不成也不要紧，至少做过不后悔。"

邢芸看着他，不得不承认，有时候他身上那种无所畏惧的洒脱真的很让人羡慕。

他想要做的，就一定说到做到。

她总是瞻前顾后，畏手畏脚，总觉得小心谨慎才能不出错。

"你晚上可以和你爸妈谈一谈，他们无非就是担心你两样不能兼顾，那就按照期中考试成绩来算，如果进了校榜前三十，就允许你继续练小提琴。"

邢芸嘴里咬着糖，小声咕哝着："说得轻巧，两个月，前三十，哪有那么容易。"

成绩表她看过，叶嘉琪的成绩差不多在前三十，总分比她多了足足五十分。

他挑了下唇："我帮你。"

邢芸和沈仟怀一起去送了这辆自行车，再回到楼下已经是半个多小时之后，巷子里灯接连点亮，浅淡光晕映衬在少年人的眼睛里。

她抬头看了眼二楼，阳台门开着，屋里亮着灯，林女士应该在里面。

邢芸有些犯愁地看他一眼："你说这办法能行吗？"

沈仟怀手懒散插兜里陪她站着，随意说："试试呗，我就在这儿等你，这要是不行再想。"

什么事儿在他嘴里都是小事儿，邢芸大概是被他这种万事都"轻而易举"的本事给蛊惑了，冲他点了点头，先上楼探探林女士的口风。

她进门时林女士正在擦桌子，邢芸清了清嗓子，一副有大事要说的样子。

林女士回头："怎么了？"

"妈，我想学小提琴，艺考。"

这也是第一次，她坚定地向林秋月说，她想学小提琴参加艺考。

不是闹情绪一时兴起拿爱好去和前途当赌注，是经过深思熟虑，她依然这样想。

林女士也放下抹布，跟她好言说："不都说好了吗，把小提琴当兴趣，先上个好大学，随便你学什么。"

"那如果我期中考试能考到前三十，能不能让我继续学小提琴？"她一双眼睛看着林女士，这样的眼神让人没法拒绝。

她从小很少提要求，尤其是比较过分的。

今年出格了一点，已经先后提了两个。

一个是千里迢迢来这小镇上借读，另一个是坚持要学小提琴。

她难得坚持的结果是林女士答应了她，说万一她考进前三十，便允许她继续练小提琴，但条件是成绩不能再掉出去，如果成绩下降，就立即停了这门乐器。

林秋月把她的话转述给那边的邢朝军，邢朝军最终勉为其难地点头，跟她说就算最后小提琴没学成，保持前三十名的成绩也能读个不错的大学。

让等期中考试成绩下来，她想学，就接着学吧。

邢芸没想到事情会这么顺利，父母没有再坚决地反对，而是给了她选择的余地。

沈仟怀坐在她家楼下的台阶上，屈着腿，还要时不时随机拍死一只蚊子。

距离她上楼过去将近半个小时，他这胳膊上已经有七八个蚊子咬的包了。

终于在这个时候苦尽甘来，听见后面楼道传来阵欢快的脚步声。

他不紧不慢地回头，见她欢欢喜喜的，想着是事成了。

刚还在匮乏的词汇量里挑挑拣拣现组织了几句勉强算得上安慰的话，现在也用不着了。

沈仟怀站起身，懒洋洋地揶揄她："你家楼下这蚊子怎么这么凶，你再迟点我都要被它们吃了。"

邢芸这会儿正欢喜着，他不论说什么赖话她都当好的听。

想着他回去也是随便对付一下晚饭，她主动说："谢谢你啊，我家的晚饭马上就好了，你上来一起吃吧。"

"……"

五分钟后。

邢芸在房间翻着抽屉，找出好几瓶防蚊的东西。

"要不，你抹点这个吧。"她丢了瓶神秘的绿色药水给他，又拿了另外一个大瓶子的，"这个也能用。"

沈仟怀坐在把椅子上，拧开那小瓶子往手里倒了点，随便往胳膊上一抹就算是完事儿了。

屋里开着灯，衬得他肤色更白，脖子侧面那一块红就显得越发显眼。

邢芸看着他这些泛红的"英雄"勋章，忽然有些不忍，自己刚刚就忘了叫他上来，尤其是今天下过雨，晚上门口那片水洼旁，蚊虫尤其多。

沈仟怀把那瓶风油精又丢给她，手支着脑袋说："别找了。"

她伸手接住，把小瓶子握在手里，想说点什么感谢他："沈仟怀，我以后要是真成了小提琴手一票难求，我也一定会给你留票的。"

某人显然对这种画大饼的行为不买账："空头支票啊，不如说点实际的。"

"嗯……"她欲言又止，指了指他颈侧，"你脖子上也被蚊子咬了，你估计看不到位置，我帮你上点。"

这个够实际吧，当务之急。

邢芸倒出一点在自己手上，微俯下身凑近，上一秒还在想这蚊子可真够狠的，下一秒就被这忽然拉近的距离拨乱了心神。

她指尖碰到他脖颈，眼前是那张放大的"神颜"。

他眉眼深邃，轮廓分明，带着将熟未熟的少年气，颈间她手触碰到的地方还有一颗不明显的小痣。

沈仟怀清了清嗓子，干咳一声，移开了眼。

邢芸也匆匆垂下眸子，手上糊弄两下草草了事。

在那个任意一点触碰都算是禁忌的年纪，这足以让她背过身时，后知后觉地脸红心跳。

转身的瞬间隐约看见，吊儿郎当敞着腿坐在椅子上的沈某人，耳根似乎也泛着一丝不正常的红晕。

周一早晨，邢芸还和往常一样稍微提前个三五分钟出门，不过这次她还没走到 109 号，沈仟怀就已经站在楼下。

不单是站着，甚至已经吃上了。

蓝白校服他穿得规规矩矩，却没来由地透着股散漫，肩上松垮垮背着个黑色书包，手里拿了瓶豆奶，两个饭团。

见她出来，他淡笑声说："早。"

邢芸也冲他点点头："早。"

沈仟怀手里明显买了两人份，邢芸过去时他很自然地把多出来的那一份给了她。

邢芸接过来拆着包装，似是随口一问："沈仟怀，你昨天晚上几点睡的？"

她是昨天才发现她心眼儿也就芝麻点大，竟然因为昨天那几秒钟的触碰，翻来覆去很久都睡不着。

甚至现在想想还觉得耳热。

没出息得很。

沈仟怀不知道她问这个做什么，说了个大概："两点多。"

她诧异一瞬："那么晚？"

"不都跟你说了我这人不地道，就喜欢背着别人偷偷学习。"他把吃完饭团的包装纸顺手扔进绿皮垃圾桶，平日里说什么也都是这个真真假假的语调。

邢芸半信半疑看他一眼，这人成绩都那么好了还背地里"卷"成这样。她这种答应林女士期中考试考不进前三十就放弃小提琴的还在这儿傻乐，这么一对比，嘴里这口饭团简直都吃不下去了。

她侧头小声问："真的假的？"

"假的。"沈仟怀见她真信了，嘴角弧度愈深了些，"打游戏了。"

这姑娘怎么这么天真，小时候没被拐跑也算是命大。

他确实有时候刷题到很晚，但也不至于天天都熬到两点多，那样第二天很困，上课效率不高。

邢芸安静咬了口饭团，暗暗说："你嘴里还有真话吗？"

"有。"他这会儿耳朵倒是好使，一字不落地听见了，"帮你考进前三十，这句真的。"

她怔了一瞬，不自觉想到昨晚，特意偏头往他脖颈间悄悄瞧了一眼。

那个地方现在只剩一个浅淡的红痕，但位置却很不正经。

他喝了口水，喉结轻滚，只一眼她便移开视线，继续低头消灭手里的饭团。

因为上周的台风，连带着气温降下来不少，这几天不冷不热，风吹着会带有舒服的凉意。

快走到校门口，两边的学生也明显越来越多，陆峥从后面猫着腰过来，神神秘秘地说："哥，学校后门外面一百米，开了一家网吧，早自习走不走？"

由于两人亲戚关系过于远房，陆峥也算不清他该叫沈仟怀什么，反正沈仟怀大他一岁，他就直接叫哥了。

纵使这声哥叫得再动听，沈某人也拒绝得毫不留情，人模狗样地迈进校门："不去，没兴趣。"

他只偶尔玩玩手机游戏，刀塔、英雄联盟那些他不怎么玩，昨天和红毛打游戏到两点多，现在听见打游戏脑袋都疼。

陆峥不死心："加你六个人，真不去？就后门打印店旁边，很近，到时候翻个墙就进来了。"

沈仟怀迈进校门那一步没再往前，停顿一下冲她说："你先走吧。"

可以，沈同学，这很有原则。

邢芸被他这份善变惊到，几秒后点了点头："注意……安全。"

别被抓到。

可能是后半句没说出口，英语自习上到一半，她就听见班长陈帅从外面回来说："教导主任抓了六个去网吧的，在下面操场上罚跑，我刚看了一眼，好像全是咱们班的。"

邢芸视线落在课本上，心思却早就不在教室了。

叶嘉琪趁乱转过身，若有所思指了指她旁边的空位："哎，他怎么没来，不会就是被抓那六个人里面的吧？"

她沉默了一瞬点头："应该是。"

操场上，张主任叫了老王一起站在主席台旁看着，手叉着腰恨铁不成钢地叹气："你看看你们班的学生，理科实验班，还让我一下抓六个，别的班学生我看也没胆子一下跑这么多人……"

陆峥跟沈仟怀并排跑着，自以为天衣无缝的计划还没开始人就被抓了，百思不得其解甚至都想到了阴谋论："你说这主任怎么这么快就知道后面开了个网吧，还大早上就去逮人，不会有人告密吧？"

"动动脑子成吗？"沈仟怀跑着步，不咸不淡睨他一眼，"你叫的五个人全是自己班的，班里总共四十个人一眼过去少六个，不抓你抓谁。"

陆峥看了眼几个难兄难弟，默默"哦"了声："失误了，没想到这一层。"

沈仟怀也是真服了这人的脑子，只怪自己一时疏忽，上了贼船。

陆峥胳膊碰了下他："你刚去打印什么了，都还没进去网吧，这也太冤了，我们好歹还进去了。"

主任在前面气不打一处来地朝这边儿喊了声："前面那个，还在里面唠起来了？有没有点反省意识，再加两圈！"

现在第四圈，沈仟怀说话已经带着喘，压着嗓道："你要不想把腿跑断，就别说话。"

学校这些个老师主任的，平时看着和和气气像招财猫似的，罚起人来可一点不通融。

早上这六个人有一个算一个，一人十五圈。

但陆峥偏就像那不怕死的，问他："那你呢？你有办法？"

沈仟怀懒声说："你猜。"

这个耐人寻味的回答到第五圈的时候就见了分晓。

两人跑得好好的，等快要路过主席台，陆峥就见他忽然低头咳嗽几声，然后一边咳，一边从队伍里撤了出去。

沈仟怀跑着刚停下来，微弓下身，说话时喘着气："主任，我难受。"

张主任都当了快三十年主任了，底下学生是不是装的一眼就看得出来。

沈仟怀也没太夸张，意思点到为止。班里老王站在旁边，这一届就他这么一个因为去年休学又来读高二的，自然印象深刻。

老王侧头跟张主任说了几句什么，张主任随后看他的表情也发生了变化，清了清嗓子说："站着反省。"

沈仟怀点头，乖得不像话："谢谢主任。"

沈仟怀正站在太阳底下，又刚跑过步，他控制着呼吸，随手抓了下头发，额角已经出了层薄汗。

张主任瞧他一眼，往旁边让出一片树荫，又说："要不站这儿反省也行。"

前面跑步的五个兄弟纷纷扭着头往回看，见沈仟怀和两个老师站在一片树荫下。

陆峥震惊地说："这也行。"

这会儿已经出了太阳，浩子摆摆手，又累又热："不行了不行了，待会儿我也要装一下，太累了。"

"人家去年休学，住院住了四个月，张主任多鸡贼一个人，要是随便说他会信吗？"陆峥说，"你也先住四个月再去装。"

"沈仟怀吧，我去年也听说了，是赶集那天出什么事儿了，我家和他们家牛杂店隔一条巷子。"说起这种八卦，浩子瞬间来了精神。

旁边还有跑得气都喘不匀的，也要跟着掺和两句："什么，什么事儿？"

几个人目光都落在陆峥身上，他因为有赵彩霞这层亲戚关系，确实是少有的知情者之一，现下故意卖关子，说得模棱两可："当时有人闹事，我哥，反正就是仗义。"

这不清不楚的话，让这群"中二"少年已经"脑补"出一部铜钱镇版本的血战上海滩。

而话题的中心人物已经不紧不慢地拎起地上的书包和校服外套，一分钟前刚得张主任特赦："上去看书吧，今天下午放学前检查交到我办公室。"

操场上累成狗的陆峥："'慕了'。"

浩子附和："真的'慕了'。"

在早自习快要结束的最后几分钟，沈仟怀慢悠悠进了教室，校服外套他上楼的时候刚穿上，拉链还没顾上拉，衣服往两边敞。

邢芸见他进来坐下，但看着却不怎么累的样子。

"你们，跑完了？"

沈仟怀不紧不慢放下书包，从里面拿了份东西丢在她桌上："他们还在跑，我先回来了。"

她没注意他丢过来的东西，好奇地问："你为什么可以先回来？"

随后，沈仟怀目光看过来，停顿一瞬说："因为我娇弱。"

"……"

这理由真的清新脱俗。

邢芸默默转回身，拿起他丢过来那一小摞卷子翻了翻，都是新的，但不是原套卷，是复印的。

她不确定地偏头："给我的？"

"给你的，拿着做。"他说得漫不经心。

那句帮她考进前三十的话，他是真的放在心里了。

邢芸拿着卷子，心里有种很微妙的感觉，奈何找不到合适的词汇形容，只暂且把它归类于感激。

早自习结束，课间休息四十五分钟，这个时间用来补觉，补作业，或者早上没吃东西的去食堂吃个早点。

邢芸早上算是吃过了，留下在教室多做份卷子。

写到一半，她余光瞥见一支兔子笔，某人正拿着它写字。

那只骨节分明的手拿着这样一支笔，过分违和。

陆峥刚回来没多久，卸下书包瘫在板凳上坐了好一会儿，间隔一道走廊，又行动不能自理般拖着板凳挪过来，手里拿着几张卷子："哥，这是你的吧？当时看见张主任那张脸，给我吓够呛，我着急忙慌就塞我书包里了。"

沈仟怀抬起眼皮，扫过一眼，下巴朝她点了下："给她就行。"

陆峥把卷子给她，本想再唠两句，奈何太累了，又拖着板凳挪回去。

邢芸看着多出来的卷子，又想起陆峥的话。

早上在校门口，陆峥说那家新网吧在打印店附近，他才忽然改口说去的。

前后一联系，她有点小小的罪恶感："那个，你早上不会就是去打印这个才被当成去网吧的，然后稀里糊涂就被罚了吧。"

如果是这样，她真的要内疚死。

沈仟怀抄检查的手一顿，目光朝这边看过来。

他没说话，那八成就是真的。

邢芸想了半天，主动说："要不我请你吃饭吧。"

好弥补一下她内心的罪恶感。

他直接把笔停了："好啊，吃什么？"

沈仟怀手支着下巴，无所事事，看她一本正经地盘算。

她收了笔，那点罪恶感愈演愈烈："你想吃什么都行，贵的也行。"

"食堂吧，那个加海苔的饼，要两个。"沈仟怀还是那个姿势，感觉到她脸上的抱歉已经要冲破天际了，他不想让她内疚，浑不在意地转起笔，"其实也没什么，我不也没怎么跑嘛。"

毕竟每个学校都这样，他装个半死不活，强行让他跑不仅显得不人道，还容易跑出事。

毕竟休过学。

除了他，剩下几个人回来都"累成了狗"，半上午老王还进来说了一回，说下次再逮到去网吧的，没商量，二十圈。

底下人埋着头悄声翻书，没敢说话。

邢芸也说话算话地按照条件，饭点儿去食堂排长队买了两个带海苔的饼子，算是五中特色。

沈仟怀平时挺少出现在食堂，今天就像专门等她买饼似的，也跟着去了食堂，怎么说呢，不太想让某人因为这点事儿过意不去。

沈仟怀今天给她的卷子，她挑着带了一部分回家，里面有些难题她不会，而且还没答案可以看。

邢芸写完作业又多做了一份卷子，时间不知不觉地过去，已经快一点了。

她思虑再三，给他发了条消息：在干吗？

对方像是手机正好在身边，回消息很快。

暴躁修勾：在背着人偷偷学习。

是芸不是云：你今天给我的这些题，有答案吗？

暴躁修勾：有，现在要的话过来拿就成。

这会儿马上一点，林女士已经睡了，邢芸轻手轻脚地出门，去109号找他。

她进去时沈仟怀站在门内，像是刚洗过澡，头发湿着，乱发遮眼，身上穿了件白色的老汉衫，黑色休闲裤，手里还松松拿着块毛巾。

一点形象都没有，却依然是帅的。

他桌子上摊着本英语题，应该是他刚刚还在看。

邢芸来要答案，见他从架子上一摞书中间找出来给她，所谓答案，就是他手写的。

沈仟怀给她的这套卷子，他假期里已经做过一遍，这卷子真正的参考答案没有过程，只有结果的一个数字。

这些卷子包含了整个高二的内容，那些她没学到的他也做了，个别题还有打钩的标注。邢芸看着这些东西，第一次觉得他认真起来还是挺拼的。

不像他表面看着那么无所事事。

时候不早，她抱着这沓东西打算撤："不打扰了，我先回家。"

他点了下头："嗯，看不懂问我。"

邢芸脑子里忽然就出现他那句，"我这人不地道，就喜欢背着人偷偷学习"。

她从家出去一个来回也就五分钟不到，邢芸回家再点开手机，里面是条他发的消息。

时间是刚刚。

暴躁修勾：东西掉我这儿了。

沈仟怀坐在书桌前，靠着椅背，手里拿着张红底一寸照。

照片上的小女孩五六岁，应该正在换牙，笑起来下面的牙还缺了一个。

缺牙的位置不明显，乍一眼还没注意到。

他捏着这张照片，不自觉弯了下唇："真傻。"

邢芸出去时并不记得身上带了什么东西，打字问他说：有吗？

下一秒，对方就甩过来一张照片。

是她不知道什么时候放口袋里的一寸照。

那时她才六七岁，还正在换牙，咧着嘴笑得很傻。

她握着手机，半晌才反应过来。

是芸不是云：我打算扔掉的，你帮我扔了吧。

让她毁灭吧，这什么黑历史。

暴躁修勾：好。

沈仟怀回了句，又拿着那张傻傻的一寸照看了会儿，没扔，而是随手夹在本书里。

昨天陆峥跑了十七圈，其中比别人多的两圈是因为话多，这会儿上楼都是扶着墙走，两条腿好像不是自己的，一边叹气一边骂娘："学校后面开什么网吧，这不是害人嘛。"

相比起他，沈仟怀就轻松得多，迈开两条长腿走在陆峥前面，不紧不慢，就是在这个时候显得莫名有点欠。

陆峥不仅不觉得，还快走了几步凑上前虚心讨教："哥，你昨天那演技，教教我，装得还真挺像。"

沈仟怀闲闲地看他一眼："教不了。"

他装别的不行，装病这功夫可都是这些年偶尔为了偷懒不去牛杂店，亲身实战出来的经验，能骗过赵彩霞，自然也能骗过张主任。

陆峥不肯罢休，追着他问，还戏精上身地即兴表演了一段，但观感有点像那什么，东施效颦。

装得太假。

两人说着到了班门口，走廊里聊天的聊天，值日的值日，教室窗户里飞出来一个纸飞机，引得外面拿着扫把的叶嘉琪半开玩笑地骂了声："谁在里面乱扔垃圾，没看着本少侠正扫着地吗？"

浩子从里面跑出来，双手合十笑着认罪："错了错了，我捡回去。"

时间还早，沈仟怀没急着进教室，他胳膊搭在连廊的栏杆上，目光漫无目的地落在下面。

"我爸给我买了个相机，但我天天上学也用不着这玩意儿，再说我也不会用啊。"陆峥没走，从书包里掏出个相机来，打昨晚鼓捣到现在也没太弄明白，"仟哥，你之前不是有个相机吗，这怎么用？"

"我看看。"沈仟怀半侧过身，接过相机，镜头对着下面随便调了两下，"这边儿黑色这个，你先摁开。"

陆峥看得认真，眼巴巴地等着下一步，某人拿着相机，却忽然不说话了。

他手中的镜头里，是绿树成荫，下面孔子石像旁，她拿了瓶绿豆汽水跟同学讲话，像是聊到什么有趣的，笑起来眉眼弯弯。

他无意识就想到那张一寸照，这姑娘，笑得还和小时候一样傻。

陆峥盯着相机，忍不住问："摁开然后呢？"

沈仟怀手指摁下快门，"咔嚓"一声，镜头捕捉到校园里的课间一瞬，他低头看了眼，构图，光线，一切都刚刚好。

相机这东西，他只能说会用，谈不上技术，此刻天时地利，这张算是他拍过所有照片里最好看的那张。

他把相机递回陆峥手里："然后，回去把这照片传给我。"

"不是，我说这相机怎么用。"陆峥捧着相机，抬头人已经往教室走了，"哥，这样就不地道了啊。"

沈某人走得头也不回，不知道是没听见还是装没听见。

陆峥今天这腿脚追不上，干脆放弃，低头扫了眼他刚刚拍的那张图，下面校道上来来往往很多人，都穿着校服也看不出什么，就是画面中间那女生瞧着有点眼熟。

他仔细看了会儿，这不仟哥的同桌嘛。

陆峥"啧"了一声，与生俱来的八卦欲告诉他，这事儿不只是巧合。

邢芸走到班门口，恰好看见陆峥那"半身不遂"式的走姿，才后知后觉地反应过来昨天被罚的那些人里也有沈仟怀。

虽然他只象征性地跑了跑，但归根结底也是因为她。

从昨天到现在，她还没正式说声谢谢。

邢芸握着汽水瓶，天气热，手里的绿豆汽水已经没刚买来时那么冰了。

看着后排座位上低着头不知道在干什么的沈仟怀，她忍着没喝，过去十分自然地把这瓶汽水放在了他的桌子上。

算是"孝敬"他老人家的。

沈仟怀本低头看手机，刷着几个无聊的短视频，余光瞥见桌子上多出来的饮料，又略带疑惑地看她一眼。

邢芸诚恳地说："谢谢你的卷子，还有昨天被罚，抱歉啊。"

不知是否因为她诚意看上去不够，某人一语戳穿："路上刚想的吧。"

别的也就算了，绿豆汽水，除了她真没见过第二个喜欢喝这个的。

邢芸一时语塞，暗戳戳伸手想要再拿回来："那要不，你挑，你喜欢什么，我课下去买。"

她指尖还未碰到，汽水瓶就被他拿走了："就这个，送人的东西哪还有要回去的。"

"……"

她默默收回手，这不是想着他不喜欢，怕浪费了嘛。

耳边"咔嚓"一声快门声，邢芸扭头，就看见陆峥捧着个相机，激动得不行："哎，拍成了拍成了，我好像会了。"

刚刚她完全没注意这边，现在才慢半拍地问："你不会拍我丑照了吧？"

陆峥扬起相机："不丑不丑，我拍的，必须好看。"

不丑是不丑，就是这画面看起来有点说不上的暧昧。

照片里她手托着腮，另只手悄悄去够汽水瓶，沈仟怀懒散靠着后排的桌子，要笑不笑地盯着她的小动作。

陆峥看了眼相机，又看了眼已经恢复正常各干其事的两人。

他昨天跑了十七圈，是不是把眼睛跑出什么毛病了。

今天怎么看什么都暧昧。

照片的事儿陆峥就当他随口说的，没想到晚上某人不仅记得，还十分罕见地"拍了拍"他。

暴躁修勾"拍了拍"你，并且说"请你吃饭"。

沈仟怀误点了他头像，对这个拍一拍后缀表示一阵无语。

他懒得改什么"拍一拍，戳一戳"的，微信平时压根也没人会找他。

他言简意赅发了两个字。

暴躁修勾：照片。

陆峥那头刚从题海战术里出来，对相机的功能操作也不熟悉，一边查一边弄，鼓捣了近二十分钟才发给他。

包括在教室乱拍的那张，也一起发给他了。

聊天框很快出现条新消息，来自暴躁修勾，这回连字都懒得打了，就一个"OK"的手势。

简直无情无义。

陆峥也没指望他能回什么，把相机丢到一边打算洗漱休息，那头却破天荒地来了句。

暴躁修勾：拍得不错。

陆峥挠了挠头，这哥们儿的行为最近有点诡异，太诡异了。

沈仟怀人看着不太好相处，在高二也没太多认识的人，但架不住陆峥嘴碎人脉广，天天哥长哥短，自然把他也拉入了这帮男生群体。

关于他听力受损的传闻说法不一，当时铜钱镇还为这事儿私底下议论过好一阵，时间一久，大家也都慢慢忘了。

之前陆峥偶然提起两句，他中间和赵彩霞那点亲戚关系大家也都心照不宣，相互默认陆峥就算不是目击者，也一定知情。

邢芸这些天和沈仟怀天天在一起，平时说话交流也都挺正常，一时忘了他的耳朵，现在偶尔还会听不到。

这些传言邢芸不知道有没有传到"正主"那里去，反正她是被作祟的好奇心勾得心痒痒。

想问，又不敢。

怕万一勾起他的伤心事。

好几次话到嘴边，转头看见沈仟怀一副无所事事的样子，手上优哉游哉地转着一支兔子笔。

她忽然又不知道如何开口了。

周六陆峥生日，他叫了班里很多人，还煞有介事地带着相机说去拍照，有着亲戚关系的沈仟怀自然在邀请之内，意外的是，邢芸也在。

邢芸总共和陆峥说过的话不超过十句，也莫名其妙地被邀请了。

小镇上没什么可玩的，他们一行人坐大巴去了市区。在车上困，她和沈仟怀挨着坐，昏昏欲睡之际脑袋不止一次碰到他的肩。

在第三次感觉挨到人的时候，邢芸坐正身子，清了清嗓，把车窗开大了些。

前两次她觉得自己能控制住，结果一次次瞌睡点头，给人的感觉倒像是故意的。

好在车上没人注意这边，尴尬的范围仅限于她和沈仟怀。

他视线看过来："这么困？"

邢芸半低下头，没敢跟他对视，糊弄说："我坐车就比较困。"

下车跟着陆峥是一系列安排好的活动，看电影、棋牌室、狼人杀。

晚上转场去了一家餐厅，饭菜可口，大家吃着正热闹，也不知道谁起的头，说要祝寿星生日快乐，大家起哄似的，一人一句话。

转眼轮到沈仟怀，他却是半天没说话。

从刚才到现在，差不多一分钟，他的世界里都是没有声音的。

此时所有人的目光看过来，他脸上表情除了往日里那点欠揍的冷淡，还有茫然，全然不知道这一分钟里发生了什么。

陆峥反应快，大大咧咧接上话："土不土啊，还转着说，整得跟我爷爷过寿一样。"

大家哄笑着闹了几句，这段很快翻篇没人再提。

四周热热闹闹的环境里，也只有她注意到，沈仟怀在低头时很浅地蹙了下眉。

是一眼看穿的郁闷和不耐。

他对自己这时好时坏的耳朵，应该有时候也挺烦吧。

她拨着碗里的米饭，眼睛却看着桌对面的他。

沈仟怀，那你的秘密又是什么呢？

饭局末尾，沈仟怀出去接了通电话，接了好久才回来。

他回来时邢芸正抓着个酒瓶，吃饱喝足，坐着发呆。

屋里有点热，她脸颊稍红，那模样看上去倒像是喝醉了。

陆峥正好站在旁边，沈仟怀问了句："她喝酒了？"

陆峥低头看了眼，被他问得有点蒙："这个，我没注意。"

邢芸没碰酒，但也默不吭声，俗话说，酒到三分醉，演到你流泪。

她今天就趁机耍赖一回。

没醉，也装出三分醉。

也只有这样她才敢问。

晚上没有大巴，各自就分散着打车回去，沈仟怀出去一趟回来，这里面已经不剩几个人了。

他往前走了两步，站在她跟前说："回家。"

"哦。"邢芸点头，跟着他走。

出了餐厅，外面温度还有点凉，她今天出门穿了条裙子，没想到海城的晚上还能这么冷。

走了没到半分钟，沈仟怀单手塞给她一样东西，是他的衬衫。

他身上是件 T 恤，这衬衫本来穿在外面的。

他一手插在兜里，逆着光，把东西塞给她后又继续同她走了。

邢芸抱着这团柔软布料，忽然停下脚步说："沈仟怀，我能不能问你个事儿？"

跟前的人放慢步伐，侧头看她。

她没底气道："我问了你可别生气啊，要是不想说，也可以不告诉我。"

沈仟怀一副无所谓的样子："你说。"

她做了最后一番心理建设，他其实不回答也没关系，但她要是不问，今晚是真的会被好奇心给憋死。

邢芸欲言又止，目光缓缓看向他："你的耳朵，当时怎么伤的？"

/ 第5章 /
因为我们是朋友

他未承想到她是想问这个，沉默了一瞬说："打架。"

其实算不上什么不能说的秘密，只不过知道的人少，就显得玄乎了些。

邢芸有些诧异地看他："你跟人打架？"

沈仟怀编排了一下措辞："准确地说，我是被打的那个。

"我舅舅一年半载回一次家，也不知道在外面惹了什么事，去年有人寻仇找上门来，那天赶集，我懒得去，和赵彩霞的儿子沈浩东待在一起。"他语气轻描淡写，"来的人拿着棍子，当时情形我要是不护着点他，那小孩儿估计真就被打死了。"

铜钱镇每月初一、十五所有商铺只开半天，那天又正好是半年一次的庙会赶集，镇上商贩干脆连半天都不开了，全部闭店改去集会上卖东西。

当天下午，巷子里几乎没剩下人，那群人冲进来的时候他手边连个能防身的东西都没有，本来就不占上风的局势还想尽量帮沈浩东挡着点，顾不上还手，很快就只剩挨打的份儿了。

就凭那小孩儿像跟屁虫似的跟在身后喊了他七年哥，那种时候他也不能把小孩儿推出去不管。

结果就是沈浩东没事，蹭破点皮，他休学住院四个月。

沈浩东当时经历那种场面也吓到了，事后一把鼻涕一把泪地哭着向赵彩霞说怎么办，哥为了护我流了好多血，会不会很痛，会不会死掉。

那段时间算是赵彩霞对他最无微不至的四个月，在医院跑前跑后，他说什么就是什么，就差把他当现世活菩萨供起来了。

住院总共用不到四个月，后期已经恢复，就是隔三差五输个营养液那边沈女士也不让他出院，每天能跑能跳地穿着那身病号服在医院转悠，闲得无聊再吃几个水果，出院的时候还比之前胖了几斤。

邢芸听林秋月说，那天最后是陈阿花的爷爷叫的120，救护车到的时候，牛杂店门口就是一个哭哭啼啼的小孩儿和浑身是血不省人事的他。

邢芸抱着他的衬衫，手指微拢："疼吗？"

他声音随意哑倦："早就不……"

她打断说："我说当时，疼吗？"

沈仟怀侧过头，便对上她一双清澈的眼，路边霓虹灯的光倒映在她眼睛里，他失神片刻才说："忘了。"

她声音不大地嘀咕一句："你是人又不是铁打的，你舅妈那么对你，你还帮她。"

他像是当真看得开，扬了下唇："千不该万不该，错也都是赵彩霞的错，那小孩儿没有错，更何况他还天天喊我哥。"

沈浩东皮是皮了点，以前没少闹他，但那件事情之后，他的形象在那孩子心里，几乎和动画片里的"英雄"画上了等号。

路上车水马龙，他们这地方不好打车，还得往前再走一段。沈仟怀垂眸看她一眼："穿上吧，不冷？"

邢芸还拿着他的衬衫，简单的绿条纹，穿在他身上却格外好看。

她从小就没有异性缘，沈仟怀算是她第一个异性朋友，她只知道男女有别，此刻拿着他的衣服，也不好意思真穿身上。

沈仟怀视线看着她，她顶着他的目光犹豫一小会儿，最终还是穿上了。

他衣服很大，松松垮垮的，刚穿上时还有衬衫上带来的一点浅淡余温。

袖子稍长，她往上翻了两截。

"那什么，我衣服可不能白穿。"沈仟怀笑了下，忽然心血来潮，明显意有所指，"你也得跟我说句真话。"

邢芸疑惑看他，她能有什么假话。

沈仟怀说："为什么来铜钱镇，要听真话。"

他其实也猜了个差不多，无非就是想听她说是与不是。

邢芸之前说什么喜欢看海，一听就是瞎编的，时隔两个月，他又问起了这个话题，她实话说："高一在那个学校过得不开心，就像你看到视频里那样，很没劲，不想再那样下去了。"

在发廊初见，邢芸头发上的金纸就是那些人给她最后的下马威，她到了铜钱镇不知道林女士在不在家，也不敢让她看见那么狼狈的自己，就想着路边随便找个发廊，弄干净了再回去。

结果就遇见了他，一个懒散坐在椅子上，洗个头收一百八的"黑心"托尼。

"洗个头你也收一百八，你可真够黑的。"邢芸想起来问，"那天你真的加什么护理了？"

沈仟怀嘴角弧度愈深："没加，我们这儿的店剪个头也就十块钱，根本就没有护理这种业务。"

邢芸再一次觉得这人嘴里没真话，但是奇怪，他偏偏说什么她都信。

这回被骗了，下回还信。

铜钱镇偏远，晚上市区的车十个有九个都不乐意载他们，最后好不容易找到一辆，到家便是十点多了。

邢芸一进门，沙发上的林女士回头看她一眼，看见她身上那件绿条纹衬衫明显宽大，袖子也是挽着两截。

林秋月问："谁的衣服？"

邢芸低头，才忽然发现衣服忘记还给他了。

邢芸半垂下头，避重就轻地解释："晚上出来有点冷，同学的。"

林女士吃了块芒果，似是随口说："沈仟怀的？"

邢芸没吱声，进门放钥匙的动作都慢了半拍。回来之前她想说脱下来还给沈仟怀来着，又想着自己穿过，再给他好像不太合适，思前想后，还是拿回家洗一下。

林女士上下打量一番，又道："这衣服我见他穿过，当时还心想那孩子穿着挺好看的，这会儿怎么你穿上就一般了。"

她默默脱下，林女士这真的是亲妈吗？

沈仟怀回了家，微信里忽然多了个群，消息已经"999+条"。

他点开看了两眼，全是陆峥发的，新得了个相机新鲜感还在，今天拍的七七八八都发在群里。

大巴、路边的烤肠机、花坛里的野猫，什么都有。

其中有一张是在车上时，那姑娘打瞌睡，头靠在他肩膀上。

不过陆峥主要拍的是旁人，他们两个只在画面左上角，群里刷屏似的照片堆叠，也没人注意到这张。

他随手点了保存，忽然想到几分钟前，她站在楼下时说：

"沈仟怀，我今天看到你皱眉了。沈仟怀，会好的。"

十月初，天气凉快些，平时不开空调也不会觉得热，除了偶尔去某人那儿，进去温度还是一如既往地低。

班主任老王今天下发任务："月考完就是期中考，大家都上点心，咱们217理科实验班，期中考，校榜前五十咱们起码得占三十个，五中不比附中，再优哉游哉没点紧迫感，到时候高考落后一大截补都补不上。"

老王絮絮叨叨说了半节课，简单概括就是一句话，班里人的成绩要抓紧提上来。

这些天邢芸除了完成作业，还另外多做了不少卷子，月考分数下来虽有提升，但也仅是进了校榜前五十，距离她答应林秋月的前三十名，大概还差将近三十分。

邢芸这些天没碰过一下小提琴，除了做卷子做卷子就是做卷子。她如此高强度地做题，成绩提升却很缓慢。这让她不自觉去想，就算期中考考进前三十，她一旦分心去练小提琴，成绩肯定是会往下掉的。

到时候竹篮打水一场空，白折腾半天。

她托着下巴，目光缓缓落向旁边的某人。沈同学当真是匹被人低估的黑马，这次681分校榜第一，比第二陈帅多了二十分。

然而此刻的第一，正气定神闲地点着手机在玩一个单机游戏，种花种草，还要按时浇水，升级可以领东西，种更多品种的花。

这游戏听起来和看上去，都挺无聊的。

沈仟怀一条腿迈在过道，校服拉链敞着，微低着头，能看见后颈的棘突，瘦削侧脸给人的感觉冷淡也疏离。

她忽然叫了他名字："沈仟怀。"

他没往这边看，只是应了一声："嗯。"

她又叫了一遍："沈仟怀。"

他这才抬眸看过来，以为她没听清："怎么了？"

"没怎么，就叫叫你。"邢芸扰完人就跑，拿着支兔子笔在草稿纸上乱画。

杂乱无章，都是圆圈。

快到上课时间，他退出游戏放抽屉里，手指微屈翻了页书，不经意地问："之前给你那些卷子做了没。"

"做了。"像是考虑到沈同学的良苦用心，她还特意补了句，"都做完了。"

下一秒，听见他说："这周末，拿来我看看。"

周末邢芸去的时候还特意带上了他的衬衫，是洗好晾干，又细心叠好的。

109号，她上去还没伸手敲，门就已经是开着的。

透过虚掩的门，她听见里面人正在说话。

陆峥说："这些照片你要来干吗？别跟我说就是拿来摆着，我可不傻。"

桌子上那几张照片，都是陆峥在教室里"咔咔"一通拍，沈仟怀看上几张，给要走了。

如果说他看上的这些照片有什么共同点，那就是里面都有他同桌。

沈仟怀胳膊架在椅背上，懒洋洋道："不干什么，闲的。"

陆峥不信他这鬼话，但也知道问不出来，索性换了个话题："刚刚我还碰见沈浩东了，他要来找你，被赵彩霞给哄着硬拽回去了。"

别说沈浩东在那件事情之后把沈仟怀当英雄，就是陆峥，当时听了也挺佩服他。

人非圣贤，两人又不是亲兄弟，他能做到这一步算是很够意思了。

沈仟怀没接话，陆峥"啧"了声："她也真是的，这办的什么事儿。"

邢芸提着一个纸袋站在门口，无意听见别人家常，要听下去就不礼貌了。门没关，她伸手敲了敲，发出点声音。

房门打开，屋里陆峥也在，桌子上散落着一些照片。她没细看，只把手里提着的纸袋子递给沈仟怀："我做完的卷子和你的衬衫，都在里面。"

"行。"沈仟怀接过，随手放到了一边。

她出来时就已经很晚了，这会儿送了东西，便没进门："那，我先走了。"

大晚上留人家姑娘往自己家坐也不合适，沈仟怀点了点头，应了一声："嗯。"

等人走了，陆峥跷着腿，"啧啧"两声，意味深长："你的衣服怎么在她那儿啊？"

沈仟怀从纸袋里拿出那一小摞卷子，懒懒掀起眼皮扫陆峥一眼："你猜。"

隔天上课，沈仟怀难得像是没睡醒，微垂着眼，是肉眼可见地犯困，往日经常玩的种花单机游戏也不玩了，手上转着支笔，一晃一晃的。

邢芸昨天英语卷子还差了半份，也没顾上跟他说话，忙着补作业，赶在英语女魔头的课前做完。

叶嘉琪转过身子，刚想跟她聊两句八卦，就看见她奋笔疾书，于是改口说："差得多不多，要不把我的给你抄抄。"

还有几分钟就上课了，她怕真的来不及，忙双手合十地感谢："谢谢我家叶嘉琪。"

刚说完，旁边就伸出只修长的手，随手丢了张英语卷子在她桌上，声音倦懒："抄我的。"

叶嘉琪哑然一瞬，得，她还是转回去吧。

托他的福，邢芸紧赶慢赶，在上课前赶完了作业。英语老师年纪不大，戴个细边眼镜，头发是标准的黑长直，挺漂亮的长相就是总板着张脸，严苛死板，同学私下都叫她"魔女"。

某人昏昏欲睡，直到魔女的课上到一半。

"这个倒装句的用法其实还能……"

讲到一半，上头的声音戛然而止，众人顺着老师视线看去，最终落在后排。

邢芸默默低下头，是她旁边这位，很不给面子地睡着了。

她胳膊肘装作无意碰他一下，旁人看着，她也不敢太大声："喂，醒醒，别睡了。"

他睡得不沉，脸从臂弯里抬起，有些不耐。

讲台上老师拨了一下扩音器，面无表情跟他说："困就起来站着，去后面，别挡着别人。"

魔女的沉默比训人更可怕，底下学生都低头看着书，不敢吭声。

沈仟怀还是困得一脸生无可恋的样子，从桌上拎了本英语书，顺走她一支笔去后面站着了。

魔女清了清嗓子："咱们接着讲，倒装句在这个句子里……"

短暂的一个小插曲很快翻篇，只有邢芸时不时回头往后瞄上一眼。

沈仟怀站在后面，还算乖巧，拿着书，有模有样地在书上记点东西。

后半节课结束，他又拎着书优哉游哉地坐回来了。

邢芸上一次见他这么困，还是他和红毛打游戏打到两点半那次，她随口一问："昨晚又跟人打游戏了？"

某人从抽屉里抽出本题扔给她，扯了下唇："真是没良心，我这是因为谁。"

邢芸顺手翻了两下,是本厚厚的理综题,其中有的做过有的没有,做过的只是少数。

部分题号有用红笔画的圈,末尾空白页他画了一份类似思维导图的东西,列出些易错知识点和公式,每一个知识点后面都跟着页数和题号。

对照着知识点,去前面找相应的题做,看着一目了然,事半功倍。

昨天一个晚上,他看了她之前做的那些卷子,又根据她总是出错的题做了适用于她的思维导图,拿在手上挺厚的一本题,把里面所有相关题目分门别类地圈出来,明显是费了不少功夫的。

邢芸拿在手上,还在为他一晚上做了这么多事情而感到震惊,就听见他说:"这些列出来的都是你常错的同类题,不会就多做,做会了为止。"

就算眼前这个人鬼话连篇,但至少那句帮她考进前三十,他认真了。

她看了眼书,又偏头看了看他:"沈仟怀。"

"哥,老师叫你去办公室。"陆峥在前面喊他的声音太大,也不确定她叫他这声,他究竟听到没。

她嘴上说不出感谢的言语,那一刻,她心里已经决定以后唯沈同学马首是瞻。

之前陆峥说他对朋友都很仗义,不违法的事能帮一定帮,这话现在她信了。

沈仟怀被叫到办公室,倒不是因为上课睡觉这点鸡毛蒜皮的小事,是老王找他,说他的成绩稳住可以上C9,要是努努力,应该还能摸一下A大。

五中上一个去了A大的,还是四年前那一届。老王语重心长,他也都点头答应着,最后走的时候老王还像哄小孩儿似的,抓了把糖让他带走。

是办公室某个老师的喜糖。

沈仟怀规规矩矩,没忘了说:"谢谢老师。"

他好像这方面挺幸运的,这些年上学遇到的老师都很好。

邢芸前几天在门口文具店买了一盒明信片,是漠河,有极光。她从小就对韩剧里那种大雪纷飞的场景很是向往,只可惜她见过的雪都是很小的,一点点,积不出厚厚一层遍地雪白的感觉。

她一张张翻着看,再挑些好的出来,余光里一道人影靠近,接着就是板凳腿摩擦地面的声音。

沈仟怀从办公室回来。出于某种人道主义，她手边放下明信片，贴心问了句："老师说你了？"

"没有。老王找我，就简单聊聊天儿。"他从口袋里掏出几颗糖放在她桌上，嘴里还吃着一颗。

邢芸看这架势，应该确实还聊得不错。她拿了张最完整的雪景图给他："你见过北方的雪吗？像照片里这样的。"

"见过，你要想看，等今年冬天下雪的时候，一起去一趟。"

沈仟怀那把懒腔里，难得带了点不显露的温柔。

他确实在北方出生，那个不知道算不算得上是家的家，也在北方。

他怕热，这地方偏偏热得没了四季，小时候挺喜欢下雪天，但来了铜钱镇后就再没见过。

海城的冬天不会下雪，永远不会。

晚上睡前邢芸抱着题本，还是给他发了条消息，不是画大饼的空头支票，而是真心又实际的。

凌晨一点钟，他手机亮了一下。

是芸不是云：如果我以后成了小提琴手，一定，一定会给你留票的，你是永久的前排贵宾席。

沈仟怀已经躺下准备睡了，手机屏幕的亮光照在脸上，少年勾了下唇。

暴躁修勾：截图了，别想赖账。

"早上学校开会说要办今年校内这个篮球赛，班长，课下统计一下谁参加，差不多就行了，不求咱们班争什么名次，学习还是放在第一位，球赛就当锻炼身体。"

趁着晚自习，陆峥移一点，再移一点，最终移动到了他的旁边："仟哥，篮球赛，去吗？"

"不去。"沈某人一脸清心寡欲，仿佛任何热闹都与他无关

不论出于什么缘由，陆峥就是想拉上他去："你高一不是参加过嘛，那会儿你们班还得奖了。"

沈仟怀上高一的时候陆峥还在读初三，五中初中部和高中部中间也就间隔一个小喷泉。

那天陆峥翘了课，偷偷摸摸跑来高中部篮球场看热闹。

当时沈仟怀刚进校还顶着全镇第一的学霸光环，人帅成绩好，开学新生代表，年级球赛更是出尽了风头，中场休息有妹子给送水，陆峥也上去送了，两人站在他跟前，不出意外，他拿了陆峥手里那瓶。

沈仟怀从他刚认识开始就不是个懂低调的人，跟他们这群人插科打诨，偶尔装相也不叫人讨厌，但自从去年受伤耳朵出问题开始，陆峥就发现他好像慢慢地不那么喜欢出风头了，所有需要露面的事，他都没再参加，像是在刻意回避什么似的。

就像现在篮球赛，根本叫不动他。

细思，则悲。

陆峥心里默默叹了声，坚持握上他的手："去吧去吧，只要你参加，我后半辈子给你洗衣做饭当牛做马。"

被陆峥猝不及防这么一握，沈仟怀手下一笔直接划出去了，抬眸看他："你是能犁地吗？还当牛做马？"

陆峥话都说到这份儿上了，态度诚恳到令人不忍拒绝。

沈仟怀拍开他的手，两个大男人手摸手肉麻得要命："咱们班都谁去？"

陆峥看了眼班里，给他细数："我、陈帅、浩子，还有体委他们几个。"

他答应说："那去呗。"

这边点头，陆峥就拿着笔冲到班长那儿，生怕他反悔似的，赶紧把他名字写上："再加一个加一个，沈仟怀。"

篮球赛这种活动，老王不允许占用在校时间练，想练的就自己找周末。

周末练球这事儿邢芸压根不知道，是叶嘉琪拉着她去凑热闹。

学校操场上分了两支队伍，都是217班的人，自己先打着找找感觉，外面还围着一群同样来看热闹的。

邢芸吃着雪糕，眼睛往球场上看，都穿着球服，第一眼愣是没看见沈仟怀在哪儿。

直到叶嘉琪忽然伸手往前一指："沈仟怀刚截陈帅那个球，太帅了吧。"

她目光顺着定格，沈仟怀穿着身黑白球衣，跑起来躲开防守，转身一个利落的起跳，球服灌风轻微荡起，球落篮筐，三分球。

场下瞬起一片欢呼。

啧，确实帅的。

周末门卫管得不严，红毛下午也跟着进来了。

陆峥坐在旁边休息，看着场上运球过人势头很猛的沈仟怀，伸腿碰了一下红毛说："哎，你觉得今天仟哥打球像不像那个什么？"

红毛："什么？"

陆峥蹙眉，半天憋出个较为精准的形容词——

"像不像，孔雀开屏。"

场上浑然不觉的沈孔雀正在开屏，转眼又进了一个球。

红毛在下面拍手起哄，鬼叫着喊"666"，像是整个围观群众里的气氛组。

陆峥喝了口水，跟他闲聊："不上班？"

红毛转过头说："休渔期，码头停工。"

"哦，就忘了。"陆峥往旁边挪了一下，让出一片阴凉，"坐这儿看吧。"

红毛却把"迷弟"这两字贯彻到底，摇摇头说："我不坐，我要给我们仟哥加油，坐下怕他看不见我。"

"得了吧你。"陆峥偏着头，下巴朝后面点了点，意味深长，"你以为我哥开屏给谁看的，是后面那位。"

红毛顺着往后看，后面台阶上人不多，他倒是一眼就看见了她，邢芸手里拿着雪糕，还低头和旁人说话。

"真的假的，那城里妹妹？"红毛转过身，为了不妨碍开屏效果，神神道道地靠他坐下了。

陆峥"啧啧"两声，一副"我不懂谁懂"的样子："我看假不了。"

红毛最近挺闲，人闲了八卦欲也跟着上来了："不能吧，我之前问过，仟哥说就觉得她挺逗的，没别的意思。"

红毛说完还仔细回想了一下，他当时确实是这么说的。

陆峥说："我问你，你谈过恋爱吗？"

"没有。"红毛愣了两秒才反应过来，"你这人杀人怎么还诛心呢。"

"信我。"陆峥看着球场上的局势，平日里陈帅出的风头如今都跑到沈仟怀那儿去了。这话在红毛脑子里转了一圈，又什么也没转明白地转出去了。

什么喜欢不喜欢的红毛不懂，默默叹了口气，又安静看了会儿球，问他说："前面那谁啊，打个球花里胡哨的。"

"陈帅，我们班长。"陆峥说，"除了名字比仟哥帅，其他样样被仟哥压一头，可能是时运不济。"

陈帅要是单拎出来也算得上是这一届的风云人物，成绩、长相都不错，但和上一届的沈仟怀碰到一起，比较之下，锋芒就没那么耀眼了。

不过怎么说呢，输给沈仟怀不丢人。

这是陆峥长这么大，第一个打心底里佩服的人。

球场中间休息，红毛见沈仟怀目光往场下扫，忙挥起手喊："仟哥，这儿！"

沈仟怀太久没这么跑过，出了不少汗，和大多数打球的同学一样，本能就想掀起球服潦草擦一下，反正周围都是男生，谁也不跟谁见外。

他手都摸上衣摆了，忽然听红毛这么一喊，顺带着就看见了后面台阶上的她。

于是这手，又放下了，婉约地过去和红毛要张纸。

红毛翻遍自己和陆峥的全身，也就凑出仅剩的一张纸，递给他说："仟哥，什么时候这么文雅了？"

"你管我。"他接过来随意擦了两下额头上的汗，单手往后抓了把头发，这会儿有风吹过，还算是凉快。

"你歇会儿吧，一会儿我替你。"陆峥跟他说完又看向红毛，"要不你也上去……"

后半句没说完就闭嘴了，因为看见红毛出门脚上就趿拉着一双非常随意的人字拖，横看竖看不像是能打球的。

陆峥苦于找不到由头，几分钟后是硬拽着把红毛这个电灯泡带走了。

沈仟怀在树下坐了会儿，手边是陆峥买的水，他拧开不客气地仰头灌了几口，随手扯了下领口散热。

等又过了几分钟，他回头，后面台阶上就剩她一个人坐着。

他侧身看她说："哎，不晒吗？"

他屈着一条腿，姿势洋洋洒洒地看，她和叶嘉琪刚来的时候他就看到了，只不过没留意她们最终在什么位置，直到最后红毛喊他那一嗓子才看见。

台阶上人走的走，散的散，叶嘉琪说去买水，结果一去不回。

相比起他坐的位置，她这边是会被晒到。

邢芸看了看太阳，又看了眼他旁边那一大片的树荫。那地方她刚才就惦记了，只不过和陆峥、红毛他们不太熟，没好意思过去坐。

现在就他一个人待着，倒也没什么不好意思的。

邢芸过去坐下，离近了才看见他额角的头发微湿着，手随意撑在身后，无袖球服更显得胳膊上的肌肉线条流畅紧实。

斑驳的光透过缝隙落下来，洒在少年人宽阔的肩背上，清瘦却不显得单薄。

随着他起伏的呼吸，能看清他领口下方的锁骨。

不知道是不是她的目光过于灼热，某人伸手整了下歪斜的领口，看不到了。

她移开眼说："待会儿你还打球吗？"

沈仟怀是真渴了，又开了瓶水："不了，陆峥上。"

球场的人还在休息，分散四处，在树荫下躲太阳，叫人坐下就不想再起来了。邢芸想着时间差不多："那等下一起回家吗？"

他微低下头，上身同时往这边靠了点："嗯？"

她不知道他是没听清还是没听见，又说了遍："等一下一起回家吗？"

远处。

"你看，你看你看。"陆峥走到一半，用胳膊杵红毛一下，"我说什么来着，这两人说悄悄话呢，怎么能是普通朋友。"

红毛往那位置瞧了眼，一脸淡定："这算什么，我还见过更离谱的。"

他可是亲眼看见在旧码头的破渔船上，那个城里妹妹揪着他们仟哥的耳朵。

陆峥问："什么更离谱的？"

红毛想了想，为了仟哥的一世英名，他选择适当闭嘴。

红毛摇摇头："保密，不可说。"

邢芸问了两遍，沈仟怀才听清应了声："一起回。"

等期中考结束就是正式的篮球赛，这些天他除了上课，课下帮她解题还要抽时间被叫去练球，几乎忙得一刻都没有停下来过。

回去的路上，邢芸有点过意不去，频频看他，最后快到家才问出口说："你最近累不累？"

"还好。"他一副很无所谓的样子看过来，"怎么了？"

看他精力旺盛得仿佛永远折腾不完，邢芸还是很没底气："除了上课，你还要帮我，还要练球，想着会不会太累。"

她只是单纯学习想考进前三十都已经觉得很累了。

沈仟怀："打个球算什么，之前放学就在我舅妈店里打杂不也一样。"

忽然提到赵彩霞，这话题倒是不知道该怎么进行下去了。

他是真没觉得累，充实忙碌，总比闲下来想这想那好。他沉默片刻，目光看着她说："没事儿，真不累。"

邢芸对上他的视线，他眼睛干净、清澈，睫毛不算长但微垂下眼看人时，格外好看。

巷子里灯光昏黄，微风吹得他头发稍乱，半明半暗中，愈显得眉眼漆黑，她像是被他这双眼睛蛊惑了，问了句放平日里她断然不会问的。

她听见自己的声音说："沈仟怀，你为什么，对我这么好？"

空气中安静几秒，某人轻笑了声，一把慵懒的嗓音传来——

"我乐意。"

期中考试邢芸特意早起，给他发了个"加油"举牌的熊猫头表情包。

这不是给他打气，而是给她自己。

沈仟怀刚起来洗漱，嘴里叼着一把牙刷，腾出手给她回了个同款表情包。

暴躁修勾：加油。

一大早收到这条回复，看着便莫名心安。

自第一次考试后，沈仟怀就凭成绩从吊车尾的考场去了第一考场，她不上不下，跟他隔着几间教室。

为期两天的期中考试丝毫不紧张，考完等成绩的时候倒是挺心慌的。

如果没进前三十，她怕是彻底无缘小提琴了。

这次考试时间赶得巧，恰在周六出成绩，邢芸从早上就开始时不时点进班群看一眼，看老王发成绩表了没。

无数次点进去，又无数次退出来。

她从小对学习这方面无欲无求，考成什么样就什么样，这还是头一回这么操心自己的成绩。

微信跳出一个小狗头像，是他发的消息。

暴躁修勾：来给我送下钥匙，忘带了，进不去门。

邢芸看着反应几秒才想起来，她还有109号房的钥匙，之前说要给他的，他不要，说万一忘带钥匙了再找她拿。

　　她下床从抽屉里翻出来，换身衣服后去给他送。

　　沈仟怀刚打球回来，球衣松松垮垮的，抱着胳膊闲闲靠在家门口。钥匙锁家里了是真的，总共几步远的距离，他明明可以找她拿，却偏偏故意要她上门送。

　　邢芸送钥匙过来也就三五分钟，沈仟怀接过钥匙，不紧不慢地开门，余光无意瞥见她捧着手机点进班群，里面空空如也又退出来。

　　他视线扫了眼："别点了，手机屏都要被你点裂了。"

　　这点小动作被他发现，邢芸有些尴尬地收起手机："成绩没出来，我就是有点慌。"

　　这都不用她说，全写脸上了。

　　二人进了屋，沈仟怀受不了自己身上这一身汗味儿想去冲个澡。考虑到她在这儿，他本想忍一忍，奈何少爷病发作，没到五分钟就忍不下去了。

　　他站起身说："我洗个澡。"

　　她脑子里全是什么时候出成绩，完全没工夫考虑其他，点头"哦"了一声。

　　他洗澡很快，十分钟就出来了，黑发扫在额前，手里拿着毛巾随意擦了两下。

　　时间还早，为了让某人不要焦虑到把手机屏幕点烂，沈仟怀打开电视放了部片子，还是用的 DVD 机，算是一部老片，《大话西游之月光宝盒》。

　　电影看完，接着又把剩下一部看了。

　　她起初看得心不在焉，到后来却是意犹未尽。

　　电影片尾开始走演员表，沈仟怀拿起手机翻了下班群，点开里头那张表看了才说："成绩表，在群里了。"

　　邢芸一瞬回神，拿手机看，班里五分钟前发了成绩表，现在消息已经炸群"999+ 条"，她 578 分，校榜 27。

　　沈仟怀还是稳稳的第一名。

　　这姑娘倒是挺容易满足，下午紧张到坐立不安，现在知道可以继续学小提琴脸上那点愁容马上就不见了。

　　邢芸看了眼挂钟，看电影时间过得很快，不知不觉，已经晚上十点多了。

　　邢芸下午是吃过饭的，沈仟怀打球没顾上吃，结果回来又陪她看电影，一声不响地饿到现在。

　　两人下楼，去了晓芳粉面店，她点了一份小吃，看着沈仟怀坐在对面吃到第二碗面。

邢芸想了下，还是好意提醒说："大晚上吃这么多，不会积食吗？"

晚上吃太多，万一积食会难受。

这个时间点店里没几个人，沈仟怀长腿伸在桌外，抬眸看她一眼："不会，最近打球消耗也大。"

她"哦"了声，视线落向门口，外面有个七八岁的小孩子扒着门，悄悄往他们这边看。

邢芸下意识就以为是店里老板娘的孩子，也没多想。结果那孩子看了会儿，直接进来了，走到沈仟怀跟前叫他："哥。"

赵彩霞在家洗衣服，沈浩东做完作业不睡觉，偷偷溜出来了。

沈仟怀问他："吃饭没？"

"吃了。"沈浩东从左右口袋里掏出很多卡片，一只手拿不下，通通放在了桌上，"哥，送给你，我集齐了，总共 121 张。"

沈仟怀拿筷子的动作一顿，看着这摆卡片，目光微怔。

这卡片是一种橘子汽水随机附赠的，他舅妈的牛杂店供应啤酒和几样基本的饮料，其中就有这个。大多数客人都不要这个卡，随手就扔了，但沈浩东喜欢，平时偶尔就在店里捡捡，或者等成箱的开了，直接把卡片挑出来拿走。

集卡这种东西，总会有一部分放得特别少，让人集不齐。

去年在医院，这小孩儿看他每天打点滴手背都被扎青了，可能是内疚，也可能想感谢，时不时见缝插针地就问他想要什么。

他没什么想要的，更何况他想要的，这小孩儿也给不了。

被问得多了，知道他不说个结果沈浩东不肯罢休，当时见沈浩东口袋里有冒出来的几张卡片，他便随口说，想要一整套集齐的。

这事儿他说完自己都忘了，没想到沈浩东当了真，集了一整套出来，还舍得把这好不容易集齐的卡片送给他。

这一摆没用的卡片，却是沈浩东最喜欢也最宝贝的东西。

这一刻，纵使他没心没肺，也还是被小孩儿这份天真又笨拙的礼物给触动到了。

沈仟怀放下筷子，拿起桌上的卡片看了看，随后又冲沈浩东笑了下说："浩东，我随口说的，卡片你带回去吧，心意我领了。"

沈浩东固执得很："不要，这是我送你的。"

外面听见有人喊，是赵彩霞的声音："沈浩东，又跑去哪儿了？大晚上不回家……"

那边还没喊完，声音就在店门口戛然而止，赵彩霞看见店里的场景，愣了几秒，进来把沈浩东给拉走了："回去睡觉。"

力量悬殊，沈浩东完全是被拽着走，依依不舍地回头："妈，我想跟哥说话。"

赵彩霞不允："有什么好说的，他也不是你亲哥，快回去。"

沈浩东被带走，桌子上剩下一大堆的卡片。

沈仟怀也没再说什么，沉默了一会儿又继续吃面。

邢芸不懂这其中缘由，单纯站在一个旁观者的角度，觉得赵彩霞最后那句"有什么好说的，他也不是你亲哥"听着挺伤人的。

她默默吃着小吃拼盘里的炸鸡块，在心底小小地为他鸣不平。

也可能沈仟怀是她来铜钱镇后认识的第一个人，她的立场就只向着他这一边。

等他吃完，去结了账还特意收起这些卡片。

出去二人并排往家走，门口的灯坏了一个，忽明忽暗，邢芸没忍住问："后悔过吗？"

他偏头看她一眼，眼神略带着疑惑。

她说："去年救那个孩子，后悔吗？"

"不后悔。"沈仟怀把卡片揣进口袋，一只手插在兜里，仿佛不算多大不了的事，"我扛揍，稍微受点伤和那小孩儿直接被打死，怎么都是前者更划算。"

他像是猜到她为什么要这么问，停顿一瞬又说："别看我舅妈那样，她也是个可怜人。"

他小时候刚来铜钱镇的那段时间过得还算舒坦，赵彩霞没孩子，她管牛杂店，他舅舅经营那间发廊，每天一起吃饭，一起睡觉，对他还算客客气气。

可这样的日子没过多久，从赵彩霞怀孕中期开始，他舅舅忽然有一天狐狸尾巴藏不住，卷走家里所有的钱跑了，这个家和发廊也都撇下不管，去外面吃喝嫖赌，一年半载也见不着人。

赵彩霞一个人带孩子，上户口、办入学，这些琐事倒是还好，偶尔有五大三粗的汉子喝点酒在店里吵嚷闹事的，她一个女人在这个时候就显得孤立无援，沈浩东半夜发烧，她大晚上带上孩子出去打不到车，敲不开门。

沈仟怀那时候也没多大，除了在后面看着也无计可施。类似的事情还有很多，赵彩霞把生活中所有的不幸都逐渐归根于嫁给了他那个混账舅舅。

每每遇事，又找不到他舅舅的人，赵彩霞就会把那股无名的邪火撒在他身上，挑刺骂人，性情大变。

一段不长的路，邢芸听他三言两语说完这些，觉得心头一酸。

爸妈从小没让她吃过苦受过罪，也不知道在距离她千里之外的小镇上，还有人过着区别于她的另外一种生活。

沈仟怀看她微垂着脑袋，故意开玩笑说："以后嫁人一定要嫁个靠谱的，要不然就别嫁了。"

她反应慢半拍地回过神："啊？"

开个玩笑，不小心把话题扯远了，他停下说："回家吧，跟你爸妈说你做到了，小提琴还是你的。"

已经到了112号楼下，她看了眼台阶，又看向他。想说的话太多，一时间又说不出口，最后她愣愣点头："再见。"

邢芸跑上楼梯，到一半倏然停下，转身看着他说："沈仟怀。"

他站在路边，手插在兜里懒懒散散地"嗯"了一声。

她声音不大，但他刚好听得到："你要是平时觉得委屈的话，可以跟我说，我不会笑话你的。"

因为我们，是朋友。

沈仟怀扯了下唇，冲她抬了抬下巴："上去吧，我没什么好委屈的。"

晚间有风，吹着还挺惬意的，他看着她上去才转身回家。

家里茶几上还是下午看《大话西游》的光盘。

他弯下腰整了整，又连同卡片一起放回抽屉里，起身的时候忽然想起他开玩笑的那句让她以后嫁人嫁个靠谱的。

不知道出于什么心理，此刻后知后觉，他好像不那么想让她嫁人。

邢芸这次的成绩考进了前三十，父母说话算话，关于小提琴的事情都听她的。

林秋月又帮她联系了之前的杨老师，说每个周末都会来教。

好像人高兴了就会感觉一切都在变好，就连最近的温度都变得很舒服，穿一件长袖刚刚好，她每天上学、放学，偶尔还买瓶水去看沈仟怀打球。

他老是记不得提前买水，渴了直接就拿陆峥的喝。

嗯……很不客气。

邢芸见过几次之后，无意间就记着了，先买瓶水再去球场看，水也是帮他买的。

篮球赛那天她照常买了水，和叶嘉琪坐在经常坐的那个老位置。球场外明显多了很多人，她刚从学校的超市买完水出来，就听见一对小姐妹在议论他。

两个高一年级的女生凑在一起，小声说："刚才黑白球服的那个是高三年级的沈仟怀吗？好帅。"

"他又读高二了，我第一次见，真的是帅。"

"我觉得他看着好拽，咱们学校有女生给他送过情书吗？"

"应该有吧，反正我是不太敢。"

"……"

邢芸无意听见这么几句，那两个女生买完东西就走远了。

她拿着瓶水坐在观众席，偶尔和叶嘉琪聊聊天，在欢呼声中靠近些说："嘉琪，沈仟怀在学校被传得这么神吗？"

他除了生得一张生人勿近的冷脸，但其实还挺好相处的。

叶嘉琪吃了口雪糕，看着球场："还好吧，他这样的人走到哪儿都会被关注，以后上了大学，一定也是。"

邢芸默默地听，底下一阵沸腾，她视线又被吸引了去。

沈仟怀前半场势头很猛，投球必进，到后半场对方班级像是临时改了策略，轮流耗着他，耗到他体力有点跟不上，球过他手也投不进，都是直接抛给别人。

两边比分咬得很紧，先前他得来的优势也逐渐缩小。

比赛时间还剩最后半分钟，沈仟怀恰好站在一个边缘位置，浩子看准时机抛了球给他，他接了球转身，运球过人速度忽然迅猛起来，一路甩开对面防守，杀入内线上篮，篮球在空中划出一道弧线，完美落筐。

他穿着身黑白配色的球衣，阳光落了满身。

人群哗然。红毛站在其中看着，不知道是不是他的错觉，刚才有那么一瞬间让他觉得，从前那个锋芒毕露、潇洒肆意的沈仟怀，好像又回来了。

最后一个球宣告结束，沈仟怀走过来时还微喘着气，邢芸过去把水递给他。他看了两秒，伸手接了："罕见啊，今天怎么这么有良心。"

她瞬间有那么一点点后悔把这瓶水给了他："不喝拉倒，我拿去给陆峥。"

他拧开盖子刚喝了口，陆峥就在旁边喊："来来来，先别走，让我先照张相。"

于是周围七七八八凑来一群人，有他们一群刚打完球的，还有个别班里的其他人。

邢芸过去时站在叶嘉琪旁边，左边正好挨着沈仟怀。

陆峥有模有样地扎了个马步："自然一点，笑一笑，我要照了。"

邢芸对着镜头，比了个万年剪刀手，在最后相机定格的瞬间，忽然肩膀一沉，是他把胳膊搭在了她的肩头。

她还没反应过来，周围吵吵嚷嚷，人已经散了，有人叫陆峥有事，他过来把相机往她手里一塞："帮我拿一下，谢了。"

陆峥撂下一句话和相机就走了。她低头看着相机，照片里她比了一个剪刀手，沈仟怀胳膊搭她肩上，姿势随意，笑得散漫，像是找了根合适的拐杖。

她看着相机，又抬头看他："沈仟怀，你这是把我当拐杖了吗？"

沈仟怀随意道："有点累，随手就搭了，抱歉啊。"

她小声嘀咕："我倒也不是这个意思。"

她还没有小气到那个地步，要去斤斤计较他搭了一下她的肩。

后面有人把球扔给他，他伸手接了一下，没个正形地冲她说："知道了。"

沈仟怀过来微低下头看了眼照片，目光停留在照片上一众高个子男生中突然凹下去的某个位置。

"不搭你搭谁，小矮子。"

"我矮吗？"

邢芸对着镜子，这是自那天沈仟怀说她矮之后，第三次问林女士。

林秋月往这边瞧上一眼："不矮不矮，你最近怎么忽然对自己的身高这么上心？"

邢芸小声说："有同学说我矮。"

林秋月第一个为邢芸抱不平："谁说我闺女矮，他怎么，他长得很高吗？"

邢芸过去拿了个橘子，默默地剥，说她"小矮子"的那个人确实还挺高的。

沈仟怀在家随便找了点吃的解决早饭，他坐在沙发上，整个人往后靠，没睡醒，想再补个回笼觉。

嘈杂吵嚷的小巷里，隐约传来一段舒缓的小提琴声。

一曲毕，外头有人敲门："仟哥，在不在？"

破旧的防盗门被敲得"哐哐"响，他那点残存的睡意也被彻底敲没了。

红毛在外面快把门敲破了里头的人才慢悠悠地起身给他开。

沈仟怀站在门内，看红毛手里拿了两个快递盒："你最近真挺闲的。"

"休渔期，不上班没事干，来找你聊会儿。"

红毛进来坐下，兴致勃勃地开始换手机壳。

沈仟怀搞不懂红毛这倒退十年的审美，新买的手机壳上是一枝红玫瑰插在沙滩上的图，除了十级伤痛文学的色调滤镜，还配了字：我们の愛，怼芣起。（我们的爱，对不起。）

后面还有一小段他一眼认不出的繁体"非主流""葬爱"语录。

简直没眼看。

沈仟怀起身去冰箱拿了瓶水，准备喝时又换了旁边的那瓶绿豆汽水。

上次他可乐看见货架上有，就顺带着买了几瓶。

他拿着汽水瓶过去，红毛已经换上了新手机壳，还拴上绳挂在脖子上："仟哥，我想让玫瑰长在沙滩上，你说能不能行？"

"不知道。"他喝了口汽水，味道奇怪，带着淡淡的甜，"长在沙滩上有什么意思，它要绽放在它该去的地方。"

他从不要玫瑰硬长在沙滩上。

红毛细品了一下这段话，什么也没品出来，最后"啧"了一声，冲他竖起大拇指："文化人，说话就是不一样。"

没听懂，但感觉很厉害。

他们打小就认识，红毛也没看他拿了瓶什么，拿过来就喝。

一口下去，奇怪又有点好喝的味道充满味蕾，红毛两道眉毛快拧到了一起，抓着瓶子看他："绿豆汤？"

沈仟怀应了声："汽水。"

红毛又看了眼瓶子，放下了，心里默默记下以后碰见绝不会买："之前那谁，陆峥，喜欢喝姜糖撞奶，你这边又买绿豆汽水，你们口味真是一个比一个奇怪。"

沈仟怀之前也不爱喝，这味道甜不甜淡不淡的，但某人喜欢，不过才几个月，他这口味就被带偏了。

红毛手机壳买了四五个，都是玫瑰花系列的，拿在手上翻了翻，目光又忽然落向沈仟怀那儿。

他俩手机是之前一起买的，同款。

只不过沈仟怀比较懒，就买手机送的那个透明壳，没换过。

"我给你换上。"红毛直接伸手拿了他的手机，说话间已经把沈仟怀的手机壳给卸了，迅速在那几个壳里挑了个花最大朵的给他，"这个吧。"

隔天上课邢芸无意瞥见沈某人的新手机壳。

一朵鲜艳的大花，旁边有字：

我是午夜伤心的玫瑰。

这什么非主流手机壳，还伤心玫瑰。

外班有个人进来找陆峥："你们班英语周报写到第几期了，我们 27 期，你们有 28 期的话给我抄抄。"

他们班进度快，已经写到 31 期了。

陆峥从桌兜那一堆破烂儿里翻了摞出来，把 28 期给他："拿走，不谢。"

那人看见陆峥手里还有剩下几期，便得寸进尺："要不都给我吧。"

每一期都有上一期的答案，陆峥数来数去还是少了一份，隔着走廊问："仟哥，30 期发了没，我是丢了还是没发。"

沈仟怀的英语周报正放在桌上，他随手翻了翻，把第 30 期给陆峥丢过去了。

沈仟怀扭头，就看见她在旁边，眼睛还直往他身上看。

她伸手指了指："你这手机壳……还真是复古。"

邢芸说完还小小佩服了一把自己这高情商的用词。

他无所谓道："懒得换。"

之前那个透明壳也不是他自己装上去的，是卖手机的店员装的。

他说懒得换，还真用着这个"伤心玫瑰"直到期末，邢芸每天看得多了，甚至觉得那朵红花有点好看。

可能这就是，大俗大雅。

学生的期末成绩直接关系着能不能过个好年，除了好好复习，陆峥还不知道从哪儿学了一手玄学。

在手背上画锦鲤。

听着就很无稽之谈的无稽之谈。

沈仟怀从教室后门进来，刚洗过手，袖子往上翻了两截，老远就看见她拿着根红色马克笔，认认真真在手背上画什么东西。

他过来坐下说："画锦鲤？"

趁着笔水还没干，邢芸拉过他手腕："也给你印一个。"

水房冬天的水很冰，此刻握着他手腕也是凉的，她手背跟他的贴在一起，那是独属于男生的，有力量感的骨骼。

温度从指尖向上蔓延，分明是轻微的凉意，她却像被灼伤般微收了手。

她刚才就是画得太入迷了，一时忽略了沈同学的性别。

沈仟怀低头瞧了眼，手背上有个红印，没印好，大概能看出是朵花的样子，但不确定："画的什么？"

邢芸眼睛盯着书，正经得不行："午夜伤心的玫瑰。"

她信口胡诌，他却由它在手上。

晚自习邢芸悄悄扭头，看见他手背上玫瑰红印下是淡青色的血管，他翻书或者写字时稍一用力，更是有种异样的美感。

在某个瞬间，她好像领悟到别人说的，这个人随时随地都在散发魅力是怎么回事儿了。

她手撑着下巴看了会儿，又非常坦然地移开视线。

她怕自控力不足。

一不小心陷入沈同学的魅力当中。

至于为什么会害怕，她不知道。

邢芸不过是晚自习多看了他两眼，剩下到放学的时间都是心不在焉的。

赶着放学前几分钟，陆峥提前收拾了书包掂着到后门时刻准备溜，本来人都走过去两步了又退回来，挺稀奇地盯着他手看："哟，学我画锦鲤？之前让你画一个你不是挺不屑吗？"

沈仟怀头也没抬，不紧不慢地合上书："这不是锦鲤。"

陆峥刚就是余光看见一个红印，现在仔细瞧了也没瞧出个结果来："那这是什么？"

沈仟怀："午夜伤心的玫瑰。"

高二上学期期末将近，邢芸这段时间上课跟着沈仟怀，有意无意发现他似乎很喜欢画思维导图，几乎各科都有，除了特殊整理过的，还有平时闲着没事在草稿纸上写写画画，画完随手就扔，像是他个人学习的一种习惯。

她照葫芦画瓢也跟着这么做，收效甚微。

考试前放学回家那晚，巷子里灯光影影绰绰，她看着地上两道一长一短的人影，再偏头，自己的个子也就只到他肩膀。

她忽然问："沈仟怀，我真的很矮吗？"

她冷不丁一问，他之前就是随口一说，没想到她能在矮不矮这个问题上纠结这么久。

"不矮。"

他沉默了一瞬，手在她脑袋顶摸了下，笑得有点欠："但比我还是要再矮点。"

像触碰到了什么稀奇古怪的点，她耳根一热，侧头看向沈仟怀。一月末，他校服外面加了件棒球服，这个厚度在北方是不行，但放在海城的冬天刚刚好。

就算穿了好几件，别人出门都裹得像粽子，在他身上却不显得臃肿厚重，从她的角度，正能看见他清晰的下颌。

她目光在他看过来时移开，像被抓包前的心虚。

晚上，邢芸难得和从前的朋友聊天。

当糊艺人：芸，今年放寒假你回来过年吗？

是芸不是云：不知道，可能要回去吧。

手机里这个"当糊艺人"是她高一时唯一的朋友，也是一个成天忙得见不着人的三十八线小艺人。

说起来她们也半年多没见了，邢芸也有半年没见过那边的老爸了。

当糊艺人：还不睡，你刚才不是说明天考试吗？

已经将近凌晨一点钟，她脑子昏昏沉沉的，可能是有点发烧，半个小时前去药箱里翻过一遍，退烧药只剩个空盒子。

林女士已经睡了，再说她也不是很难受，就想着不麻烦了。

手机自动锁屏，她又开了一遍，点开对话框输入：要睡了，我好像有点发烧，但感觉也还好，应该睡一觉就没事了。

发送，下一秒对方就回了消息。

暴躁修勾：生病了？

邢芸看到这行字，抓着手机的指尖一紧，视线后知后觉去看聊天框。

是她误发到沈仟怀那里去了。

她想撤回，又想着他已经看到了，撤回也于事无补。

暴躁修勾：吃药了没？

邢芸还没斟酌出上一句该怎么收场，他便又发了新的过来。

她犹豫一下说：家里没药了。

是芸不是云：也还好，不难受，我睡一觉明天活力满满。

她发了消息，对方没有再回，可能去忙别的事了。

邢芸切出去回了"当糊艺人"的消息，把手机一丢，准备睡觉。

十分钟后，手机振动一下。

她酝酿着睡意没打算看，隔了会儿又振一下。

邢芸这才摸过手机，是沈仟怀的消息。

五分钟前。

暴躁修勾：下楼吧。

刚刚。

暴躁修勾：热心同桌送温暖。

/ 第 6 章 /
再靠近一点吧

　　沈仟怀站在路边，身后是几盏亮起的灯笼，虚虚实实的光线里，给少年轮廓描上一层浅淡光晕。

　　夜间低温，他手里拎着个袋子，里面七七八八什么药都有，身上只套了件米色的薄毛衣，黑色的休闲裤。

　　邢芸披了件衣服下楼时，看见的就是这般场景。

　　她愣了一会儿才说："你怎么穿件这个就出来了？"

　　"是啊，你再慢点直接下来给我收尸。"他把袋子递给她，懒洋洋的，"过来我看看。"

　　她接过纸袋，不知道他是要看什么，却也往前走了一步。

　　沈仟怀手指微屈，在她额头上探了下，几秒便收了手："是有点烧，回去把药吃了。"

　　估计是因为在夜里站了会儿，她感觉到他的手是凉的。

　　他单手插兜，往后退了半步："上去吧，我走了。"

　　邢芸话到嘴边又咽下去，最后点点头说："谢谢。"

　　她上楼没回卧室，而是先去了阳台，她故意没有开灯，摸黑走出去看，下面寂静的骑楼小巷里，能看见少年挺拔高瘦的背影。

　　刚在楼下还一副气定神闲，现在看他在寒风中抱着胳膊，估计只穿件毛衣是真的冷。

　　她晚上和朋友聊天时候耳机里听了不少伤感音乐，也可能是此刻脑子有点晕晕乎乎。

　　她手搭在阳台悄悄看着他背影，忽然有一个莫名的念头产生。

沈仟怀，如果我们不是朋友，如果今天是我第一次遇见你。

我会不会，也对你着迷？

这点小病来得快去得也快，邢芸吃了药，第二天早上烧就退了，和往常无异出门去上学。

林女士今天没顾上做早饭，她惯例去前面路口买饭团，在那些早餐摊前站了会儿，都买了双份。

不知道某人有没有吃早饭，帮他带上一份。

邢芸买完东西转身，他出门晚些，正不紧不慢朝这边走。

她看着，脚步也跟着停下了，周围都是买早点的学生，小摊上腾起大团的热气，她分出一份："买了两份，这是给你的。"

他接过去看她一眼："这么好心。"

邢芸也想不通怎么在他嘴里，她和"没良心"这三个字就挂上钩了。

沈仟怀出门确实还没吃，现在站在垃圾桶旁拆包装，状似不经意问了句："烧退了吗？"

她咬着饭团，点头说："退了。"

他好像是不轻不重地"嗯"了声，周围人多挺吵的，她也没听清。

期末考，邢芸成功保持在了前三十，她成绩能这么快提上来，这里面起码有一半是沈仟怀的功劳。

学校发下卷子又讲了两天，最后剩下人搞搞卫生就算是放寒假了。

邢芸慢吞吞收拾着书包，把什么假期防水防电安全通知单都塞进去，叶嘉琪在外面值日，刚扫进去的垃圾又被浩子撞到垃圾桶，"轰隆"一声撒了一地。

当然安静几秒后，叶嘉琪撸起袖子追着他打，外面整个走廊都听得见。

邢芸在心里默默地想，如果他们俩有剧本，一定是那种打打闹闹的欢喜冤家。

沈仟怀早就收拾好了，坐在前面叶嘉琪的位置上等，他像是百无聊赖等得烦了，身子懒散靠向她桌子，头往后仰："今年过年，你回家吗？"

他眉眼生得好看，看得邢芸慢了一拍才说："回家。"

今年过年早，放假再过个十天左右就过年了。

往年沈仟怀都是和赵彩霞他们一起，其实这年过不过，他也不是很在意。

刚一放假，红毛就像是提前感知到什么似的，买了一大堆红红火火的装饰品给他送来。

福字、对联，甚至还有一棵很夸张的假树、一兜子仿真小橘子。

沈仟怀洗个手的工夫，出来就看见他已经把树支起来了："买这些干什么？"

红毛忙着往上面挂橘子，抽空看他一眼："这不想着马上过年，红红火火的看着多好。"

沈仟怀沉默了几秒说："我今年可能，回家过年。"

"真的假的？"红毛立马停了手里的活儿，手里还拿着橘子和绳。

沈仟怀点了下头："真的。"

红毛知道他从不屑于过任何节日，更别说今年这种情况。和赵彩霞这边彻底闹掰了，要他大费周折去他后爸那边儿过年，更是不可能的事。

此刻听见他这么说，确实挺吃惊的。

"嘻。"红毛缓了缓说，"早说啊，我这不是怕你今年一个人在这儿过年，太孤单了些，你要是说回去过年我就不买了。"

这小镇上什么都没有，除了红毛这几个朋友他什么都不留恋。

沈仟怀拿了瓶汽水给红毛："谢了。"

红毛大概是上次喝那口绿豆汽水喝出阴影了，这回仔细看了看瓶身，看见瓶身上写着"葡萄汽水"四个字才敢放心喝。

这些东西拆都拆了也不能再给人送回去，沈仟怀和红毛忙忙碌碌一下午，把这些东西贴的贴，挂的挂。全弄上去之后，红毛坐在地上感叹了声："仟哥，你看你这儿，现在像不像婚房？"

沈仟怀往屋里扫了一眼，床头要是再挂个照片就更像了。

他这儿从来就没弄得这么"妖艳"过，乍一眼看还挺不适应。

当天晚上，沈仟怀还没向那边说，沈女士就先给他打了电话。

"仟怀，今年你回家来过年吧？"电话里，沈念小心翼翼地变着法儿想让他回来，"你看想让我去接还是你陆叔叔。"

他仰靠在沙发上，手搭着沙发背，冲电话里的人说："不用接了。"

他罕见地没说不回去，而是说，不用接了。

沈念还是头一次见他松口，忙说："现在买票估计迟了，买不到直飞，还得去别的地方中转。"

他不知道在想什么，走了会儿神："好，我知道了，买票时候我看着买就行。"

电话结束，他发了条消息给邢芸。

暴躁修勺：你回家买几号的机票？

邢芸刚洗完澡把头发吹干，迟了几分钟才看到消息，机票是老妈帮她买的，她记不太清，翻出张截图给他。

是芸不是云：十五号。

她当时也只是疑惑，他问这个来做什么，直到十五号那天林秋月简单收拾了两样东西跟她下楼，准备出发去机场。刚一下楼，沈仟怀就站在下面，肩上背了个包，看着也没放多少东西。

邢芸出门把头发扎了个简单的马尾，手里还拿了一件厚外套，海城用不着，去老爸那边是会冷的。

看见他在门口，她适时拿了个红包出来："那个，提前祝你新年快乐。"

这红包她也不是天天带在身上，是提前给家里亲戚的小孩子准备的，买多了，就随手揣口袋里。

他没要，闲闲站在那儿，嗓音沉沉懒懒道："我也回家，和你买的同一班，这句新年快乐，不急着听。"

邢芸后知后觉把红包收回，追着他问："你是换乘吗？"

她记得谁说过，他的家在北方。

"换乘。"沈仟怀说，"今天到了先待一晚上，明天的票回我家。"

现在高铁其实挺发达的，但海城没有通往外面的高铁，要么坐飞机，要么就坐上三四十个小时的火车。

听说中途火车还能过海，挺神奇的，但邢芸至今没见过。

路上四个多小时的时间，最终出租车开到一个公园附近停下，说前面修路，下去再走不多远也就到了。

邢芸从小在这片住，估摸着下车走路也就不到十分钟，林女士临时接了个电话，说要去旁边见个人，让他们先走。

邢芸走着这条她从前走过无数遍的路，唯一变化的是，身边的人成了沈仟怀。

这种感觉很奇妙，像是把他带进了自己的生活里，自私又小气地想，这一刻，他只属于她。

邢芸悄悄看他一眼。沈仟怀脖子上多了一条围巾，浅灰色的，围得很随意，像是象征性地尊重一下这里的冬天。

往前沿着路边走到一半，看见熟人，她的脚步忽然顿住。

迎面走过来几个学生模样的男生，个个穿着靓丽，手里拿着一沓单子有说有笑。

其中走在最前面的那个男生，她认识。

是曾经当众撕了她琴谱的人。

沈仟怀见邢芸停下，偏头看过来："怎么了？"

邢芸下意识就想绕开走，却先一步被对方认了出来。

那高个子男生看见是她，拿着单子，饶有兴致地双手环胸："哟，怎么是你，还敢回来啊？"

沈仟怀目光扫过去，按道理他是第一次见，不该觉得眼熟才对。

可这人偏偏像是在哪儿见过。

之前邢芸手机里那段八秒钟的视频忽然出现在他脑子里，漫天飞舞的琴谱碎片，她穿着华丽漂亮的礼服，却是狼狈又难堪地站在中间，周围是哄笑，是嘲讽，视频里笑得最欢的那个人，此刻就站在他眼前。

邢芸拉了一下他衣角，不想和那种人白费口舌："走吧，别搭理他。"

林秋月一会儿也该过来了，别在这大街上起了争执。

沈仟怀像是全然没听到，眼睛看着那个人，声音又冷又硬："我还想问，怎么是你。"

他语气不善，那男生抬起下巴看他，颇有种居高临下的意味。

两人都不是会吃亏的性格，空气中已经弥漫起浓浓的火药味。

她拉上他的胳膊，声音有些急，无端生出了几分撒娇的意味："沈仟怀，咱们走吧。"

十分钟后。

旁边公园内，邢芸和沈仟怀坐在长椅上。

迎面吹过来的空气很冷，连在公园里遛狗的人都不见几个，她没吭声，他也不说话。

邢芸扭头，见他微弓着身，胳膊搭在膝盖上，下颌紧绷，明显透着不高兴。

刚才他们两个人差点动起手来，邢芸不想惹事，及时拉着他走了。

她皱眉，小心翼翼用胳膊碰了他一下："哎，你跟他生什么气呀，为那种人，不值得。"

空气安静几秒，半晌才听见他说："他之前欺负你，难道你一直就是这样忍着吗？"

邢芸看着他，哑然一瞬说不上话。

没人愿意委曲求全，只不过她在抗争无果后，能避则避，已经习惯于避开那些麻烦事，不予理睬就好了。

猝不及防的安静让他意识到自己语气有点重，轻移开眼，沉默了几秒说："我只是看不惯他们欺负你。"

"无所谓的，他们也不敢真把我怎么样，如果有下一次，我就告诉我爸妈。"她之前从不跟爸妈讲，就是怕他们担心。

她从小就听话，好像在潜意识中有种想法，不想任何人为她的事操心。

邢芸手放进口袋，拿了颗糖塞给他："那不生气了。"

他低头，手里多了颗奶糖，经典口味的大白兔，上回在旧码头的渔船上，她也是塞了颗糖给他。摸不清她是什么招数，沈仟怀扯了下嘴角："干什么，哄小孩儿啊？"

邢芸一本正经地"啊"了一声，话里话外地"内涵"他："只有小孩儿生气才不理人。"

沈仟怀第二天回了家，出了车站，扑面而来的冷风吹在脸上，他一下还有点不适应这北方的冬天。

这地方变化很大，和他十年前离开的时候已经大变了样。

他站在站外，旁边成排的司机上前揽客，问他去哪儿。

沈仟怀回来这趟纯粹就是脑子一热，他也没想好他要去哪儿，在车站外面待了二十多分钟，最后随便打了辆车去了沈念之前给的地址。

他钥匙其实带在身上，但他没有开门，总觉得自己是客，开门显得冒昧。

家里沈女士、他后爸陆叔叔，还有那小孩儿都在，沙发后面挂的照片是他们一家三口。

陆叔叔见他也很热情，一个劲儿地让那小孩儿喊他哥哥，他只能点头，半生不熟地应几声。

沈念已经在他回来之前帮他收拾好了房间，里面都是按照他这个年纪的男生喜好布置的。桌子上是电脑、耳机、游戏键盘，墙上贴着漫威海报，墙角还放着崭新的滑板和一把吉他。

可惜他不怎么打游戏，对漫威也没什么特殊情怀，滑板更是一下不会。

沈念也压根不知道他的喜好。

128

面对沈念小心翼翼地问他喜不喜欢，他也点头说："喜欢。"

这种感觉很奇怪，中间间断了十年，一见面却又是铺天盖地的关爱。他能感觉到沈女士实实在在的用心，但她越是这样，他就越是抗拒，越是想逃。

在屋里待着，不论站着还是坐着都浑身不自在。

这种不自在也只延续到晚上，他说买了票，回铜钱镇。

他后爸带着那小孩儿去超市买东西，他说要回去这话也只有沈女士一个人听见。

沈念刚还惦记着他们过年一起去哪儿吃饭，结果现在忽然听他说要走，细心问："怎么了，是不习惯吗，还是嫌你弟弟太吵？"

"不是，我回去自在。"

他或许就不是个合群的人，还是一个人怎么住都舒服。

沈念觉得他肯回来就是个好兆头，好说歹说又劝了两句，最终还是放他走了。

他的心就不在这儿，硬留他也不高兴。

沈仟怀回了海城，说来也巧，刚下车就碰见红毛。

红毛把头发染黑了，换了身新衣服，乍一眼看着还挺像个好人。

就是下一秒又在那儿抬着下巴冲别家姑娘吹口哨，瞧着轻浮浪荡，喜欢对姑娘吹口哨这毛病算是这辈子改不掉了。

红毛看见他，便匆匆拎着两包东西从人群中挤过来，上前说："仟哥，你怎么又回来了，我今天是来买点瓜子花生类的。"

沈仟怀背着个包，懒懒散散地靠着电线杆："一个人住惯了，不喜欢凑热闹。"

临近年底，邢芸跟着爸妈置办年货，如果说这两人离婚了吧，也确实是离了，这么多年都不住在一起，但每年过年或许是因为她，这两个人又会短暂相聚，没有争吵互"怼"得脸红脖子粗，反而还挺融洽。

她想着要不干脆找个时间，问问他们要不要复婚算了。

这么多年他们相互没有再找，当初离婚也只是因为生活上几件小事的摩擦。可能冷静下来一想，还是身边的人最合适。

在超市七七八八买了很多，邢芸和林秋月拎着袋子在路边等老爸开车过来。

她想一出是一出，忽然问："妈，当初你和我爸怎么认识的？"

林秋月说："上学的时候一个班，然后参加工作也在一个单位，该结婚自然就在一起了。"

那个年代好像大部分都是这样，结婚对象大多是自己身边的人，再或者就是靠相亲认识。

邢芸没谈过恋爱，对这方面一窍不通。不知道出于哪种心理，她试探着问："那你和爸之前，是朋友吗？"

"当然，挺早就认识了。"林秋月看向前头，张望两眼，"你爸那会儿还瘦点，干干净净戴个眼镜，冬天喜欢戴个白围巾，挺清秀的，结了婚逐渐长胖，这两年网上说这叫什么'幸福肥'。"

邢芸还想再说，老爸的车却已经开过来停在路边，她只得匆匆把东西放进后备箱。

她刚才其实是想问，朋友间的喜欢，和另一种被称为爱情的喜欢，两者之间有明确的界线吗？

这句话还没问出口，脑子里就毫无征兆地出现铜钱镇那个少年，他站在楼下，微昂着头，潇洒地跟她说："喂，我送你个月亮。"

巷尾漆黑，他单手拿着个"月亮"，不得不承认，那时的他，真的很令人心动。

林秋月上车半天没看见人，从车窗喊她："快上车，就回家了。"

邢芸回过神，匆忙拍上后备箱。

"来了。"

除夕那天早上，她收到的第一条消息是来自"当糊艺人"的新年祝福。

当糊艺人：除夕快乐，我得年后才能回来，到时候见。

她手下"除夕快乐"刚输入一半，对话框就又出现一条。

当糊艺人：你这半年去镇上上学，那边怎么样，没人搞那套拉帮结派吧。

她回复说：没有，在镇上还认识了一个人，他挺好的。

对方好一阵输入，隐约嗅到八卦意味：谁啊谁啊，吃瓜。

邢芸就知道她要想歪，淡定地回复她。

是芸不是云：别多想，是朋友。

邢芸回来的这些天明明山高水远没机会见他，在手机上和他总共说了也不到十句话，但好像不知不觉地，有另一种心思在悄然放大。

此刻她看着输入在对话框的这句话，她忽然想，如果她和沈仟怀不是朋友呢。

会怎么样。

当糊艺人：我读书少你别骗我，当真是朋友？

当糊艺人：我反正不信男女之间有纯友谊。

当糊艺人：啧啧啧啧，芸，你学坏了，都不说实话了。

这天是聊不下去了，邢芸选择发一个熊猫头表情包保命。

她准备"闪退"，对方却八卦上瘾，不肯罢休。

当糊艺人：不会是你之前说的发廊的那个男生吧。

当糊艺人：就听你给我描述的那几句，确实挺让人心动的。

邢芸看着这行字，握着手机的指节一紧，倏然想起之前篮球赛的那段时间，某天叶嘉琪经过教学楼前的小道，忽然往上看了眼说："那是沈仟怀吧。"

她随之抬头，在四楼中间的一个位置，他穿着五中校服，拉链随意往两边敞着，里头是黑白配色的球衣。他胳膊倚着围栏，漫无目的地往下看。

他们眼神没有撞上，她听叶嘉琪说，沈仟怀只需要站在那儿，他甚至什么都不用做，就会有人对他心动。

"沈仟怀又不是什么流星花园的道明寺，哪有这么离谱。"

她当时是这么说的。

除夕夜，晚上接近十二点，电视机里放着春晚小品，外面安静无声，小品里的舞台背景放起烟花，她拍了一张，心血来潮发了一条朋友圈。

好想看烟花。

她就是深夜矫情，随手一发。这边整个区都禁止放烟花，不像小时候逢年过节出去到哪儿都看得到。

只是一不小心，今晚，朋友圈变成了许愿池。

十几分钟后，"暴躁修勾"向她发起视频通话，她一怔，指尖悬在屏幕上半晌没敢点下去，铃声催促，不过半分钟，对方又发了条新消息。

暴躁修勾：我这儿，有烟花。

她点了接通，视频里声音嘈杂，能听见烟花的"砰砰"声，他应该是站在码头，额前黑发被风吹乱，镜头拍到他正脸的画面一闪而过，屏幕便直接切换成了另一边，是天上声声炸响的金色烟花。

只是一瞬，她就无心看烟花了，不知道是手机的原因还是角度问题，她觉得他瘦了，下巴都比之前更尖了些。

隔着手机，她叫了声他的名字："沈仟怀。"

他似是听不清，往旁边找了个相对安静的地方坐着，从屏幕里看，应该是艘渔船。

他坐下，拿着手机懒懒应了声："嗯。"

邢芸一时忘了他之前说回家，怎么过年又去了铜钱镇，刚才那一眼过于模糊，当下她只是想问："沈仟怀，你是不是瘦了？"

画面依然是对着天上，看不到他人，屏幕中烟花绽放，如星光坠落人间。

他轻笑声说："怎么，几天不见，关心我？"

邢芸握着手机，半天没吱声。沈仟怀也没追着她问，指尖点了屏幕，切换到自己："你看看。"

他之前没注意，平时除了早上洗脸的时候看一眼镜子，谁没事儿盯着自己看。

现在瞧着手机里的，好像确实是有点瘦，他举着手机上下换了换角度，最终放弃："这手机该不会带美颜吧。"

邢芸这边屏幕里是他放大的俊脸，嗯……挺帅。

沈仟怀三言两语，关于这手机到底有没有美颜的话题也草草翻篇。

介于嘈杂和寂静，邢芸能听到他那边传来的烟花声，这样干瞪着眼打视频又不说话，气氛逐渐变得微妙起来。

过了半晌，他清了清嗓子说："新年快乐。"

她冲着屏幕点头："你也是，新年快乐。"

再次陷入安静之前，那边红毛隔着老远，扯着嗓子喊了句："哎，仟哥，你怎么在这儿坐着，那边才热闹。"

屏幕里，沈仟怀回头看了眼，朝远处招了下手，不知道是不是最近被"当糊艺人"给洗脑了，邢芸现在光是这么看着他，都觉得心口"怦怦"跳。

她慌不择路，借口说："沈仟怀，那你快去吧，我爸也叫我了。"

他勾唇，带着散漫："好。"

通话结束，邢芸握着手机翻身躺在床上，盯着天花板发呆。

老爸在外面看电视，根本没人叫她，她张口就撒了谎，也不知道自己这是怎么了。

关着门的卧室很安静，邢芸听着自己"怦怦"的心跳声忽然想，她也对他心动吗？

红毛嘴里叼着根糖，手里还拿着几个小孩儿玩的灯，一身花花绿绿的沿着路边过来，看见他说："你一个人坐这儿干什么，我还以为你不出来在家看春晚。"

红毛今天七八点的时候叫过他，他说看电视，不去。

电视也没那么好看，说白了就是懒得出门，109号被装饰得那么红火，就算他一个人待着，也挺有过年的氛围。

这渔船很小，他坐在这边稍微伸一下腿都能碰到那头。沈仟怀手撑在身后，微仰起头看，慢悠悠道："有人想看烟花。"

"谁啊，想看出来看呗。"红毛嘴比脑子反应快，一通说完才细数一下沈仟怀身边这几个人，此刻不在铜钱镇的，也只有那个城里妹妹。

红毛刚弄亮了一个玩具灯，想到这儿，开口就问了："是那个妹妹想看烟花？"

沈仟怀偏头看红毛一眼："嗯，她那儿不让放。"

红毛手里的灯不算很花，亮起来是忽明忽暗，很舒适的光。此刻两人对上眼，这灯又照出几分不合时宜的浪漫。

沈仟怀这种浪漫绝缘体，伸手把那个灯关了："在哪儿买的？"

红毛指了下说："前面小摊上。"

镇上过年气氛挺足，早上就开始陆续有放鞭炮的，晚上从八点开始烟花不断，"砰砰"炸响。

春晚没有字幕，他在家吃着橘子看那两眼也像是看的哑剧，吵得什么也听不清。

沈仟怀觉得无聊，把灯又丢给他："走，去前面转转。"

红毛被他带跑，一时忘了自己要问什么。

等两人走到人声鼎沸处，红毛忽然想起来说："仟哥，你对那妹妹很不一般。"

沈仟怀看着烟花，抽空瞧他一眼："什么。"

周围很吵，红毛知道沈仟怀耳朵不太行，凑近又说了一遍："我说你对城里那个妹妹，不一般。"

他没说话，忽然的沉默再加上他这人长了一张冷脸，让红毛以为自己问了什么不该问的。

沈仟怀沉默了下，又抬头看向天上。

就在红毛以为听不到回答的时候，他淡淡说：

"是，很不一般。"

海城的冬天虽然不比北方，但冬天最冷的那几个月，衣服洗了晾不干，在家坐着也觉得阴风入骨。

年初七，陆峥和红毛走完亲戚，各自在家闲坐了几天，又同时不谋而合地拎了几样东西来 109 号找他。

进门的时候看见沈仟怀坐在把凳子上，穿着件宽松毛衣，挺有闲情逸致地弹吉他。

水平业余，但吉他很贵。

他除了那几首经典民谣也不会别的。

沈仟怀手上闲散拨着几个音，抬眸扫他二人一眼："你们还凑一起了？"

陆峥把袋子拆开，是给下午准备的，各种零食干果，什么都有。

"在楼下碰见，没什么事就上来了。"

红毛带的也是吃的，还有酒，打算下午窝在这儿看电影。

沈仟怀不怎么喜欢看影片，只能说是无聊打发时间。家里的 DVD 机是本来就有，原屋主走时剩下的，他试了一下还能用，就留着了。

抽屉里的光盘也是和 DVD 机一并剩下的，还都是些老片子。

红毛自来熟地开了抽屉，打算找部恐怖片，结果抽屉一开，放在表面的是一些零散照片。

他没细看，随手就拨开了。陆峥在旁边却是一眼就认出，那是沈仟怀之前从他这儿要走的照片。

陆峥看了眼拨吉他的沈仟怀，又看了眼照片，再抬头看沈仟怀，最后表情复杂地"啧"了一声。

完了，他们仟哥保不齐这是要坠入爱河了。

沈仟怀随意弹了两段，把吉他靠墙放下，懒懒抬眼，就看见陆峥盯着他看，还是一种非常复杂的眼神。

对视一瞬，陆峥欲言又止，最后叹了口气，如为壮士送行般拍了拍他的肩。

反正这人平时就这么莫名其妙，沈仟怀睨他一眼，也懒得问。

红毛找了部号称"看完会疯"的恐怖片，沈仟怀兴致恢恢，被拉去沙发上一起坐着看，前半部还吃点零食，看到后半截直接开始犯困。

沈仟怀昨天晚上刷题，"内卷"的后果就是没睡好，今天一整天都没精神，再加上这说是恐怖片却一点都不恐怖，连里头那"阿飘"都不出来转悠几圈，全部是靠音乐和主角一惊一乍走剧情。

到电影的末尾，他已经靠着沙发，快睡过去了。

在将睡将醒的阶段，沈仟怀隐约听见外面有断断续续的小提琴声。

他似乎对这个声音格外敏感，片刻后缓缓睁开了眼，外面那段小提琴声他听清了，不是幻听，也不是电视机里的配乐，是确实有人在拉琴。

这镇上会拉小提琴的，也就她一个。

他微仰着头，懒洋洋靠着沙发，前面这两人看片子看得入迷，只有他心不在焉，甚至走神听了两段小提琴，睡意也散了一半。

电影结束，红毛骂骂咧咧地拍了下大腿："什么女鬼，原来都是这人幻想出来的。"

陆峥翻着袋子，扔给他一包巧克力饼干："不都这样嘛，中间也就娃娃那一段儿还可以，我没想到。"

两人又几乎同时回头，看向沈仟怀说："你觉得呢？"

沈仟怀甚至都没看到娃娃那一段儿，沉默了两秒实话说："太困了，刚睡着。"

陆峥上下打量他一眼："你昨天干什么了能这么困？"

他说得毫不遮掩，嘴角一扬还有点欠揍："做题。"

陆峥当即就觉得自己差点被"卷"死："你上回期末考多少？六百八九十分了吧？"

沈仟怀坐起身，右手从茶几上拿了罐可乐，手指勾环，单手开了："卷子不一样，如果咱们跟市区那几个学校一起考，差距一下就出来了，比不过，就得多努力。"

陆峥听人说过他中考是镇上第一名，到现在还觉得纳闷儿："那你当时为什么不报附中，我是分不够，报了给我刷下来了。"

沈仟怀静默一下，才喝了口汽水说："五中近，走两步就到了。"

他为什么不报附中，理由是因为当时赵彩霞想让他留在这儿，附中在市区，去上学必须得住校，在镇上的五中就不一样了，平时还能在店里帮忙打杂。

说出来挺可笑的，赵彩霞那么一说，他心里不情愿，但还是答应了，填报志愿的时候他只填了一个五中。那段时间有点浑浑噩噩，退而求其次地想着就算在五中，也总能混个大学上。

反正能离开这儿，读什么大学不是读。

直到去年受伤，孔老师去医院看过他，他当时行动不便，孔老师就扶着他走。

之前老孔好说歹说让他用功读书，把嘴皮子都快磨破了，他刚上高中玩心太大听不进去，仗着初中的功课底子好，只上课跟着学一学也能在五中这种算不上好的学校混个差不多的排名。

之前听不进去的话，偏巧那天在冷冷清清的医院里，他听进去了。

当时经常会长时间听不见的耳朵，在那几分钟里却一个字也没漏掉。

从另一个角度看，像是有神在跟他开玩笑，偏在这听力出了问题后忽然开窍想用功读书，明明比之前付出的更多，成绩却一落千丈。

直到暑假老孔又找了他一次，让他重读一年高二。

说不上是好是坏，那就是好，再坏也总不能比去年更糟了。

沈仟怀忽然想，他的生活具体是从什么时候开始逐渐变好的。

他勾着易拉罐的铁环在手上把玩，仔细回想这大半年，好像是在盛夏暴雨后，和赵彩霞拌完嘴躲去发廊偷懒，日复一日的生活中，遇见那个狼狈的她开始。

外面又传来一阵断断续续的小提琴声，沈仟怀放下可乐，站起身说："我走了。"

红毛嘴里吃着东西，含混不清："去哪儿？"

他已经走到门口随手拎了件厚外套，不咸不淡撂下两字："赏月。"

房门一关，剩下陆峥和红毛两个人面面相觑。

今天阴天，大概率看不见月亮。

况且月亮也不在天上，月亮在拉小提琴。

过了正月十五才开学，邢芸因为惦记着小提琴，提前和林女士回来了，最近在练一首新曲子，不熟练，老是断断续续的。

沈仟怀出门走到112号走下，刚才的琴声已经停了。他抬头瞧了一眼，她也正趴在阳台往下看。

女孩头发散在肩头，发质乌黑柔软，一双眼睛清澈又明亮。

136

视线相对，邢芸先开口说："我中午刚回来的。"

可能之前真的是手机的问题，现在看他还和原来一样。沈仟怀这张脸属于老天赏饭，多一分或少一分都不行，要是再瘦些，反倒显得病恹。

他外套穿了件棒球服，扣子也没扣，不知道是真不冷还是为了凹造型，他随口道："我刚在那边看电影，听见你拉小提琴。"

屋内林秋月叫她："芸芸，你在外面跟谁说话？"

邢芸回头，半天支支吾吾没答上，好像"沈仟怀"这三个字，在某个瞬间已经发生了微妙的变化，变得不再能那么轻易地说出口。

林女士看她这闷葫芦的样子，索性过来往下看了一眼。看见楼下的男生，林女士热情说："站外面多冷，上来吧。"

沈仟怀倒也不客气，规规矩矩道："谢谢阿姨。"

下午的时间，林秋月在他进门后没多久就说出去有事，匆匆背上包出去了。

电视里放着春晚的重播，她和沈仟怀坐在一起看。

桌子上有两杯水，是林女士出门前帮他们倒好的，杯子和杯子紧挨着，就如同被施加了某种魔力般，她和沈仟怀不经意间同时伸手，二人的手背刚巧碰到一起。

他的手温热，且有男生独有的力量感。

她一时杯子也忘了拿，轻收了手，某人手指微屈，也是和她一样的反应。

电视机里正播到今年网上最火的一个小品，其中热梗不断，她却没心思看。

又过了将近半分钟，沈仟怀清了清嗓子，拿起杯子喝了口水："这小品还挺有意思。"

这话谁说都可信，就是沈仟怀一脸淡定地说"挺有意思"，就显得有强夸的嫌疑。

她也装作若无其事地配合点头："是，挺有意思。"

对话有来有往，邢芸捧起杯子掩饰尴尬，桌上手机响了一声，及时拯救了两人。

她回了消息说："我得出去买个东西。"

沈仟怀出去跟着邢芸绕了两条巷子，最后看她进了一家牛杂店，他抬眸看了眼招牌。镇上卖牛杂的很多，但她专门跑这么远，还是挺稀奇。

137

他手揣在衣服口袋里站门口："我当你买什么，绕这么远，就是为了买碗牛杂？"

她付了钱，跟老板说打包，又重新出去跟他站着等："我妈让我来买的。"

小店里锅上冒着腾腾热气，进来出去的人很多，很有小城烟火气。

沈仟怀看着人来人往，用挺平淡的语气跟她说："牛杂，还是赵彩霞店里的好吃，整个镇上就她开得最久，算是她家里上一辈人留下的店。"

邢芸听着，只是低低"嗯"了一声。

她没吃过他舅妈家的牛杂，刚到铜钱镇的那天想去尝尝，结果遇上红毛冲她吹口哨，沈仟怀当时还懒散地倚在二楼看着她笑，像个没安好心的坏小子。场面似羊入虎口，邢芸最终落荒而逃。

但刚刚林女士嘱咐买牛杂，她想都没想就选择绕两条巷子远路。

买谁家的，都不买他舅妈家的。

她在有些事情上很小心眼儿，赵彩霞对沈仟怀不好，沈仟怀如今不会再进他舅妈家的牛杂店，那她也不会。

这点小心思她悄悄藏好，直到店家打包完递出来，她接过说："谢谢。"

邢芸回家过年还真就是回家过年，作业什么的，只带了少部分回去，可能是对自己有清晰的认识，猜到拿回去也还是白着再装回来。

她铺着卷子在桌上做，做到一半开了小差，拿起手机故作凶狠地"痛斥"手机里那位当糊艺人。

是芸不是云：你说年后见面，我都回镇上了也没见你人影。

几分钟后。

当糊艺人：这不是接了个小广告嘛，这一行真的很"卷"，一个冰激凌的小广告，估计都不会在电视上放，就算是过年，竞争也十分激烈。

现在干什么都不容易，邢芸默默叹了口气，大过年不能回家还在外面拍广告，确实也不忍心再"痛斥"她：好吧，给你看一下小镇的大海，弥补一下你疲惫的心。

她从手机里翻相册，把之前在镇上拍的大海给当糊艺人发了几张，自认为美图轰炸。

日落、沙滩、椰子树，这镇上除了经济落后一些，风景真的很美。

她忽然也明白林女士说这儿的人都无欲无求是为什么，在这么美的地方，家家都住得很近，傍晚坐在木船上吹吹海风，没有烦恼，悠闲自在。

她发完顺势在相册里欣赏自己拍的照片，对方沉默几秒后发来一句。

当糊艺人：芸宝，这是谁！这要是给我公司看到了一定挖他来当艺人。

邢芸点进去，才发现刚才发过去的风景照里掺和了一张在码头的。

那天是刚放寒假，她帮林女士去买酱油，巷尾走到头便是码头，她买了酱油出来，隔着些距离看见他。

沈仟怀戴着顶黑色鸭舌帽，藏蓝色的卫衣松垮垮套在身上，他微弓着肩靠着一艘木船，半低着头看手机，身形高瘦，看不清眉眼。

正逢休渔期，码头几乎看不到人，一眼过去，他站在那儿就显得格外突出。

天色将暗未暗，远处灯塔已经亮起，木船上的灯串发着微弱的光。

她当时没想其他，只单纯觉得这个场景很好看，少年、渔船、灯塔，和后面依稀可见的海面。

可能是对美的东西天生向往，邢芸拿着酱油，单手拍了一张。

那天赶着回家给林女士送酱油，也没上前跟他说话，只是在手机里，凑巧留下了这么一张而已。

照片甚至看不清脸，但这个氛围烘托着，就让人觉得这是个帅哥。

邢芸看着照片走了会儿神，才回复说：他志向不在娱乐圈，而且他这人，根本说不动。

岂止是说不动，简直固执得很。

正月十六，沈仟怀的生日。

邢芸知道这件事的时候已经是当天很晚了，他从未提起过，还是她刚从陆峥的朋友圈看到的。

她点开微信想给他发句祝福，又想着都这个时候才发，会不会显得很没诚意。

她起身，从抽屉里精挑细选出几张精致的贺卡，挑了好看的那张写：

沈仟怀，今天十八岁。

笔尖在句号上洇出一个墨点，她看着这行字，换掉重写：

那个潇洒肆意的少年，今天十八岁。

一行字的工夫，她却忽然又改了主意，鬼使神差地，她再次重写：

我青春里的少年，今天，十八岁。

话是满意了，只不过这卡片，不敢送了。

卡片，邢芸在这三张里面挑挑拣拣，最终又另写了一张，中规中矩的。

祝沈同学生日快乐。

邢芸拿着卡片，去微信上戳了一下沈同学：你在家吗？

他估计没看手机，过了十来分钟才回：在啊，怎么了？

沈仟怀刚收拾了一下桌子，陆峥这帮人所到之处像遭贼了似的，到处弄得乱七八糟。

他刚回完这句，外面就响起了敲门声，让人下意识以为是陆峥那几个粗心大意地又把什么东西落下了。他过去开了门看见邢芸站在门口，微怔一瞬："你怎么来了？"

邢芸双手递上一个盒子，上面墨绿色的丝带打成蝴蝶结。她眼睛看着他说："沈仟怀，生日快乐。"

他伸手接过，勾了下唇："还知道我生日。"

沈仟怀把盒子打开，里面是一张折叠贺卡，还有一个不大的钥匙扣，是朵毛线勾的向日葵。

整体看着还好，就是有些细节上针脚粗糙，一看就不是外面买的。

他拿出那枚钥匙扣，随手勾在手上："自己做的？"

"我前两天看网上教程学着做的。今天看了陆峥朋友圈才知道是你生日，也没准备礼物。"邢芸看着那枚向日葵，临时凑来的礼物，越说越心虚，"你先拿着，等我手艺练好了，再送你个更好看的。"

"成，谢了啊。"他翻开看了眼贺卡里面的字，再合上时注意到贺卡背面的雪景图，"你还挺喜欢冬天。"

邢芸："之前说今年冬天想去看雪的，也没看上。"

沈仟怀瞧着这贺卡，看得出她是真的对北方的雪有种莫名的憧憬，他当时说冬天陪她去一趟北方，结果她过年回去跟爸妈团聚，这事儿自然就不了了之了。

他把贺卡重新放回盒子里："北方的雪年年下，咱们以后日子那么长，总有机会的。"

少年音调沉懒，挺随意的一句话，她却不自觉把重点放错了位置。

他说的是，咱们。

邢芸垂下的手攥了下衣角，像在掩饰什么似的："不早了，那明天开学，学校见。"

"明天见。"

听着楼梯上声音逐渐走远，他指尖勾着环儿，手里是那个有点"蠢萌"的向日葵。

沈仟怀把这个还能"以旧换新"的钥匙扣放抽屉里，底下散落着她的照片，其中一张是他站在楼上，拿陆峥的相机随手拍的。

他拿起来看，指尖漫不经心弹了一下，照片里林荫小道，孔子石像，和旁边穿着校服的她。

邢芸回到家，林秋月刚跟人打完电话，往这边看了眼说："刚跑去哪儿了，外面风是不是挺大，你的脸怎么有点红。"

她蹲下换鞋，头发散下来，遮住小半边脸："没跑去哪儿，下去转转，就是外面有点冷，冻的。"

林女士诧异说："外头现在还这么冷吗？"

她一本正经地点头："对，挺冷的。"

邢芸给自己倒了杯水，见缝插针地转移话题道："妈，你当初和我爸是朋友，是怎么忽然就变成恋人关系的？"

"可能是时间长了，大家都知根知底挺熟的，有天你爸忽然说，要不相处一下试试，我说行，就自然而然了。"林秋月说，"你怎么忽然八卦起我们来了？"

邢芸拿着杯子，却半天没动一口，握杯子的指节都跟着发紧："我就是觉得挺奇妙的，万一我爸提了，你不答应，或者相处试了试发现不合适，那岂不是再当回朋友会很尴尬。"

又或者，当即一拍两散，连朋友都当不成了。

林秋月愣了一下，明显对这个话题很陌生："这倒是没想过，可能没遇上这种情况，有些人只适合当朋友，像你姑姑以前认识一个男同志，原来也是单位上的朋友，又到朋友变成恋人，结果没多久就彻底分道扬镳了。"

邢芸在旁边默默听着。她从前一直觉得，两个人喜欢就在一起，不喜欢就各干其事，还是头一次觉得，人与人的关系，不仅是喜欢或者不喜欢那么简单，复杂得很。

这个适合不适合，谁又能说了算呢。

她起了个八卦的头，林秋月也一时跟她多说了几句，说从前老爸在单位也算是个青年才俊，很受领导赏识，清瘦挺拔，干干净净，当时他那种斯文长相很受女同志喜欢。

虽然时过境迁，邢芸再见不到老爸当年风光的模样，但从林秋月口中听到的，没有两个人离婚后撕破脸的指责谩骂，反而字里行间，都是说老爸的好。

邢芸听着听着，忽然冷不丁问了句："妈，那你们这些年，考虑过复婚吗？"

这个问题她其实早就想问了，只不过一直没找到机会。

此刻林秋月回想起来，过去种种时光还都是那个人的好，她索性就趁热打铁，把这句话问了。

林秋月沉默一会儿才轻叹了声："这种事，以后再说吧。"

听着明显就是搪塞，邢芸想再问，就被林女士先发制人地催促说："你看看现在几点了，明天开学第一天，也不知道早早睡觉明天有个好的精神面貌，快去洗漱睡觉。"

她没得出个结果，只得不情愿地起身，小声嘟哝："知道了，妈。"

睡前，邢芸去阳台收了晾干的校服，回房间整了下桌子，准备好明天需要用到的书。

那几张写废掉的贺卡东一张西一张地斜在桌面上，她最终送出去的，却只有一句干巴巴的生日快乐。

挑出来的贺卡还有剩下的，她拿起支笔，如写日记般在卡片上写：

怎么办，我好像对我的朋友，心动了。

第二天开学，邢芸照常路过 109 号。不知道从什么时候起，她路过就习惯抬头看一眼，109 号没有阳台，除了能看见二楼窗户是开着还是关着，别的什么都看不到。

平日里上学他们也不会刻意约定好时间相互等，遇上了就一起走，遇不上就各走各的，只不过还是遇上的概率大一点。

楼上，沈仟怀穿着校服倚在窗边，这个楼的构造很巧妙，楼上不开窗能看见下面，但底下的人抬头，因为光线较暗看不到里面。

他无意往下瞥了一眼，看见那个扎马尾的姑娘正好抬头，她额角散出来一点碎发，灵动活泼，显得很有学生气。

他不自觉扬了下唇，随手拎上书包，下楼了。

海城的天气一天一个样，昨天还能见点凉风，今天明显开始升温。

邢芸走过早餐摊儿，忽然听见身后有人慢悠悠叫了她一声："哎。"

那声音很熟悉，她回头，沈仟怀就在后面不远处，肩上背着书包，松松散散的。

沈仟怀扫了眼她的校服："没看班群？"

她不明所以地看着他："啊？"

早上时间紧，她出门匆匆带上手机就走了，没顾上看。

"今天有领导视察。"沈仟怀抱着胳膊，不紧不慢说，"迟到得站门口背校纪校规。"

五中校纪校规她压根没看过，那本发下来的红皮小册子也早在抽屉里落了灰。

要她站在门口背，是一定背不下来的。

"赶紧走了。"沈仟怀往前走了几步，见人没跟上来，回头闲闲看她一眼，"不走真要迟到了。"

校门口，张主任在门口清了清嗓子，冲旁边抬了抬下巴："都签字，签完再走啊。"

校内墙上贴了一整条红色横幅，写着"团结拼搏，求实进取"。

周围是刚进来的学生，男男女女挤在一起签名，邢芸拿着笔，绕过两个女生，过去和他的名字签在一起。

沈仟怀签得又大又敷衍，连笔连到压根看不出签的是什么，她却是认认真真，一笔一画。

在他的名字旁边写下娟秀小楷：邢芸。

"……"

沈仟怀。

我们靠近一点，再靠近一点吧。

/第7章/
寄给两年后的沈仟怀

　　高二下学期的课节奏明显比上学期快一点，都赶着早点学完，高三开学直接进入复习阶段。

　　老王早自习进班一趟，推着眼镜，清了清嗓子："借两分钟说个事儿啊。你们把想上的大学写在字条上，背面写名字，折好交上来。"

　　底下一片唏嘘，邢芸听见陆峥在那边说："这有什么好想的，不想当将军的兵不是好兵。A大，虽然我考不上，但不妨碍我写它，到时候我就是A大落榜生。"

　　邢芸有些心虚地折了折手里的纸，她之前的目标也是A大，音乐系，但那是初中的时候，当时还有点初生牛犊不怕虎的勇气，现在知道了其中差距，她就只是写写也没底气。

　　她视线往左看，想看沈仟怀写的什么。

　　他随手扯了一块纸，边缘像狗啃似的，拿支兔子笔在上面写：A大。

　　某人像是发现她悄悄瞄过来的视线，不紧不慢地说："随便写的，不想当将军的兵不是好兵。"

　　高中分流严重，重点高中已经把所有市县里的好苗子都给掐走了，师资也都集中往那边靠拢。

　　就算他在五中考全校第一，A大也是他摸不到的。

　　这种简单的道理邢芸自然懂，就是觉得他可惜了，他分明可以更好，不该仅仅是这样。

　　她走了会儿神，有模有样地在自己那张字条上写：A大。

　　老王从过道来回走了两圈，点了下桌子说："你们都被陆峥给洗脑了？

我一路过来已经看见九个 A 大，五中从建校到现在四十多年总共也没出过九个，都写实际一点，那种努力能够到的。"

底下人听了训，纷纷笑着去重新找纸。

邢芸翻开本子也准备撕，余光瞥见沈同学不为所动，三两下一折，放桌上准备交了。

不过这一届的学生，没人比他更有资格写这个 A 大。

人与人情况不一样，她除了认命，同时找了张纸重新写。

京市音乐学院。

前面叶嘉琪扭回头看，悄悄问她："芸，你写的什么？"

邢芸把纸片递给她看："音乐学院，你呢？"

叶嘉琪笑了下："京市医学院。"

这么一说她才反应过来，叶嘉琪 QQ 和微信的背景图，好像就是京市医学院的学校大门。

叶嘉琪凑近些，笔头朝那边指了指："他写的什么。"

邢芸小声说："A 大。"

叶嘉琪看了看他，"啧"了一声："确实，大佬就该有这样的目标。"

老王又在班里转了几圈，拿了个盒子让班长下来收。陈帅走到她们这一排，邢芸看沈仟怀把字条丢进去，她也趁乱跟着交了。

不过鬼使神差地，她交的是第一张，A 大。

刚刚她只顾着和叶嘉琪说话，没注意到他也重写了一张。

早自习中途沈仟怀被叫出去一趟，直到快下课的时候他才慢悠悠地从前门进来。清晨出门时，她头发没扎好，现在手上正套着头绳，重新扎一下头发。

等人回到座位，她也刚扎完，任柔软的发尾扫在脖颈，轻轻的、痒痒的："老师找你说什么了？"

沈仟怀知道快下课，也没再翻书，脚踩在下面的横杠，优哉游哉转起一支笔："他告诉我咱们班总共几个人写了 A 大。"

邢芸："几个？"

沈仟怀："一个。"

全班唯独一个"A 大"，是不起眼的她写的，至于沈仟怀到底写的什么，她问了一个星期也没问出来。

那天老王回办公室挨个儿拆着字条，其中两张交叉在一起，他取出来看，差点以为自己看花了眼。

　　沈仟怀：京市音乐学院。

　　邢芸：A大。

　　所以早自习上到一半，沈仟怀就被叫去了办公室。

　　"你要走特长生了？"老王满脸纳闷儿又震惊，瞄了眼桌上拆开的字条，又看向他，"好好的学什么贝多芬，还京市音乐学院。"

　　他这忽然就会听不见的耳朵如果学音乐，确实有点贝多芬那意思。

　　沈仟怀目光扫向他那张音乐学院的字条，旁边是邢芸写的，A大。

　　定格一瞬，他笑了下说："考上A大够呛，就随便写的。"

　　他现在其实也没有太明确的目标，没细想过，乱写的。

　　邢芸问不出结果，隔了几天这件事便被抛于脑后了。

　　周末，她少带了两份卷子，去借沈仟怀的复印，周五布置的作业，周六下午他已经写完了。

　　于是她只能另借陆峥的。陆峥电话里说要过来这边可以顺手带上。邢芸便理所当然地摸鱼，坐在沈仟怀家边看电视边等。

　　红毛也在，一边看手里还拿了不少吃的。电视里播的剧最近火得不行，男女主虽然都是新人演员，但凭着这部剧也算是小火一把，尤其是里面的男主，某个仙男落泪的经典画面更是刷爆网络。

　　邢芸看着看着，忍不住对比一下沈仟怀。他低头垂颈，整个人懒洋洋靠着沙发背，表现得兴致缺缺，电视里放着剧，他却在有一下没一下地划拉手机。

　　从某个角度看，他的眼睛和电视剧里演男主的那位演员的眼睛长得还真有点像。

　　清澈、干净，又总透着点冷淡疏离。

　　邢芸忽然突发奇想，毫无征兆地问他："沈仟怀，你哭过吗？"

　　他指尖动作慢了一下，懒懒抬了下眼皮："没有。"

　　要哭也只会是很小的时候，他已经记不得了。

　　红毛在旁边吃薯片，吃了半天觉得口渴开了瓶椰子水，忽然想起很多年前的夏天。他不想在家做作业，溜出去玩结果被朋友放了鸽子，百无聊赖买了瓶椰子水在路上闲逛，看见码头坐着一个跟他差不多大的小孩儿。

　　那男孩穿着一看就是有牌子的衣服，而且瞧着眼生，不像是镇上的小孩儿，身边没别人，孤零零一个人待在那儿。

红毛那天确实是太无聊了，又新买了瓶椰子水过去跟他搭讪："哎，你从哪儿来的，椰子水，你喝不喝？"

七八岁的沈仟怀摇头："不用，谢谢。"

"椰子水，正宗的。"红毛那时候个子比同龄人都要矮，左右手拿着两瓶椰子水歪头看他，见他眼角发红，带着湿润，"你是不是哭鼻子了？"

稍显稚嫩的沈仟怀把脸偏向另一边，固执地说："没有。"

"没有就没有呗。"红毛挨着他坐下，把椰子水放他手边，"这个挺甜的。"

后来他们谁也没再说话。又过了半晌，沈仟怀拿了那瓶椰子水，跟他说了声："谢谢。"

……

红毛思绪飘远了些，他后来才知道，那天是沈仟怀第一天来到铜钱镇，虽然没有人跟他明说，但那时的沈仟怀隐约感觉到，是妈妈不要他了。

他不喜欢这个小镇，一点都不喜欢，这儿的人大多数说方言，他刚来听不懂，天气闷热潮湿，为了躲着人去了码头，偏巧那地方鱼腥味腥涩又难闻，让人一刻钟都不想待下去。

自那天后，红毛和沈仟怀逐渐就熟络起来。除了在码头见过他眼尾微红，之后这么多年不论发生什么事，沈仟怀确实一次都没有哭过。

这点真让人挺佩服的。

初中时候班里放电影，感恩父母的主题，大多数人都感动得稀里哗啦，红毛两眼含泪，回头看了一眼低头做题的沈仟怀，身子往后靠了下说："你怎么不哭啊，多感动。"

沈仟怀算到一半被打断，可能料想到脱口而出的话太难听，在看见红毛那泫然欲泣的样子后，欲言又止，把想说的那句话收回了。

他沉默了一下才说："要哭你哭，我不哭。"

想到这儿，红毛感叹地摇了摇头，冲她说："真的，我们仟哥贼猛，从来不哭。"

来自十年"老铁"亲自认证的，铜钱镇"猛男一哥"。

邢芸在"猛男一哥"这儿连着看了两集电视剧，陆峥竟然还没有露面。红毛忽然调低了电视音量，仔细听了一下外面说："是不是有人在说话？"

而且听着还很像是陆峥。

红毛放下遥控器，站起身去打开窗户往下面巷子看了一眼，天气热，路上人不多，但场面还……挺"惨烈"的。

在大太阳底下，赵彩霞的儿子沈浩东和另外一个小孩手里，一人拿了一半奥特曼。

一个拿着头，一个拿着尾。

中间陆峥蹲下身好言相劝，说他真不是故意的。

不是故意，撞掉他们的奥特曼，让"正义之光"摔成两半。

邢芸跟他们下去的时候就看见这个场景，最后还是陆峥带他们两个小孩去买了新的"正义之光"才能哄住不哭。

她站在小卖部门口看，沈仟怀双手环胸，站在边上闲闲问了句："看热闹这么起劲，晒不晒。"

他手上拿了个鸭舌帽，顺手给她了。

她也没推托，帽檐遮下小片的阴凉，确实是比刚刚好一点，她缓缓放下手说："谢谢啊，就是……"

他反问："就是什么？"

日头正晒，她也只是摇摇头说："没什么。"

陆峥和两个小孩儿走出来，沈仟怀和他要了卷子陪她一起去前面打印。

刚进去打印店里没人，就店家的小儿子趴在桌子上写作业，方格纸上整整齐齐地写：我的妈妈。

应该是老师留下的作文。

他们进店，后面店家听见声儿，没多久走出来问："要什么？"

"复印卷子。"

邢芸把东西递过去，和他一起站在这个空间狭小的打印店。

墙上挂着风扇，转起来"吱呀吱呀"噪音很大，复印机发出有节奏的声响。她侧头看了眼沈仟怀，发现他眼神落在那个小孩的作业本上，看得入神。

邢芸目光顺过去，见那孩子一笔一画，在本子上写：

我的妈妈是个普普通通的女人，黑长的头发，平时很喜欢绾起来。妈妈说她很爱我，也总是会问我，爸爸和她我更爱谁，我每次说我都爱，但其实认真算的话还是更爱妈妈一点。

她总是戴着围裙在厨房忙碌，切水果的时候她一边切，我就忍不住在旁边偷偷吃……

小孩子的作文逻辑性不强，想到什么就写什么，字里行间都是他对这个家的观察以及关于他妈妈的细节。

148

简单几行，他却看得出神。

直到店家把印好的卷子递过来说："总共三块。"

邢芸付了钱，接过东西，和他一起往回走。

沈仟怀穿了件单薄的长袖T恤，但还是低估了这天气，温度热得让人心烦气躁，他把袖子往上翻了两截，挽在手肘。

邢芸把卷子卷在一起，路上悄悄看了他好几次，忍不住问，"在想什么？"

他开玩笑说："想这天儿为什么能这么热。"

阳光勾勒过他的眉眼、鼻尖和清晰的下颌，他总是一副悠闲的样子，说真话也像是在开玩笑。

邢芸岔开话题跟他闲聊两句回到家，在晚饭前写完了一张卷子，停下笔的闲暇时间，倏然想起下午他从打印店离开后，好像就有点不开心的样子。

其实想想也不难猜。

无非就是看见打印店家的小孩写"我的妈妈"，让他不可避免地想到从前一些不太好的事。

她可以问，又怕他越想越钻牛角尖，他这人死要面子也不会说。

邢芸思前想后，给他发了条消息：生日我送你的礼物，绿盒子底下压着一张字条，你看了没？

沈仟怀正闲靠在沙发上，看到消息一边回复一边打开抽屉去翻那个绿盒子。

暴躁修勾：不知道还有字条。

是芸不是云：那你现在找找看。

他手摸到那个四四方方的小礼盒，掀开里面那块绒布，下面压着一张淡粉色字条，字条上只写了简短一行字：

十八岁，要开心一点。

沈仟怀拿起这张轻飘飘的字条看了两眼，微低下头，不自觉轻笑了声。

他刚下去买了点吃的，上来没关门，凑巧被陆峥杀了个回马枪，一进门就看见他拿了张字条，嘴角还扬着抹笑。

从陆峥的角度看，就……挺瘆人的。

这天晚上沈仟怀洗了澡，穿了件纯黑的T恤、休闲裤，湿着头发不紧不慢走出来。

沈仟怀本以为陆峥已经走了，结果出来看见他还在。陆峥微蹙着眉，模样看着比思想者还深沉，有句话他憋了一晚上了，不问他真的睡不着觉："那个，仟啊，说句实话，你和那个姑娘到底什么关系啊？"

沈仟怀随手抓了把头发，把毛巾往脖子上一搭："哪个？"

陆峥不知道他这是忽然装哪门子失忆，干脆点破："照片里那个吧，还能哪个？"

沈仟怀沉默了下，眼神往这边看过来。

前七八岁陆峥不知道，他和红毛认识得早，之后又间接认识了沈仟怀。初中时候沈仟怀已经出落成标致的少年模样，从不缺女生搭讪，太夸张的他不敢说，偶尔送情书的情况还是有的。

但沈仟怀对这方面像是完全没兴趣，不接触，不靠近，他还是头一回说交了个朋友，异性的。

红毛说那个城里妹妹刚来人生地不熟没朋友，仟哥就舍己为人了，但这话红毛连自己都糊弄不过去，沈仟怀除了对身边人好，其余都是一副爱谁谁的态度，完全算不上那种慈悲心肠的大善人。

空气像是定格几秒，空调温度调在17℃，陆峥被他这么看着，下意识地搓了搓胳膊。

有点冷。

又过了几秒钟，陆峥看他走到冰箱前。

沈仟怀拿了罐可乐："什么什么关系，听不懂。"

"……"

这下换陆峥沉默了。

沈仟怀单手开了易拉罐，顺势在旁边沙发上坐下，陆峥又看了他一眼。

这个时候的糊弄和装傻，算不算是承认了。

沈仟怀不想再谈这件事，转移了话题："行了，都快十二点了，待会儿你妈该打电话到我这儿了。"

"打就打，我今天不回去了。"陆峥拿了个靠枕抱在怀里，"跟你睡。"

沈仟怀喝了口可乐，闲散地撇下句："随你。"

天气转热，海城甚至没有春天作为交接，基本等于一秒入夏，林秋月最近还是会定期给邢朝军打电话，两人聊的话题主要围绕在她身上，聊邢芸在学校的成绩、状态，以及小提琴练得怎么样。

经过这么长时间，爸妈知道她是铁了心要练小提琴，邢朝军也勉为其难地接受，说想走艺考这条路那就准备好，高二结束，就得回那边的艺考机构参加系统的学习。

为期七个月左右。

按照正常的节奏，等艺考在冬天告一段落，高中生涯就只剩下最后的百天冲刺了。

现在是高二下半学期，也就是还剩下两个月，她便要离开铜钱镇，重新回到原来的地方，在这个小岛上的一切都仿佛是大梦一场。

邢芸默默听着林女士和老爸的对话，她没有插嘴，小提琴当初是她吵着闹着非要学，只是现在一想要离开还真有点舍不得。

她拿了一瓶绿豆汽水去到阳台，有些郁闷地看着下面人来人往。

目光随意掠过，便不自知地锁定在一处。

很显然，那就是她郁闷的来源。

沈仟怀穿了那件绿条纹的衬衫，袖扣没系，随意往上翻着。少年肩膀宽阔，身高腿长，昏黄路灯下，几缕碎发扫在额前，跟人说话时懒着声笑，透着几分散漫和离经叛道。

跟他说话的是同校的女生，好像在隔壁班，上次篮球赛的时候，她依稀见过。

两个人中间始终隔着一米左右的距离，算不上亲密，但她越看，心口就越是一阵说不上的酸涩。

听不清他们在聊什么，邢芸就这样咬着吸管，拿着瓶绿豆汽水趴在阳台，不知不觉地看了他们几分钟。

她一片空白的脑子里忽然在想。

沈仟怀是不是，对所有人都这样好，她也算不上是例外。

看到下面二人告别，他点了点头，那个女生就往另一边走了。

沈仟怀倏然抬头往上看，邢芸像干坏事被抓包似的，本能转身就走。

他看见阳台边上那瓶剩了一半的绿豆汽水，以及那很快消失的荡起的茶色裙摆。

他微昂着头，懒洋洋地说："哎，躲什么？"

那抹准备逃跑的背影一僵，被他叫住了。

邢芸站在原地犹豫一会儿，才转过身，重新拿上那半瓶汽水说："你等一下我。"

十几分钟后。

邢芸下楼和沈仟怀去了那片人少的旧码头，她像是没话找话，起了个头说："刚刚那个女生是谁啊？"

问出这句话后，她手指微拢，没来由地紧张起来。

地上两道人影长长又短短，沈仟怀手插在兜里，不紧不慢地跟她并排："陆峥的朋友，隔壁班的，我不太熟，刚她和我说话，我一时都没想起来。"

邢芸在家听完爸妈的电话，有些事，她是想要告诉他的。话到嘴边，她犹豫半天才开口："沈仟怀，等期末考试完，我就要走了。"

身边人脚步一顿，偏头看过来："去哪儿？"

她抬眸，对上他的视线："回我爸那边，参加今年的艺考集训。"

她早该想到的，从她吵着要学小提琴艺考的那一天，就注定会有集训这个阶段，只是没曾想这么快。

在铜钱镇就只剩下两个月了。

他又问："去多久？"

邢芸想了下，轻声说："可能直到高考前，都不会再回来了。"

码头人烟稀少，不远处灯塔亮着盏孤独的灯，水波荡漾，翻涌起细细碎碎的光。

他微屈着条腿，百无聊赖碾着地上的一小根枯枝，篮球鞋摩擦在石板路上，发出轻微的声响，沉闷无趣。

隔了几秒，他像是应了一声："嗯。"

邢芸看着少年微低着头，下颌清削，她自认为从小就是一个很听话的人，守规矩，讲道理，做任何事情都问心无愧。

如果要说她这十多年做过的最心虚的事。

大概，就是以朋友之名。

邢芸呆呆看着海面，有些出神，晚风轻拂过耳畔，她听见他又说："我等你回来。"

邢芸微低下头，小声嘀咕："我其实，有点不想走。"

一边是她梦寐以求的小提琴，一边是沈仟怀，这种事情真的让人很难抉择。

如果放在几个月之前，可能走便走了，但放在现在，情绪在夜间肆意作祟，看着眼前这个人，她内心真实的想法告诉她，她舍不得。

邢芸声音放得更低，几乎只有自己能听到："我走了，就见不到你了。"

少年陪她站着，微风吹动衬衫的衣摆，而他在她看不见的角度，微怔一瞬。

跟前姑娘闷闷不乐地垂着脑袋，头发蓬松柔软，几缕散下来的挨在耳边，像动画片里那个垂头丧气的兔子。

他干咳一声移开视线，望向夜间的海面，两手插兜，看起来无所事事："不是还有两个月嘛，又不是这辈子见不到了。"

话是这么说，但"来日方长"这个词说出来就暗藏分开的意味，邢芸很少去想以后，可能离别在即，多愁善感。她试探着又问了句："沈仟怀，你那天在字条上写的目标是哪所大学啊？"

那天明明看着他写了A大，不知道为什么又换了。

"我随便写的。"他仍然不肯说，把话题重新抛了回来，"你写的A大，是认真的吗？"

看起来像是她不自量力，邢芸不好意思地点了点头："初中时候的梦想，但现在看挺不实际的，我估计考不上。"

他难得表现得固执："我觉得能考上。"

没有片刻的思考，也没有任何的弯弯绕绕，非常直接又坚定地甩出一句，"我觉得能"。

这世上相信她能考上A大的，恐怕也就他一个。从小老爸就告诉她，所有从天而降的喜事都是糖衣炮弹，她却总忍不住想去撕开糖衣一角。

"你为什么，这么相信我？"

沈仟怀说："拿人手短，应该的。"

她秀眉微蹙，疑惑看他："嗯？"

"收了你的保护费，自然不能白收。"他手搭防护栏，转过身，目光落她身上，"我还等你小提琴练好了，回来给我演一曲。"

忽然提到另一茬，她愣了几秒："我的小提琴，你不是听过吗？"

虽然就在楼下，当时还有三三两两围观的人。

"不一样，下回，只给我一个人听。"

他嗓音沉懒，不疾不徐，眉眼带着英俊少年气，莫名有种让人移不开眼的魅力。

她也曾后知后觉地想，哪有什么拿人手短，所谓的保护费，不过就是一瓶四块五的绿豆汽水而已啊。

邢芸睡前捧着那盏月亮灯，她前段时间那没来由的"相思病"终于找到答案了。

这不是简单的相思病，而是一种更为复杂的，让人不自觉就会悄悄地、偷偷地、小心翼翼地想他，这种妙不可言的情感，应该就叫作"喜欢"。

她喜欢沈仟怀。

临近小长假，桌子上的卷子是越积越多，多到邢芸宁愿不要这个小长假。

隔着走廊，陆峥在那边一边数一边埋怨："救命啊，这放的是假吗？这分明要的是我的命。"

之前陆峥已经计划好假期去市区玩什么了，结果这作业多到和高三差不多。

他这个一天不玩浑身难受的，当然忍不了。

下一秒，陆峥就把卷子往抽屉里一塞，眼不见心不烦，拖着板凳凑过来："仟哥，你们放假去不去市区？"

这些天沈仟怀上下学路上都和她一起，在陆峥眼里两人快成了连体婴，所以开口直接用了"你们"。

镇上没有娱乐场所，连网吧都少得可怜。

沈仟怀对此表示无所谓，本想说不去，又反应过来这个"你们"还包含她，改口说："随便。"

陆峥直接就当他答应了："成，去老街那边转转。"

这刚拉到人，整个晚自习都听见陆峥在班里四处"流窜"。

"叶嘉琪，去不去玩？"

"浩子，去不去玩？"

"那谁，你要不要也一起去？"

"……"

陆峥这种群体动物出去上个厕所都恨不得把半个班都叫上去。

但这回大部分人因为作业太多做不完，犹豫之后还是没答应。

最终去的那天只有她、沈仟怀、叶嘉琪和陆峥，还都是熟面孔，不过有一点好，人少自在。

下午的时间，路上人来人往，老街有不少卖饰品的，竹编和椰壳制作的小东西尤其多。邢芸没来过这儿，看什么都觉得稀奇，和叶嘉琪在前面边走边逛。

无意回头的瞬间，看见沈仟怀和陆峥悠闲地走在后面。

这个画面就像极了……

陪着逛街的男朋友。

心里有种莫名的念头涌起，她匆忙收回视线，不再往下想。

路边还有家不起眼的小店，甚至连招牌都没有，门口地上放了个红漆邮箱，上面挂着的木牌写着"时光之门"。

另外还附加一份使用指南，邢芸大致扫了一眼，其实就是一个写信的地方，最多十年为期，可以选十年内任意时间寄出，可以寄给自己，也可以寄给别人。

她视线还停留在木牌上的签名，手腕就被叶嘉琪拉着往里进："芸宝，你写不写，我想写一个。"

既然来都来了，邢芸想了下说："那，写一个吧。"

看起来四处都挺破旧的小店，不用刻意营造便是浑然天成的复古感，店家是个很年轻的女人，穿着身墨绿色的旗袍，手里抱只懒懒胖胖的白猫，见她们进来说："信封和纸都在那边架子上，可以随意挑。"

"谢谢老板。"叶嘉琪一点头，拉着她就往架子前冲。

铁架子上一格一格分得很细，每种信纸都有对应的信封。

邢芸站在架子前挑，像是忽然想到什么似的，选了个中规中矩的，特意避开了所有粉色系。

木质笔筒里的钢笔灌满墨水，她和叶嘉琪挨着坐，落笔前三个字就是"沈仟怀"。

等你看到这封信的时候，我可能已经把你追到了，也可能没有，还在慢慢地追，就是忍不住提前告诉你个秘密，我喜欢你，沈仟怀。

叶嘉琪的信不知道是要寄给谁，很快写完偏头问她："这个时间你选多久的？"

邢芸下意识用胳膊挡了一下自己跟前的信纸，这个秘密她还不想让任何人知道。

寄信时间五年十年的太久，十天半个月又太短，她最终挑了个中间值："两年。"

叶嘉琪"哦"了一声，往上填了日期。

邢芸又接着把信写完，细心折好放进信封。

谁也不会想到，在午后的街边小店，风扇震颤"吱吱呀呀"，少女伏在桌案，认认真真地写了人生中第一封情书。

寄给两年后的沈仟怀。

外面陆峥拿了瓶椰子水，蹲在门口叫苦连天："那两位女士是即兴创作在里面写《史记》吗，怎么还不出来？"

"来了来了，才十来分钟，哪有那么夸张。"叶嘉琪正巧出来，从后面拍了他一下。

陆峥喝着东西，被她拍这一下呛到，咳嗽了好半天才缓过来。他站起身回头看她："大姐，我就发发牢骚不至于谋杀吧。"

叶嘉琪比了个小小的抱歉："失误，没看到你在喝东西。"

邢芸紧跟着出来，见沈仟怀手上拿了个空瓶，玻璃瓶上插着一根吸管，他站在广告伞下，在等的时间里已经喝完了。

她刚写完一封要寄给他的信，现在看见收件人，还莫名有点说不上的紧张。

忍不住去想两年后他看到那封信，又会是什么反应，他拆开那封信的瞬间，她还是以朋友之名在他的身边吗？

沈仟怀目光落在她手上，点了点下巴颏儿："拿的什么？"

她回过神，抬手递给他一条，店家送了两条红绳，打结的地方配了一个银色的小粽子，表面是哑光的，还挺好看。

他伸手接过，没往手上系，而是看了两眼，揣兜里了。

叶嘉琪也有，她分了一条给陆峥，手递到一半忽然皱了皱眉，又收回去了。

陆峥被她这眼神看得不明所以："哎，你这眼神什么意思？"

叶嘉琪"啧啧"两声说："我怕隔壁班唐渔生我气。"

陆峥像被踩了尾巴的猫："喂，瞎说什么。"

"我可没瞎说。"叶嘉琪把红绳放包里，忽然感觉有水滴落在自己头上，看了眼地面，又伸手探了探说，"好像要下雨了。"

陆峥也感觉到了，手挡在头顶："还不快走愣着干什么。"

这场雨下得又急又快，最终四个人还是没能走掉，勉强挤在一家便利店避雨。

雨势越下越大，天色也肉眼可见地暗下来，从市区回去本就难打车，更别说遇上阴雨天，陆峥和叶嘉琪去挑了些关东煮垫垫肚子，在收银台结账。

邢芸托着下巴，看向窗外，七八点钟，霓虹灯透过层层雨幕，变成点点光斑。

"今天要是回不去了怎么办？"

沈仟怀大刺刺敞腿坐着，视线漫不经心扫向外面，清瘦手腕搭在桌边，上面系着一条红绳。

他声音倦淡，不经意说："怕什么，我不会让你一个人的。"

这人，怎么老是说些让人误会的话呢。

邢芸默默低下头，咬着吸管喝酸奶，叶嘉琪和陆峥拿了几个纸碗过来，里面都放着关东煮。

陆峥坐下，把手机往桌上一搁，叹了口气："唉，我估计今天回不去了。"

邢芸扫了眼他的手机屏幕，某打车软件上面显示：排在您前面的还有47位。

叶嘉琪提议："要不给家里打个电话吧。"

话音刚落，没等邢芸说，林秋月的电话就打了过来。

林女士在家看着天气预报，越看越着急："芸芸啊，外面下这么大雨，你们回得来吗？"

邢芸："妈，打不到车，我们等雨小一点，就附近找个地方住。"

"那也行，一定要找个安全的地方，多花点钱也没事，等住下了记得给妈回个消息。"

邢芸点头答应："好。"

陆峥和叶嘉琪先后都给家里打了电话，只有沈仟怀一个自由人，百无聊赖地看着窗外雨幕。他没人管，自然也不需要报备。

叶嘉琪有亲戚住在市区，碰巧住得不远，家里人就说过来接她。

四个人在便利店说说笑笑聊天，一起等到辆白色的汽车停在便利店外，车上下来一个和蔼的中年女人。女人撑着伞走到门口，看了眼他们说："嘉琪，都是你同学吗，要不都去我那儿凑合一晚上吧。"

他们有男有女也不好都跟着去打扰，陆峥先开口说："谢谢阿姨，但是不用了，我们住酒店就行，不麻烦了。"

四人小分队叶嘉琪先走，最终去酒店办理入住的就只剩下他们三个，陆峥和沈仟怀一间，邢芸单独一间。

房号不连着，中间隔了两间。

邢芸取房卡进了门，第一时间就是发微信和林女士报备。

是芸不是云：妈，我到住的地方了，没问题的，很安全。

几分钟后，与她相隔两个房间的另一边。

陆峥拎着一袋子零食进门，边走边说："这地方是不是遭贼啊？我刚上来经过楼下大堂，309 号房的客人说丢了东西，在跟前台掰扯说非要调监控，把管事儿的都叫来了，在楼下正吵着呢。"

沈仟怀刚洗过澡，又困又懒地靠在沙发上，手搭在沙发背，头发半湿，似乎并没仔细听他说的什么。

陆峥把袋子往桌子上一丢，随手挑了两样爱吃的，忽然反应过来说："309 遭贼，咱们 305，邢芸好像是 308，那不就是她旁边那间吗？"

沈仟怀这才问了句："308 怎么了？"

"不是 308，是她旁边那间 309，好像遭贼了，正在楼下跟前台吵架，但也可能是自己忘了把东西放哪儿找不着，就无理取闹赖酒店。"陆峥递给他包吃的，些许受伤地问他，"你刚有没有听我说话。"

他以后干脆每句话都带一个"邢芸"得了，不然某人这耳朵能自动过滤掉。

沈仟怀接过陆峥手里那包吃的，倏然沉默了一下，像是在想些什么，随后又把东西塞回陆峥手里，站起身道："我出去一趟。"

陆峥还没反应过来，就看见他过去顺手拎上那袋子零食，空闲的那只手点了两下手机："我把钱转你，东西我拿走了，辛苦多跑一趟。"

陆峥拿着两包饼干站在原地，看沈仟怀走得头也不回，心说"做个人吧，兄弟"。

见色忘义也没你这么忘的。

邢芸给林女士报备完，研究着房间里的电视怎么开，就听见外面有人敲门。

没等她问，对方自报家门。

"我，沈仟怀。"

邢芸开门，少年站在门口，头发半湿不干地垂在额前，穿着件松松垮垮的黑色 T 恤，手里拎着一袋子零食。

她晚上就吃了几口关东煮，确实没吃饱，这会儿也顾不上矜持不矜持，指了指他手里的东西："这是……"

他随口说："买多了。"

"哦，谢谢啊。"她接过那袋子零食，侧身指了下屋里，"你们那边开电视了吗，这个电视要怎么开？"

她无聊想看会儿电视，一个人研究了半天，实在没研究明白。

于是沈仟怀就这么顺理成章地进去，随手带上门。

邢芸见他微弯下身，在电视机后面找了个按钮，手指轻摁了一下就开了。

开了电视，他就挺不客气地坐在沙发上，没有任何要走的意思。

邢芸刚收了他的"投喂"，总不能转头就赶人走，于是拿着遥控器，随手点开部新上的电视剧，抱着零食边吃边看。

有电视放着，他们就算不说话也不会觉得尴尬，她还偶尔把拆包的零食递过去，问他吃不吃。

他会伸手拿一点，但都吃得不多，像是不太喜欢。

房间的灯邢芸没有开到最亮，晚间这种昏黄色的暖光她觉得正好。

直到十一点多，她觉得有点困，不经意一个偏头，看他漫不经心看着电视，原本半湿的头发已经全干了，被灯光笼罩上一层漂亮的淡金色。

不算太晚的时间，也算不上太近的距离，可能是她心怀不轨，觉得这气氛莫名暧昧。

邢芸放下薯片，从旁边桌子上抽了张纸擦手，移开眼睛看向别处，试图打破这本不该有的"暧昧"："你，不回去吗？"

他朝这边看了一眼，不紧不慢："陆峥说，你隔壁东西丢了，这地方可能有贼。"

邢芸擦手的动作一顿，这话真的让人很难不多想，隔壁东西丢了，所以，他是担心她一个人待着不安全吗？

她视线缓缓看过去，少年侧脸棱角在灯光下无端显出几分柔和，让她不自觉想到上一次，在109号房，沈仟怀也是这样坐着陪她看电影，他那天打完球其实又累又饿，但他一声不响地陪她等成绩到很晚，什么也不说。

可能是白天刚写了封情书的原因，也可能是深夜人就比较容易大胆，灯光绰绰，她微低下头："你这么对我，我都要自作多情觉得你喜欢我了。"

沈仟怀视线看过来，声音是一如既往的沉懒："如果我是认真的呢。"

如果不是她自作多情呢。

邢芸没敢看他，手里的小动作却已经把那张用来擦手的纸揉成一团："怎么可能。"

空气中短暂安静一瞬，静到她几乎能听见自己的心跳声。

"开玩笑的。"他扯了下唇，没个正形地朝那边抬了抬下巴，"困了就睡吧，我待会儿就走。"

她含糊应了一声，像欲盖弥彰似的，随口扯了几句什么早睡早起。

电视摁了暂停键，邢芸翻身去床上睡，她手抓着白色的薄被盖在身上，装作不经意地，把脸转向他看不到的那一边。

沈仟怀还坐在那儿，低头看了会儿手机。约莫过了十几分钟，他朝这边看了一眼，那团被子里的人睡得很安静，四下无人，寂静无声。

他起身关了电视，只给她留了一盏床头的小夜灯，把屋里其他的灯都顺带关掉了。

直到房间门轻轻闭上，躺在床上装睡的少女才睁开了眼。邢芸手抓着被子，像躲猫猫一样把脸慢慢缩进去。

她怎么可能睡得着。

她满脑子都是他那句：

"如果我是认真的呢。"

陆峥的口粮被拿走，之后又下楼买了一趟，电视里放的是《回家的诱惑》，非常应景，他忍不住边吃边唾骂沈某人见色忘义。

十一点多，沈仟怀回来得也不算太迟。

陆峥一点没有要睡的意思，看着亢奋得不行，眼睛看着电视，话题不自觉就从里面那"渣男"转移到他身上："你们刚才都干什么了。"

沈仟怀开了瓶水，两腿敞着坐在椅子上："看电视。"

陆峥："看的什么？"

沈仟怀："不知道。"

他真没注意剧名是什么，就看了半天男女主"相爱相杀"。

"你不对劲。"陆峥敏锐地发现他有点心不在焉，出去回来就这样了，"你们聊什么了？"

"她说，怎么可能。"沈仟怀回想着她那句话，想不明白，"这是什么意思？"

"什么怎么可能？"陆峥前因后果都不知道，听完也是一脸蒙圈。

他喝了口水，忽然不想再谈，淡淡撂下句："没什么。"

"……"

这天晚上，陆峥躺在沈仟怀旁边倒头大睡，只有他划着手机看到凌晨三点。

倒也不是不困，但就是睡不着，沈仟怀这人一睡不着就没来由地烦躁，最终点开许久不用的微博连发了两条。

暴躁修勾：睡不着。

暴躁修勾：月亮睡了我还没睡。

微博没人关注他，就当自己跟自己说话，发发牢骚。

邢芸刷着微博，习惯点进那个小狗头像。

这是她唯一没有关注，却在她"经常访问"列表的人。

邢芸点进去看到他几分钟前发了微博，抓着手机的指尖不禁收紧，沈仟怀，他还没睡吗？

她一时忘了自己是单方面知道他微博账号，直接用微博给他发了私信：你也睡不着吗？

那边沈仟怀看到消息，一个粉色草莓兔的头像，名字是一串莫名其妙的字母，问的是句莫名其妙的话。

他指尖一划，直接退了出去，继续去看刚才那博主无聊的科普文章。

邢芸捧着手机，看着那行字变成"已读"很久。

但，已读不回。

发出去的消息他没有回，邢芸才后知后觉地反应过来，自己的微博在他那儿只是一个陌生号。

没准儿沈仟怀还觉得这人莫名其妙。

月亮朦胧地挂在天上，这天晚上好好睡了一觉的，只有陆峥。

第二天早上八点多，陆峥扯了下快要掉到地上的被子，刚醒迷迷糊糊，动作不小心大了点，差点忘了昨晚是睡在酒店。

手无意碰到床头发出较大的声响，陆峥扭头看了一眼还在旁边睡觉的沈仟怀，某人轻蹙了下眉，像是在睡梦中被吵到了。

考虑到这哥有随机发作的起床气，陆峥选择不讨人厌，自顾自安心玩手机。

直到中午快十二点沈仟怀才睡醒，半坐起来靠着床背，人醒了脑子还没有，整个人看着还是一脸"生无可恋"的困倦。

陆峥视线从手机上移过来，上下扫他眼："我以为你睡得昏迷了。"

161

沈仟怀声音有点哑地应了一声："嗯。"

是明摆着的敷衍。

陆峥也不管他是不是敷衍，只知道膀胱告急："我得去趟厕所，早上起来我都没敢动，再不去我得憋死了。"

这一上午陆峥在安静过后，也想过各种办法试图"不经意"地叫醒他，比如翻身，清嗓子，坐起来又躺下。

奈何沈某人就是不醒。

要不是昨晚吃的都是同样的东西，陆峥都要怀疑昨天晚饭里有人给他下毒了。

等陆峥从洗手间出来，看见沈仟怀还是刚才那个姿势，眼神都没有动一下，像个定格的雕塑。

快中午了，陆峥有点饿了，翻了几包零食，还有一排酸奶，拆了给沈仟怀带过去一份："想什么啊哥，这么深沉。"

沈仟怀随手抓了下头发，嗓子也干，接过瓶酸奶说："没睡醒。"

陆峥八点多起，他差不多八点才睡，昨天晚上无意看到一个帖子，说男女之间有没有纯友谊，底下网友说什么的都有。

他看完了感觉好像看了，又好像没看，可能是睡了一觉忘了，也可能是这个问题本身就没有结果。

陆峥在房间点了点外卖，最后付款的时候忽然想起来还有308的那位，又退出去重新点了三人份。

关起门吃独食这可不是他的作风。

外卖统一放在前台，陆峥取到东西上楼的时间顺势去308送了一趟。

房门打开，邢芸也是透着一脸的没精神，简直是沈某人同款。

陆峥拎着午饭站在门口，看了她两眼说："你俩还真是，这昨天半夜不睡觉都干什么了？"

她呆呆地"啊？"了一句，她发誓，昨晚除了微博给沈仟怀发了条消息结果他没回之后，整个晚上他们都没有任何交流。

陆峥昨晚睡着了什么都不知道，他也就随口一问，很快翻篇儿，掂了掂手里的东西说："女士优先，有不辣的，微辣和中辣，你先挑。"

邢芸没什么忌口的，随便拿了一份，想着他刚才的话问："沈仟怀，他昨天也很晚睡吗？"

"可能吧。"陆峥说，"等你见了就知道了。"

这句话在下午退房的时候得到验证，邢芸下楼迟了些，从电梯门出去，就看见陆峥已经拿着房卡在前台办退房了。

沈仟怀拿了瓶矿泉水站在旁边，视线漫无目的地盯着跟前一盆硕大的绿植。

邢芸过去交房卡，路过时特意偏头瞧他眼，他没什么表情，神色寡淡，是一眼就能看穿的困。

昨天晚上发生的对话两个人都很默契地没有再提，像是一个小到不能再小的玩笑，再提出来反而很没意思。

邢芸睡得早些，忍不住问："你昨晚都干什么了？"

他淡淡说："看科普。"

听着就挺无聊的东西，她没话找话，跟着又问了句："什么科普？"

沈仟怀沉默了一下说："儿童趣味科普。"

期末考试前，邢芸拿着几张卷子去109号找他，出门前和林女士说去讨教经验，但只有她自己清楚，凑在一起学习是假，她想见他才是真的。

算算日子只剩下几天，期末考试完，等不到成绩下来她便要走了。

在铜钱镇的日子从之前的遥遥无期到现在掰着手数，只少不多，她就是很单纯地想多点时间和他待在一起。

就算什么有趣的事情都不会发生，两个人坐在一起干巴巴地做会儿题，也是好的。

邢芸站在门口，先后敲门敲了三次，都没人开。

她抱着题本和卷子坐在楼梯上等，等到昏昏欲睡，才听见有人清了清嗓子："怎么在这儿等？"

邢芸睁开眼，先看见的是一双白色的篮球鞋，视线往上，才是少年逆着光硬朗清晰的眉眼。

她匆匆站起身，把卷子和题抱在胸前："我来找你，你没在。"

沈仟怀拿钥匙开门，门锁转动声中，听见他不经意问了句："后天就期末考了，临阵磨枪啊。"

他鼻腔里带着懒调，那点没有恶意的笑话毫不遮掩。

"算是吧。"邢芸点点头，在开门后跟他一起进去了。

沈仟怀没急着说做题的事儿，反倒是进屋后不紧不慢地挨着翻了翻家里的抽屉，最终找了样东西，伸手递给她："下次找我，直接进来。"

他指节修长，腕骨上是那条简单的红绳，此刻掌心向上，手里放着一把钥匙。

邢芸认得出来，是她原先一直拿着的那把。

她没有伸手，他却直接塞过来了。

"拿着吧，用得着。"

钥匙触感冰凉，她虚握在手里，心里想的却是别的事情。这一走不知道要走多久，再来找他，也不知道是什么时候了。

她静默几秒，把钥匙放进口袋，和往常一样拿着题本，像是在掩盖即将到来的离别："不早了，我们做会儿题吧。"

他应了声说："好。"

这天晚上她话不多，他也安静得出奇，隔着一张不算太大的红木桌子，两个人却是各有心思。

她做题大多低着头，没发现对面的人熬了一个晚上，手下那本题却根本没翻过页，除了开始写了两个选择，之后就再没动过笔。

邢芸不经意间一个抬头，视线便直愣愣跟他对上。

被发现了他也没有任何躲闪，反倒挺坦然地问了句："你什么时候走？"

之前邢芸说过期末考完就要走了，那天随口一提，之后便再没说过。

邢芸拿笔的手握了握："考完的当天晚上。"

下午考完，晚上就走。

他沉默了一下说："这么急？"

谈到这件事，她故作轻松地笑了笑："是啊，我已经算慢的了，我爸帮我联系的机构，一个星期前就已经陆续有人到了。"

只是爸妈希望她把期末考完再走，所以就在这儿多待几天。

他靠着椅背，扯了下唇，音调沉沉懒懒的，明显开玩笑的语气："要我送吗？"

邢芸看着他，灯光细细描摹过少年的鼻梁和清瘦的下巴，离别在即，好像有什么话充斥在她胸口，肆意躁动着，沸腾着，呼之欲出。

她很想说，沈仟怀，我是个俗人，我也对你心动。

可她胆小得很，连情书都只敢偷偷写，再婉转迂回地寄给两年后的他。

她视线偏开一点，看向他手里那支兔子笔："到那天，我爸会来接我。"

好像从他们坐同桌开始，他就总是记不得带文具，有意无意顺走她不少笔。

还挑样式，别的不要，只要这种兔子笔。

虽然这种可爱的卡通笔帽跟他这人真的很违和，但看多了也就觉得还好，不算离谱。

那根兔子笔此刻被某人拿在手上，有一下没一下地转着，影子在桌上一晃一晃："老实说，A 大真的是你的梦想吗？"

她点点头说："是。"

每年这么多学生，A 大又何尝不是他们的梦想呢。

他像是随口说说，又像是在认真考量："那明年开学，A 大见。"

如同达成某种约定般，邢芸安静几秒后看他，清澈的眼睛里闪着细细的光。

"我会努力的。"

她就算是龟兔赛跑的龟，也会慢慢地、慢慢地变得再努力一点。

她会想办法跟上他的步伐。

晚上十二点，林女士打了电话来，问她怎么这么晚了还不回家。邢芸只能一边找借口搪塞说作业多，一边匆匆收拾东西准备往回赶。

着急生错，胳膊不小心碰掉了笔，沈仟怀看她手忙脚乱，过去帮她捡起来："慌什么，不差这一两分钟。"

少年站在她身后，邢芸转身准备去拿，视线倏然近距离看到他脖颈间那颗淡色的小痣，才连带着意识到二人无意缩短的距离。

空气凝滞，她耳郭隐约能感觉到他呼出的热气。

一瞬间转身的动作也好像僵住了，大脑一片空白，刚刚好不容易压下去的某种冲动，又在血液中叫嚣起来。

几秒钟的时间她已经在内心演练了无数遍，台词只有一句：

"沈仟怀，你有没有一点喜欢我。"

区别于朋友的那种喜欢。

故事里的男主角不自在地移开视线，往后退了半步，把笔放在桌边，清了清嗓子，开口却仍是哑的：

"丢三落四。"

/ 第 8 章 /

十八岁的夏天

所有的话涌在胸口,她眼睛看着他说:"沈仟怀。"

少年目光看过来,眼神干净清冽,没有任何言语,耐心地等她接下来的话。

演练到滚瓜烂熟的台词她终是不敢说出口,像一场百转千回的独角戏。

她微偏过脸,借口道:"没什么,就喜欢叫你名字。"

那天的最后她什么也忘了说,甚至连"再见"这两个字都特意避开了。

她记得自己收拾好东西抱在怀里,半低下头,怕他看清自己微红的脸:"我先走了。"

他应了声说:"好。"

离开的那天艳阳高照,下午考试结束,邢芸走出考场,看见外面走廊站着一个高高瘦瘦的少年。

他肩膀宽阔,松垮垮背着个包,胳膊闲倚着防护台,像是已经等了好一会儿了。

邢芸自认为今天收拾东西挺迅速的,但还是慢了某人一步。她过去跟他一起搭着防护栏,微抬起头,像往常一样聊天:"沈仟怀,你怎么这么快。"

他偏头看过来:"提前交卷了。"

邢芸默默"哦"了一声,大佬的世界她不懂,为了快竟然还可以提前交卷。

五中校园不算太大,从教学楼走出去也就几分钟不到的时间。

校道两旁绿树成荫,人群熙熙攘攘,她和沈仟怀路上有一搭没一搭地说着话,聊的都是些很无聊的内容,但也是头一次觉得,希望这条路长一点,走得慢一点。

出了校门，邢芸便看见一抹熟悉的身影，是老爸拎着她昨晚收拾好的行李箱，已经在校门口等着了。

沈仟怀见跟前的姑娘忽然不走了，往前瞄了眼说："谁啊，你爸？"

"嗯，我得走了。"邢芸手抓着书包带子，把"再见"二字说得委婉，"沈仟怀，我们还会再见的。"

空气燥热沉闷，邢朝军提着行李在前头等着。

夹杂在树梢的虫鸣声里，他点了下头说：

"我等你。"

七月盛夏，邢芸回去参加艺考集训，她晚到几天，课程被安排得很满，全封闭式的校区，只有周末一天时间可以使用手机。

初来乍到，她和另外三个室友也不太熟悉，只是其中有个叫"小满"的女孩主动跟她亲近。小满每天练完琴回来还自学一个小时的英语，说英语是弱科，得想办法提起来。

晚间饭点，邢芸回宿舍想用这个时间洗个澡。一进门发现小满也在，她从柜子里拿了块毛巾，忽然想起来问："小满，是只有咱们小提琴班收手机吗，我看管乐的那边就有手机。"

"你傻呀，他们都是带两个手机，交一个留一个。"小满凑近些跟她悄悄说，"我也有私藏的手机，但平时每天这么累，也顾不上看，你要用的话可以借你。"

邢芸心照不宣地笑了下："那待会儿借我用用。"

可能是心里惦记着某个人，这个澡结束得也是前所未有地快。

她头发湿着，只用毛巾简单擦了擦，怀揣着某种不自知的期待，借了小满的手机登录微信，依次去看多出来的红点。

一排看下去，没有他的。

和沈仟怀的上一次聊天记录还停留在期末考试前。

看着空荡荡的聊天框，邢芸说不上是失落还是别的什么，静静看了一会儿，点了退出。本来有话要跟他说的，现在忽然又像是幼稚赌气，不想跟他讲了。

这种单方面的冷战只持续到周末，邢芸领到手机，第一时间还是去看有没有他的消息。

可惜那个小狗头像安静得很，毫无动静。

思虑几秒，她选择曲线救国，试探着去给陆峥发了条消息。

是芸不是云：你们最近，课程是不是很忙？

某人开门见山，直截了当。

陆峥：你是想问仟哥最近在干什么吧？

邢芸握着手机，正想着怎么承认会相对委婉一点，对方就直接甩了一张图过来。

图片上是在 109 号，沈仟怀桌子上堆的是些书和卷子，俨然一副两耳不闻窗外事，一心只读圣贤书的样子。

陆峥：在"内卷"，他手机摔坏了，放手机店修一直没去取。

几句话就能说清的事情，她也没再小心眼儿，和陆峥寒暄了几句，最后话题还是绕回沈同学身上：那他要是拿上手机了，你告诉我一声。

陆峥回了个"OK"的手势，表示革命友谊就此建立。

可惜友谊建立得尚浅，转头就把她给卖了。

陆峥跷着腿坐在沙发上，故意发出点声音："哎。"

沈仟怀还在一门心思刷题，这点骚动在他那儿没能激起任何水花。

陆峥清了清嗓子，一副有正事要说的样子，坐正了说："你猜我跟谁聊天了。"

为了避免这话再次没有回应，陆峥紧接着就自己答了："邢芸，她找我了。"

某人没吭声，却停了笔，朝这边睨了一眼。

"她问我忙什么，估计是想问你。"陆峥说，"我告诉她你手机坏了，没拿上。还有，你那手机扔手机店打算什么时候拿。"

于是当晚，邢芸就收到了一条消息。

暴躁修勾：拿上了。

邢芸正在忙里偷闲跟别人聊天，顺势点进去跟他说：我这边平时老师也不让带手机，但如果你给我发消息，看到我都会回的。

暴躁修勾：学得怎么样，我还等着前排 VIP 贵宾席的票。

邢芸看到消息忍不住笑，没想到他还真记着，她输入回复：还行，在向目标努力。

聊天背景她已经换成了 A 大的校门，她不敢换"考不上 A 大不改网名"这类 ID，只敢把聊天背景这些只有自己能看到的悄悄换了。

算是自己对自己的一种激励。

她和沈仟怀隔着天南海北，他进入了高三备考阶段，她在专攻小提琴，就算是手机聊天，他们的时间也碰不到一起，经常是这边发了一张随手拍的图片，她隔两三天才能看到回复。

暑期过后，可能是高三节奏越发紧凑，本就不多的聊天次数也逐渐变少。

经常是十天半个月，聊天的话只有三五句。

紧张又忙碌的集训生活过了五个多月，每天早起就是练琴，枯燥又乏味的曲子练了一遍又一遍。

距离艺考还有一个多月，室友小满也顾不上学英语了，每天回来累到倒头就睡，每个人都像是一根紧绷的弦。

天气变凉，林女士让邢朝军给邢芸送了些厚衣服。

衣服的款式都不太好看，邢朝军一个中年男人买女孩衣服，看不出好赖，就问店员说十七八的女孩穿什么，别人给推荐什么他就买什么。

这份父爱笨拙的表达方式，大概就是在那两袋子衣服底下，悄悄放了些她爱吃的零食。

生活日复一日，直到艺考前夕的某个周末，邢芸和往常一样领了手机，没了刚开始的新鲜感，只是往兜里一揣便继续回去练琴。

晚上十二点多，邢芸从琴房离开，独自走在回宿舍的路上，吹来的空气很冷，让她忍不住裹上围巾，露出来的一双眼睛在灯下看着湿漉漉的。

她想问室友要不要帮忙带点吃的，手机开机的那一瞬，便看见了两个未接电话。

是个没有备注的陌生号，显示地址为海城。

某个猜想在她心中一点点放大，虽然很晚，她还是犹豫着，回了电话。

接通时间比她想象的要短，严格意义上说，这是她和沈仟怀第一次通电话。

她握着手机，听着听筒里面安静的呼吸声："沈仟怀。"

对面嗓音倦淡，不疾不徐"嗯"了声，他丝毫没在意她回电话回得晚，而是单刀直入："还在练琴吗？听别人说集训挺累的，也没见你抱怨。"

她故作轻松道："还好吧。"

虽然是挺累的，但为了达成目标，再累都是值得的

电话里能听到他走动的声音，罐装可乐随手放在桌上，少年懒腔里溢出一声笑："这么厉害。"

隔着手机，她都能想象出他懒散坐着，轻勾下嘴角，漫不经心地夸她说，这么厉害。

邢芸也扬了扬唇，拿他的话反问他："你累吗？"

某人语气是一如既往的随意："还好。"

仿佛天塌下来对他来说也不算什么大不了的。

高三海城五中的卷子有几次是和市区高中同步的，沈仟怀多读了一年高二，基础扎实，成绩自然是依旧亮眼，比同校第二名陈帅多出四十分。

之前陆峥跟她在微信上说过两句，说沈仟怀上了高三卷到不行，因为刚开学没调座位，他旁边的位置一直空着，后来直接被他用来放书了，在班里明着"卷"，背地里还接着"卷"。

陆峥都怀疑沈仟怀照这种学法"卷"到高考身体还吃不吃得消。

尽管这样，她问他累不累，他也是面子不能丢，云淡风轻的一句："还好。"

邢芸换了个问法："我给你打电话前，你在做什么？"

他瞧了眼手边的卷子，不紧不慢："做题。"

邢芸默默叹了声，陆峥的话还真是一点不夸张。

"我听说，你上次考试比陈帅多四十分。"

某人笑了下，嗓音松散，带点儿少年人的自傲和不屑："比他考得好算什么本事。"

他的目标很大，大到他拼尽全力也不见得够得到。

可能是想到那张阴差阳错的字条，他们都曾写了 A 大。

气氛忽然沉寂下来，双方都没再说话，安静地听着属于另一片土地的琐碎声响。她拿电话的手握了握："沈仟怀。"

大概是隔着屏幕练胆子，她说了一句算得上越界的话。

"沈仟怀，我好像有点，想见你。"

安静几秒，他难得收敛些散漫，少年好听的声音通过听筒传来——

"嗯，我也是。"

邢芸拿着电话，笑得眉眼弯弯，也就仗着他看不见，才敢笑得这么放肆。

一句"嗯，我也是"，便足够她开心好久。

沈仟怀靠着沙发，敞腿坐着，碎发垂在额前，他随手往后捋了把，整个人懒洋洋的。

"你那儿冷不冷，我看天气预报说你那边降温，多穿件衣服。"

邢芸脑子里还浮现着上一句话，一时忽略了他说天气预报的事儿："我爸给我送厚衣服了，但是都好丑的，他不会挑。"

她低头瞧了眼自己身上的衣服，梅粉色的棉服，黑白格的裤子，再配个米白色的围巾，简直是一身杂七杂八的调色盘。

不过每天忙着练琴连洗脸都顾不上，具体穿什么衣服，也压根没人在意。

"丑也穿着，隔这么远，可没人能那么快给你送药送温暖。"他拿着罐可乐，话没过脑子就随口说了，反应过这其中暧昧，指节微收，空掉的易拉罐发出细细的声响。

上次在铜钱镇，他大晚上穿了件单薄的毛衣，顶着冷风站在楼下，给她发消息说，下楼吧，送温暖。

回想起那一幕，她还有点不好意思，忙扯开话题："我哪有那么弱不禁风，再说，衣服我穿了好几件。"

他闲散笑了声说："好。"

挺不正经的腔调，慵懒倦淡，却莫名惹人耳热。

邢芸跟他聊天，跟他说自己最近有进步，被老师夸了，还说室友小满送了她一把口风琴。她和他多久说不上一次话，这会儿话匣子一打开，就怎么也收不住了，电话那边的少年在安静地听，还会时不时配合地答应几声。

最后是自己不争气，在外面待太久了，被风吹着，忍不住吸了下鼻子。

这点细小的声音被某人听见，尾音微扬："在外面？"

她看着路灯下背着琴来往的学生，像是悄悄做事被戳穿，实话道："嗯，准备回去睡觉了。"

电话里一阵信号不清的电音，模糊听见他说。

"回去吧，别在外面傻站着。"

她含糊应声："是路比较远，没有傻站着。"

返回宿舍的路上，手机自动弹出明天冷空气来袭的提示，她看了一眼便划走，指尖点在手机屏幕，忽然想起他刚才不经意说她这儿最近降温。

像是某种无意间的心有灵犀，她手机天气关注的也是两个城市。

一个是自己的，一个是他在的海城，此刻天气预报显示，海城有雨。

晚上，陆峥回了趟家，最后又淋着雨来了沈仟怀这儿，在门口可怜兮兮地敲门："仟哥，不会睡了吧。"

171

　　外面下着大暴雨，沈仟怀开门时还微怔了瞬，事先想到他这么过来会浑身湿透，但没想到陆峥脸上还挂了彩。

　　颧骨和鼻梁上两道明显的血痕，嘴角也是破的。

　　看着比电视剧里敲不开门的品如还惨。

　　沈仟怀站在门内，疑惑地睨他一眼："跟谁打架了？"

　　"我爸打的。"陆峥往里走，越说越想叹气，"隔壁班，唐渔，她好像真的对我有意思，怎么办？"

　　沈仟怀随手带上门，没听明白："这跟你爸打你有什么关系？"

　　"唐渔今天跟我说了些莫名其妙的话，我和她走在一起正被我爸看见，回去我爸让我不要早恋，我说没早恋，他硬说我狡辩，我跟他吵了几句他就动手了。"陆峥指了下自己的脸，"都是他打的，你说我冤不冤。"

　　陆峥的妈妈文文弱弱，陆爸爸又信奉"棍棒底下出秀才"的老一套，陆峥从小没少挨打，在绝对武力的压制下，陆峥至今没有叛逆期。

　　沈仟怀点了点下巴："挺冤的。"

　　冤到今晚这场暴雨简直就是为他而下。

　　沈仟怀给陆峥拿了一套自己的衣服："换上吧。"

　　陆峥一副大义凛然的英雄模样："不用换。"

　　沈仟怀手还是半伸出去的姿势，把话点破："湿衣服别坐我沙发。"

　　有点良心，但不多。

　　"……"

　　陆峥迟疑一秒接过去了，刚刚的英雄形象瞬间崩塌："你做个人吧真的，我都这么惨了你还讲究这个。"

　　陆峥一边絮叨一边换上沈仟怀的衣服，絮叨完坐下还是一脸的心事重重。倒不是因为老爸冤枉他，反正从小就是这么过来的，他不往心里去，男孩皮实抗揍，挨这两下也不太疼。

　　主要还是那个女生，唐渔。

　　陆峥忽然不说话，沉默了半天开口："你说她要是真喜欢我，怎么办？"

　　陆峥神经大条，什么喜不喜欢的，他总是反应慢半拍。

　　沈仟怀对于感情也是一瓶子不满半瓶子晃荡，他要是懂这些，也就不至于那么困惑了。

　　两人相视一眼，像是两个在夜间报团取暖的难兄难弟。

　　陆峥叹了口气，知道问他也是白问，转而看了眼窗外。雨夜沉沉，又不想回家，最后在沈仟怀家冰箱里翻了包吃的，过嘴瘾，像位老先生似的多愁善感，吃完默默感叹："这就是生活的苦吗？"

一直没顾上丢在旁边的手机响了，陆峥全当没听见。

沈仟怀离得近些，目光扫了眼说，"不看一眼？"

"不看。"陆峥跟家里赌气，别扭得很，"他今天刚打了我，现在就算说什么好话哄着我，我都不会回去的。"

虽然有些话说出来太无情了些，但给陆峥发消息的，根本就不是他还在叛逆期的老爸。

手机又响了，文字还发了一大段，沈仟怀干咳了一声移开眼，提醒说："是你的绯闻女友。"

陆峥本跷着腿跟家里的老爸隔空斗狠，此刻视线落向那部手机，隔了几秒才拿起来。

上面是唐渔刚刚发来的消息。

唐渔：今天你爸看见咱们了，他该不会又打你了吧？

唐渔：对不起啊，我今天说那些话没别的意思，我知道你爸管得严，也知道还有半年就高考了，我就是想说，以后你想去哪个城市读书，我们可以一起去外面的世界看一看。刚刚住你隔壁的浩子跟我说，他听见你们家吵架，然后还看你一个人冒雨出去了……

文字很多，陆峥挨着看完，他就算脸上挂了彩，打字的时候依旧硬气得不行：没有，他不敢打我，我好着呢。

陆峥手在打字，表情却是笑着的。

打完字，陆峥才轻摁了一下破皮的嘴角，没忍住"嘶"了声。

沈某人除了最开始看陆峥几眼，之后就自顾自地低头看手机，只给人留一个冷淡侧脸，完全没注意到这边气场微妙的变化。

良久，陆峥问他说："哥，你说，朋友到底有没有统一的界线？"

陆峥今天晚上还真是一次次问到点子上了，专挑他不会的问。

沈仟怀掀起眼皮，偏头往这儿看过一眼。

"不知道。"

海城暴雨，把什么年久失修的管道给冲坏了，全镇断水三天。

等抢修的人员来镇上修好，雨过天将晴，一切好像又回到了这场大雨前。

邢芸依旧在全封闭的环境里起早贪黑地练琴，而在另一个时空里的定格瞬间，沈仟怀同样是不知疲倦地复习和刷题。

上次停留到那通电话作为结束，微信上的聊天也少得可怜。

临近考试，所有人都忙得天昏地暗，一旦放任松懈下来，好像支撑自己熬过这么久的弦就会随时断掉，她没有来得及告诉沈仟怀具体的艺考时间。

他却连着给她发了三天的好运锦鲤。

这些消息都是她在艺考结束回家后，第四天才看到的。

邢芸在对话框里输入感谢，写写删删，最终萌生了一个更直接的想法，趁着放假，回去一趟。

最近铜钱镇109号热闹得很，红毛、陆峥和浩子轮流来看看沈仟怀"病死了没"，结局就是三人经常遇到一起，进门确认他还活着，然后两眼一对，坐下开黑。

"我就是有点低烧，还有点咳嗽，你们至于吗，天天来。"沈仟怀手抵着唇咳嗽几声，一边还得拖着病体给这群人提供吃喝，他把可乐往桌上一放，没留面子地拆穿，"是来凑人数心安理得打游戏了吧。"

这些人要是不来看他，这病估计早好了。

"一举两得一举两得。"陆峥开了瓶可乐，笑了下说，"这不是被那群人'卷'疯了找个借口放松嘛。"

最近身体抱恙的沈仟怀就成了那个明目张胆的"借口"。

浩子打游戏的间隙抬了下头："仟啊，你这行不行啊，一个多星期了吧，还这样，再拖两天……"

"闭嘴吧。"沈仟怀不想听浩子废话，清了清嗓子，说话声音还是带着点病态的哑，"再拖两天就该好了。"

他说出这话是基于对自己身体的绝对自信。

沈仟怀手拿杯子靠着窗台，视线无意往下瞥了一眼，在视野的角落，有个一闪而过的身影。

没来由地很像她。

沈仟怀看着外头走了会儿神，直到陆峥叫他："哥，要不一起打一把。"

沈仟怀才回过头，淡淡撂下两字："不打。"

一下午的时间，陆峥他们打游戏玩够了才走的，桌子上零食袋子和可乐罐扔得到处都是。

这世上恐怕总共就这么几个损友还都被他给交了。

沈仟怀简单收拾了一下下楼吃饭，因为不想碰见赵彩霞，他平时吃饭都往右走，绕路怎么远怎么来。

他路上随便进了一家便利店，挑了些吃的和饮料，目光无意扫向货架，之前放绿豆汽水的地方新增了冬瓜味。

排列整整齐齐，一个空缺都没有，显然成了滞销款。

如果她在的话，说不定会买。

说不清出于哪种想法，他拿了两瓶冬瓜味的绿豆汽水一起结账。

邢芸回来住个两三天，下午被林女士拉着聊天，现在才得空下楼，她去了一趟109，扑空了，人没在。

虽然之前沈仟怀说来找他可以直接进，她有钥匙，却也没好意思真堂而皇之地开门走进去。

邢芸沿着这条路闲转，想着碰碰运气。没多久，前面不远处便利店的门帘掀动一下，里面走出一个黑衣黑裤的少年。

帽檐在他脸上遮下一小片的阴影，他手抵在唇边轻咳了几声，少年肤色本就偏白，现在看着更显得病恹恹。

沈仟怀皱了下眉抬头，看见前面隔着三五米距离，刚刚买汽水还想起来的那姑娘此刻就站在眼前。

算得上老友相逢的场面，他却停下不说话了，眼神锁定在她脸上，像是在几秒钟里反复确认是不是错觉。

邢芸朝他走去，站定，仔细看他一眼说："沈仟怀，是咱们太久没见了吗，我怎么感觉你瘦了。"

这回不是手机视频给人的误差，而是面对面看着，他确实是比之前更瘦了点，脸上轮廓越发清晰硬朗。

他闲闲弯了下唇，无所谓地说："有吗？"

可能是最近吃饭没胃口，到点儿随便应付两口就糊弄过去了。红毛他们几个跟他天天见，也没人说他瘦了还是胖了或者怎么样的。

沈仟怀说完又偏头咳嗽了两声，没等她问就随口扯了句谎："干果吃多了，上火。"

邢芸半信半疑："陆峥可不是这么跟我说的。"

沈仟怀懒散站着，带着抹笑："他怎么说的。"

她回想之前和陆峥仅有几句的聊天，尽可能地去还原："他说你复习'卷'到飞起，简直没人性。"

沈仟怀倒是对自己的选择和努力毫不避讳，也不是谁玩着闹着就都能轻轻松松得到理想的一切。

"想得到，总得有付出。"沈仟怀说，"初中时候我觉得自己挺聪明的，但仔细想想，我又太普通了。"

他以前算不上班里最用功的那个，却也得过几次第一，老师表扬，街坊夸赞，任谁都觉得他以后大有前途。

但小镇之外，优秀的人还有很多，他的未来和野心，也不该被这片海域圈住。

邢芸是第一次听他说这样的话。沈仟怀身上总带有一种少年人天生的傲气，和咸咸海风下普遍安逸的人们格格不入，他清醒又独立，邢芸时不时也会心想，这样的少年就应该得到他想要的一切。

她眨了下眼睛，又看向他。

沈同学，你究竟还有什么是我不知道的。

沈仟怀倒像是随口说说，从袋子里找了瓶汽水给她，话题很快就扯开："发什么呆，绿豆汽水，新口味。"

她慢半拍地接过来，低低"哦"了声。

邢芸这段时间都没顾得上买绿豆汽水，口味小众，卖的地方也很少，如果想喝，得特地去找才行。

她拿着瓶子，看着他说："你怎么会买这个？"

"刚买东西看见了，随手拿的。"沈仟怀算是在她之后，第二个喜欢喝这玩意儿的人，难得口味被带偏。

邢芸和他一起去前面小店吃了晚饭。不知道是饭菜油盐重了还是他不太想吃，吃了几口就放下筷子，不再动了。

再见面，没有想象中的生疏，几句话的工夫就回到了原来，她嘴里嚼着东西，说不太清："吃这么少吗？怪不得会瘦。"

他往后靠着椅背，手腕搁在腿上，十分闲散："没胃口。"

单纯觉得不吃少点什么，走个流程。

他一直没问她考得怎么样，是怕她考得不好，问了叫人不开心，但看她挺有兴致，应该考得还不赖。

沈仟怀看着她吃，她吃东西腮帮子鼓起来，有点像动画片里的兔子。

他似是不想打破这份平静，等她快吃完才试探问她："小提琴，考得不错？"

她点了点头，眼神十分真诚："感谢沈同学给发的锦鲤，自认为还不赖。"

他以前从不信陆峥考前转锦鲤那一套，但如今更像是为了让她心安，连着发了三天的锦鲤。

沈仟怀想了片刻，指尖在桌边轻点几下，毫无节奏，杂乱无章："回来还走吗？"

邢芸手里剥着个鸡蛋，动作不自觉地放慢："我的学籍还在我家那边，而且我爸说，普通高中现在已经复习过半了，我落下半年跟不上，给我报了艺考生的高考补习班。"

她像是故事里时来时去的信使，马上又要走了。

少年微垂下眼睫，眼底有一抹不易察觉的情绪。

邢芸回来就是想看看他，还想知道沈同学过得好不好。

吃完饭邢芸跟着沈仟怀去了一趟 109 号，屋子里陈设都还是旧的没变，桌上是一摞堆叠在一起不怎么整齐的试卷，摊开的题本，角落还放着几盒药。

没来由地，她心头有一丝酸，这种情绪应该类似于心疼。

沈仟怀没事儿人一样把那些东西收起来，有些话她当面也不好说出口。

只能回去在微信上跟他讲：沈同学，别太拼了。

对方回复是一如既往不肯认输的酷哥风格。

暴躁修勾：还好。

暴躁修勾：我不累。

三天时间很短，走的那天是林女士送邢芸去机场。

邢芸取了票，进站安检前回头看了一眼，人来人往的机场大厅，她却忽然幻想出偶像剧里的那一幕，男女主在机场分别。

林秋月见她回头，以为是落了东西："怎么了？"

邢芸举起手挥了下说："再见，妈。"

邢芸来得匆忙，身上穿的还是老爸给她买的衣服，很花哨的款式，在人群中一眼就看得见。

看着那抹背影走远，直到消失不见。

沈仟怀穿着件棒球服，戴着鸭舌帽，手插兜里松松散散地站在一个自助取票机旁边，不说话时完全就是个哑巴帅哥，路过不少年轻姑娘都会回头看他一眼。

"仟哥，人都走了，看什么呢。"红毛满脸疑惑地挠挠头，"你是不是舍不得？"

沈仟怀只是转头，目光沉沉地看了红毛一眼，什么多余的话也没说。

红毛看了眼前头，又看了眼他，忽然莫名想起之前沈仟怀说过的一句话。

"我不要玫瑰硬长在沙滩上，她应该绽放在她该去的地方。"

人已经看不到了，沈仟怀转过身说："走吧。"

……

昨天他做题做久了去码头走走，可能因为心烦，以前闻着就想吐的鱼腥味忽然觉得也没那么不能接受了。海水散发着咸咸的气味，渔船上还有人随手丢弃的椰子壳。

想找个人说话，红毛正在码头上工，搬运上车，上货下货，简单机械又不断重复的力气活儿，沈仟怀也就没凑过去打扰。

旁边是几个推着小车卖水果的大爷提前收摊从跟前经过，傍晚夜幕沉沉，灯光绰绰，宁静安详的小镇，每个人都过着日复一日的生活。

他找了个算是角落的位置站着，随手翻翻手机，相册里最后一张照片的拍摄时间还是在好几个月之前，一只肥肥胖胖的橘猫。

微信跳出来一条消息。

是芸不是云：我又跑空了，你居然又不在家。

他回复说：在码头。

邢芸从家出来还往口袋里装了一把巧克力，林女士买多了又嫌太甜，让她喜欢的话就赶紧吃，吃不了走的时候带走也行，别浪费了。

于是她借花献佛，见面就先给了他几枚巧克力。

"林女士说太甜，但我觉得还好，巧克力不甜不好吃。"邢芸自己拿了一个，剥掉外面那层金纸，递到他唇边，"尝尝。"

他伸手拿去，放进嘴里，巧克力的甜味明显，里面还裹挟着有碎榛子。

沈仟怀吃完给出个中肯的评价："不算太甜。"

"我也觉得。"邢芸往旁边走了一小步，靠在艘木船上，看着这船，忽然想起件事儿，"明天我就要走了，今年过年我还可以有烟花看吗？"

铜钱镇年年有，恨不得从年三十放到初七、初八，根本算不上稀罕事，他随口答应："想看就给我打电话。"

她新拿出一颗巧克力在手里剥，淡金色的纸在手中绽放。

借着码头人多闹哄哄的，她小声咕哝一句："那如果，我想见的是你呢。"

环境嘈杂，二人周围却陷入短暂的安静。

邢芸以为他没听到，就心想算了，这话她也不好意思再说第二遍。

巧克力完整剥完，她放进嘴里。

"我去见你。"他停顿一瞬，偏头看过来，额前碎发被风吹乱，漆色的眉眼如笔墨勾勒，嗓子还没好利索，透着哑音，"随时。"

高考临近，平时基本不做饭的邢朝军也变着花样给邢芸炖汤，说补身补脑。

邢芸正坐在书桌前做卷子，邢朝军敲门进来，手里端了小碗的汤："喝了再写，上次模考考得怎么样？"

邢芸接过碗，认真地说："567分，我觉得我再细心点，可以考580分。"

艺术生能考这样的分数其实很难得了，但她的目标是A大，总觉得还不够。

邢朝军等她喝完把碗带走，目光扫过她乱糟糟的书桌，卷子下面盖着一个发光的东西，亮起来有点像月亮。

台灯旁还用圆形贴纸粘了几张不大的照片，他看了一会儿问："照片上那男孩是谁啊？"

邢芸顿了一瞬，有些心虚："明星，一个偶像。"

邢朝军这个年纪的男人对现在出道的年轻偶像不熟悉，是与不是他都认不出来，看了两眼也没再说什么。

等汤喝完，邢朝军拿着碗走开了，邢芸托着下巴，看着前面的照片走神。

她小提琴专业考过了，算不上好，要是想上A大，文化课的分数必须要很高才行。

邢芸每当做不出题的时候就在想，沈仟怀，他真的好厉害。

这些天他们都各忙各的没怎么联系，上一次通电话还是过年看烟花，唯独陆峥像个微信列表里按时推送的公众号，经常会发一些沈仟怀的近况给她。

陆峥说沈仟怀和第二名拉开的差距越来越大，陈帅被他甩得连车尾灯都看不着，海城三模沈仟怀考了市第八名，前十名只有他一个不是附中的。

在这些关于成绩的琐碎记录中，偶尔还会夹杂几张图片，是陆峥镜头里的沈仟怀。

照片里大多是抓拍的侧脸，看起来整个人又冷又拽，但与之违和的是他手里出镜率最高的那支兔子笔，他好像对这一款很钟爱，要么拿着它写字，要么就是在补觉，他旁边的位置自她走后，空了整整一年，逐渐成了他放书的专座。

邢芸关掉手机，继续做题。不过这次，她专门在花里胡哨的文具中挑了支同款兔子笔。

好像这样就能穿越时空，距离他更近一点。

少女矫情的相思病吹不到那个海边小镇，十八岁的夏天，真是又苦又甜。

高考前一天，邢芸还争分夺秒把那份英语作文万能句子多背了几遍，邢朝军下班回家，在楼下饭店顺便打包了一份她喜欢吃的水煮鱼。

邢朝军进门，朝屋里喊了声："马上吃饭了，不差这一会儿，准备出来吃饭。"

"好，马上。"她又背完最后一段，才算是心满意足地放下那几张纸，出去等着开饭。

邢朝军在厨房收拾，她趁这会儿工夫去简单洗了个澡。

十几分钟后，邢芸坐在客厅，穿了件米白色的吊带裙，头发半湿着垂在肩头，空调温度很低，她又往外面披了件衣服。

和那人曾经穿过的一件很像，绿条纹的衬衫。

邢朝军把菜端上桌，拿了碗筷："明天几点起床，爸去送你。"

她想了个时间说："六点半吧，考场挺近的。"

"行，明天爸也早起，今天下班走得迟，买这个鱼店家说卖完了，又等了半个多小时才买上。"邢朝军给她夹了一筷子鱼，没刺的，"等考完了想去哪儿玩，叫上朋友一起去。"

"还没想好。"邢芸吃着饭，想去的地方暗藏私心，"我想先回铜钱镇。"

邢朝军伸出去那一筷子停住，半晌才问："想你妈了？"

她低着头，含糊道："嗯。"

邢朝军没说别的，默认随她去。

邢芸吃完饭再拿起手机，有沈仟怀几分钟前发来的消息。

是一个好运锦鲤的动图。

甚至还挺土的，闪着花花绿绿的字，一看就是从陆峥那儿拿的图。

是芸不是云：加油，沈同学！

暴躁修勾：加油。

没有过多的言语，在彼此简单一句加油中，百日誓师的宣言都已经成了过去式。

似乎每逢高考必有雨，不知道是什么奇怪的定律，淅淅沥沥的小雨落在窗外，教室里只听得见纸张翻页的细小声响，笔尖承载着莘莘学子的儿时梦想，贴上以"未来"为名的邮票，寄往远方。

为期两天的考试结束，邢芸走出考场，雨停，天晴，没有想象中的那么开心，反而平平淡淡，觉得有点空落落的。

考场外有志愿者递过来的广告扇，她没仔细看具体是什么广告，就看见上面有行醒目的字：

落幕的只是高考，青春，才刚刚开始。

不得不说，还挺应景。

海城附中，陆峥走出考场直接放飞自我，把笔袋子往垃圾桶一扔，嘴里还不忘念一句"拜拜了您嘞"，一回头就看见个熟面孔，街溜子似的调侃说："红毛，你这头发贼应景啊，站那红棚子底下都快融为一体了。"

红毛黑发久了觉得无聊，又新染了个红的。

在门口一众平均年龄四十左右的中年人群中格外亮眼。

红毛单手叉腰，扔他一瓶水："有没有辨识度吧你就说。"

"有有有。"陆峥往自己头上比画，"我回头把这玩意儿染成绿的，咱俩红配绿。"

这话他也就过下嘴瘾，他要是敢染个绿的，回家他老爸能把他腿打折。

红毛在旁边默默感叹陆峥有贼心没贼胆，陆峥的爸爸年轻时候是拳击教练，还得过不少奖，这也是陆峥为什么至今没有叛逆期的原因。

陆峥喝了口水问："仟呢？"

红毛说："还没出来。"

陆峥刚想说"这么慢"，红毛就朝前面招手，复读机似的念了一串："这儿这儿这儿这儿。"

他们几个只有红毛不参加高考，纯属跟着来凑热闹。

沈仟怀不紧不慢从人群中走出来，身形挺拔俊逸，放哪里都惹眼。他看过来时微眯了下眼，半下午的时间，海城的太阳依旧很晒。

等他走近，陆峥忽然沉沉叹了口气："唉，这时候要是城里妹妹在就好了。"

红毛"啧"了一声，拍他说："你这人怎么哪壶不开提哪壶。"

本来没什么，两人一唱一和，沈仟怀站在中间就像那苦守寒窑的王宝钏。

高考过后，沈仟怀先睡了两天，每天早上会被自己的生物钟叫醒，无所事事，就醒醒睡睡，饿了起来吃饭。

好像他很久都没有这么闲过。

等外面雨停了，他换了身干净衣服出门，路边随便找了个发廊进去。

雨后地面积起浅浅的水洼，外面小孩卷起裤腿故意踩水到处跑。

里面托尼嚼着槟榔，掺和着方言问他："想剪成什么？"

他对发型没什么要求，随意说："稍微剪短就行。"

这整条街的发廊都是十元快剪，也没指望在这儿能剪出什么花样来。

托尼心领神会，一拍软椅："坐这儿吧。"

总耗时十几分钟，托尼齐活儿在旁边收拾工具，他闲散靠着椅背，扫码付钱。

门口忽然传来一阵行李箱轮子滚过地面的声音，沈仟怀下意识偏头去看，就见外面站着一个穿白裙子的姑娘。

她拖着笨重的行李箱站在门口，好巧不巧地，轮子又坏掉一个。

行李箱轮子在地面带出两道泥泞的印子，她和他四目相对，潮湿空气里夹杂着发廊洗发水的劣质香味。

这一眼，像极了两年前的那个盛夏。

里面托尼回头看见有人，顺口问了句："美女剪头发吗？"

邢芸规规矩矩地站在门口，摇头说："不用了，谢谢。"

沈仟怀付完钱出来，视线扫了眼她的行李箱："回来了？"

"嗯。"她应了声，忽然想到什么，忍不住笑。

邢芸脸上的笑意明显，似是有某种神奇的感染力，让某人也扬了下唇："笑什么。"

邢芸扶着箱子，微抬起头："咱们第一次见面，和刚才那一幕很像，你还面不改色地收了我一百八。"

当时的她也不会想到，在小镇交的第一个朋友，会是一个"黑心"托尼。

沈仟怀嘴角弧度愈深了些，嗓音干净清冽："记仇啊。"

她故作正经："想忘了也难。"

毕竟不是所有的托尼都是沈仟怀。

刚考完两天，大部分人估计觉都还没睡够，沈仟怀随口问她："怎么这么快就回来了？"

她目光看向别处，有些心虚："就是，想回来了。"

就是，想见他了。

前面陆峥和一个女生走在一起。那个女生，邢芸有印象，陆峥高中的绯闻女友，隔壁班的唐渔。

邢芸望着前头，故意扯开话题："他们俩什么情况？"

他侧头看了眼，这两人进度条确实是快到让人想不到："在一起了。"

也就陆峥这种自封"情圣"的二傻子迟迟发现不了自己对唐渔的感情，其实早就超越朋友的界线了。

邢芸目光落回在他身上，手握着拉杆，不禁攥紧了些："他们两个之前不是朋友吗，朋友也可以在一起吗？"

她故意这么问，就是想听听他的答案。

雨后微风吹过，将他的声音送进她的耳朵："为什么不行？"

他看着她，眼角微垂。少年眼睛里有种不明朗的情绪，明明是回答，却又像是问句。

在反问她，为什么不行。

气氛逐渐变得有那么一瞬的微妙，好像谁再主动说下一句，就会把那层看不见的窗户纸彻底捅破。

各家门前的灯笼接连亮起，冲过来一群小孩子吵吵嚷嚷。沈仟怀看了眼别处，没纠结上一个话题，很自然地接过她手里的箱子："别光顾着看热闹，把东西放回去。"

她松了手，跟在后面走，两只手有点紧张地握在身前，补上了一句回答："行啊，我也觉得行。"

陆峥和唐渔行，林女士和邢同志也行。

那我们又有什么不可以？

邢芸到家时林秋月正在做海鲜，是最拿手的那道螃蟹。

之前电话里林女士没好问她，现在闲聊着插了句话："这次考得怎么样？估分了吗？"

"还行吧。"邢芸算是正常发挥，但A大，她也不敢说有十足的把握，"去年A大在省里招了三个小提琴，按照去年的录取线算的话，我应该差不多。"

专业不算强，文化课分数高就成了她的优势。

林秋月也不再多问，好与不好都已经考完了，其余的等成绩下来再说。

螃蟹入锅，林女士盖上锅盖："放假不打算去哪儿玩几天，以后可没这么多时间能用来玩了。"

邢芸在旁边拿了个雪糕吃，实话说："想去，但没想好去哪儿。"

"你爸给你的钱还有吗，要是去玩不够我再给你添上。"

"还有，应该够用。"

晚饭时间，邢芸解决掉盘子里的最后一个螃蟹，微信界面弹出几条消息。

叶嘉琪：听说你回来了，要不要去玩？

叶嘉琪：我们几个考前就说好了，去云镇玩几天。

叶嘉琪：就我、陆峥、浩子，沈仟怀和唐渔不知道去不去，还有还有，陆峥和唐渔他俩在一起了你知道吗？

邢芸点着手机逐条回复：想去，我今天刚到镇上就在巷口看见陆峥和那个女生了。

叶嘉琪：这段时间他俩好多八卦，等去云镇的时候我给你慢慢讲，别看唐渔斯斯文文的，其实特别勇。

没有人对这种事儿不感兴趣，邢芸当即就想拉着叶嘉琪听上一晚上的恋爱八卦。

这头刚答应下，没多久，消息就传到了109号房。

陆峥和红毛坐在一起，胳膊肘杵了一下红毛："你这两天还上工吗？要不去玩？"

红毛嗑着瓜子，来了兴致："休渔期，没活儿，正愁没地方玩。"

"正好。"陆峥身为"一天感觉不到热闹就会死星人"，把目光又看向沈仟怀，"哥，云镇去吗？"

沈仟怀抱着吉他坐在旁边，闲得无聊，拿起来弹两段。

他穿了件宽松的 T 恤，白色的，灯光勾勒少年深色的眉眼，安静坐着时候难得有几分岁月静好，一种出现在他身上堪称违和的气质。

在他开口之前，陆峥又补了句："邢芸也去，叶嘉琪刚问的。"

沈仟怀指尖微顿，懒懒抬了下眼皮，睨了一眼："随便。"

他的随便就等同于答应了，陆峥掰着手指数了数："那就你、我、红毛、浩子，女生就是唐渔、叶嘉琪和邢芸，一共七个人。"

出发去云镇的那天，叶嘉琪早早来家里等邢芸，一共去四天，她没背包，拎了个小行李箱。

邢芸本在慢吞吞吃早饭，在叶嘉琪进门后不自觉加快了速度："我换个衣服，咱们就出发。"

邢芸没去过云镇，听说那里晚上蚊子多，就很自觉地穿了条带白边的休闲裤，还往双肩包里放了几小瓶驱蚊水。

出门前林秋月洗了一篮子水果，硬要让她带着："装上几个，路上吃。"

她就一个包，已经塞得鼓鼓囊囊："妈，背着一路太沉了。"

林女士不肯罢休，给她换了个纸袋子："那给你放里面手提着，你们不是好几个人嘛，路上无聊，给同学分一分。"

邢芸拗不过妈妈，最后背着包，提了一袋子水果出门。

上午九点半，陆峥等人都陆陆续续到齐了，邢芸在旁边挨着发水果，看起来像幼儿园的春游队。

某人单肩背着个包，慢悠悠走过来，伸手跟她要："团长，我的呢？"

邢芸手里正拿着一个丑橘，顺势放他手里，轻抬起眼看他："出门的时候我妈说什么也要让我带上。"

浩子在旁边听见起哄："这叫'慈母手中果，游子身上背'。"

叶嘉琪在旁边笑："神经病。"

一行人打打闹闹地出发，到了云镇已经过了中午，大家一致认为先吃饭休息，晚上再聚。

第一天吃好喝好，不要太累。

这种节奏的出行方式很适合邢芸这种慢吞吞的人，她跟在队伍后面点头，表示同意。

酒店客房订了四间，房号正好连着，邢芸和叶嘉琪一间，两个人聊聊天吃吃饭，下午睡一觉就到了傍晚时分。

叶嘉琪坐起来抓了抓乱糟糟的头发，翻了翻手机里的消息："芸芸，他们去一个小酒馆了，说敲门没人应，就差咱们俩。"

这一觉睡得还真挺沉的，根本没听见敲门声。邢芸和叶嘉琪相视一眼，快速收拾了一下赶紧出门。

小酒馆的外观造型很像动画片里的木屋，外面拉着很多长长的灯串。

红毛拿上酒去找沈仟怀，沙发附近，浩子在旁边干站着，陆峥和唐渔不知道去哪儿了，他一过来就是三个人大眼瞪小眼面面相觑。

红毛拿起子开了酒："咱们要不要玩点什么？"

哪怕三个人斗地主都没现在这么无聊。

桌子上还真有一些基础的卡牌游戏，但真心话大冒险这类他们三个男的玩也挺没意思，浩子站直身子，正想说要不出去转转，看了看腿上的蚊子包又寻思算了。

打败他的不是 39℃ 的夏天，是蚊子。

班群里老王发了消息，浩子看了两眼问沈仟怀："老王找你，说问问你考得怎么样。"

沈仟怀几次模考虽然都在市前十，但都在后五名浮动，算不上太出头。

沈仟怀停顿一瞬说："应该还行。"

五中实验班比不上重点高中，陆峥、浩子他们几个都觉得在五中这样的学校能考出这样的成绩十分难得。

打心底里除了佩服还是佩服。

入口处竹帘掀动，一抹熟悉的身影急匆匆进来。邢芸背着包，头发简单扎成高马尾，澄净的眼睛里带着点迷茫，像丛林中迷失的小鹿。

里面人多又坐得分散，邢芸找不到人，给沈仟怀发消息说：你们坐在哪儿？

沈某人看着她，指尖在屏幕上轻点几下。

暴躁修勾：继续直走，抬头。

邢芸往前走，抬头看。光线半明半暗，在不明朗的角落坐着一个清瘦的少年，鸭舌帽、黑 T 恤，手松散地搭在腿上，微弓着身无所事事的样子。

目光对上一秒，他不说话，心虚移开视线的是她。

她在距离沈仟怀不远的地方坐下，没话找话般扯了句："叶嘉琪在外面打电话，应该马上就来了。"

他视线看向对面的姑娘，像是劣性凸显，故意戳破，懒洋洋挑了下唇：

"我也没问她。"

旁边有人进出，那头光线透过帘子照进来一些，邢芸看清他脖子上有道红痕，应该是蚊子咬的。

她正好有随身携带驱蚊水的习惯，从包里翻出一小瓶驱蚊水给他："来之前听说云镇靠山，蚊子毒，带了三瓶，你拿着用吧。"

浩子在旁边看着，在心里"啧啧"两声，他刚才一直坐在外面，都快被蚊子吃了也没见有谁给他一瓶。

可能这就是差距吧。

现在室内其实用不着，沈仟怀拿着随手喷了喷，还顺势往脖子上抹了下。

空气中飘起一股清新的橘子味。

沈某人合上盖子，放在桌上："上次还是你帮我抹的。"

这话没避着谁，红毛和浩子听完这句话眼睛都不自觉睁大了一点。

之前是她跟爸妈说考到前三十就让她继续学小提琴，他在楼下等着又被蚊子咬到，毕竟是"恩人"，邢芸那天就难得贴心了一点。

挺正常的话，从他慵懒腔调里说出来，莫名生出几分不该有的暖昧。

她不敢去看他的眼神，假装失忆："有，有吗？"

叶嘉琪接完电话进来，无形解救她于水火中。几个人聊了会儿天，热热闹闹顾不上其他，刚才的话题也就自动翻篇儿。

中途邢芸又被叶嘉琪拉去陪她上一趟洗手间。

洗手间在外面，走路几分钟时间，天色已暗，室外夜间的风难得清凉。

刚刚没看见陆峥，一路上叶嘉琪忍不住跟邢芸说两句八卦："你猜陆峥和唐渔，他俩谁先表的白。"

虽然陆峥大大咧咧，但是有点过于神经大条了，这个邢芸还真猜不准："谁啊？"

"唐渔主动说的，还是当面表白的。"

邢芸惊讶一瞬说："什么时候？"

"高考一结束，唐渔就表白了。她跟我说其实还提前写了情书的，但当时太紧张了，攥在手里就忘了给。"叶嘉琪讲得绘声绘色，很有说书人的感觉，"当时她问陆峥喜不喜欢她，事发突然，陆峥像个半傻子，半天才点头说喜欢。

"陆峥的爸爸管他很严，之前还因为早不早恋的事情打过他，那天陆峥回家第一句就是跟他爸坦白，就算是打死他，他也一定要和唐渔在一起。结果他爸根本没当回事儿，说随他去，都考完了人活着就行，其他随意。"

邢芸在旁边安静地听，听起来陆峥冲动又"中二"，同时也默默佩服唐渔真的很勇敢。

她像故事之外的旁观者，一边听一边暗自羡慕别人张扬又热烈的青春。

说去趟洗手间，结果边走边逛，两个人在外面待了一个多小时，再回小酒馆，方才的角落里已经不见沈仟怀。

邢芸坐下吃了点零食，等一会儿才问："沈仟怀走了吗？"

红毛玩儿着手机，抽空回她句："仟哥啊，他这酒量太差了，三杯倒，说有点儿晕，回去睡觉去了。"

"他看着像是那种挺能喝的，这我真没想到。"浩子直接把房卡塞她手里了，"601号，他没喝醉过，要不你帮我去看看他。"

红毛在后面目瞪口呆，就差为浩子竖起大拇指了，是怎么把这话说得这么自然而然的。他同时反应过来，以最快的速度给沈仟怀发消息。

红毛：在睡吗，醒一醒，醒一醒，浩子让城里妹妹去找你了。

红毛：要不你装得醉一点，来个酒后吐真言。

红毛：我怎么看这都是个机不可失的好日子。

只可惜消息发了一大串，如石沉大海，根本没人回。

"完了，仟哥应该真睡了。"红毛拿着手机叹气，"你看看，喝酒误事。"

最终邢芸拿着房卡去了601，房门感应"嘀"的一声打开，里面光线很暗，只有地沿一圈昏黄色的灯带亮着。

沈仟怀像是真的很困，都没走到床上，直接就躺在沙发上睡了。他侧着身，手自然垂下，手机在距离他挺远的茶几上，应该是有人给他发消息，屏幕上时不时发出点冰蓝色的光。

沈仟怀枕在靠枕上，脸埋进去一半，像是睡得不踏实，轻拧着眉。

往日一贯疏懒散漫，现在睡着倒显出几分乖顺，头发蓬松散在额前，鼻梁高挺，轮廓深邃，脖颈间还有一颗淡色的小痣。

月光从窗外落进来，让她从前只敢悄悄藏在心底的情感在夜色中如藤蔓肆意生长，迅速发酵。

无名的勇气，偏偏在这个时候汹涌而来。

邢芸垂在身侧的手紧握，已经轻微出汗。她小声试探着，叫了遍他的名字："沈仟怀。"

无人应答。

安静的几秒钟里，前所未有的勇敢逐渐到达顶峰，她像是一鼓作气，弯下身，一吻轻落在他眉尾。

在她看不见的角度，少年垂下的那只手。

指节微收。

/第9章/
今晚，和月亮私奔

那一吻似是禁忌，除了她和月光，不敢叫任何人知道。

很快，邢芸抽身退开，像午夜钟声响起之前的灰姑娘，准备匆匆离场。

她转身刚走了一步，身后人用手撑住沙发，连带着坐起来衣物摩擦发出窸窸窣窣的声响。

以及，少年清了清嗓子。

"邢芸。"

他声音不轻不重，还带着刚睡醒时的哑音。邢芸脚步瞬间僵在原地，不言而喻，刚刚她所有的举动，他都是知道的。

勇气褪去的后遗症像是感冒初期，让人头脑发热，心跳"怦怦"。

他原本真的睡过去了，是刚听见开门声才醒的，心想应该是陆峥他们拿样东西就走，便躺着没动，直到有个姑娘小声叫了他句"沈仟怀"，装睡装了一半，忽然不知道是该醒还是不该醒，再然后，猝不及防感觉到那一瞬温软的触感。

他就是怎么着都得醒了。

看着她背影的轮廓，沈仟怀半晌才开口："我是不是可以理解为，你也对我有意思。"

她大脑空白，有些呆呆地转过身，重复他话里的某个字："也。"

晦暗不明的光拢在二人身上，无意将夜晚的氛围发挥到极致。

沈仟怀偏头瞧了眼旁处，像是把什么呼之欲出的字眼硬给咽下去了。

沉默几秒后，他喉结动了动："我喜欢你，邢芸。"

少年眼睛看着她，漆黑瞳仁里干净清澈，一直觉得很难说出口的话，最终也还是说了。

邢芸傻愣在原地，甚至有那么短瞬不可置信，觉得他在说醉话。

她默不作声，沈仟怀也不逼她，不紧不慢地说："如果不是我想的那个意思，我就当刚刚什么都没发生过，也不会告诉别人。"

只不过，除了她和月光。

偷吻这件事，又多了一个人知道。

"怎么说呢。"忽然被表白，邢芸脑子很乱，想了想才说，"我打算追你来着，就是没想到，这么快。"

这么快就……被发现了。

沈仟怀抬了抬眼，看不透她脑子里都在想些什么奇奇怪怪的东西："如果我真的没有醒，你打算这样闷不吭声地追我多久。"

语调微扬，"追我"这两个字有片刻的停顿。

他就这么一问，没想到她还真有期限。邢芸认认真真地说："两年。"

但现在已经不到两年了，距离那封情书寄出，也就还剩一年时间。

她之前想过，如果到时候她没有和沈仟怀在一起，或者他有了其他喜欢的人，等那封情书寄到铜钱镇，她便找机会悄悄拿走，不会让他看到，也不会平生事端。

就让那段以朋友之名的单恋，永远封存在那个信封里，成为一个充满遗憾又无人知晓的秘密。

毫不知情的情书男主微拧下眉，对这个期限有些不解，问："为什么是两年？"

邢芸卖了个关子："到时候你就知道了，秘密。"

那封信，她现在还不想告诉他。

"成。"他鼻腔里轻笑了声，"我等着。"

沈仟怀随手抓了下头发，手指没入发间，过会儿才问："你怎么回来了？"

而且还拿着他们这边的房卡。

邢芸握着卡，说时仔细看他一眼："浩子说你有点喝多了，让我来一下。"

"我还好。"

沈仟怀除了长了一副很能喝的脸，实际酒量基本等同于无。他拿起桌上的手机看了眼时间："快九点了，吃饭了没？"

她摇摇头:"还没吃。"

刚在酒馆坐着只顾着吃零食了,吃了个半饱,现在还不饿。

沈仟怀微信已经被红毛和浩子轮番轰炸,他简单回了两句。

紧接着,红毛发了张图过来,是在酒馆后面的院子里烧烤的图。

沈仟怀问她:"他们在烧烤,去吗?"

邢芸点头说去。

凑热闹这种事,没人会不喜欢吧。

酒馆小院里,红毛正数着串儿,和陆峥聊天:"刚刚那车是谁啊,唐渔怎么提前走了。"

陆峥在旁边拿了两串放烧烤架上,试试火候:"她家里有个长辈忽然来了,多久不见一次,叫她回去。"

一抬头看见前面来人,陆峥招了下手:"哎,仟哥。"

后院和前面风格一致,四周都围着灯串,亮起来耀眼又复古。

沈仟怀和邢芸走进来,两个人正常距离,没有挨得很近,红毛和浩子越过陆峥,隔空相视一眼,又相互摇了摇头。

两人这距离,看着应该是没成。

陆峥刚刚去送唐渔,少了一段最重要的情节没接上,此刻拿着串儿,也没看到身后红毛和浩子眼神上的小动作。

叶嘉琪在旁边切水果,主动叫她说:"唐渔先回去了,就咱们两个女生,还有好多东西,要不咱俩一起切,这样快一点。"

因为怕被蚊子咬,邢芸穿的是那件绿条纹的衬衫,扫了眼杂七杂八的东西,她点点头,挽起袖子上前帮忙。

海城水果种类多,有些稀奇古怪的品种,是她之前从来都没吃过的。

比如芒果要蘸辣椒面,这个也是她在来了海城之后才解锁的新吃法。

水果装盘,拌上沙拉酱,陆峥他们几个有模有样地烤着串,红毛吃了口自己刚烤出来的,惊讶地说:"我天赋在这儿呢,要不攒点钱我开烧烤店得了,反正在镇上开店也用不了几个钱,比在码头搬东西还省点力。"

陆峥在旁边调侃他:"是不是啊?"

"不是我吹,你尝一口。"红毛把东西递陆峥跟前,"你试试就知道不是我吹的。"

陆峥半信半疑尝了下,细嚼慢咽:"确实,还不错,比咱们镇上那家什么建兵烧烤强多了。"

红毛忽然说："那家建兵烧烤是谁他爸爸开的吧，他爸就叫建兵。"

陆峥问："谁啊？"

你来我往，话题就此跑偏，从烧烤好不好吃变成那个"建兵"究竟是谁的爸爸。

可惜镇上叫建兵的有好多个，掰扯到大家都坐下开始吃也没掰扯出个结果来。

桌子挺大，唐渔不在，六个人围着坐绰绰有余。

桌上有海鲜，还有普通的烧烤类，邢芸拿了瓶汽水喝，看沈仟怀全程筷子都没往海鲜上动一下。

靠海生活，却不能吃海鲜。

这是什么倒霉的过敏体质。

邢芸挺喜欢吃烤茄子，但那盘茄子放得离她挺远，够不着，也不太好意思够。

她一边吃着跟前的东西，却时不时惦记着看一眼那盘茄子，孤零零地放在那儿，全程没人动。

她又一次看过去时，视线中忽然从旁伸出一只手，那只手修长好看，腕骨凸出，直接把那盘茄子端过来，放到她跟前。

邢芸筷子戳在碗里，怔了一下，缓缓看向他。沈仟怀已经去干别的事，像是随手一个举动，再自然不过。

这盘烤茄子不太受欢迎，最终都是她一个人吃完的。

完事邢芸和剩下几个人简单收拾了一下桌子，空出来的地方他们等一下要玩游戏，再喝点酒。

她不会喝，想着就不坐在这儿扫兴，起身找了个借口说："我去前面买个东西，你们玩，不用等我。"

邢芸背上斜挎包，穿过后院往前走。大概十点多，酒馆的人比之前更多了些，几乎没有空出来的地方。

酒馆外灯火阑珊，小道悠扬，本地居民大多是少数民族，穿的衣服都很有地方特色。

路边有个老奶奶卖纪念品，都是自己手工做的一些小香囊，上面是黑红配色，还有大力神的图样，旁边摆着一些珠串手链。

她看上一个香囊，拿起来问："这个怎么卖？"

老奶奶说方言怕她听不懂，同时用手给她比画："二十。"

这个价格还能接受，邢芸付过钱，地上一道人影压过来，沈仟怀靠近些说："买的什么？"

"一个香囊，看着好看就买了。"她疑惑看他，"你怎么也出来了。"

沈仟怀人菜，但好在自知，再和陆峥他们喝一会儿估计今天晚上直接趴那儿了，于是就跟着她一路走出来。

此刻她问起来，他便随口说："酒量不行。"

云镇气温比铜钱镇低一点，可能近山，晚上尤其明显。

她手里拿着一个小香囊，下面的穗子随着她的走动来回晃。

沈仟怀目光无意看见旁边有个木牌，扯了下唇："这桥的名字，起得还挺应景。"

木牌上写的两个字是：鹊桥。

前面有水，桥上坐了不少人，从下往上，大部分都是男男女女的情侣。邢芸的大致走向也是去"鹊桥"，在路过第二对情侣之后，邢芸故作不经意地回了句。

"我们，在一起了吗？"

说完，她又发现意思不太对，好像少了两个字，准确点应该说——"我们，算是在一起了吗？"

沈仟怀脚步微顿，眼神朝这边看过来，看得她耳根一热。

他嗓音疏懒带笑。

"亲了我，不认账？"

这话听着她像个流氓。

吃干抹净，拍手走人。

邢芸现在回想起来，依然觉得自己当时被一种无名的勇气冲昏了头脑，算是她这十多年里，做过最大胆的一件事。

她拨着香囊流苏，回想今晚那一幕，强装淡定："没不认账。"

就是总觉得，好像缺了点什么仪式感。

鹊桥人很多，邢芸买了瓶橘子汽水，和他找了个相对人少的地方坐着聊天，等话题差不多聊完，这几天她一直没问的话，现在才有空说："沈仟怀，你估分了吗？"

"没有。"他考完也不爱估分，估与不估，分数都不会再多点儿，"应该差不多。"

今年的考题他觉得比模考题做着更顺手些，正常情况，应该能在市前五名。

"如果我考不上 A 大，可能会报 A 大附近的学校，到时候我仔细翻翻志愿书，咱们报近点。"这些天邢芸心里其实挺没底，初中时候老爸送了她一套旅游回来带的 A 大纪念品。

里面的书签、卡片之类都是成套的，她当时对大学也没有非常清晰的概念，看着精美的书签，就觉得以后一定要考上这所大学，越往后才越知道，A 大，是只有极其少数的人才能考上。

少到凤毛麟角，她认识的人里没有一个。

他语气随意撇下句："近不近的，还不都是我找你。"

沈仟怀一贯就是这么说话，邢芸回想之前几次，他对她所有的好似乎也不是无迹可寻。汽水瓶外冒着水珠，她咬着的吸管一松："沈仟怀，你喜欢我什么啊？"

如果说漂亮的话，她好像也没有漂亮到过分出挑，在人群中一眼就看得到。

同样的问题，当晚，又有另外一个人问了他。

陆峥和浩子他们几个玩游戏喝酒，酒量还行，半醉不醉，睡前洗完澡在沙发上看电视。

可能是听红毛和浩子他们添油加醋说了点什么，忍不住八卦地问："哥，你喜欢她什么？那个城里妹妹。"

沈仟怀坐在旁边懒洋洋屈着条腿，胳膊肘支在膝盖上，单手拿手机玩那个种花的无聊游戏，屏幕里红花铺了满园。闻言他稍抬起眼，今天邢芸问他的时候，他一时没想出来，说喜欢就是喜欢，哪有那么多为什么。

现在后知后觉，觉得可能因为她放着近路赵彩霞店的牛杂不买，绕了好远的路去买别家。

也可能因为他耳朵听不见，旧渔船蹭脏了她的裙子，她也不在乎，还一遍遍说"你很好啊"。因为她笨拙到不会说安慰人的话，欲言又止，又总是藏藏掖掖拐弯抹角地想让他高兴，漏洞百出，还自以为他都发现不了。

沈仟怀拿起桌上的可乐喝了口，沉默了下说："喜欢她从来都不问原因，不纠对错，站在是非之外，不讲道理地偏向我。"

他从小和赵彩霞一起生活，说什么做什么都是错，每天听过最多的话就是你又怎么怎么样了，从来都没有被认可过。

她出现在盛夏暴雨后的衰败小镇。

码头破渔船上从此洒满月光。

旁边客房里，叶嘉琪已经倒头就睡，邢芸想找个人说话都找不着，她点开微信，看着上面"暴躁修勾"的 ID，切进来，退出去，周而复始。刷着手机到了凌晨，她却一点困意都没有，试探着又去微信上"拍了拍"沈仟怀。

对方点进来，上头很快显示输入中。

沈仟怀问：怎么了？

她说睡不着，问他如果也不睡的话，要不一起出去转转。

沈仟怀下午喝了点酒，酒量很差，喝完是又晕又困，但酒劲儿来得快去得快，到现在早就清醒了。

陆峥在旁边卷着被子打呼噜，非常不客气地连一个被子角都没有给他剩。

于是几分钟后，两个人在门口碰面。他手里多拿了件衣服，很巧，和她身上穿的类似，是那件绿条纹的衬衫。

这地方严格来说不算酒店，属于民宿那一类，总共也没住多少人，上下楼梯铺着木质地板，和赵彩霞那儿铺的那种一样，时间久了踩上去"吱呀吱呀"，噪音很大。

楼梯间光线很暗，摸黑也找不着灯的开关在哪儿，沈仟怀用手机开了照明，看她一步一停走得小心翼翼，他没吭声，而是直接拉上她手腕，让她跟着他走。

隔着袖口一层布料，她能隐约感觉到他掌心的温度和手上坚硬的骨骼。

两人一前一后走在凌晨安静又漆黑的楼道间，又因为这木板噪音不得不放轻脚步。他忽然回头看她一眼："你觉得咱们现在像不像在那什么？"

时间已经很晚，她怕吵着别人，小声问："像什么？"

他看着她两秒，勾了下唇："私奔。"

"……"

今晚，和月亮私奔。

在云镇这几天玩得还挺累的，邢芸回家先好好睡了一觉，放在平时到九点多还不起床定会被林女士骂，但仗着高考结束，她一觉睡到下午一点半。

她睡醒后迷迷糊糊出去，正碰上林秋月回来，看见就忍不住唠叨她：

"还知道起床，你们现在的孩子大晚上不睡觉只知道看手机。"

邢芸刚起床，说话听着还有点奶音，撒娇嫌疑加倍："哎呀，这不是刚回来嘛，放肆两天。"

林秋月拿她没办法："饿不饿，给你重新弄点吃的。"

她笑了下说："饿了，想吃林女士做的面。"

林秋月进厨房煮面，她去简单洗漱，等着一会儿吃饭。

109号房，沈仟怀上午给她发的消息，下午两点多才收到回复。

他问她下午有没有空，晚上去吃火锅。

她说下午有事，要见一个很久没见十分要好的朋友。

人都这么说了，沈仟怀总不能干涉她的社交，于是第一次真正意义上的"约会"，就此作罢。

陆峥最近谈了恋爱很少来109号找他，偶尔来一趟也是从头到脚散发着恋爱的酸臭味。

这会儿陆峥进门，大刺刺往沙发上一坐："我来凉快会儿，等傍晚和唐渔去看电影，现在外面这天儿真不是人待的，别说谈恋爱，就是站外面说会儿话都得是过命的交情。"

红毛端着碗低头嗦粉，汤里辣椒放多了，差点被呛到，喝了口水才回道："现在正好休渔期，这天气去码头干活儿一上午就得中暑。"

他也就是个男生才不在乎晒不晒黑的，海城常年过夏，在码头干活的，短袖撸起来胳膊上面和下面都不是一个色儿。

陆峥坐了会儿，又站起来去冰箱里拿了瓶冰水，他拎着过来，眼睛无意往下面瞄了一眼。

视线一扫而过，隔了几秒他又转回去看了眼："邢芸在底下这是跟谁聊天呢，这男的不是镇上的吧，看着面生，长得还挺帅。"

"谁啊谁啊？"红毛端着碗过来挤了个位置，从上往下看。

邢芸和一个高个子男生面对面站着，隔着太远也听不清具体在说什么。

沈仟怀站在旁边，双手环胸，眼睫微垂往下扫过一眼，那男的就是她说很久未见十分要好的朋友？

陆峥开了窗户想听清楚，但扑面而来的热气让他又赶快关上了，一本正经地"啧啧"了两声："这两人得是过命交情。"

陆峥说完转身，正跟沈仟怀视线对上，他脸上没什么表情，却是此时无声胜有声。

陆峥改口说："看着也就有点交情，但不多。"

可能是"冤家"路窄，傍晚陆峥到点出门陪女朋友，沈仟怀也跟着一起下去了，打算随便买份晚饭。

路过那家去过很多次的晓芳粉面店，他余光瞥见里面坐着两个人。

邢芸和中午那男的。

两个人都是背对着他。大夏天的，那男生穿了两件，袖子挽起来一截，胳膊瘦得离谱。

看着都有点营养不良了。

沈仟怀进店随便点了份东西，单手端着盘子，坐到了二人对面。

邢芸刚咬了一口饼，看他不紧不慢地坐下，忽然都不知道该怎么嚼了。

她愣了两秒说："你怎么来了？"

他往碗里拌了小勺辣椒，粉汤还散发着热气："当然来吃饭。"

沈仟怀慢悠悠放下陶罐，掀起眼皮，对面男生的长相雌雄莫辨，也可能有过瘦这个原因在里面，皮肤很白，就愈显得这个人弱不禁风。

邢芸今天是和那位"当糊艺人"姜语嫣见面，只不过她刚走，留了个同行的伙伴在这儿。

两人半生不熟，不尴不尬地坐着等姜语嫣回来。结果没等到人，倒是等到了沈仟怀，本就尴尬的气氛变得更尴尬了一点。

沈仟怀看她碗里的东西差不多吃完了，随口说："要不再点两份卤煮，你们要什么？"

对面那位男生说："你们点就行，我减肥。"

沈仟怀看他一眼，带着点诧异，不是吧兄弟，都快瘦成把枯柴了还减肥。

不知道这人是她哪门子朋友，沈仟怀也没有多说什么，从他坐下到吃完，两人都没有再说过话。纵使是沈仟怀这种大大咧咧没心肝的，被两人盯着吃饭，食欲也下降了一半。

他原先点的那碗粉都没吃完。

等半天没等到姜语嫣回来，那个男生率先坐不住，说去车里等。

人一走，又剩下邢芸和面对面坐着的沈仟怀。

他筷子拨着碗里的粉丝，不知道是不想吃还是吃不下了，反正没什么兴致。

以邢芸这么长时间对他的了解，他除了生病的时候没食欲，平时饭量不止这点儿。

他从进来坐下整个人就有点奇怪，好端端看着又不像是哪不舒服。

倒像是吃醋了。

沈仟怀把筷子轻搭在碗上，尾音上扬："邢芸，那人就是你十分要好的朋友？"

邢芸手里的饼也早就吃完了，抽张纸擦手，看着他说："不是，我朋友是姜语嫣，那个男生是和她一起来的，第一次见。"

姜语嫣就够糊的了，说是个艺人，但说出去压根没人知道，连微博超话都凑不够五十个人。

那个男生也是，两个在追求梦想道路上的少年人。

沈仟怀表面淡定"嗯"了一声，她却使坏故意问他："你刚刚是不是在吃醋？"

说不是也没用，因为他那点"不爽"表现得真的很明显。

果不其然，某人一副大度到不行的样子，往后一靠，手腕搁在扶手上。

"没那么小气。"

虽然他这么说，但为了安抚一下某人不小心打翻的醋坛子，邢芸帮他剥了一个茶叶蛋："就你一个人出来吃饭吗，陆峥他们呢？"

沈仟怀："陆峥和唐渔去看电影了，镇上新开了一个商城。"

也是唯一一个。

以前看个电影都得跑去市区，现在在镇上就能看，这方面还挺方便。

反正闲着也是闲着，邢芸提议："咱们也去转转。"

那商城不大，总共三层，一层卖衣服，二层有一些饰品店和电玩城，三楼就是吃饭看电影的地方。

新影院，排片不多，他们到的这个点已经没有合适的场次。

路过二楼成排的娃娃机，外面围着一圈发光的彩灯，看着玻璃柜里的某样东西，她忽然想到什么，停下脚步："沈仟怀，你会抓娃娃吗？"

她幻想中的情况，他应该是气定神闲地说会，然后轻松帮她搞定几个想要的满载而归。

事实上气定神闲是真的，他抱着胳膊，眼睛往那边瞄了眼又看回来，说："不会，但可以试试。"

世上无难事，只要肯认输。

在某些他极其不擅长的领域，他无形之中把"躺平"这个词发挥到极致。

说"试试"的结果就是他抓了半天什么也没抓着，邢芸抓到个粉色的小熊，脖子上还有丝带系成的蝴蝶结，很可爱。

回家路上她把这个小熊送给了沈仟怀，光影绰绰，他拿在手上看："这熊还是个粉色的，你觉得它和我的气质相符吗？"

"这有什么不符合的。"邢芸戳了戳那个熊脑袋，"你创可贴不都要艾莎公主的吗？"

那应该算是他们刚认识的时候，他手腕上碰巧贴了一个艾莎公主的创可贴。

过去挺久，沈仟怀想了一下才反应过来，勾着唇笑："这破'梗'过不去了是吧。"

像是想为红毛给他那个创可贴找补几句。

他顿了顿又说："明明后来就换了奥特曼的。"

他一本正经，邢芸忍不住笑："沈仟怀，你几岁？"

巷口赵彩霞的牛杂店生意红火，沈仟怀最近没特意避着，但从没碰见过赵彩霞。

有回路过他甚至专程往里瞧了一眼，也没看到她人。

他只是当时好奇了一下，事后很快就忘得干干净净。

晚上，陆峥进门，手里拿着一个一模一样的粉色小熊，沈仟怀正在换衣服，准备穿的T恤还拎在手里，下身一条宽松休闲裤，上面整个背都暴露在外面。

少年肩背宽阔，腰身挺直，听见脚步不咸不淡回头看了一眼，随着动作，后背肩胛的凸起更是明显。

陆峥站在门口，一瞬间不知道进是不进，反正两个大男人看就看了，没什么稀罕的，躲躲闪闪反而扭捏。

但是这么一对视上，多少还是有点尴尬。

沈仟怀转过身，把衣服套上了，是件随便抓的纯色T恤，领口没整，歪歪斜斜，坐下时能看见部分清瘦锁骨。

进门那一眼看见他背上几道旧伤愈合后留下的疤，不算太明显，但陆峥刚想说什么来着也全给忘了。

陆峥坐下想了会儿，才试探看了眼他："我听我妈说，赵彩霞想把店盘出去，带着沈浩东去别的地方上学，说是得上够多少年学，到时候才能按照那边的政策参加高考。"

这几年高考政策变得快，赵彩霞没上过学，就想让沈浩东在这方面努力，她去替沈浩东把路铺好。

沈仟怀听完没多大反应，只是不冷不热点了下头。

赵彩霞那家牛杂店是上一代留下来的，赚不赚钱先不说，她一边想卖了多带点钱走，一边又舍不得卖了祖上基业，于是这事儿就一直拖着到现在。

以前还想在109下面那层开牛杂二店，但也只是嘴上说说，总是在做与不做之间摇摆不定。

陆峥和赵彩霞是远房亲戚，当时赵彩霞老公卷钱跑路的时候，镇上不少人在背后说闲话。陆峥那时候还小，也听不太懂，只记得牛杂店里那个跟他年纪差不多大的男孩老是被骂，大部分时候默默干活也不还嘴。

后来他们一起玩，除了沈仟怀成绩好点，他也没觉得沈仟怀有多牛。直到他那年赶集回去忽然听老妈说镇上发生的事，第二天老妈和他拎着东西去医院看望，毕竟算是亲戚，镇上低头不见抬头见，走个过场也得走。

当时沈仟怀麻药劲儿过了是一晚上没睡，看着整个人都挺憔悴。陆峥把东西放下，回头看了眼老妈在病房外和赵彩霞说话，房门闭着，陆峥才半开玩笑地跟他说了句："仟啊，当英雄什么感觉？"

"下次你试试什么感觉。"沈仟怀微仰着头靠床背坐着，一副没心没肺的样子，"感觉还凑合。"

陆峥想过，如果当时的情况发生在自己身上，他虽然不至于把那小孩儿推出去，但也绝对做不到沈仟怀这样。

那天起，沈仟怀不只是在沈浩东眼里成了超越一切的英雄，在陆峥眼里也是。

思绪回到此刻，陆峥看着沈仟怀，从裤兜里翻出个字条递给他："刚刚我还看见沈浩东了，他让我给你的。"

沈仟怀接过去，字条上写的是地址和沈浩东的电话，笔迹稚嫩，但很用心。他还小，赵彩霞给他买了个电话手表，平时能接个电话。

地址应该是他们准备搬去的地方。

沈浩东一个小孩儿不掺和大人的事儿，沈仟怀年纪不大不小夹在中间，在很多时候也无能为力。

他不讨厌沈浩东，但等他们搬走后，他八成也不会按照这个地址去找沈浩东。就像赵彩霞说的，他又不是沈浩东的亲哥，他始终没一个合适的立场。

沈仟怀盯着那张字条看了两眼，最后随手拉开抽屉丢进去了："我舅妈这儿子还挺黏我。"

"我要是他那不得感动得连命都给你。"

陆峥装模作样地轻叹了声，就差自己演一遍"把命给他"，转眼又看见桌上放了另外一个粉色小熊："你怎么也有一个？"

两个粉色小熊隔空对视，沈仟怀瞟了眼他："娃娃机。"

"我的是唐渔给的。"陆峥视线扫过，心想沈仟怀要抓估计也不会去抓这个粉色的。

停顿两秒，他试探说："你的也……"

沈仟怀："女朋友送的。"

陆峥点点头，"哦"了声，过了好半天才反应过来，一脸震惊："女朋友？你们在一起了？什么时候？"

沈仟怀和邢芸在云镇的那天晚上把话说透，就自然而然地在一起了，只不过比较低调，还没大肆宣扬着告诉他们。

陆峥问起来，这事儿他也没什么好藏着掖着的，说了个大概："前两天。"

"你们谁先表的白？"陆峥听见八卦，眼睛都亮了，"虽然当时是唐渔向我表白，但我总觉得不太好，表白这种事让姑娘先来，不是很爷们儿。"

沈仟怀回想了一下那天晚上，表明心意的话是他先说出口的，但再往前算的话，应该是她那个小心翼翼的吻。

他当时睡得云里雾里，听见开门声才勉强算是醒了，但谁能想到，进来的人会是她。

一切都是那么阴差阳错，又那么理所当然。

邢芸在家洗完澡，姜语嫣说留下住一晚，两个人好久没说过话，现在逮着机会正好叙叙旧。

姜语嫣在进行完一系列复杂的护肤流程后，嘴里叼着个棒棒糖，跟她一起躺在床上："晚上在那家粉面店，我那个朋友说后来还有个挺帅的男生在，他感觉气氛有点不对，就借口先走了。"

"那个后来的男生是我……"某三个陌生字眼第一次出现在自己身上，

叫起来还有点生涩。

"他是我，男朋友。"

放在床头的手机响起，邢芸拿起来，现在看见那串号码，心跳依然会跟着加速。

她接起，凑近耳边："沈仟怀。"

沈仟怀站在 112 号楼下，单手插兜，微昂着头看向二楼，阳台外面摆着盆栽，只能看见屋里亮着灯。

他嗓音清润，如夜里的风："在忙什么？"

邢芸看了眼后面一线吃瓜的姜语嫣，有点不好意思地背过身："我白天去见的那个朋友在我家暂住两天，我们刚刚在聊天。"

沈仟怀"哦"了声，毫无征兆地直接道："邢芸，我喜欢你。"

本想叫她下来的，但听她跟朋友在一起，也很晚了，就想着不麻烦了。

两句话接得太紧，邢芸捧着手机，整个人站在原地还有点蒙："哎，突然这么肉麻做什么？"

肉麻得她还挺不适应的。

电话那头陷入短暂的沉默，还能听见轻微的风声，沈仟怀咳了声说："就是忽然想再跟你，表个白。"

这次是他先。

电话结束后，邢芸盯着手机屏幕半天没缓过神，总共两分多钟的电话，他主要就是说，想表个白。

邢芸不自觉想起那天晚上的吻，有些耳热。

姜语嫣在旁边起哄："哎呀，男朋友啊，聊什么了？"

刚电话里的内容她没听到，邢芸也不好意思跟她讲，就说："没什么，随便聊聊。"

姜语嫣对邢芸这个男朋友挺感兴趣的，她今天带去那朋友也算是长得帅了，但比起邢芸这个小镇托尼，她还是对后者更感兴趣。

姜语嫣给邢芸塞了个抱枕，八卦说："给我讲讲呗，你俩的故事。"

夜晚，林女士已经早早睡下，邢芸卧室里开着盏灯，她和姜语嫣躺在床上，聊着属于她们的心事，她和那个发廊少年的故事始于盛夏，此时，又悄然藏于窗外的虫鸣里。

邢芸跟姜语嫣聊了很多很多，直到第二天两个人顶着黑眼圈被林女士叫醒吃早饭。

林女士端了一盘红枣糕过来，愣了一下："你们昨天几点睡的。"

"很久没见，多聊了两句。"邢芸掰了一块吃，"今天姜语嫣就要走了，还不知道什么时候才能见到。"

姜语嫣说："以后应该会经常见的，等分数下来我准备报电影学院，京市，你如果在 A 大，那不就几站地铁的距离，到时候没课我就天天去找你，你可不许烦我。"

邢芸吃着枣糕，忽然兴致恹恹："我也不见得就考得上 A 大。"

越临近出分数的时间，她就越是心慌。

如果考不上只能报个 A 大附近的学校，她好像又不那么甘心。

姜语嫣拍拍她的肩，宽慰道："没事，京市好学校很多，到时候好好挑挑呗，听说你在学校都考五百七左右，我才四百不到。"

邢芸拿勺子喝着豆浆，轻叹了声。

"但愿吧。"

因为她真的很想，很想，和他上同一所大学。

十八岁的夏天，每个人都或多或少地在担心同一件事，高考成绩。

她像是有某种"考后出成绩焦虑症"，六月下旬，出成绩那天晚上林女士要去外婆家送样东西，嘱咐她晚上睡觉前关好门窗，虽然镇上治安一般很好，但要以防万一。

走之前还跟她说，说要是没考好也不要紧，爸妈怎么都支持她，就算不靠小提琴，走文化也能上个好大学，让她放宽心。

邢芸笑着点点头说好，她怎么都能放宽心的。

事实上林秋月提着东西一走，她就拿着手机一遍遍刷新查成绩的网站。

试试什么时候能点进去。

沈仟怀倒没那么焦虑，这几天玩得疯差点都忘了这回事，还是今天洗完澡出来刷手机，看见班群里消息炸了。

好像有人已经查到了成绩，但大部分人都进不去网页，那破网已经不堪重负地崩了。

陆峥朋友圈又在转发图片，说是什么"高分锦鲤"。

他无聊翻着看了看，忽然想到什么。

点进对话框输入一半，屋里倏然暗了下来，瞬间陷入漆黑。

是停电了。

他删了敲下的字重新发。

暴躁修勾：停电了。

邢芸举着手机照明，从抽屉里翻出几根蜡烛用。

刚才忙着找东西，隔了几分钟才看见他消息，回复说：*我家有很多备用蜡烛，刚点上。*

对方陷入沉默几秒，又连发了两条。

暴躁修勾：我怕黑。

暴躁修勾：要不过来陪我。

邢芸看着这两行字微怔一瞬，她没看错吧，沈仟怀，会怕黑？

虽然听着就挺假的，像是强行扯出的借口，但她去 109 号前还是带了四五根蜡烛和一个打火机。

进去时里头漆黑一片，只能借着月光勉强看清东西的轮廓，连根蜡烛也没有。

铜钱镇也不经常停电，多久停一次，偶尔没电他就直接睡觉，从来没想着去买根蜡烛。

邢芸手里拿着满满当当的东西，站门里将信将疑地看他一眼："你真的，怕黑？"

沈仟怀要是真怕黑，以她看过不少言情剧的脑子估计能"脑补"出一个关于沈同学童年的伤痛过往。

但他微信上那句话纯粹就是瞎掰的，他童年虽然算不上太欢乐，但也有吃有喝，没饿着冻着，距离"伤痛"还有一段距离。

唯一听着算得上"伤痛"的，就是沈念把他丢这儿，那也是白天丢的，不是晚上。

瞎话说出去了，他索性装到底，干咳一声："有点。"

邢芸不知道他这个"有点"具体是多少，沈仟怀在沙发前铺了毛绒地毯，这屋子以前毕竟是林秋月的房子，她就算摸黑也找得着路。

邢芸拿着东西，半跪在地毯上把蜡烛依次点燃放上茶几，往旁边电视机前也放了两根。

烛火跳动，不大的客厅瞬间被暗调的光点亮，他从冰箱里拿了瓶绿豆汽水过来，自然地放在她的手边。

她还保持着那个半跪的姿势，看见眼前横出来，放下瓶子，又收回去的那只手，指节修长好看，手背上依稀可见淡青色的血管。

某人声音从斜上方传来，透着股懒散："停电之前，你该不会又在家要把手机屏幕戳破吧？"

一句话，噎得她哑口无言。

不过这种时候，在家一遍遍刷新网络把手机戳破的应该不止她一个。

她不想承认，别别扭扭："才没有。"

邢芸说完这句，忽然就没人说话了，陷入安静，蜡烛发出的光笼罩在二人身上，烛火轻摇，气氛说不上的暧昧。

沈仟怀借着这点儿光，在桌上找了对耳机出来，抽屉一开一合："电视也看不了，要不，听听歌。"

确实挺无聊的，邢芸接过一只耳机，点了点头。

他平时不太喜欢听歌，歌单大部分还都是些赶不上时髦的民谣和老歌。

歌声很慢，慢慢的节奏和烛光结合在一起，莫名散发着一种铺天盖地的浪漫。

邢芸盘腿坐在地毯上，沈仟怀坐着沙发，她后背若有似无地碰到他的腿，不小心碰到时，某人惯性把那条迈得不规矩的长腿往回收了收。

耳机里的民谣忽然和她记忆中，沈仟怀在徐记唱的那首重合，她手往后一放，正搭在他手背上。

两人视线撞上，她忽然脑子一热："沈仟怀，你弹首吉他给我听吧。"

之前在糖水铺，没听够。

沈念送他那把三万块钱的吉他平常都放在角落藏灰，他去拿过来抱在手上，试了试音，若有似无扬了下嘴角："这黑灯瞎火的，也就是我眼睛好。"

他小时候没怎么有机会玩那些电子产品，大部分闲暇时间都在牛杂店帮忙，但就有一点好，到现在还不近视。

沈仟怀拨着琴弦，随口唱了几句，都是耳熟能详的老歌民谣，他唱歌时候的声音比平常说话要更低一些，带着点沉沉哑音，勾人得很。

烛光勾勒少年清瘦的轮廓，他微低着头，黑发垂下来落在眉睫。

一段弹完，他手还放在琴上，眼睛朝这边看过来。

邢芸端端正正地拿着个汽水瓶，咬着吸管看他。

开封后的绿豆汽水，在空气中冒着淡淡的清甜。

沈仟怀随口说："看什么？"

"忽然觉得，我男朋友好优秀。"邢芸自然而然地说出这三个字，顿了顿又叫他，"沈仟怀。"

她从前在那所贵族学校，里面的同学家里非富即贵，弹琴、马术这些各有所长，像吉他这种乐器，自然不缺弹得好的。

但沈仟怀和他们都不一样，或许因为他没接受过专门的训练，唱歌就凭嗓子，没有技巧，反倒动人。

也可能她现在眼睛里自带十级滤镜，只因为他是沈仟怀。

他闲闲笑了下："我这三脚猫的功夫，就不跟未来的小提琴手吹嘘了。"

沈仟怀丢在沙发上的手机毫无征兆连着响了好几下。

陆峥：快快快快快，哥，出分了都能查了。

陆峥：我那么多锦鲤没白转，580分，稳了稳了。

陆峥：你多少啊？哥。

陆峥：你的网要是进不去我帮你查。

陆峥：电脑能查，手机进不去。

陆峥：今年五中必出一个A大，这人竟然是我亲戚，也够我出去吹。

陆峥在上头猛烈输入，沈仟怀放下吉他，拿起手机看了眼，班群里已经不少人开始报分数了。

他电脑还在卧室里安静地躺着，不确定有没有电。沈仟怀松松拿着手机，微垂着眼看过来："能查分了，紧张吗？"

邢芸自然是紧张，但依旧绷着保持表面淡定："还行，我估过分，应该不差太多。"

"下回说瞎话，先磨炼磨炼演技。"沈仟怀看她一脸"紧张"地装不紧张，起身去卧室拿了电脑来，能开机，还剩点儿电。

他点开网页给她转过去，邢芸输入账号信息，页面跳转。

总成绩577分。

算是正常发挥。

沈仟怀扫了眼说："就是数学低了点，英语很厉害啊。"

"我也就英语好，从小一直读的双语学校，多少沾光。"邢芸把自己的关掉，准备把电脑还给他，又忽然说，"要不我顺便帮你查了？"

"也行。"

他不紧不慢念了一串数字，她照着输入。

邢芸看着沈仟怀的成绩，还反应了两秒，高三一整年她都不在五中，虽然从陆峥那儿了解到只言片语，但不知道沈仟怀已经这么厉害了。

喜欢背着人偷偷学习的"卷王"达人沈同学。

706 分。

估计这次不只是排市前五，八成还能是个状元。

邢芸把笔记本电脑挪了一下，正对着他："怎么办，沈仟怀，我好像对你的崇拜，又多了一点。"

沈仟怀笑，也没说什么。

估计是成绩的风声吹到了林女士那儿，林秋月在外婆家给邢芸打电话，问多少分。邢芸报了遍分数，林女士笑着夸她考得不错，同时还告诉了邢朝军。

邢朝军的表扬就很直接，随后转了三千块的红包，让邢芸叫上几个朋友出去吃顿好的。

尽管在小镇停电的凌晨，没有空调，屋里空气都带着燥热，隔着手机是爸妈高兴的赞扬，一转头便能看见她喜欢的少年。

这大概是一个，就算过去很久，她以后想起来也一定会觉得温暖的晚上。

沈仟怀昨天这一觉睡得挺沉的，睡觉手机关机丢在一旁，第二天过了中午才醒，开了手机发现消息炸了。

陆峥发来的都是三四十秒的语音，还贴了一张图。

一分一段表上按照分数算，他是市理科状元，省排名第三。

这排名是他没想到的，最后几次市模考他都在市前十的后五名，没妄想过最后的高考还能得个状元。

铜钱镇不大，这消息从五中一传出来基本全镇上的人都知道了。

口口相传说巷口牛杂店那家帮忙的小子，今年考得不赖。

之前教他的孔老师也给他发了消息，区别于众多"恭喜"之类话中，像是个身边的长辈，单纯心疼他说：孩子，后面这两年辛苦了。

沈仟怀看着这句话，忽然心口有点酸，安静沉默了半晌，才带着这种说不上来的感觉挨着回了消息，没有想象中的惊喜，整个过程内心出奇地平静。

是芸不是云：喂，沈状元，醒了吗？

他浅浅勾了下唇。

暴躁修勾：刚醒。

陆峥本来说叫点人去网吧，七七八八凑了不少朋友乌泱泱站在网吧门口，结果老板搞了半天说只有东边那一片的电路恢复了，这边还没送上电。

陆峥蹲门口午饭还没吃，几个人看着老板重新拉上卷帘门骑上小电驴回家，然后大眼瞪小眼无所事事地你看看我我看看你。

其中有个戴眼镜的西瓜头想起来问他："哎，你不跟沈仟怀是亲戚吗？他之前在外面补没补课，这回考得也太好了吧。"

"没补过课。"陆峥有些话都不想明说，之前就赵彩霞那人，怎么舍得花钱给他补课，"我哥，他之前英语不好，跟其他科比不太行，基础单词记不住，早上又起不来，就只挑晚上背，每天晚上睡觉前背四十个单词，还听十来分钟的英语磁带。"

沈仟怀挺早就有这个习惯了，陆峥知道后趁着间歇性奋发图强，也尝试着这么干，结果咬牙坚持了两个礼拜就想着"去他的吧"。

能坚持三四年的都是勇士。

西瓜头"啧"了两声，摇摇头说："怪不得人家考那个分，我只考五百出头。"

旁边有个人听热闹也凑过来，跟陆峥一起蹲着："大神都怎么学习的，我现在取取经回去复读一年还来得及吗？"

"来不及。"陆峥神兮兮看他一眼。

以前陆峥一直觉得，那种班里成绩特别出挑的都是脑子特好使，天生的，属于老天追着喂饭型，但后来才发现像沈仟怀这种脑子好使的，通常还"卷"得没命。

高三那一年他和红毛、浩子这几个人最清楚，沈仟怀拼到什么程度。

他拿出手机，看见沈仟怀几分钟前回了微信，估计是睡到这会儿才起。

屏幕上是非常冷淡以及欠揍的一句。

暴躁修勾：嗯，还凑合。

陆峥又发了消息过去：在家吗？哥，网吧这边还没送上电，我在门口蹲着，还没吃饭快饿死了，等会儿买个午饭过去找你。

消息发出去等了几分钟，没人回，得，这哥又不知道干什么去了。

邢芸想当面跟他说这句祝贺，于是收到回复就"噔噔"跑下楼去了109号，他开门，刚起床没收拾，头发还有点乱，身上穿着件宽松黑T恤，下面是条带串标的休闲裤。

　　她在门口愣了半晌，沈仟怀手懒懒散散地搭着门把，笑了声说："进来啊，看傻了。"

　　邢芸微抬头看他："就是，没这么近距离地见过活的状元。"

　　沈仟怀两手打开，做了个迎接的姿势，笑得有点坏："那让你抱一下，看是不是真的。"

　　她看他一瞬，鬼使神差地上前，胳膊环上他的腰身，鼻息围绕着他衣服上洗衣液的味道，干净好闻。

　　是真的。

　　沈仟怀比她高出很多，这么一抱几乎要将她整个人包裹住。

　　他也是第一次搂着一个姑娘，感觉她浑身都是软的，自己明明刚睡醒，却像是放空后剩下的疲惫，他微垂下头，抵在她肩膀上。

　　很莫名，很心安。

　　这一整年他都像是一个上了发条麻木向前的永动机，没有一刻是敢松懈的，习惯每天睡四个半小时，淹没在做不完的卷子里。

　　直到今天孔老师跟他说了一句"辛苦了"，本来自我麻痹其中，没觉得自己有多累，但一旦有人点破，那道自欺欺人的防线就彻底溃不成军。

　　邢芸看不到他的正脸，只能感觉到脖颈间一点呼吸带来的热气。

　　他半天没起来，邢芸嘴上说着祝贺沈状元，但也知道这"状元"背后都是超乎常人的付出，她轻拍了拍他的背，似是安抚。

　　动作很轻，她却感觉到沈仟怀身子明显一僵。又过了会儿，他鼻腔里溢出声笑："我又没说什么。"

　　邢芸"哦"了声，不戳破他："我也没说什么。"

　　门大开着，陆峥拎着午饭上来就看见两人抱在一起。

　　一瞬间，他眼睛都不知道该往哪儿看，脑子里就一句话：要不，那个……我走？

　　陆峥站在原地进退两难，安静几秒后，沈仟怀动了动身，两人松开了。

　　他冲外面说："进来吧。"

　　邢芸回头，才看见陆峥拎着饭站在门口，眼睛装作若无其事地往各处瞟。

　　邢芸已经吃过午饭，就是专程来给他送一句祝贺，现在话已送到，还抱了状元，被陆峥撞见多少有点不好意思。她微垂下眼，两只手纠结交叉在一起："已经快两点了，你们赶紧吃饭吧，我先回家了。"

　　沈仟怀要笑不笑地"嗯"了声，又看她匆匆下楼走掉。

陆峥装作什么都没看见的样子进来，顺手把门带上："那个，还没吃饭吧，帮你带了份。"

沈仟怀跟他坐下，慢条斯理拆开快餐盒，青椒肉丝盖饭，卖相看着还不错，但刚醒没多久不太吃得下，只慢悠悠挑了几筷子。

陆峥埋头吃饭，一边说："五中门口那横幅已经拉上了，我刚刚买饭陈大爷碰见我，还问我是不是真的。"

沈仟怀好像带点奇怪的"话题"体质在身上，上次忽然这么出名，还是两三年前赶集那天被救护车带走。

"不是我说，真的牛。"陆峥拿着筷子，冲沈仟怀比了个"牛"的手势。

上午出门前他爸妈顺口问了一句沈仟怀考了多少，陆峥说完，爸妈先是沉默，后又像是不想打击他，说没事，儿子咱也是很棒的。

陆峥算是沈仟怀的粉丝头子，问他说："你打算报哪儿？Ａ大吗？旁边的交大和理工我应该都能报。"

沈仟怀拿起桌上的杯子，喝了口水："Ａ大。"

陆峥随口说："如果邢芸报不上Ａ大，那应该也能考个不错的。"

沈仟怀其实想过，万一她录不上Ａ大，分数还可以，就算报大文大理，重本也不是问题。

她从没说过非Ａ大不上这种话，但他知道，那姑娘不声不响，唯一的执着都藏在心里了，她一旦认定，就不会甘心于随便报一个学校，更不会放弃她喜欢的小提琴。

她更像是月色下缠绕的荆棘玫瑰，温柔带刺。

邢芸这几天在家翻着志愿书，将有把握的学校列在纸上，艺术提前批的志愿算是填报最早的，她把Ａ大填在第一个，又按照学校老师的指导填了几个音乐学院。

志愿截止的最后一天，也是五中实验班的班级聚会，今年班里整体考得都不错，班主任老王整个晚上脸上的笑容就没下去过。

邢芸挨着叶嘉琪坐，班群里到处问谁谁谁来了没，周围也都是聊着相约报哪所学校，气氛热热闹闹。

班长陈帅拿了张东西过来，递给邢芸说："咱们班毕业照，当时你不在，给你留了一张。"

邢芸怔了两秒才接过来，点点头说："谢谢。"

　　照片上没有她。邢芸视线一眼就落在照片某个位置上，沈仟怀站在最后排，毕业照上少年眉目清冷，挺拔矜傲，蓝色校服显旧，轻微发白。

　　看了半晌，越看越觉得可惜，这明明是她高中遇到最好的一个人，她却没能跟他出现在同一张毕业照上。

　　前头忽然一阵欢呼，沈仟怀和陆峥他们进来，旁边一群人起哄叫他"状元"，邢芸和叶嘉琪旁边已经坐满了人，剩下几个空位，是距离她最远的那一端。

　　沈仟怀视线在人群中捕捉到她，嘴角一扬冲她笑了下，不太明显，但她刚好看得到，像是混杂吵嚷声中，独属于她的视角。

　　饭局散场，沈仟怀期间还喝了点酒，他知道自己酒量不行，自然没往多了喝。

　　同学分散在饭店门口三五成群地结伴打车，邢芸和他往稍远一点的路口走，夜晚有风吹过，带走夏日的浮躁。

　　有些话藏了一晚上，现在才有机会跟他说。邢芸犹豫半天，微昂着头看他："沈仟怀，提前批志愿，今天是最后一天。"

　　他像是有点醉了，过了好一会儿才轻轻"嗯"了一声。

　　她今天出门前，做了一个大胆的决定："我没告诉我爸妈，我今天自作主张，改了志愿，只填了一个 A 大，别的都空着了。"

　　她一段话说完，他的脚步也跟着停下。

　　她顿了顿，又说："我是不是，很大胆？"

/ 第 10 章 /
后知后觉，又疯狂生长

沈仟怀听见这个消息，其实算不上太意外，好似在情理之中。

他轻点了点下巴："是挺大胆的。"

只报一个学校确实容易滑档，不管最终考得怎么样都是辛苦三年的结果，敢这么做的人当真没几个。

邢芸和他沿着路边走，谁也没有主动说下一句，如果她今年考不上呢？

关于以后的事两个人其实都挺没底的，但在有确定结果之前，最好的办法就是都暂时假装糊涂。

站在路口看着车水马龙，霓虹灯的光明明灭灭照在夜间，她大着胆子，去牵他的手。

男生的手很大，骨骼坚硬，她悄然牵上他的手，鼓足勇气般开口："不管最终怎么样，我们都不分开好不好？"

回应她的，是少年反客为主地十指相扣，牢牢牵着她，不松手。

他声音疏懒清冽，弯了下嘴角："好，不分开。"

出录取结果的那几天，邢芸莫名觉得有些小小的心虚，林女士每天在家念叨，说京市现在发展如何如何，好像铁定了等八月底开学，她就一定会拖着行李箱去京市。

但她改志愿的事情，也只告诉了沈仟怀。

她手里捧着杯子，忽然打断林女士："妈，要是我考不上呢？"

林女士正弯着腰浇花，没听出她话里话外的暗示："怎么会考不上，我那天跟你外婆说了，咱们考五百七十多，这分数还能上不了一个京市的大学？"

邢芸握杯子的手紧了些，可是，她想上的，不仅仅是随便一个京市的大学。

邢芸没往下说，直到录取结果出来，看着网页上那一行红字，终究差了点运气，她落榜了。

林秋月坐在旁边陪她查成绩，和她同时看到了这一幕，安静几秒后，仍觉得不可思议："怎么会？你是不是忘记报志愿了？"

"我报了。"邢芸沉默了下说，"我只报了A大。"

志愿滑档，她把这个消息告诉了邢朝军。

邢朝军和大多人的想法一样，说就算提前批没录上，接下来还有别的批次，又或者补录。爸妈两个人一晚上轮番劝她，说能上就上吧，咱考得又不差，不忍心她再读一年高四。

她看着抽屉那一套A大纪念品书签，那点小小的不甘心在这个晚上愈演愈烈，如果差得很多也就算了，自认技不如人，人各有命，但她偏偏只差那么一点点。

只要再努努力，一定够得到的。

这叫她怎么能甘心呢？

109号，陆峥点了些烧烤打包在沈仟怀这儿吃，镇上烧烤都是海鲜，沈仟怀吃了两片馍看了会儿电视，时间也不早就进去洗澡了。

两人的手机都放在桌上，突兀的一声响，陆峥视线扫了眼，是沈仟怀的手机。

是芸不是云：沈仟怀，A大结果出了，我没考上。

是芸不是云：我打算，复读一年。

屏幕上两句话，看得陆峥吃串儿的动作都慢了半拍。

网上说每年毕业季也是分手季，运气不好就要在前程和喜欢的人里二选一。

这种难题，终究是降临在他仟哥这一对儿身上。

沈仟怀洗澡不费时间，出来也就十几分钟，头发湿着垂在额前，还有些滴水。

陆峥把手机递给他："那谁，刚给你发消息了。"

沈仟怀看了屏幕，这消息已经是八分钟前。

"我刚刚，不小心看到了，一般能考这个分都烧高香求之不得了，她又何必死磕 A 大。"陆峥能上个重本都成天谢天谢地，更不敢妄想着攀 A 大的高枝。

沈仟怀淡声说了句："她其实有点轴。"

这种东西，也说不清是好事还是坏事。

暴躁修勾：在家吗，要不下楼？

他回了消息，看了眼陆峥说："我出去一趟。"

"去哪儿？"陆峥嘴里东西还没咽下，含混不清，"你把头发擦干再走啊！"

沈仟怀最终站在她家楼下，头发出门前擦了两下，是一个半湿不干的状态。

邢芸下楼，看见他这头发还怔了一瞬，明显就是急匆匆出门没顾上收拾。

想到微信上给他发的消息，此刻见了面，忽然不知道该怎么说，她半低下头，凑不成句完整的话："我……"

沈仟怀先替她说了："想好要复读了？"

邢芸刚在家就是对"要不要复读"这个决定跟爸妈争论不休，现在也还没一个结果："我爸妈想让我接着报下一个批次的志愿，但我不想报了。"

她顿了下说："我想复读。"

饭后出去纳凉跳广场舞的大爷大妈差不多都先后散场，三三两两在路上走，沈仟怀站在原地，过了半晌才开口："如果确定复读，就又要走了是吗？"

沈仟怀说完又清了清嗓子："不是，我是说……"

她选择复读的话，马上就得去参加今年艺考集训。

邢芸低头，盯着凹凸不平的地面："估计，要走了。"

她挺不想面对"离别"这种事情，但从小到大她偏偏一直不停地在应对各种各样的离别。

爸妈离婚，分居，搬家，转学，借读，又回去集训，以及随着开学即将到来的异地，好像世上所有大大小小的离别都要让她体验一遍才算够。

她垂丧着脑袋，头顶忽然被人不太温柔地揉了把："没事儿，我本来就大你一岁，明年当你学长。"

她发质偏软，被他摸得有些乱糟糟的。

邢芸看着他，沈仟怀五官精致，下颌清晰，表面没个正形，她心情忽然也变得复杂起来，甚至有那么一瞬觉得。

要不听爸妈的，随便报一个京市的学校算了，离他近点，怎么都行。

她手放进口袋，从里面摸了个向日葵的钥匙扣："前两天无聊在家钩的，比之前那个好看很多。"

以旧换新的钥匙扣，她其实一直没忘。

现在手上这个明显比之前送他的精致很多，也是这段时间无聊，在家练废了很多个才挑出最好的这个。

陆峥在上面吃串吃到一半，觉得口渴，想去他冰箱里翻瓶饮料结果里面比狗舔的还干净。

陆峥下楼去买，一出去就看见不远处，邢芸伸着手，仟哥从她手里拿走一个什么东西。

其实大家都心知肚明，如果沈仟怀在这个时候说半句让她留下的话，她都会动摇，动摇之后的结果，大半就是会选择留下。

但那个人是沈仟怀，他偏偏不会。

沈仟怀拿起这个改良版的钥匙扣，针脚都很细致，手工明显进步很多，他不敢说自己没动过一点让她报志愿的心思，报个A大附近的重点大学，对她来说也不能算屈才。

但那种念头也只是一闪而过，她是她，她是一个独立又自由的人。

再加上骨子里那点轴，才是一个完完整整的她。

邢芸丢在口袋里的手机不停振动，刚刚没告诉林女士就跑下来了，估计是以为她赌气出门，现在问她在哪儿。

她没有拿出来看，视线从钥匙扣上移，看着跟前的他："沈仟怀。"

他还把玩着那个钥匙扣，仿佛是什么没见过的稀罕玩意儿，嗓子里随意应了声："嗯？"

她倏然踮起脚，吻了一下他唇边，手背在身后，已经纠结成一团。

他视线看过来，目光灼灼，邢芸却不敢跟他对视，轻别过眼，匆忙说："我先上去了，晚安。"

尽管爸妈反对，但僵持几天的结果是依了邢芸。

林秋月也不想让她在这件事情上留下遗憾。

离开的前一天，海城下了一场大雨，盛夏暴雨后，小镇的一切又恢复如常。

雨后潮湿微凉的空气里，她跟沈仟怀又见了一面。

他像是有备而来，见面就从口袋里掏出个东西给她，四四方方的："给你个东西，回去再听。"

他手心向上，里面放着一个 MP3，现在手机功能齐全，这种东西也早就被淘汰了。

邢芸拿过来在手上，金属外壳还冰冰凉凉的，她有点纳闷地看他："为什么送我这个？"

沈仟怀清了清嗓子，说得一本正经："你之前说，集训的老师不让带手机，我就在网上买了一个，也不贵，你无聊的时候可以解解闷。"

邢芸真当这只是一个给她解闷的 MP3，回去放进包里，没有打开，直到第二天到了机场，沈仟怀在手机上问她，有没有听那个 MP3。

他向来有什么说什么，不会弯弯绕绕，邢芸忽然又想起他昨天说，回去再听。

她从随身背的双肩包里找的那个 MP3，去了个人少的地方靠着柱子，插上耳机，在并不熟悉的操作中找到歌单列表。

其中第一个音频的名称叫作"录音"。

她隐约猜到些什么，摁下播放，耳机里那懒散倦淡的嗓音随之传来。

"在那边不要怕，有事儿就告诉我，你男朋友好歹是个市状元，自恋点说，还挺酷的，虽然听着是一千二百多公里的距离，但也就是五百一十块钱，四个多小时的高铁而已，不算什么问题。

"A 大校园那么大，我先去替你看看，以免明年某个糊涂虫找不到路。

"邢芸，录这些是不是挺傻的，我这人嘴笨，不知道该说些什么，也是第一次给人录这个，就是想说，放手去做自己想做的事，尽力就好。

"加油，加油，加油。"

三声慵慵懒懒的加油，末尾停顿一瞬，他像是在笑，却又挺认真说：

"加油，我伟大的小提琴手。"

邢芸听到结束，眼下一湿，泪水忽然就往下掉。

耳机里的声音开始再次循环，她用手蹭，可越蹭眼角的泪就越不听使唤。

明明也没有怎么样，一段录音而已，她也不知道忽然怎么了。

沈仟怀在距离她七八米远的地方。他挺早就在这儿了，刚才林秋月一直陪着她，但她像是时间不急，想先吃点东西再过安检，就让林秋月回去了。

他怕她无聊，又不想告诉她说他也来了，就在手机上陪她闲聊几句。

却没想到，把人弄哭了。

沈仟怀坐在椅子上看着前头，犹豫几秒，轻叹一声后起身，走上前去。

她眼睛里是泪，模糊看不清东西，在胡乱擦掉后，眼前忽然多出一道熟悉的身影。

沈仟怀戴着个鸭舌帽，纯色的黑 T 恤松垮垮穿在身上，刚才耳机里跟她说加油的少年，此刻就站在她面前。

没等她大脑做出反应，他抬起手，指腹蹭掉她眼角的泪。

"怎么了，别哭。"

她想平静，但控制不住，说话抽抽噎噎，透着点软音："沈仟怀，要不算了吧，我回去报志愿，时间没截止，还来得及。"

他站在她跟前，知道她这是一时兴起："说什么傻话，A 大不是你字条上的目标吗？"

高二那年写的字条，邢芸之前追着他问，没问出来，现在忍不住，说话还带着哭腔："你都不告诉我，当时你的字条上，写的什么？"

"随便写的。"沈仟怀看着她眼睛里的水雾，沉默一下还是说了。

"京市音乐学院。"

邢芸微怔，沈仟怀填这个学校，应该是看到她第二张字条重新写了跟她一样的，这么说出来让人一下就能猜到。

可是他傲娇又别扭地一直没告诉她。

她眼角湿润，他指腹带着温度，轻轻替她擦掉："所以不用你追我，我其实挺早就喜欢你了。"

要不然，他也不能随便被亲一下，就跟她走了。

她一直以为只有自己是那个偷偷写情书的无名之辈，现在才知道，他也曾顶着朋友之名悄悄爱她。

这么一想，邢芸眼泪掉得比刚才更厉害了。

就算高一那一整年时不时就会有人欺负她，被人围着哄笑，撕了她的琴谱，她也从来没有哭过。

好像被爱，人都变得软弱了。

沈仟怀虽然混，却也从没把女生惹哭过，丝毫摸不清根源在哪儿，站在这儿有些束手无策。

他往前走了半步，揽住她的肩，顺势将人带进怀里，一个安静无声的拥抱，带着他身上温暖的体温，邢芸把脸埋在他胸前，像是躲进了一个无人的港湾，哭得难看又丢脸也没事。

没人会笑话她。

他们站的位置看不到人，旁边是大扇的落地窗，阳光照进来都是暖的。

他今天好像越说越错，干脆不说话了。

过了很久，邢芸那莫名其妙上来的情绪发泄完，理智让她从他胸前退出来，吸了下鼻子，刚哭过，声音像是被谁欺负了似的："好了，不哭了。"

她视线落在他衣服上，方才趴着的那块地方，被她眼泪洇出一小片湿，她不好意思地指了指："你这衣服……"

沈仟怀瞧了眼，无所谓道："黑衣服，你不说没人看得出来。"

邢芸又看了看，确实，深色衣服看着还挺不明显的。

那天他陪她在机场的店里吃了点东西，最后她要走之前，沈仟怀捏了下她的脸。

"以后别哭，哭得丑死了。"

A大录取通知书到的那天，沈仟怀屋里不少人，红毛、浩子、陆峥都在。

一群人围着他拆开那封沉甸甸的通知书，陆峥看着说："不愧是A大，这做得也太精致了，我的估计也是这两天到，但没这么好看。"

红毛在旁边看着，高中三年而已，他平时在码头干活，每天机械地重复着上上下下的力气活，已经和大部分人的生活轨迹都不一样了。看着周围人眼睛里都是对九月份大学生活的憧憬，他忽然有种说不出的向往。

不管怎么说，红毛还是真心实意地为他仟哥感到高兴，这都是他应得的。

"洞房花烛夜，金榜题名时，久旱逢甘霖，他乡遇故知。"陆峥拿起他的通知书在手里摸了摸，忽然拽起了文，"人生四大喜事，我这也算是刚经历过其中一个，我爸妈这个假期都很少说我了，我爸更是对我没要求，说活着就行，别死外面。"

算算日子，他们这一群人也要散了，不能没事儿就挤在109大家一起吃吃喝喝聊聊天。想着，浩子叹了口气："我爸还给我配了个新电脑，说之前那个开机声音太大，也卡得不行，扔家里得了。"

从进来到现在都没说过话的红毛忽然插了句："要不，等你们开学，我也去京市。"

几个人目光同时看向他。红毛搓了搓手，有些局促："我反正在哪儿

219

都是打工，这么多年没去过外面，不如去转转。"

他没文凭，但好在能吃苦，出去找个送水送快递的活儿也能养活自己。

陆峥拿手机拍了一下 A 大通知书，笑着搭腔："行啊，没事儿还能找你喝酒。"

大家你一言我一语，在高考结束后的盛夏，趁着年轻无畏，说着充满希望的豪言壮志。

八月底身边的同学陆续去往不同的城市报到，陆峥走之前还约了剩下这几个去了趟 KTV。迷离灯光下，他忽然多愁善感一杯接着一杯喝酒，旁边人越劝还越来劲，最后醉醺醺地勾着沈仟怀的肩，话筒里飘着跑调的音节。

老歌听多少遍都不会厌，可能歌词本身动人，也可能离别的情绪容易传染，沈仟怀坐了会儿，忽然不想再听这首关于分别的歌，站起身找了个由头先出去了。

KTV 门口，沈仟怀背靠柱子盯着路边行人发呆，看着拐角有个男人拎着兜菜出来，路过看了他一眼，沈仟怀走神没反应过来，愣了两秒才认出是孔老师。

录取下发，孔老师冲他笑了下，满是欣慰："仟怀，快该走了吧，走了能别回来就别回来了，镇上没什么好留恋的。"

"得回来看看你啊，老孔。"沈仟怀站得没个正形，和以前那帮学生一样没大没小，叫他老孔。

老孔眯着眼睛冲他摆手，"腼腆"这个词难得出现在一个身材走样的中年男人身上："等我带到下一批高三，你回来给传授传授经验就得了，那帮兔崽子有几个脑瓜聪明的，就是不知道学，我说破天也没用。"

这话跟当初说沈仟怀的一模一样，年复一年，老孔还是为了班里那些个学生操心。

沈仟怀低着头笑，高一那会儿有股子叛逆，没穿校服被他在课堂上说了几句，不高兴直接摞下书从教室后门出去了。

现在想想这行为还挺幼稚。

他点下头说："你叫我，我必须来。"

"那你们玩吧。"老孔看了眼表，连忙说，"我走了，今天我女儿过生日，得赶紧去给她拿蛋糕，不然要跟我闹了。"

"老孔再见。"

沈仟怀看着他的背影，傍晚买了菜，还急忙取上蛋糕要回去哄闺女，蓝色的衬衫，微弯的脊背，腰间皮带还挂了串钥匙，叮叮当当，带着满身烟火气。

天色昏暗，店面灯光接连亮起，他站了会儿，手机振动，沈仟怀拿起来瞧了眼。

红毛：仟哥，你去哪儿了？

他简单地回了句：在楼下，就上来了。

邢芸重新练起小提琴，从去年艺考完就没再碰过，一下子还有点手生，但接触几天，那熟悉的感觉就又回来了。

机构的老师看见她来还挺纳闷："你怎么来复读了，我想着你那个分数怎么也能走。"

她第一次直白地跟人说："我想上 A 大，今年综合分差了一点点。"

以前她只敢悄悄跟自己说，怕说出来让人觉得她痴人说梦，但今年分数证明她只是缺了点运气，她不比那些优秀的人差。

上年同宿舍的小满也来复习了，成绩不理想，又不甘心读个太差的学校。

小满见面就郑重地跟她握了手，表情痛惜："姐妹，希望咱们明年不要再见了。"

她笑着点点头："嗯，明年绝不再见。"

集训课程很满，有了上年经验，邢芸带了两个手机来，在"交一个藏一个"的诱惑中犹豫不决，最终还是两个全交了。

只留了他送给她的 MP3。

里面各种风格的歌单都有，但她睡前最常听的还是那段录音。

末尾总有一个疏懒好听的少年声音说："加油，我伟大的小提琴手。"

周末，邢芸准备回家拿趟衣服，没有打车，就在路上慢慢走。市区热闹，她穿了件米白色的卫衣，上面画了个卡通的简笔兔子，头发蓬松散在肩头，阳光照着看起来温软可人。

她拨出号码，惯例给他打电话，打了第二遍他才接起，里面声音嘈杂吵嚷，还有各种喇叭声。

沈仟怀像是尽力在往人少的地方走，离那些声音远些："这两天报到，刚才手机放兜里了，没顾上接。"

邢芸之前问过他什么时候开学，两个人生活不同频也是迟早的事，她想了想，声音里还是有点小小的失落。

"我就是给你打个电话，也没什么事，现在很忙的话，可以晚点再打。"

前面红绿灯闪烁，隔着人行道，她目光落在对面一人身上。

他一手拖着个黑色的行李箱，一手在听着电话。

沈仟怀还是一如既往地不怕冷，只穿了件薄 T 恤，帽檐压下来看不清眉眼，懒懒散散地站在人群中，却是格外惹眼。

她手机听筒里的声音还在继续。

"刚让司机停车。"视线相对，他慢了一瞬说，"我在马路对面。"

沈仟怀明天去学校报到，今天就是特意来她这儿绕一下路，还得算着时间赶晚上的飞机。

邢芸没想到在这儿能遇见上他，就像那种久别重逢的电影，两个人在一个寻常的街头相遇。

邢芸给老爸打电话说不回家，电话里老爸那边也挺吵的，还有什么器械的嘀嘀声，驴头不对马嘴地说了几句话，最后跟她说早点回家。

快中午的时间，她想着沈仟怀应该饿了，邢芸尽一下地主之谊，要请他吃饭，带他去了家她经常和朋友去的饭馆。

小店藏在巷子里，装修从里到外都透着雅致，饭菜价格也比外面翻上一倍。

但不算太冤，因为口味真的好。

邢芸吃到一半才忽然想起来问："你今天是不是还没吃饭？"

他随口说："吃了点。"

其实没有。

陆峥报到比他稍微迟那么一两天，大学都在京市又没多远，也不知道昨晚陆峥忽然伤感个什么劲，抱着他不撒手。

像村口回忆往事的大爷，从他们俩小时候七八岁是怎么认识的，这些年一桩桩一件件聊到现在上学前。

他只把手从陆峥那儿收回来，其余的没忍心打断，导致睡得太晚，早上差点赶不上车。

路上辗转的时间都用来补觉了，最终到了这儿又不想把时间浪费在找地方吃饭上。

一下午的时间，他们没去看电影，也没找什么娱乐项目，她不想让任何的插曲占用这个午后。

一人拿杯奶茶不紧不慢地逛街，聊天，她想让时间慢一点。

直到越走越晚，沈仟怀把她送到小区楼下，她往上瞧了一眼，伸手指给他看："左边第九个，亮灯的那个就是我家。"

沈仟怀不知道在想什么，隔了两秒才点了点下巴："嗯。"

邢芸知道他要赶飞机，也不能耽误太久："那我，回家了。"

"邢芸。"他沉沉看着她，顿了下说，"就这么走了？"

邢芸表情有些迟疑："不然，那抱一下？"

电视里都是这么演的，离别前要抱一下。

她身后就是根电线杆，沈仟怀朝她走了一步，距离拉近，拿着腔调反问她："只是抱一下？"

现在他们是名正言顺的男女朋友，又不存在任何一方需要藏着掖着的问题。

好像不只是可以抱一下。

路边有人在走，还有下了晚自习的学生三五成群，她收回视线，冲他小声说："旁边有人的。"

"有人又怎么了。"

沈仟怀说话间又近了半步，抬手随意撑在她身后的电线杆，微低下头，近到能听到彼此的呼吸。

除此之外，还有二人的心跳。

邢芸不敢跟他对视，轻垂下眼，睫毛在眼下遮出一小片的阴影。

他视线落在她唇上，歪了下头。

下一瞬，一股无名的燥热自下而上，烧得她脸颊发烫，转过脸去，躲开了。

某人鼻腔里随即溢出声懒懒的笑。

她抬头，看着沈仟怀唇边那点捎带着恶劣的弧度，也很快明白过来，他是故意吓她。

可能是出于某种羞怯和恼羞成怒，她自认为凶狠地叫了遍他名字："沈仟怀。"

他清了清嗓子，很自然地摸了把她的头："不闹了，正经的，抱一下就走。"

邢芸碰了下自己的脸颊，还是烫的，她别扭说："谁说要抱你了。"

"不抱啊。"他语调降下来，听上去有点点失落。

毕竟这么一走不知道什么时候才能有下一次见面，可能下个月，也可能集训忙抽不出空，直接就到了过年。

他明显是专程绕路过来的，她也不想让今天以一个不开心作为结束。

但话都说出去了，一时不知道怎么收场。

他倏然拉住她手腕，把人圈进怀里。

"那让我抱一下。"

邢芸和小满算是老熟人，两个"高四生"继续住在同个宿舍，每天出门前心照不宣地对视一眼，眼睛里写满了来年"高五"一定不再见。

小满依然每天晚上拿着小册子背单词，说今年就是卡在了文化线上，要是有她这个分数，打死都不来复读。

练琴的日子无聊乏味，总是在晚饭和洗头中二选一，小满选了后者，结果回来发现宿舍区是这周第 N 次停水，手里抱着空盆，碎碎念地骂了句："这地方真不是人待的。"

邢芸同样选了后者，回来试了滴水不出的水龙头，认命开了瓶酸奶，配着吃两片干巴巴的面包，算是对付一下晚饭。

"我刚试过，没水。"邢芸拿着面包袋子递给她，"要不吃点，再去食堂已经赶不上了。"

小满放下盆，叹了口气，从她那儿拿了片面包："这鬼日子什么时候才是个头啊。"

埋怨两句，小满胳膊碰了下她："哎，我真没想到你会来复读，我想着碰见谁也不会碰见你。"

邢芸默默吃着面包，只能怪时运不济，终究差了那么一点。

她的 MP3 出门前忘了收起来，上面缠着耳机随手放在桌上。

小满伸手去拿："这是你的吧，我能听听吗？"

这里面第一段就是沈仟怀的录音，说不清出于什么心理，邢芸没多想就快她一步拿走了。小满的手落在半空，有点尴尬地收回去："我就是看你老拿着它听，就想着……"

邢芸手里拿着 MP3，也意识过来自己这举动好像有点过激。

"这里面是录音。"邢芸又慢慢放下说，"别人录的。"

虽然他在里面也没说什么太肉麻的话，但总觉得让人听有点难为情。

小满笑了下，也不再拿："谁啊，男朋友？"

去年这个时候每次下发手机邢芸第一件事就是点开微信，不管对方有没有发消息，她都要点进去看看才甘心。

小满无意见到过，不知道是谁，但那是一个小狗头像。

这个年纪能让她心心念念惦记的，不是男朋友，也应该是喜欢的人。

"嗯。"邢芸也不瞒着小满，咬着面包片点头，字里行间还带着点小骄傲，"他很优秀，是今年海城市理科状元。"

她沈同学的名号，听起来超酷的。

"这么厉害。"小满嚼着东西，送了口奶咽下去，反应过来说，"那他这个时候应该上学了吧，你们岂不是要异地？"

"他已经开学好几天了。还好吧，高三那年我们也是这样，期间没太多联系。"邢芸一边看着表一边喝完剩下的酸奶，不管她多嘴硬，如果可以的话，她这个时候更希望跟他并肩出现在同一个校园里。

去和他看同一片天空，能知道他忙起来有没有好好吃饭。

"异地好苦的。"小满想到了什么，连连叹息，"我表姐和她男朋友高中毕业就在一起了，结果两个人分数差一点，大学一直异地，我表姐说，她挺后悔的，不如当初直接报一个离他近的学校。"

如果当初报了离他近的学校，可能又会后悔为此放弃了一个更好的大学，没能对得起自己读书这么多年的努力。

这种问题就好像死局，怎么选都后悔。

门半开着，听着外面走廊有人边跑边喊。

"来水了来水了。"

"还有十五分钟。"

"赶紧吧，迟到要被罚。"

小满跟她对视一眼，刚才的话题瞬间抛到九霄云外："那我先去洗头。"

她点点头："你先去，我晚上回来再说。"

小满这头洗得仓促，最后掐着表，半湿着头发跟她一起风风火火跑去琴房。

秦老师站在班门口准备点人，看见她俩忙催着让进去，一见小满那头发就知道怎么回事："赶紧赶紧，洗头这会儿工夫不能放到晚上吗？饭也不吃，一个个的。"

后面有个男生起哄："老师，晚上回去人多，水压上不来，那水小得洗个头得洗到明天早上。"

"知道了，明天给你们去问问后勤。"秦老师把门一关，往里走，"应该都到了吧，把谱子都拿出来，这段练不好的下去多练练，技巧性很强。"

沈仟怀开学这几天到处办卡办手续，天气转冷，北方的九月已经能穿上两件长袖了。

宿舍四个人，上午军训因为纪律问题被罚俯卧撑，现在各个人困马乏，两个在床上躺着不知道睡了没，沈仟怀坐在椅子上，懒散地靠着椅背，胳膊搭在旁边，手自然垂下。

午后犯困也有点昏昏欲睡。

宿舍长王彬拿了张表进来统计，看着这一屋子人的状态，手里这表要得又急，不填不行，最终想了下说："要不你们别下来了，我帮忙写上得了，身份证，姓名籍贯，出生日期，家庭住址，就这几样。"

好在都还没睡，用说话的方式报给他了，沈仟怀最后一个说完，王斌才后知后觉地看他一眼："你大一岁啊。"

大学同学来自天南海北，大一岁也不算太稀罕的事，要么是分地区，有的上学晚，要么就是复读一年。

沈仟怀"嗯"了声，偏过头说："多上一年高中。"

不是多读一年高三，而是高二。

听着挺不合常理的时间线，像是硬从时光齿轮上多要了一年。

由盛夏暴雨后开启的这一年高二，是自他记事起，最美好的一年。

因为年龄上长这一岁，在新的环境里，"仟哥"这个称呼在周围这圈人中又很快代替了全称沈仟怀。

"仟哥。"

邢芸背着琴准备回家，在琴房外忽然听到这两个字，迈出去的脚步接着一顿。

她下意识地回头去看，刚刚喊"仟哥"的那个人，正拎着本书跟另一个管乐班的碰面，有说有笑聊着些什么。

那个人也是复读生，她有点印象，好像叫什么，陈谦。

同音而已，也不是那个"仟"。

她默默转过身一个人走，走出教学楼，看着黑压压的天气，还是没忍住给他了条发消息。

是芸不是云：刚刚听见有个人喊"仟哥"，我条件反射，还回头了。

他暂时没回应该在忙，邢芸放回口袋，出去打车往家走。

她到家的时候邢朝军也刚回来没多久，身上外套都还没来得及脱，桌上是从店里打包回来的水煮鱼。

邢芸从冰箱里拿了瓶冰的绿豆汽水，路过闻到邢朝军身上有股味道，有点像医院的消毒水味，但是很淡，几乎闻不出来。

她随口问："爸，你今天去哪儿了？衣服上什么味道。"

邢朝军反应慢半拍，还揪着衣服闻了闻，然后说："入秋防流感，公司喷了点消毒水消消毒。"

放在外面桌子上的手机响了，她过去拿起来看。

是沈仟怀拨过来的视频电话。

邢芸拿手机去了卧室，邢朝军在后面催她一句："马上吃饭了，别磨蹭太久。"

她连连应着声关上门。

手机里的人出声问："你爸知不知道咱俩的事儿？"

"我还没说。"邢芸拿了一摞书给手机靠着，手托着下巴看向屏幕，女孩子谈恋爱这种事，跟妈妈说就还好，跟老爸讲，多少有点难说出口。

"他知道便知道了，问我的时候我再说。"她看着视频里，以及他身后照到的那一小片，"你在宿舍吗？"

他似是也把手机放下了，找了个东西支着，腾出手拧开瓶水喝："嗯，刚回来。"

两个人聊了几句，她这边网络差，说话能卡成电音，再加上这视频打的不是时候，正遇上中午，邢朝军盛好米饭在外面喊她吃饭。

邢芸在微信上跟他说：那我先吃饭了。

暴躁修勾：好。

外面餐桌上是她喜欢吃的那家水煮鱼，吃饭的时候若隐若现，她又闻到了那股医院的消毒水味。

可能是想到什么，她手里夹了一筷子鱼肉，随口说："爸，你跟我妈上了年纪，都要注意身体，常去体检什么的，平时别忘了。"

邢朝军不是很喜欢吃鱼，挑着别的菜吃："你顾好你自己就行，不用操心我们。下礼拜单位就有体检，一年两次，我就是忘了单位也忘不了。"

爸妈说话就是这样，不知道从什么时候起，挂在嘴边的话就是"大人的事儿小孩不要管""你顾好你自己就行"。

集训的生活和去年一样，充实忙碌，没日没夜，邢芸本来还惦记着国庆长假他们能不能见上一面，谁知道到了跟前，秦老师说他们国庆不放假，七天课满，别想着溜出去玩。

在这种抬头就是红色横幅，身边人都在努力的升学压力下，相隔两地，生活不同频，她一周才能拿一次手机，无形之中在变少的不只是聊天次数，还有两个人之间的共同话题。

去年作为朋友，这种感觉还不那么强烈，今年换成另外一种更为亲密的身份，这种轻微的，一点点的变化横在二人中间，不痛不痒，却格外磨人。

在意识到这一点后，她总想往回找补点什么，聊天框一次性发很多，想把攒了一周的话通通说出来，像是一个周更的备忘录。

是芸不是云：我今天看到很大一朵云，在铜钱镇经常能看到，在我家这边很久才能看见一次。

是芸不是云：今天老师夸我了，可能是质变促成量变，小提琴测试考进了A1尖子班。

是芸不是云：沈仟怀，大学忙不忙，都说A大里面"内卷"严重，根本不是"躺平"就能行的。

是芸不是云：但是别太拼，忙也要认真吃饭。

这些发出去的消息，他看到后会一条条回复。

暴躁修勾：我这儿也见不着太大的云，镇上有。

暴躁修勾：我就说小提琴手不会差，等着你的贵宾票。

暴躁修勾：不太忙，比高中清闲得多。

暴躁修勾：学校伙食不错，今天正吃着。

附加一张随手拍的图，看上去是让人挺有食欲的饭菜。

每每他回消息的时候，她要么在练琴，要么隔一会儿才能看到。

陆峥有次跟她聊起来，满是感慨。

说沈仟怀上了大学依然不缺女生喜欢，好像人也更帅了点，但他还和以前一样，洁身自好，很守男德，这一点叫她放心。

还说他加入了一个什么项目小组，陆峥报了个名称，完全是她这个阶段听不懂的东西，名字晦涩难懂，过后就给忘了。

叶嘉琪也偶尔跟她聊两句，说京市很好，虽然学医秃头，平时大部分时间还是挺快乐的，姜语嫣上了大学依旧很忙，课余时间接一些广告，但朋友圈看着也是多姿多彩。

好像所有人都已经迈进了一个崭新的阶段，只有她像是摁了暂停键的动画，停滞不前。

邢芸从没后悔过放弃报志愿来复读，直到这一刻，她后悔了。

察觉到两个人目前关系有点不对劲的，不只是她。

沈仟怀一天的课结束，草草吃了几口饭回到宿舍，今天周五，没意外的话她手机应该在身上。

他翻到那个号码，指尖悬在屏幕上半天没点下去。

王彬从后面绕过来，见沈仟怀盯着手机看了半天犹犹豫豫，上回见过他打视频，有天吃早饭多嘴问了句他是不是有女朋友，沈仟怀也没打马虎，点头说是，是异地，对方在学小提琴。

王彬听了没觉得奇怪，毕竟长这么一张脸再没个女朋友好像有点说不过去。

现在看沈仟怀盯着那号码又不拨，王彬的手搭了下他的肩："吵架了？"

"没有。"沈仟怀和王彬同专业，算是挺熟的，这会儿靠着椅背，有点郁闷，"我感觉她有点不对劲，但说不上来。"

明明上周还七七八八地跟他分享一些日常，今天却忽然不说话了。

王彬叹了声说："异地就容易这样，是不是她那边遇到什么事儿了，好好聊聊呗。"

沈仟怀不算一个太健谈的人，却在这个电话接通后，一口气从头说到尾。

和她平常碎碎念式的发言一样，他说前两天遇到个奇怪的人，刚才吃的什么饭，路上遇到只橘猫，和铜钱镇陈大妈养的那只很像，耳朵上都带着一撮白毛，以及等她来，明年，或者再之后的事。

没听见她说话，倒是先听见她没出息地，吸了下鼻子。

这一下很轻，却像是碰在他心上，没法装听不到。沈仟怀沉默了好一会儿，才终于切入正题，声音也有点哑："你最近，是碰到什么事儿了吗？"

"没有，都挺好的。"邢芸听得出他今晚说了一大堆的废话，是想变着法儿让她开心。那矫情的相思病又出来作祟，她没忍住，声音隐约透着点哭腔，"就是有点后悔了，后悔来复读。"

她不怕白白浪费掉这一年的时间，就是怕这一年牛郎织女式遥遥相望的异地，会让他们之间的关系变得疏离。

如果像正常情侣那样两个人相处时间久了三天两头发生矛盾，争吵，歇斯底里的哭喊，最后相看两厌扔掉关于对方的一切，太阳一升谁也不再惦记谁，真这样的话倒也还好，起码不算遗憾。

但他们偏偏多出一个时间差，好像还没有真正拿出时间来好好相爱过，就要这么眼睁睁地看着这段关系被距离生生磨平，光是听着就充满无力。

这话一出，沈仟怀明白她说的是指什么。外面有点下雨，他站在长廊最顶头，开着窗户，胳膊随意支在台面上，看向下面打伞的人。

"我不太会说。"他顿了几秒，语气多了几分认真，如同某种郑重又笨拙的承诺，"不会变的，我不会变。"

不过是一年的异地而已，他还是他。

邢芸拿着手机缩在床上，宿舍其他人已经都走了，她才可以肆无忌惮地和他打电话。

他这句话让她多多少少有了底气，这些天自己那点患得患失的坏心情好像也暂时烟消云散了。

在电话结束之前她努力修整好情绪，笑了下问他："沈仟怀，京市什么时候下雪啊，今年冬天我们去看雪吧。"

她还没有见过北方的雪。

等今年京市初雪，他们就不顾一切地见一面。

沈仟怀也是第一次来这地方，不太熟悉，有天偶然说起来问了句王彬："你本地人吧，这儿什么时候下雪？"

"早的话十一月就有。"王彬换了身球服准备出去跟朋友打球，在一排球鞋里挑了双黑色的，"问这个干吗？下不下雪还不都是凭老天心情，有时候下得晚，得到一月份了。"

沈仟怀也在手机上查了查，不过这东西往年参考价值不大，主要还是碰运气，碰到哪天算哪天。

他松散屈着条腿，靠桌站着，肩背宽阔挺拔，垂头看手机时后颈成一道利落的弧。

王彬多少次感叹这人走在校园里回头率高，不过确实有点资本，他穿好鞋起来走了两步，冲沈仟怀抬了抬下巴："去不去打球啊？"

他点了下头，目光看过来："去。"

球场挺多人，认识的不认识的，来了两手空空球也不带，看哪边人少猜个拳组队自然就能加入进去。

他几次余光瞥见球场边上有个女生一直坐在那儿，刚来的时候人多，他也没注意，直到人越来越少，她还坐着。

室内篮球场，跑起来感觉浑身血液都是热的，沈仟怀微喘着气，卷了下袖子，视线无意朝那边扫过一眼，可能是那一眼的恍惚，看着有点像远在天边的某人。

球脱手加速冲他飞过来，王彬看他完全没伸手接的意思，好像还有点走神。

来不及拦着，大声喊了句："喂，球！"

邢芸挨着抽屉找家里的备用钥匙，结果随手拉开一个，里头躺着两张红艳艳的结婚证。

她先怔了一瞬，才伸手去拿，里面红底照上是邢朝军和林秋月，不过日期是新的，今年九月份，也就是刚上个月的事儿。

他们两个悄悄背着她，不声不响复了个婚？

球砸过来，发出沉闷的撞击声。

沈仟怀就是今天球场上最倒霉的那个，不幸光荣负伤了。

右边额角红了一片，还有点肿，不过头发遮着也看不太出来。

他有点无语地看了眼王彬："你扔个球用那么大劲干什么？"

"可能是遗传，从小力气就大。"王彬有点尴尬地笑笑，"我爸是举重运动员。"

沈仟怀没再搭腔。

过了会儿，王彬说："刚看谁呢？那么入迷？"

坐球场旁边那个女生他压根不认识，沈仟怀沉默了几秒开口："没有。"

回去打视频的时候邢芸第一眼就看到他额角那片红，对着屏幕指了下："你头上怎么了？"

"打球碰的，很明显吗？"沈仟怀手指插进发间，往后捋了把头发照了照，又随手扒拉几下恢复原样，"挡着也看不到。"

后面有个缺心眼儿的刚回宿舍，就大着声音喊了句："哎，仟哥，听说你今天看妹子分心，被球砸了，差点破相，我看看砸哪儿了？"

那人说完才看见沈仟怀手里正打着视频，忽然有点恨自己这张破嘴。

可千万别把宿舍唯一一个有女朋友的也给搅黄了。

刚在屏幕里露个脑袋，邢芸连脸都没看清，那人就匆忙找借口去图书馆，火速逃离了现场。

刚刚那句话，她清清楚楚地听到了，故意拿着腔调跟他说："哦，某个人原来是看妹子才被球砸了，活该，不值得被同情。"

沈仟怀听得出她在开玩笑，也配合着笑了下："没有。"

他声音清润好听，笑起来又带着点哑，一把慵懒腔调拿人得很。

视频里他额前头发遮下来，确实看着不明显，但她还是嘱咐了句："打球小心点，可别真磕破相了。"

沈仟怀也只是笑，他往后靠着，胳膊搭在椅背上，一副懒懒散散的模样。

"问你个事儿。"他忽然要笑不笑地问了句，"要是下回真破相了你还要我吗？"

她装作难为情，拧着眉很认真地思考了一下："嗯……那样的话，我仔细考虑考虑吧。"

邢芸自从发现爸妈两人悄悄复了婚，她没有多嘴问，就想看看这两个人能忍到什么时候。

只可惜等了一周又一周，等到天气冷得又能穿上去年老爸买的丑衣服，她多次明示暗示，见缝插针地问老爸什么时候复婚，就差从抽屉里把那两张结婚证翻出来当面对质了。

邢朝军依然气定神闲，说再等等，不着急。

她心想要不是自己看见了，差点就信了他的鬼话。

在她第 N 次问完这件事之后，偶然发现老爸关着门在厨房跟人悄悄打电话，像偷偷摸摸的间谍："秋月，这事儿，什么时候告诉孩子？"

电话那头的内容她自然听不清，随后又听见老爸答应："好，听你的，我不说。"

邢芸在门口有点郁闷，这是什么新型交往方式，扯了证的婚姻非得像这样才刺激吗？

"你买的什么东西，我以为是葡萄汽水。"

王彬有点渴，拿着沈仟怀的就喝了，结果一口下去，眉毛拧成"川"字。

他仔仔细细看了遍手里的饮料，上面几个大字写着"绿豆汽水"。

冬瓜味。

真是奇葩到没朋友。

沈仟怀开着电脑，不紧不慢地敲着字："多喝几回就好喝了。"

"我不喝。"王彬又开了瓶别的压一压嘴里的味道，"你不觉得还有点苦吗？哪有饮料做成这样的。"

"不苦。"沈仟怀眼睛盯着屏幕，挺淡定地来了句，"还有点甜。"

他第一次喝这东西也接受不了，但喝了几回就觉得还行，跟市面上其他饮料口味都不一样，倒显得清新脱俗。

王彬从包里拿了一套今年最新版A大纪念品给他，还是冬季主题，从包装到里面都是雪景。

放下东西，王彬看了两眼问他："要这东西干什么？"

这A大纪念品，不都是初高中时候没事儿看看当目标激励自己，现在大一都快上完一半了，要这东西的还真不多。

沈仟怀不咸不淡回了下头："给别人留的。"

爸妈沉得住气，邢芸却没他们那么忍得住。趁着某次放假，她再次打开那个抽屉，两人的结婚证还在里面。

两张明晃晃盖着红戳的结婚证，在某种意义上象征着一个家。

一般卡在高四这个节骨眼儿上，家里只有离婚这种事才会瞒着不告诉孩子吧。

爸妈复婚是喜事，虽然用不着像头婚那样大张旗鼓地摆宴席，但何须这么藏着掖着。

邢芸把那两张结婚证放在桌面上，发了条微信问老爸什么时候回来。

冰箱里没剩绿豆汽水，她下楼跑了三个超市才买到，回家时右手拎着袋子，门一开。

又是一股若隐若现的医院消毒水味。

邢朝军穿了件深色的毛线衫，弓着背坐在沙发上，垂着头，盯着桌上两张结婚证走神，好像人都苍老了一点。

许久，他才往这边睨了一眼，眼睛里的情绪很是复杂。

"爸，你跟我妈复婚了。"她一边往里走，随手把汽水放桌上，"好事啊，为什么不告诉我，那妈什么时候搬回来住？"

邢朝军不知道在想什么，言辞闪烁，只含糊"嗯"了一声。

233

邢芸没听出老爸话里的闪躲，看着两张货真价实的红本本，耐不住性子追着问："那妈什么时候回来住？"

他们已经很久没团圆过了。

她眼睛里盛满细碎的灯光，邢朝军却清了清嗓子，避开说："再过段时间吧。"

邢芸不解："为什么要过段时间？"

连结婚证都领了，两个人又是从前的老夫老妻，还有什么不适应的。

室内的灯光冷白，像是压弯了邢朝军的双肩，面对女儿的追问，他似乎把头垂得更低了一点。

"你妈，她病了。"邢朝军沉默了好一会儿，若有似无叹了口气，声音哑到快要听不清，"脑子里长了个东西。"

"嘭"的一声，汽水开封，空气里飘起一阵绿豆汽水的清甜。

她拿汽水瓶的动作都僵硬了一瞬，收拢的指节有些泛白。

林秋月之前明明还好好的，怎么会忽然脑子里长了东西。

邢朝军似是怕她担心，简单地说："发现早，还能治，等前期治疗结束再做个手术，应该没什么大问题。"

林秋月平时也不太注重身体这方面，更何况这次检查之前，身体一点不舒服的症状都没有。后来是连着几天吃什么吐什么，开始以为是吃坏了东西，去医院看是不是胃病，结果检查越做越多，才查出来不是胃病，也不是吃坏了肚子，是脑子里长了东西。

汽水的瓶子冰凉，她却是紧了又紧："那妈妈现在……"

"在市医院。"邢朝军说，"办住院前领的结婚证。"

复婚是好事，但一时想不出怎么跟孩子解释，复婚了却依然不住在一起。

林秋月也怕生病这事让她分心，就想着先不告诉她。

没承想邢朝军放在抽屉里的结婚证，阴差阳错地被她发现了。

进门到现在不到五分钟，心情却像是过山车，她忽然也没心思喝汽水了，指腹摩挲着瓶身上冒出的水珠。

她胸口像是忽然被一团莫名其妙的东西堵着，整个人感觉不到丁点的难过，听完只感觉震惊。

半晌，瓶身上的水珠越来越多，她忽然开口说："爸，我想去医院看看。"

林女士明明好好的，怎么会忽然生这种病。

　　既然话都说到这儿，邢朝军也不瞒了："好，先吃饭，吃完带你去。"

　　中午还是她喜欢吃的那家水煮鱼，今天却吃着索然无味了。

　　吃完午饭，邢朝军开车带邢芸去了市医院。邢芸看着车内导航上距离目的地一点点地靠近，那个怎么听都觉得不真实的事情，却在无形之中要一点一点变得真实起来了。

　　进了医院，扑面而来的就是邢朝军身上那股消毒水味，她跟在邢朝军身后，看他熟门熟路地去往肿瘤科。

　　病房 503 号，门半开着，透过那半扇门的距离能看见地上乱七八糟被砸碎的东西，还有一个护工蹲在地上，收拾一地狼藉的呕吐物。

　　门还没有开，她却忽然不敢再看了。

　　邢芸脚步停在门口，病房里的女人回头，朝外面叫了一声："朝军。"

　　是林女士的声音。

　　邢芸站的角度被挡住，里面人是看不到的。她没有动，垂在身侧的手无声攥紧，指尖戳在掌心。

　　邢朝军先推门进去，应了一声里面的人："回去吃过饭，刚来。"

　　邢芸站在病房外，听见林女士惦记着问："给芸芸买那家的水煮鱼了没？"

　　邢朝军说："买了，这点事就不要操心了。"

　　"那家不是搬到另一条街了吗？不顺路，怕你偷懒不给孩子买。"林女士声音比之前低了好多，透着病态的虚弱，"她一周也就只放一天假，回来当然得吃口喜欢的。"

　　邢芸站在医院门口，到处都是死气沉沉的白墙。

　　中午被震惊拦截住的伤感情绪，此刻忽然冲破一切，后知后觉，又疯狂生长。

　　里面邢朝军看了眼门口，说："女儿也来了。"

　　邢芸迈开一步，发现脚步都是僵硬的。她缓缓呼出一口气，和里面拎着垃圾桶出来的护工打了个照面。

　　病房里外，只剩他们一家三口。

　　原先遮挡住一半的房门，此刻也全部大开着。

　　她站在门口，和往常一样叫了声林女士："妈。"

　　林秋月回头瞪了邢朝军一眼："你带她来干什么？"

　　邢朝军手放在膝盖上，默不作声装哑巴。

一家人见了面，场面还算是镇定，林秋月刚打过药，跟他们聊了几句，说困了，要睡觉。

邢芸便和邢朝军出了病房，进去出来一遭，手里握着门把手，依然觉得这一个下午发生的事情不可置信。

邢朝军去领一些检查单，邢芸坐在医院走廊的椅子上，看着人来来去去地走，盯着某处发呆，顶上惨白的灯光打下来，衬得她皮肤更白了些。

刚刚听医生讲，林女士的病如果说要命，一时半会儿也不至于，就是生生折磨人。

每天不定时会头疼和呕吐，林女士又是个要面子的，疼起来眼泪不止，更别说会吐。

若不是她亲眼看见，是断然不敢相信不过短短两个多月，一场病，林女士的生活就变成了这样。

没一会儿邢朝军上来，手里拿着一些单子，看她没走便过来跟她一起坐着。

半晌，他才出声说："我只娶一个老婆，你也只有这一个妈妈，近几年生意不好做，没赚几个钱，但手头的钱还够给你妈看病，不用担心这些，明天你回去学琴，该干什么干什么。"

邢芸只是点头，这个时候，她好像有话要说，但说不出来。

邢朝军又接了个电话，是工作上的事，匆匆忙忙又出去了，说让她待会儿打车回家。

她在医院的长椅上坐了很久，也没想什么，墙上的时间就到了凌晨。

邢芸掏出手机，像是酝酿了一下午，终于有话要说了。时间很晚，她试探着，给沈仟怀拨了个电话。

但很意外，他几乎是下一秒就接了。

电话里他像是刚刚还和别人坐在一起，起身板凳拖拉的声音清晰又刺耳："等一下，我出去接个电话。"

沈仟怀似是出去走到一个没人的地方，才倚着墙懒声问了句："这么晚，还没睡。"

语调听着没个正形，声音里却透露着浓浓的疲惫，嗓子也是熬夜过后的沙哑。

邢芸刚刚想说的话，到嘴边就换成了另一句："你不是也没睡吗？"

他语气随意，似乎不是什么大不了的事："有一个比赛项目，我加入了，参加了就好好弄呗，万一得个奖也不赖。"

这些天她都差点忘了，沈仟怀这人本质上还是拼得很。

现在已经凌晨一点多了，他还在忙和同学一起参加的比赛项目。

这么一想，沈同学也是很辛苦的。

邢芸暂时收起一身的负能量，开了免提，退出去在天气预报翻了近十五天的京市预测，某个小小的期待也被打破，有点委屈。

医院冷白的灯光在夜间显得刺眼，她抬头看了一眼，眼角就开始泛光。

邢芸握手机的动作紧了紧，唇边拉开一抹弧度，稍显牵强地笑了下。

"这都十一月了吧，京市怎么还不下雪啊？"

/第 11 章/
不记得，不喜欢

电话的末尾，她说："我去找你，我们见一面吧。"

在深夜被情绪驱使着，总是会做一些错误的决定，然后糟糕的事情就会像打翻的多米诺骨牌接踵而至。

比如电话结束后，她坐在凌晨两点的医院，很久没站起来，双腿都有些泛麻。

她揉了揉膝盖，看着顶上刺眼的灯，又打开手机，订了五点钟的机票，去京市。

她等不了今年的初雪了，现在就迫不及待地想跟他见上一面。

走之前还特意在微信上向老师请了假，说请一天事假，晚上就回来。

邢芸只回家拿了趟身份证，邢朝军没在家，正好，还不用苦心编那一套说辞。

她身上没有带任何的行李，就一部手机、一张身份证，然后不管不顾地去了机场。

一个临时起意的决定，却在飞机起飞前一个小时被打乱了。

邢朝军回家发现女儿没在家，桌子上还摆着放假带回来的几本乐理书，他想着是她丢三落四，忘了带去，专程又去给她送了一趟。

值班的老师打着瞌睡，扯了块纸让他给登记个名字，别明天拿书送错了人。

邢朝军在纸上写了个名字，无意看见旁边盖上红章的假条，请假人：邢芸。

他拿起来看了两眼，问值班的老师说："我女儿，请的什么假？"

邢芸刚到机场，沈仟怀就给她打了电话。

他反应过来她最后说要来找他那句话情绪不对劲，也正匆匆拎了件外套往机场赶："你在哪儿？是出什么事了吗？"

邢芸刚张了张嘴，视线里就倏然出现了一个熟悉的人，是不该出现在这里的，老爸。

邢朝军似是刚从某个酒局赶过来的，浑身带着浓烈的酒气和夜里的寒意，沉着脸，眼睛里布满血丝。

她匆忙摁了挂断，像是做贼心虚。

"你要去哪儿？"邢朝军几步上前，一把扯过她的胳膊，又气又急，在凌晨四点的机场大发雷霆，冲她吼，"你现在是和原来镇上那个男生谈恋爱吗？你今年读的是高四你还知道吗！你能不能让爸妈省点心，医院的事情工作的事情爸从来都不让你操心，家里供得起你学小提琴，也没缺了你的吃穿，你怎么就不能体谅大人一点，让你做好自己当一个学生分内的事情就行，这一点点要求都做不到吗？"

邢朝军喝了酒，再加上最近生活上处处的不如意，没压住脾气，声音大了些。

旁边频频有人回头往这边看，邢芸微侧过头避开那些眼神，大庭广众下场面是前所未有地让人难堪。

邢朝军只是实事求是地说了她几句，没半句冤枉，她却觉得自己半边脸火辣辣地发烫，好似被谁迎面上来甩了一巴掌。

机场的值班人员过来劝，邢朝军看着逐渐聚集的人群，才被迫恢复了些理智。

不在家不在学校，凌晨四点，他去医院看过后在机场找见私自出走的女儿，他这些天郁结的情绪，仿佛都被这一瞬彻底点燃了。

直到从机场出去坐上出租车，邢朝军的火气都还没有完全平复："我去学校给你送书，问了才知道你平时都在干些什么，谈了多久？"

她半低着头说："四个多月。"

车内气氛很压抑，让人连口大气都不敢喘。

邢朝军开了车窗，也缓解不了这股心烦气躁，皱着眉说："跟他分了。你要是不想当这个恶人，爸去当。那个孩子叫沈仟怀是吧，我去跟他说，让他离咱们家远一点，离我女儿远一点，免得你惦记着，一次不成还有下次。"

她没想过事情会发展到这个地步，从老爸口中听到他的名字，整个人都紧张起来，说话有些急："你别找他，我保证，没有下次了。"

邢朝军看她一眼，她越是惦记着紧，他就越气不打一处来。

"你的保证有用吗？你这两年真是越来越不听话了，高一读得好好的，那学校是我在酒桌上点头哈腰地陪了多少酒，又私下托了多少关系才给你送进去，结果你说不读就不读，要去那个小镇上念书。结果没几天又吵着闹着非要艺考，结果呢，怎么样？考成了吗？放着重点大学不上，不报志愿，白白浪费精力浪费时间，复读一年还跟小男生谈恋爱，这是你现在该干的事吗？"

她从后悔复读的那一天开始，就发现自己好像真的挺失败的，没一件事是干成的。

只不过此刻又被老爸通通拎出来公之于众，连一块自欺欺人的遮羞布都没有了。

外面的风吹进来很冷，冷到人眼里泛起湿意，从头到脚都是凉的。

"爸，我只是想找个人说说话。"她企图平心静气地跟他谈，一张口忽然又觉得委屈到达了极点，"高一一整年，我是怎么过的，班里同学欺负我，笑话我，撕我的琴谱，我知道咱们家还不够格上那种顶尖的贵族学校，可你还是不惜花大价钱把我送进去了，我很感激，但我在那种环境里像一只硬要装天鹅的小丑，他们说我是攀越阶级的拜金女，你是没让我吃过苦，但平时有时间仔细听我说话吗？"

邢芸说着，眼泪就掉下来了，想着那些昏暗过后遇见他的日子，便一发不可收拾："他会听我说话，会陪我，他是今年海城市理科状元，谈恋爱要耽误也是我耽误他。"

她声音带着哽咽，让人不忍再责备。

邢朝军往左瞥了一眼，憋着胸口一团火没发作，良久，才呼了口气，说话听起来依旧是冷冰冰的："你也知道，人家考状元是人家厉害，不是你，人家够格谈恋爱，而你在复读，今年考成什么样还不一定，这东西不是你一个高四生现在该想的。"

"分了。"

"你们现在这个年纪谈恋爱都是闹着玩玩，没结果，不管谁耽误谁，以后各干各的事是最好。"

这就是交谈未果，邢朝军最后撂下的三句话。

邢芸的手机又响起来，在安静车厢内显得不合时宜，邢朝军扫了眼屏幕，看着来电显示上面"沈仟怀"三个字，火气好像又上来了，没给她任何反应的时间，直接一把夺了她的手机，给对方发了条短信。她根本都没看清发了什么，邢朝军就摁了关机。

她伸手想要："爸。"

邢朝军难得心狠，装作看不见她眼角落下的泪。

"再说我就把手机扔出去。"

出租车没往家开，在最后一个路口，邢朝军让往反方向拐，去了那家水煮鱼店。

新店开业后二十四小时营业，里面几个营业员都支着下巴昏昏欲睡，门店灯火通明，里面却没有一个食客。

两个人面对面坐着，邢朝军点了两份鱼和粥："附近也没别的店，早餐店还在支摊，随便吃点，去学校吧。"

邢芸低着头，默不作声地吃。

昨天中午就吃的这家水煮鱼，晚上没吃饭，一直到现在都没觉得饿，她吃粥，配着鱼，脑子是放空的，就先把胃塞满。

一勺接着一勺，像是商场里的观赏鱼，不知道饱。

邢朝军一碗粥都没吃完，工作上的电话又在催他，他匆匆忙忙过去结了账，从钱包里拿了五百现金给她。

她看着桌上的五张红钞，邢朝军的话从上面落下来："拿上钱，一会儿去学校，这两天忙，等我明天得空了给你再买个手机，办个新卡。"

早上六点半，她准时到了学校，去宿舍拿东西时正遇上小满。

这个时候回来，小满也不清楚发生了什么，只抱歉说："对不起啊，秦老师半夜找到我，你爸也来了，说找不到你，又担心你出事，问我知不知道什么，我睡蒙了，无意说漏你谈恋爱的事。"

邢芸不怪小满，老爸都找到这里来了，这种时候，和义气不义气无关。

她摇摇头，说没事。

小满这才借着光，看清她的脸色，白得吓人。

小满担心地看她："你生病了吗？"

"早上不小心吃撑了，胃有点难受。"

邢芸笑了下，有些苦。

早功的铃声已经响了，她让小满先去，别被罚。等人走了，她才不紧不慢地收拾了一下桌子，包括那个缠着耳机的 MP3。

她看了两秒，不知道是跟谁过不去，塞上耳机，点开第一段录音。

里头那个少年的声音慵懒好听。

"你男朋友好歹还是个市状元，自恋点说，还挺酷的……"

她今天的眼泪很不值钱，嗓子里刚哼出一声，吃撑的胃又是一阵翻江倒海，冲到厕所吐得天昏地暗。

邢芸漱了口，手撑着洗手池的两端，抬头看见镜子里那个女生，狼狈地掉着眼泪。

她用手蹭了把，又有新的泪落下来。

好难受。

以后，她再也不要吃水煮鱼了。

邢芸的电话关机打不通，之前她用小满的备用手机联系过他，于是沈仟怀的电话，打到小满这里。

午饭时间，小满拿着手机悄悄凑过来说："那谁，电话到我这儿了，你们是不是吵架了？"

手机上除了七八个未接电话，还有两条短信。

沈仟怀：刚下飞机，我到了。

沈仟怀：有什么事当面说。

于是邢芸又背着老爸，有点屡教不改的意思，骗了老师，说胃不舒服去外面买个药就回来。

时间很紧，只够和他在家附近的便利店仓促见上一面。

来之前她已经做好了充足的心理建设，想着再怎么样，也不要哭。

眼泪留着回去怎么哭都行，今天当着他的面，不要掉眼泪。

可是在便利店面对面坐下的那一刻，她眼眶还是忍不住红了。

对面的人是那么熟悉，他一路赶来风尘仆仆，疲惫程度比凌晨在机场见到的邢朝军没好到哪儿去。尽管如此，他坐下前还是顺手帮她买了瓶绿豆汽水。

沈仟怀出声问了她句："你今天，好像不太对？"

先是晚上一通电话，再到他打电话接通后忽然被挂断，没多久他又打了一次，这次没接，而是他直接收到条短信，就两个字。

分手。

再然后就是关机状态了。

邢芸看着那瓶汽水，昨天差不多也是这个时间，邢朝军告诉她，林女士病了。

她还记得当时绿豆汽水开瓶散发出一阵清甜香气，潘多拉的魔盒就此打翻，倒出来的都是不幸和灾难。

邢芸没碰那瓶子："我不要喝绿豆汽水了。"

一天之内，绿豆汽水、水煮鱼，曾经两样她最喜欢的东西，忽然就变得厌恶起来。

沈仟怀看得出她好像有心事，但他好像是个看哑剧的观众，毫无头绪："你怎么了？"

邢芸想着老爸早上的警告，又怕邢朝军真跟他说什么难听的话，她沉默了好一会儿，忽然说："我们这段时间，就先不要联系了吧。"

她出来到现在路上就耽误了二十多分钟，一会儿还要赶回去，她没手机，要是迟了，恐怕秦老师会直接通知到老爸那儿。

邢芸起身，全程都没敢看他，再见也忘了说："我得走了。"

沈仟怀似是在想她刚那句话是什么意思，慢了半拍，没有立即追上去。不过是半分钟的工夫，他起身出去，便利店外就已经不见她人影。

他是被分手了吗？

好像又不是。

沈仟怀再回到京市已经是当天很晚了，王彬睡到半夜迷迷糊糊，听见好像有人回来，又好像直接去了阳台。

第二天早上，王彬在阳台刷牙不小心碰翻了垃圾桶。

七零八落，散了一地的烟头。

王彬收拾完，隔壁宿舍一哥们儿抱着球就来了，指了指上面睡着的某位，压低声说："他去不去？"

王彬叹了口气："让他睡会儿吧，前天晚上比赛项目做到一半，他忽然拿了件外套就走了，昨天晚上回来的，估计两天都是整晚没睡。"

两人就在这儿站着，也闻到沈仟怀这片，好大一股烟味。

昨天中午沈仟怀从便利店出去找不到她，直接去了她家楼下，还记得之前她指过，说左边第九个亮灯的，就是她家。

今天像是一切都乱了套，所有人都出现在不该出现的地方，邢朝军打开门，看见本该在外地念书的沈仟怀。

两人并未见过面，邢朝军看了眼便要关门："孩子，找错人了。"

"叔叔，我叫沈仟怀。"

后半句"我是你女儿的同学"还没说出口，邢朝军关门的动作就顿住了。

他看着门口这个跟女儿差不多大的男孩，十八九岁，高高瘦瘦，也不忍说太难听的重话，开口时声音很淡："都分手了，就不要再联系了。

"我知道你挺优秀的，小镇上靠自己考出来的理科状元，很不简单，我也不敢大言不惭说你耽误我女儿，回去吧，什么时候就做什么事，她现在不是谈恋爱的时候。"

少年站在门口，宽阔的肩膀没弯下一点，垂在身侧的指尖微收，他听见说"都分手了，就不要再联系了"。

邢朝军后来关上门，他在门口站了好一会儿都没缓过神。

他是真的被甩了吗？

一个月后，十二月下旬，各省艺考在这个寒冬先后进行着，沈仟怀被叫去和大学城这几个老朋友聚餐。

陆峥、浩子、王彬、叶嘉琪、唐渔他们都在。

虽然学校挨得挺近，但平时大部分时候各忙各的，跟以前那种低头不见抬头见的日子早就不一样了。

饭桌上酒过三巡，包房内暖气很足，甚至有点闷，沈仟怀找了个借口出去，在安全通道外面靠墙位置开了点窗户透气。

他动作熟稔抽出根烟，咬在嘴里，窗外有冷风往里窜，打火机打了三遍都点不着。

他微拧起眉，有些不耐地回头瞧了眼，想把这窗户先关上，却无意瞥见外面夜色沉沉，白雪漫天。

他微怔了一瞬。

这是今年，京市初雪。

底下有个路灯，暖色光晕照出洋洋洒洒的一场大雪，真挺漂亮的。

隔了会儿，陆峥过来瞧见他，走廊灯光明亮，不知道是不是第一眼的错觉，看见那个不可一世的沈仟怀，孤零零站在那儿，眼尾有些泛红。

陆峥往前走了两步："仟哥，你怎么不进去？"

他不咸不淡应了声："喝酒，头疼。"

大家都知根知底的老熟人了，陆峥知道他那点上不了台面的酒量，但没理解他说头疼还专门跑来这风口对着吹是怎么个逻辑。

他目光往上看，沈仟怀微垂下眼，看着情绪不高。

陆峥疑惑，半天找不出缘由："是很疼吗？"

沈仟怀随手关上窗户，隔开身后万千风雪，衔着烟点了点下巴，声音很哑："嗯。"

刚分开的那几天邢芸没日没夜地练琴，不让自己闲下来一刻，这才算是真真切切地体会到了什么叫麻木向前的永动机。

她和沈仟怀的关系像是陷入了一场长时间的冷战，在要分不分的边缘反复试探。

邢芸冷静下来仔细想过，如果不是林女士生了病，如果老爸不是在凌晨四点的机场找到她，如果不是她正好在读高四，如果不是这几年生意不景气家里只赔不赚，老爸那天应酬又喝了酒。

"谈恋爱"这件事放在除了那天的任何一个时间说出来，可能都不算是一件糊涂的错事。

可偏偏所有的事情都赶到了一起，一切都巧合到令人生厌。

从那天以后，她没了手机，也彻底听不到关于沈仟怀的任何消息。

只有那个缠着耳机的MP3还留着，是老爸不知道的她偷偷藏着的宝贝。

里面的录音她忽然不敢再听，只在高考百天冲刺时某天熬不下去的深夜，塞上耳机，小心翼翼地又听了一遍。

耳机里的少年懒笑声说："加油，我伟大的小提琴手。"

有什么东西忽然滴在了卷子上，洇开了字。

她才后知后觉地摸了下脸颊，是咸咸的眼泪。

在学校她遇到了一个新的学霸同桌，那人和沈仟怀从性格到外貌天差地别，但他上课同样习惯随手画思维导图。

画完就扔，懒散靠着椅背，漫不经心抛纸球的动作像极了某人。

市里三次模考，她在最后一次超过了六百分，轻松保持在校榜前三十。

但她忘不了那年小镇，有个十七八岁的少年省出时间熬夜给她圈题做笔记，费心费力想竭尽所能拉她一把。

六月过后，高考结束，期间无数次后悔过的高四生活也就此落幕。

林女士经过前期治疗，手术时间安排在了七月。手术的当天，邢芸一大早就跪在庙里许愿，高香过头，虔诚俯首，周身围绕着浓浓的庙宇香火味，不求其他，只愿所爱之人都能平安顺遂。

走之前还写了一条红幅，踮起脚挂在树上。

红幅上写：愿平安。

手术圆满结束，她坐在医院走廊的椅子上查到录取结果。

A大音乐系。

喜事临门，在凌晨的医院，邢朝军拿着手机反复确认，这大半年以来，她从没见过老爸笑得那样开心。

又过了几天，她重新拿到以前的手机，说不上什么心理，她点进了那个万年不变的小狗头像。

那年十二月底，京市初雪，也是京市近五年内最大的一场雪。

下雪的那天晚上，沈仟怀罕见地发了一条朋友圈。

图片是一张路灯下洒满金光的雪景，配文只有两个字：

初雪。

八月下旬，大二开学前夕，沈仟怀回铜钱镇住了几天。巷口牛杂店关了，赵彩霞带着沈浩东去了别的城市。

正赶上休渔期，码头看着冷冷清清，渔船靠岸，没几个人。

发廊门口还是赵彩霞那"洗剪吹"的亲戚，成天蹲在门口嚼槟榔。

沈仟怀头发其实不太长，路过偏头瞧了眼，脚步就跟着进去了："剪个头发，剪短就行。"

虽然是赵彩霞的亲戚，但他其实并不知道这人叫什么，剪完吹到一半，那人吐了槟榔问他："你去上学了？"

声音夹在"轰轰"的吹风机噪音里听不清，他反应了一下才说："嗯。"

槟榔哥笑着说："好学校吧！镇上人都说，你有出息。"

沈仟怀从铜钱镇走了之后，他的名字就成了镇上家长教育小孩儿的"鸡汤"。

说原来巷口牛杂店那家，人家可没有咱家这好条件，还不是能考上状元。

口口相传，还有更迷幻的版本，什么耳朵听不见，身残志坚上大学。

就挺离谱的。

他这耳朵其实在高三那一年就彻底恢复了，再没出现过忽然听不见的情况。

"过年的时候赵彩霞回来过，我在门口放炮，火点不着了，进去换打火机的时候听见她跟我妈说，这些年，是挺对不起你的，不该把你舅舅的错都怪在你身上。"

吹风口吹出热风，槟榔哥一半方言一半"塑普"："那小孩儿还去你之前住那儿找你了，结果你人也没在。"

他和赵彩霞的事情过去得有三年，之前怨过也很快觉得无所谓了。

现在听着这些话，沈仟怀不知道该说什么，只是又淡淡应了声："嗯。"

隔天，浩子拿了封信去找叶嘉琪。

铜钱镇各家门口那破信箱基本用不上，平时除了社区挨着塞些防火防电宣传单或者欠费通知单，其余时候都没人去翻。

今天看那箱子满得快要盖不上了，浩子才勉为其难地收拾了一下，准备扔，偶然在里面找见一封叶嘉琪寄给他的信。

写信时间是两年前，大概寄过来放在信箱里有两个多月了。

去年上大学后没多久，叶嘉琪就和浩子自然而然地在一起了，关于两年前在老街小店写下的那封无聊的信，她也早就忘到了九霄云外。

此刻浩子进门，拿信给她："这东西你什么时候写的，信里都得骂我两句是猪，你可真够行的。"

叶嘉琪看着那个粉色信封，差点没想起来是哪回事，看了眼信的内容，忍不住笑："哦，当时你没去，我和陆峥他们几个去的，邢芸也在，我们俩随便写的。"

忽然提到"邢芸"这个名字，听着既熟悉又陌生，这一年他们各自走向不同的大学生活，邢芸复读平时也很忙，大家没说过几句话，只是听说，她和沈仟怀好像是分手了。

这种事儿当着面问就挺没意思的，就是忽然有一天从沈仟怀嘴里再没听过邢芸这个名字，每次见他手里的烟也是一根接着一根，沈仟怀戒过烟，但后来又回到从前那个样子，烟瘾大得不行。

他们这几个人便私底下默认，是分开了。

叶嘉琪从前和邢芸算是班里很好的朋友，对于这件事始终觉得惋惜，记忆回到那年夏天，在老街的小店，她无意侧头，看见邢芸那张信纸上开头三个字——沈仟怀。

那应该是寄给沈仟怀的。

叶嘉琪忽然问他："沈仟怀还在镇上吗？"

"要不我问问。"浩子把信折好放进去，虽然里面总共三行的篇幅就骂了四遍他是猪，但这种来自两年前的信挺有意义的，就先放着，"前两天我还碰见他了，不知道走了没，问这个干什么？"

叶嘉琪不知道这话该不该放在这个时候说，有些迟疑："当初邢芸也写了一封信，应该就是，寄给他的。"

毕竟当时也没人会想到，两年他们会发展到这个地步。

浩子和叶嘉琪对视一眼，当即给沈仟怀打了电话。

"喂，仟哥，你回学校了吗？"

沈仟怀像是刚出车站，夹杂着广播声，他一手拖着行李箱，边走边说："嗯，刚下车站。"

浩子随机应变应付了两句就挂断了，和叶嘉琪在家坐了会儿，最后两人一起去了 109 号，打开那个同样塞到爆满的铁皮信箱。

里面的单子很杂，乱七八糟什么都有，铺开在地上，终于在其中找到那个平平无奇的信封。

寄信人：邢芸。

"真的有。"浩子拿起那封信，把其余的再装回信箱，回头看她，"你说这个要不要带给他？"

叶嘉琪心情也挺复杂的，虽然说分了就一别两宽各生欢喜，但这封信就这么无人知晓地扔在这儿，总是带着遗憾。

她看了眼说，"要不，先带上吧。等有机会，拿给他看。"

八月末，A 大新生报到，邢芸已经换回了从前的手机号，里面的微信也都还留着。

大半年前不清不楚说分开的是她，现在也不知道该以什么立场告诉他，她也考上 A 大了。

刚到的那几天邢芸还抱有幻想，想着会不会在校园里偶然遇到他。

去年他说先去 A 大探探路，以免明年某个糊涂虫找不到路。

没想到，还真被他说中了，她总是在校园里走得晕头转向，分不清东南西北。

入校的第一个周末，她换了条白色的裙子跟室友出去聚餐，裙子长度到膝盖，头发蓬松散在肩头。

邢芸对着镜子照了照，觉得这一身打扮有点奇怪，最后还是扯了根皮筋，把头发全都扎起来了。

下午去聚餐的路上，室友带她进了一家地下台球厅，说认识这儿的老板，去拿样东西。

邢芸没过去凑热闹，找了个不显眼的角落坐着。

她手撑着脑袋发呆，目光漫无目的地扫过去，落在一个身材高瘦的背影上。那人手支着杆子，另一只手里夹着根烟，不紧不慢地侧头，往门口处瞧了眼。

一个隔着距离的侧脸，她心跳却是重重漏了一拍。

他头发像是剪短了，人也更瘦了些，衬托着五官越发利落清晰，黑色T恤的领口不太规整，露出锁骨下方有一小片，似是文身。

陆峥从外面进来，手里拎着几杯喝的："哟，今天人挺多，浩子呢？"

人过来时沈仟怀烟已经咬在嘴里，含混不清地冲他点了点下巴："在路上。"

陆峥分着手里的奶茶，最后剩下杯说："那这个就给浩子，谁让他来得迟。"

几秒钟里，邢芸已经冒出很多次走上去的冲动，落在膝盖上的手握了又握，终是缺乏点勇气。

门口掀动一下，浩子进来，手里还拿了一样东西。

那边有人在搬桌子，浩子不得不绕了远路，几乎擦着她身边走过，但并没注意到角落的她。

邢芸目光落在他手上，他手指捏着的，是个边缘泛黄的信封。

记忆重叠穿梭。

那封信是两年前，她在老街小店，在"吱呀吱呀"的风扇声里，悄悄写给沈仟怀的情书。

浩子拿着信封，过去递给了沈仟怀。

沈仟怀把杆子支在旁边，顺手接了："什么东西？"

还整得神神秘秘的。

浩子也不说话，主要他也不知道这信里写的什么。

信封被人三两下拆开，里面是张叠好的信纸。

为首的三个字是，沈仟怀。

后面娟秀字迹写下：

等你看到这封信的时候，我可能已经把你追到了，也可能没有，还在慢慢地追，就是忍不住提前告诉你个秘密，我喜欢你，沈仟怀。

本来说好咱们做朋友的，但这种关系不知道什么时候就悄悄变了，只是我不敢承认，我其实也对你心动。

喜欢你并不是一件丢脸的事，只是我不确定你是不是也和我一样，于是我试探着，关注着，数着每次在楼下说完再见，你会不会也回头看我。

但是很巧，你每次都回头了。

是不是没想到，我在这信里悄悄写了封情书，不敢当面给你，就让它慢慢地出现在你眼前，让时间慢慢揭露我以朋友之名的喜欢。

邢芸

开头，末尾，一目了然。

沈仟怀捏着这张信纸的指节微收，随后折回去放进信封，随手丢在桌边。

旁边陆峥几个都跟着凑热闹，内容没看清，就看清信上末尾的名字。

陆峥看了眼浩子，又看向沈仟怀："这该不会是封情书吧？"

浩子不吭声，沈仟怀也没说话，场面就陆峥一个人聒噪得不行。借着这封信，陆峥实在按捺不住，头一次问："哥，这信什么时候的，你当时不是挺喜……"

"不记得，不喜欢。"沈仟怀闲闲咬着烟，偏头掠他一眼。

邢芸坐在角落，闻言，眼底忽然泛起阵湿意。

这半年发生的事情太多，她已经忘了还有老街那封信的存在，只是没想到，短短两年，她不仅勇敢戳破那层朋友之名的窗户纸跟他正大光明地在一起过，还又匆匆忙忙地分开了大半年。

也没曾想那日小心翼翼写下的情书，重见天日时会是这幅难堪的局面。

夏然提了个蛋糕过来，在前面冲邢芸招手："咱们走吧。"

邢芸慢了半拍坐起来，红着眼眶低头走过，生怕叫人看见。

"那是不是……"叶嘉琪无意瞧见那抹逃似的背影，不可置信地指了下说，"邢芸啊？"

这个名字一出，周边几个人都往那儿看。王彬是场上唯一一个不知情的，沈仟怀的感情生活捂得严实，同宿舍的了解得也不多，他还以为两人仅是闹矛盾，和事佬般地起了句哄："仟哥，别太过分了啊，少欺负人姑娘，女生哄一哄就好了。"

"在一起过。"沈仟怀重新拿起那根杆子，俯身压杆，桌球碰撞逃窜，缓缓入洞。

他站直身子，指尖轻弹下烟灰。

"人家甩的我。"

是被甩了吧。

沈仟怀不信她爸的一面之词，但给她打过不计其数的电话，永远都是关机。

他们最后的对话就是在家便利店里，她说先不要联系了吧。

她说再也不要喝绿豆汽水了。

所以呢，也不要他了吗？

沈仟怀这半年自己也弄不清他们算是分了还是没有，她不清不楚撂下句话，紧接着就是一出人间蒸发。

他那天感觉她像是有事藏着，但她始终没跟他多说半句因果。

前面门帘掀动一下，沈仟怀往那儿瞧了眼，人走了。

王彬听蒙了，陆峥他们几个老熟人也蒙了，原来这两人真的……分手了？

沈仟怀还是被甩的那个。

信息量有点大，得好好消化一下。

沈仟怀就算是放在人才济济高手云集的A大，也依旧是亮眼的那个，实力长相更是没话说，这样的条件还被甩，王彬真是不知道什么样才能不被甩了。

几个人忽然安静下来。沈仟怀闷不吭声抽完手上那根烟，冷不丁问了句："她什么时候在这儿的？"

"我最后进来的。"浩子说，"应该在我来之前她就在了，我这儿能看见门口，刚没进过人。"

这地下台球厅不大，四处烟雾缭绕，不知道她刚刚具体坐在什么位置，但他那句话。

她应该是听见了。

邢芸和室友出了台球厅，外面天还亮着，夏然一回头就看见她微红的眼，里面含着水雾，要哭不哭的样子很让人心软。

夏然愣了一瞬说："你这是，怎么了？"

邢芸伸手蹭了下眼角："我刚刚在里面碰见他了。"

夏然："谁啊？"

她认真说："沈仟怀。"

夏然听过这个名字，现在看她这样子，紧张地上上下下打量她："他跟你说什么了？"

"没有。"她摇头，"他这次，是真的生气了。"

他这人生起气来本就不好哄，不爱说话，不爱理人，她之前可以拿一颗糖哄好，但这次就不是一颗糖能解决的事了。

她一时想不到该怎么办，又怕这半年过去，物是人非，沈仟怀已经真的不喜欢她了。

邢芸看着身后的台球厅，犹犹豫豫，不敢再进去。

夏然和她都是原来小提琴 A1 尖子班的同学，本来不算太熟的关系，也因为独在异乡快速抱团取暖，熟络起来。

夏然隐约感觉到他们两个关系不一般："你和你说的这个人，到底都发生些什么啊？"

这天晚上，沈仟怀他们一群人去了酒吧，多久不见一次，三三两两各聊各的事，等快结束的时候浩子忽然意识到今晚某人的存在感好像很低，左右看看，才发现沈仟怀已经醉倒趴在桌子上了。

他头枕着胳膊，脸埋进去一半，黑发有些凌乱地散在额前。

要是放平时，浩子还能笑调侃他两句"小趴菜"，又菜又要喝，但今天大家心知肚明，多少都知道怎么回事儿。

陆峥坐在他旁边，浩子看了眼人，冲他抬了抬下巴："他那三杯倒的酒量你也真敢让他这么喝，怎么不拦着点啊？"

陆峥有些无辜："我看着他也没喝多少啊。"

空瓶子都是陆峥喝的，只能说某人酒量就这点了。

天生的。

菜而自知，沈仟怀知道自己酒量不行，一般出来玩也都很节制，点到为止，不会多喝。

可是今天偏偏破了例。

第二天上早课，不自量力宿醉的后果就是太阳穴突突直跳，沈仟怀坐起来手撑了下头，头疼得厉害，胃也不舒服。

底下王彬瞧了眼他这脸色，不忍心说："要不算了吧，今天给你请个假。"

"不用。"他白着一张脸，整个人无精打采的，"我去上课。"

上午听了两节高数课，有人昏昏欲睡，沈仟怀却面不改色在书上写了几行笔记。

王彬看着是挺佩服他的："你这么拼，第一年就该来啊。"

平时没就着这件事明说过，沈仟怀大一岁，宿舍几个人几乎是默认沈仟怀复读一年才考上 A 大的。

他笔下没停，沉默了一瞬说："我多读一年高二。"

王彬怔了怔，虽然不懂，但也没再问。

这种情况要么是中途休学，要么就是处分，反正没什么好事。

要是没事，任谁也不乐意多读一年高中。

下午没课，中午一结束王彬就正常往食堂走。沈仟怀没什么胃口，说回去补觉。

人流在楼下分散各处，沈仟怀手里拎着本书，跟王彬各自往不同的方向走。

邢芸妄想着那么多次都无果的偶遇，偏偏以昨天为开头，似掉落的毛线团，逐渐延展。此刻两人在相距较远，又毫不沾边的教学楼前相遇了。

她不敢说没有一点点的私心，是知道他经常在这边上课，才故意往这儿走的。

九月初，天气变凉，沈仟怀穿了一件黑色的 T 恤，一手插在兜里，另一只手松松拎着书。

他肩膀宽阔，身高腿长，站在人堆儿里一眼就看得见。

两人视线对上的那一刻，沈仟怀倒也没扭头就走，只是停了脚步，原地站着。

这一次，换她主动走向他。

邢芸肩上挎着个帆布包，半年多没有联系，忽然又猝不及防迎面遇上。她在距离他一米多的地方停下，手抓着背包带子，似没话找话："沈仟怀，我考上 A 大了。"

刚去复读的时候她也想过无数次，她面对面向沈仟怀说出这句话时会是什么情形，是压抑一年后的放松，也是彻底结束异地的欣喜。

唯独不似此刻干巴巴地说出来，还不知道能不能听到回应。

隔了几秒，他还和以前一样，嗓子里轻轻"嗯"了声。

　　好像两个人都没变，但话语间透着股淡淡的疏离。

　　不是任何一方主动滋生出来的，而是时间阻隔下自然产生的，越是这样，就越让人不安。

　　他表面看起来永远都是这副云淡风轻的样子，甚至不能让人确定，他现在还喜不喜欢她。

　　邢芸对于去年模棱两可的分别始终感到愧疚，一句道歉，她怎么都要说的。

　　"对不起。"

　　一句话，轻轻落在二人中间。

　　周围算不上安静，这话却是听着格外清晰。

　　喝酒后遗症，他嗓子很干，开口时声音近乎嘶哑："对不起什么。"

　　这种对话的节奏，像是下一秒他就要被发好人卡了。

　　对不起沈同学，你很优秀，是个好人，但我想了想我们还是不合适，你会遇到比我更好的。

　　邢芸知道自己现在解释太迟了些，但她还是说："我遇到些事，谈恋爱的事情也被我爸知道了，他觉得我高四不该谈恋爱，让我和你分开。"

　　在那个翅膀没长硬的年纪，她说什么做什么，都无力反抗。

　　沈仟怀默不作声地看着她。

　　所以呢，所以就不明不白甩给他一条两个字的分手短信，然后接着便杳无音信。

　　尽管心里憋着有火，今天胃也很难受，泛起一阵细密磨人的疼，但他开口时语气依旧平静："发那条短信的时候你想过我吗？"

　　邢芸一时没反应过来，看向他的表情有些发愣，什么短信。

　　沈仟怀沉默了下，偏开视线瞧了眼别处："算了。"

　　不问了。

　　免得接下来的话听着难听。

　　第一次正式碰面就这么草草收场，邢芸没弄懂他说的什么短信，回去拿着手机前前后后翻了好久，终于翻到了去年分开的那天，手机里有一条"她"发出去的短信。

　　冷冰冰劈头盖脸的两个字。

　　分手。

她看着这条短信，愣了好一会儿才想起在出租车上，邢朝军夺了她的手机，在关机之前好像给他发了条短信。

应该就是这条。

怪不得，沈同学这气，估计得生大了。

"他怎么了？"

宋寒山拎着外卖回来，压低声音问了下王彬。

王彬在旁边坐着打游戏，叹口气说："不知道啊。"

这狠人宿醉而归早上还要爬起来去听两节高数课，还有什么能把他打垮。

沈仟怀原本说回来睡觉，结果在楼下碰见她一面，哪还睡得着。

他过了会儿，下床去倒了杯水喝，温的，压一压胃里的疼。

宋寒山端着碗回头，有点不好意思道："不是我俩说话把你吵醒了吧？"

"不是。"沈仟怀坐在椅子上，手里拿着杯子，"就没睡。"

宋寒山"哦"了声，接着跟王彬说话："今年这批新生过几天得开始军训了吧，去年这会儿给我晒得又黑一个度，我妈都笑话我怎么能那么黑。"

大一军训回来累得跟狗一样，宋寒山那段时间别的没学会，人是瘦了几斤。

王彬和宋寒山聊着这批新生如何如何，来的都是各个省市里的尖子生，关于这些沈仟怀是一句也没听进去，只知道今年这批新生里还有她。

邢芸晚上去周记早茶吃饭，夏然去领军训服了，只有她一个人在，说是早茶，其实从早开到晚，里面杂七杂八什么都卖。

她去得迟，随便找了个地方坐，刚坐下没多久，对面就一道人影靠过来。

邢芸脑子里装着事，满心满脑都是关于半年前的那个乌龙短信。

短信解释总觉得态度敷衍，见面的话上午一别，她又不敢再贸然出现在他面前，像是在堵他，担心给他造成困扰，叫他心烦。

她蹙眉，正思前想后琢磨不出办法，视野中那只骨节分明的手放下一碗生滚翡翠粥，旁边小碟子里是碟虾饺。

她吃着碗加辣的粉面类，上面飘着一层红油，对比之下，那人吃得真是又清又素。

邢芸视线往上瞧了一眼，接着就轻呛了声。

是沈仟怀。

　　旁边那么多空位，他偏偏要坐在她对面，明显是故意的，但坐下又不说话，像是压根没看见她。

　　邢芸安静吃了两口粉，主动打破沉默："你就吃这些吗？"

　　他声音淡淡应了声："嗯。"

　　沈仟怀那酒量天生就注定他这辈子跟酒过不去，喝完酒第二天感觉身体和脑子都不是自己，哪儿哪儿都不对劲，说白了就是没事自己找虐。

　　这种找虐的行为还挺上瘾，比如在外面看见她不直接走掉，还偏偏要跟进来，又比如进来那么多位置不坐，还非要坐过来。

　　邢芸想着那条分手短信，筷子杵在碗里，半晌又说了声："对不起。"

　　话音落下，对面人手中的勺子便搭在碗沿。

　　又是无端端一句对不起，让那股别扭的火气直往上冒，他压抑着不发作，只不过是比刚才更沉默了一点。

　　在他任由其发酵自己把自己气死之前，她接着说完了后半句："那条短信是我爸发的，我不知道。我从没有想过要分手。"

　　邢芸捏着筷子的手不自觉收紧，竹筷有点轻微发咯："那天你给我打电话的时候我也在机场，还有一个小时飞机就要起飞，但是我爸来了，我一着急，就把电话挂了。"

　　她那天不管不顾订了机票，等不了京市初雪就想去见他。

　　又怎么舍得跟他说分手呢？

　　她今天说的这些话，沈仟怀大概能猜得出来那是个什么场景，凌晨的机场，她爸逼着她跟手机里那个男生提分手，更多时候，她也是无可奈。

　　这样听着好像合情合理，短信不是她发的，她也从未想过要甩掉他，单凭她爸说的那两句也证明不了什么。

　　那他这大半年的闷气岂不是都白生了。

　　这么一想。

　　更气了。

　　沈仟怀没再跟她说这些，话题一转，淡声说："吃饭吧。"

　　邢芸看了他一眼，也没看出什么，她自认为把话说清楚了，他要还是生气，那就再想办法。

　　眼下，她不尴不尬地"哦"了声，低着头吃。等她吃完，才发现对面的人根本没动。

　　他除了刚坐下时动了动勺子，那碗粥到现在几乎还是满的，虾饺也凉了，搁在一边。

从周记早茶出去，这个点外面天已经暗下来，路边都是成排的树，路灯穿过间隙投下斑驳树影，四周人烟稀少。

他走得很慢，似是不想太快把这条路走完。

两人走到一处无人的拐角，听不见一点多余的声响，再没人说话气氛就显得尴尬了。

她起了个头，企图活跃一下气氛："你在减肥吗，吃那么素，还那么少，这家的红茶其实还行，但就是太甜，每次杯底都能剩下一层砂糖。"

某人停下脚步，不咸不淡地说："气得胃疼。"

当然不全因为这个，昨天喝酒的原因占大头，喝酒前也什么都没吃，找虐找得还很纯粹，俗称作死。

但他这会儿故意这么说，大概是劣性凸显，就是要看她内疚。

说完这句，她明显蹙了下眉。如愿在她脸上看到类似于内疚的情绪，沈仟怀忽然又觉得自己很没意思。

那姑娘脸上写满担心，小声问他："要买药吗？"

沈仟怀像是没听见，也不吭声，沉默了好一会儿，气氛僵持到一个冰点。

邢芸都怀疑这句话是不是有什么歧义，他忽然动了动身，朝她走了一步。

这一步靠得很近，她后背快要贴到树干，他手插在兜里，嗓子比上午好一些，却依旧哑得不行："邢芸，这半年你想过找我说清楚吗？"

邢芸沉默一瞬，没有接话。

她不只是想过，还去找过，不过运气不好，没碰上他。

身前的姑娘眨了眨眼，看着他说："你怪我吧。"

她的眼睛又黑又亮，直直看着人，纯得不行。

他语调微扬，被她气笑："直接不解释了？"

"我知道你生气，可解释起来无非就是我如何如何辛苦，有多少难言的苦衷，你根本没办法怪我。"邢芸认真说，"所以你先怪我吧，等过段时间我再跟你解释。"

他平白无故"被甩"，这大半年的情绪总要宣泄。

尽管她大方到这个地步，可他根本做不到拿她撒气。

"好，我先怪着。"沈仟怀眼睛看着她，点了点下巴，"等你跟我解释。"

沈仟怀往后退了半步："走吧。"

邢芸怔了瞬，这是赶她走吗？

257

　　他看见跟前姑娘眼睛里那点泛起的失落，不知道她是又想到哪儿去了，沉默了一瞬说："买药。"

　　邢芸点点头，又"哦"了一声。

　　她还和从前一样，跟他并排走，虽然话少了些，总归是有问有答，最后在外面随便找了家药店，店里只有老板娘一个人在。

　　进门门帘触碰到上面，还有个玩偶自动发出声"欢迎光临"。

　　进来一男一女，老板表面也看不出是谁需要买药，问了句："买什么药？"

　　沈仟怀说："胃疼。"

　　附近高校扎堆，老板娘已经见怪不怪，一边打单子一边说："上午也有一个男生来说是胃疼，喝酒喝的。现在的年轻人啊，喝不了就不要喝，在外地上个学把身体糟蹋坏了，爸妈在家里知道了得多担心。"

　　几句话，沈仟怀站在旁边感觉被内涵了八回。

　　从药店出去，天已经黑透了。

　　晚上出来逛街的男男女女很多，看着都是大学生青春洋溢的面孔。

　　他晚上出来时加了件薄外套，不是之前的那件，但依旧可以概括为绿条纹的衬衫。

　　他好像很喜欢灰绿这个颜色。

　　细条纹的基础款，穿他身上一点都不俗气。

　　邢芸还穿着上次在台球厅见他时那条裙子，裙摆及膝，肩膀都露在外面。

　　他还和高二那年一样，脱下这件衬衫，漫不经心地递给她："不冷？"

　　邢芸抬头，愣了下，没伸手接。

　　沈仟怀却把衬衫塞她手里了："还在生气，你不解释，就想办法哄。"

　　有些话没有摆在明面上，他既然能说出这句，其实就说明心里已经不怪她了。

　　邢芸抱着这团带有他体温的布料，迎面有风吹过来，路边灯光绰绰，川流不息。

　　他站在先她半步的地方回头看她，像极了曾经在海城的那个晚上。

　　可能环境衬托，沈仟怀看着比当时更冷清了些，微垂下眼时睫毛遮下来，透着点不适合出现在他身上的破碎感。

　　邢芸握了握手里的衬衫，松垮垮套在了身上，认真点点头说："嗯，你怪我吧。"

　　这句话她今天说了两遍，不知道哪个字刺激到他的神经，他漆黑的眸子盯着她看，气氛让这不足半步的距离仿佛更近了些。

　　沈仟怀俯下身，歪了下头，给了她足够躲开的时间，但是她没躲，这次也不是吓唬她，是动了真格的。

　　邢芸猝不及防感到唇上温热的触感，酥酥麻麻，又令人头脑发热，短暂的吻，他惩罚般咬了下她的唇便退开。

　　"你想办法。"

　　王彬没课就成天泡在球场，每天回来都是一身臭汗，走路急急忙忙火燎腚似的，洗完澡出来看见宿舍多了个人。

　　沈仟怀坐在那儿看手机，半低着头，后颈棘突明显，整个人透出几分冷冰冰的淡漠。

　　前面桌上扔了两盒药，王彬擦着头发瞥了眼，接着就叹了口气。

　　沈仟怀估计从没有跟那个姑娘说过狠话，昨天在台球厅无意说了两句伤人的，对于还在爱着的人来说，那话无疑是伤人伤己，导致昨晚喝酒无度。

　　王彬和他那几个朋友看他喝醉趴在桌子上睡过去，等了半个小时人才醒。沈仟怀醒了之后倒是看着挺正常的，说话清楚，走路也不打飘。

　　不管那些人怎么说他酒量差，王彬都觉得，这看着也还好，安安静静的，应该不至于太离谱。

　　结果回来在出租车上，沈仟怀忽然开了一点车窗，冷不丁来了一句："王彬，我错了吗？"

　　王彬愣了下，才看向他，反应了半天不知道他这话问的什么。

　　过了会儿，他又说："我没错，她为什么要分手呢？"

　　王彬单身至今，不懂这"爱情"的苦，连句像样的安慰话都说不出来。

　　但他知道，沈仟怀真的醉了。

　　这话放平时清醒的时候，他是绝对不会说的。

　　王彬视线再次落回那盒药上，语重心长拍了下他的肩："你这情况以后还是少碰酒。"

　　邢芸到了宿舍才后知后觉，他的衬衫，又忘了还。

　　夏然敷着面膜，仰着头看她一眼："你这衣服新买的啊？挺好看的。"

　　"不是。"邢芸说完这两字，忽然不知道该怎么解释，这衣服的主人是谁。

所幸夏然也没多问，腾出手指了下她桌子："军训服我就看着拿了，咱俩体型差不多，我拿了一样的，你试试。"

她点点头说："好。"

军训服这东西怎么穿都不会好看，尤其还要戴上那个帽子，一到正式军训，后面校园里就会充满生机勃勃的小绿人。

试了试军训服，她爬上床缩进被窝里，点开那个看过无数次的小狗头像。

这么长时间他们一直没发过消息，微信就这么在列表里躺着。

她想关心一下沈同学吃的药有没有效果，如果还难受的话是不是得去医院。

她在对话框删了打，打了删，最终没勇气问出这句话，拐弯抹角地去问了浩子。

是芸不是云：帮个忙，要不你帮我问问，沈仟怀还好吗？

浩子在外面和叶嘉琪刚看完电影，时间太晚又给看饿了，在路边烧烤摊加了顿夜宵。

手机刚响拿出来看，他猛地还以为看错了。

看清对面是邢芸之后，才一脸蒙地回了句：仟哥怎么了？

邢芸挺中肯说：他今天胃疼，去买药了。

浩子又蒙了一瞬，沈仟怀那什么人他还不了解吗，不病死不吃药，万能白开水，问就是懒得去，扛一扛。

他见过拿白开水敷衍别人的，没见过拿白开水敷衍自己的。

浩子正想问这两人昨天不是还互相装看不见吗，今天怎么又搭上线了。

这点苗头让浩子觉得事情不那么简单。

正想顺水推舟推她一把，他点着语音直接说了："你自己问不就得了，都老熟人……"

叶嘉琪挽着他的胳膊，拍了下他："让你问你就问，哪那么多废话。"

于是这条语音成功撤回了。

一条消息发到了沈仟怀那儿：这哪出啊？你什么时候这么爱惜自己这条命了？

沈仟怀回复：？

直接甩过来一个问号，多一个字都不想打。

浩子：人家都问到我这儿了。

紧跟着是一张聊天截图。

这种绕一百个弯子的事儿，估计也就她干得出来，沈仟怀回他句说：我没事。

浩子又原封不动把这句话转达给了邢芸。

邢芸秒回：谢谢，麻烦了。

浩子看了眼屏幕，回了个"小事一桩"的熊猫头表情。

叶嘉琪在旁边目睹全程，忽然问他："你说他们会不会因为昨天那封信，发生点什么？"

"那就发生呗，反正是好事。"浩子笑了下说，"这两人还是挺配的，说不上来，就是感觉。"

感觉这两人挺配的。

浩子侧头看她，装作很受伤的样子："你也学学人家，邢芸给仟哥写的信，没看清，但里面起码八九行吧，你给我写的，三行里头四句是骂我的。"

"喊。"叶嘉琪转过脸去，"谁当时想着要跟你在一起了。"

沈仟怀随即切换到她的微信页面，上面又是一阵长时间的输入。

邢芸得到了一个结果，脑子里却忽然想起他抽身的瞬间，说话时带出的一点热气，喷洒在她耳边。

他说："你想办法。"

思前想后，她还是多少得过问一句。

疯狂输入，删除，疯狂输入，删除……

对面的人禁不住困，直到睡过去第二天早上醒来，摸出手机看时间，打开，第一眼就是昨晚未关的聊天框。

上头依然是：对方正在输入……

"……"

合着是手机坏了，在这儿跟他"卡 bug"。

这个想法刚冒出来，对面那条输入中的消息就发出来了。

是芸不是云：我想到办法了。

十几分钟后，邢芸在操场见到了沈仟怀。这个时间操场的人挺多的，体育学院晨练的男男女女沿着塑胶跑道走走停停。沈仟怀戴了个鸭舌帽，穿了一身黑走进来，裤子左右带两道串标，裤脚松松落在白色篮球鞋上。

她手里拿着他那件衬衫，怕弄脏，放在袋子里递给他："你的衬衫。"

　　沈仟怀伸手接过，余光扫过一眼里面的花花绿绿，袋子里不仅有衣服，还有糖。

　　五颜六色的糖纸包裹着，像五彩星星散落在袋子里，填满了各个角落。

　　也填满了这半年，他一日多过一日的思念、不解，和余下一点点的埋怨。

　　看到这个，沈仟怀端着的那点儿架子也快端不住了，要笑不笑地扬了下唇："邢芸，你觉得我几岁？"

　　"不止这个，还有别的。"她又像变魔术一样，从另外一边口袋掏出更多，似捧了一把星星。

　　邢芸认认真真地看着她，郑重其事："我想到办法了，慢慢来，你等等我，我会让你看到我的诚意。"

　　沈仟怀指尖一顿，看着她拿出来的这些糖，荒唐又真诚，让人挑不出错。

　　这件事后来只有王彬姗姗来迟地凑热闹，没看懂这是什么局面："你们这是……"

　　沈仟怀说："就是你看到的这样。"

　　王彬一脑袋问号，哪样？

　　这到底是复合了还是没有啊。

　　王彬刚吃完一碗热干面，大概是花生酱把脑子也给糊住了，问了句直戳人心的："她甩的你，现在她说回来就回来，你就一点不埋怨？"问完就意识到这话问得有点过了。

　　沈仟怀看了眼他，沉默了下说："准确地说，是她爸甩的我。"

　　不是她。

　　棒打鸳鸯的戏码从古演到今，之前赵彩霞有段时间喜欢看黄梅戏《女驸马》，什么后母棒打鸳鸯，素珍许配他人。在这个不上不下的年纪，很多事情自己都做不了主，最是无可奈何。

　　他没有家，也根本没人管，只要不干出蹲局子的事儿都不算错。

　　但是她不一样，她有一个家，她需要考虑的东西就更多了。

　　他承认这大半年他有脾气，她对这事儿也觉得抱歉。

　　但在弄清楚缘由之后，其余细枝末节的，沈仟怀倒也不那么计较了。

　　但如果这时候他说自己不生气了，让她不用再想这些花活儿哄他开心，她反倒会为这份包容感到有愧。

　　最好的办法，就是让两个人再见面后双方都觉得平等。

　　操作起来也很简单，他就再装装样子，演两天。

反正又不会真的难为她。

沈仟怀微垂下眼，看着袋子里各式各样的糖。

他嘴角不自觉勾起抹弧。

这姑娘真挺逗的，这办法也能叫办法。

王彬似懂非懂地点了点头。沈仟怀撕开颗糖放进嘴里，橘子味的，这办法是挺傻的，但他还挺吃这一套。

要不怎么说他少爷病呢，干脆改名"沈三岁"得了。

/第12章/
我喜欢他，只喜欢他

报告厅内，邢芸踩着点匆匆找位置，忽然被旁边伸出只手拉了一把："邢芸，你怎么才来。"

夏然刚刚一直往后张望，还以为她不打算来了。

周围闹哄哄的，邢芸坐下说："我刚刚去还衣服。"

夏然脸上的表情立即变得八卦，凑近了些："见到他了？"

夏然那天问了邢芸和那个男生之间的事，当即就觉得，这不复合天理难容。

这得是被月老锁死的姻缘。

"嗯。"她点点头，"但我也没经验，这要怎么哄啊？"

"这还不简单。"夏然给她出谋划策，"你先约他见面，多见，能见面就不在手机上说。你们这半年间隔着，可能会有点生疏，但也不要紧，不算太久，多见面就会回到从前的感觉了。"

邢芸轻叹了声，但愿吧。

她默默在心里记下，多见面，多见面，多见面……

结果事与愿违，上来就是连续十五天的军训，把她的完美计划全部打乱。

累就算了，每天军训结束简直没有人样，不想让他看到。

在军训结束的倒数第二天，邢芸淹没在操场众多小绿人里站军姿。

教官不在跟前，队伍里就放松了些，隐约听见后面有人说："喂，那是谁啊，没穿军训服的，应该是学长吧。"

前面有几个疑似"学长"的男生来送水，迎新的那天她见过，好像是学生会的。

来了六七个，其中有个人漫不经心回头瞧了眼，身上一件松松垮垮的黑T恤，带白边的休闲裤，以及一张站着就让人联想到拈花惹草的脸。

沈仟怀。

刚才后面人议论的应该也是他。

不过操场上人太多，还都穿着一样的衣服，沈仟怀回头扫了一眼就转过去了，应该没看见她。

王彬是学生会的，沈仟怀不是，就是两人刚好在一起，顺路跟着过来一趟。说不清什么原因，沈仟怀回头看那一眼，都是一模一样的打扮，他却一下就看到她了。

这些天她像是又忽然消失了，两个人在食堂见过一次后再没说过话。

沈仟怀有点纳闷，那天丢了一把糖，然后就三分钟热度地不哄了？

某人这耐心也太匮乏了。

总不能是他这架子端过了吧。

站军姿结束，邢芸找了片树荫底下坐着躲太阳，她从包里拿出手机。

她犹犹豫豫，还是给他发了一句：我刚刚看到你了。

身边忽然一道人影坐下来，嗓音带着点懒意："我也看见你了。"

邢芸侧头，就看见他坐在旁边，手里还拿了瓶水。

沈仟怀随意屈起条腿，手腕搁在上头，有点郁闷："你这什么路数，欲擒故纵？"

"没有。"邢芸小声说，"这些天军训，都被晒黑了，不好看。"

沈仟怀偏头往这儿看了眼："哪儿晒黑了。"

透过树叶缝隙漏下的光斑照在她身上，反正他看不出什么来。

他瞳仁漆黑，眼角内勾外翘，认真看人的时候目光灼灼，看狗都像是含情。

邢芸移开眼说："就是黑了。"

前面同样一个小绿人走过来，手机递出来一半，看了眼他，又给收回去，装作若无其事地走了。

都是男生，那眼神什么意思他心知肚明，沈仟怀心里忽然有点不爽，或者这情绪有个专门的称呼，叫作"危机感"。

前面王彬隔着老远冲他招手，沈仟怀站起身，准备走。

在邢芸的视角里，看不到王彬，只知道他忽然站起来要走了。

就有点像是……暴躁修勾发脾气。

她也跟着站起来，忽然说："哎，沈仟怀，军训马上就结束了，我们去看电影吧？"

沈仟怀微怔了瞬，随后点头，下巴朝前面抬了抬："王彬叫我，就先走了。"

看电影那天，天公不作美，是个阴天，邢芸出门前简单化了个妆，她快收拾好的时候在手机上和他说了声，他很快回复。

暴躁修勾：嗯。

就……挺冷淡的。

预计时间还早，邢芸下楼想着要不要等等他，结果出去就看见，他人已经站在那儿了。

他站在棵树下，穿着件黑色冲锋衣，双手环胸，偏头随意往这边瞧了一眼，帽檐下是漆色的眉眼和清晰的下颌。

邢芸走过去，他抬手，递过来一杯东西。

是杯加奶盖的奶茶。

算算时间，他到这儿的距离挺远的，她发那条消息的时候，他应该已经在这儿了。

邢芸捧着那杯奶茶，微抬起头看他："你来多久了？"

沈仟怀说："没多久。"

也就四五十分钟吧。

路上去电影院，两个人都没怎么说话，在走进商场后，她手里这杯奶茶已经差不多喝完。

邢芸看着他垂在身侧的手，慢慢地，试探着握上了："你在生气吗？"

他脚步慢了一瞬，随即反握上她的，语气依旧是淡淡的："照你这么哄，别人孩子都满地跑了。"

当初她说追人的时候也是闷不吭声地追。

邢芸没太听懂，旁边有推着车运东西的，他很自然拉着她往旁边走，然后上楼，取票，买爆米花。

可乐都是插上吸管后再给她。

尽管他话少，但行动却比热恋中的情侣一点没少。

今天的片子是她挑的，一部最近挺火的爱情片，爆米花放在两人中间，他只喝可乐，像是不怎么爱吃这个。

前面同样坐着一对情侣，女生拿着爆米花，喂给旁边的男生吃。

可能恩爱秀得过于明显，这一幕她和沈仟怀都看到了。

同时，大银屏上广告结束，出现龙头标志，她抓了一个爆米花，在要不要喂他之间犹豫，最后塞进了自己嘴里。

下一秒，某人横出只手，里面拿着颗爆米花，模仿前面那两人的样子，已经递到她唇边。

照葫芦画瓢，他学这个很快。

邢芸默默拿走他手里的爆米花，他像是有话想说，但电影开场，他又给咽回去了。

两个人各有心思，这电影整场都看得心不在焉。

直到电影散场，两个人随着人群往外走，邢芸忽然扯了下他的衣角说："你今天怪怪的。"

他沉默着跟她走到一个人少的地方，旁边是商场摆出来的大盆绿植，他浅浅呼出口气："什么时候跟我解释，那天你说完，我其实就没怪你了。"

她只需要往前走一步，剩下的他都能自己走完，这途中还顺带把自己哄好，不带任何负面情绪地面对她。

他说得坦荡又真诚，邢芸愣了好一会儿："你不怪我这大半年，说不见就不见了？"

"你爸反对，你要是对着干，没好结果。"沈仟怀似是想到什么，微垂下眼，"我不是天生就没有家，以前我有。"

他声音忽然止住，过了几秒他才开口："所以我知道，有个和睦的家，还挺好的。"

她就当那个蜜罐里的姑娘，这世上总要有人拥有月亮。

这也是他第一次没有嘴硬，承认说有个和睦的家其实挺好的。

一条分手短信，接着人就消失，任谁都会生气，此刻邢芸听完心里像打翻了五味瓶，复杂到说不出话。

她半天只叫了声他的名字："沈仟怀。"

"下回，先跟我说。"沈仟怀握上她的手，跟她十指相扣，"不然气生大了，不好哄。"

在回学校的路上，他们抄近道走了小路，偶然还能闻到窗口冒出来的油烟味，踩在石子路上慢慢地走。邢芸跟他说了这大半年的事，林秋月生病，住院，以及逐渐康复，还有爸妈复婚的事。

邢朝军在林女士办住院的前一天，带她去民政局领了结婚证。

说不管她这个病后续治疗怎么样，好与不好，成与不成，他邢朝军这辈子都只有一个老婆。

林女士脑子里长了东西非同小可，万一手术失败了，后半辈子下不了床也是有可能的。

虽然爸妈已经四十多岁，两个人柴米油盐老夫老妻，但在生死之前选择复婚的这份爱情，邢芸作为当中第一个目击者，她是为之动容的。

这种事说出来总让人伤感，气氛忽然沉寂下来，她侧头看了眼他，想着说点开心的："这半年，也不是都这么糟，比如我高考考了 603 分，比如我的小提琴在我们那儿是 A1 尖子班，比如高考前冲刺阶段，我遇到一个学霸同桌，他和你一样喜欢画思维导图，然后随手团成球扔，你们这种超级学霸是不是都喜欢……"

"好了。"他缓缓看过来，嗓音微哑，"别说了。"

听着就挺糟糕的事情，复读的压力，林女士生病，被家长逼着分手，她现在还能笑着讲出来，这些都是需要勇气的。

本来就没有谁比谁容易这一说。

霓虹灯明明灭灭，车流将繁华和小巷分成两半，泥瓦屋檐上有个流浪猫慢悠悠地走过，旁边路灯要坏不坏，闪着微弱的光。

"那不讲了。"邢芸踮起脚，吻了一下他唇边，若即若离，又让人心跳加速。

她再讲最后一句：

"所以，我来找你了，沈仟怀。"

接着，他手揽了一下她的腰，让她整个人都靠过来。

巷子很黑，道路错综复杂，隐约能听见左右几米外的地方有人走动，但根本看不到人。

灯下是他漆黑的眉眼，他眼睛看着她，低声问了句："怕吗？"

她摇头，学着某人的腔调，略带挑衅意味："哦，有什么好怕的。"

他轻笑了声，疏懒散漫，手捏住她的下巴，迫使她微抬起头，少年的吻落下来，带着不多不少的侵略性。

他坦荡释然，手松开她的下巴，重新落回在她腰间。

屋前屋后依旧能听到看不见人的走动声，他退开一瞬，又吻上去，姑娘白皙的胳膊环上他脖子，青涩地做出回应，于是，这个吻变得细密又缠绵。

她两年前在老街写下那封情书时，也没曾敢妄想，她可以大张旗鼓地站在他身边。

此刻所有良辰美景。

比不过，月下一记轻啄。

爱神丘比特的红心箭，也偶然有失手的时候。

比如……红毛。

去年高考结束后铜钱镇上那一圈熟人都迫不及待离开那个海岛小镇，来内陆，来京市。

来看看那片海域之外，只有电视上才能看到的大城市。

红毛辞了码头一天二百的工作，在大学城找了一份包吃包住外卖员的活儿。

等手头有了些钱，红毛就在外面租了一间房子，地方小，还是地下室，白天也开灯，常年不见光。

但红毛总觉得，这也算有个属于自己的歇脚地方。

直到遇见师范里面的一个姑娘，她和善、清秀，还是个小"吃货"，每天要吃好多顿，但怎么吃都不胖。

可能是他那一头红毛比较惹眼，送过几次后那姑娘就记住他了，再加上有次她们学校换宿舍需要搬东西，红毛正好交完最后一单，两人在校园里碰见了。

红毛什么都没有，就是在码头练出身力气，上去主动帮她搬行李，顺带多跑几趟连她室友的也一起搬了。

最后坐在便利店外，那个女生拿了瓶水给他，跟他一起坐下，忽然看着他说："你黑头发应该挺好看的。"

邢芸和沈仟怀坐在他这间不大的出租屋里，桌上酒瓶七七八八，红毛已经有点喝醉了，抓了下自己的头发："她说我黑头发应该好看，我就染回黑色，再没变过。

"今天上午，她说她喜欢我，我拒绝了。我其实也挺喜欢她的，但我一送外卖的。我都怕她跟我在一起，会被她室友笑话。"

邢芸在旁边安静听，并未插话。站在一个外人的角度，她也说不上什么。

"仟哥，我挺羡慕你的。"红毛不再喝酒了，醉醺醺地看他，"长相、能力，实在不行你回赵家，当年那事儿之后，你那有钱的老妈巴不得把你供着。这些我但凡占一样儿，我就挺直腰杆说跟她在一起。"

红毛笑了下，有些苦恼："怎么说，可我都没有。"

沈仟怀本就不是一个会安慰人的，此刻坐在这儿，也只是陪着红毛，当一个忠实的听众，两人你看我我看你。

红毛叹了口气，现在说这些也没用，他羡慕的是现在的沈仟怀，不是以前在巷口牛杂店打杂的沈仟怀，以前他还时常说，他们仟哥这是什么破命啊。

他知道沈仟怀以前日子也过得糟糕，现在看着人前光鲜，其实是苦尽甘来。

有些麻烦事儿越说越烦，红毛剥了个橘子，不谈了，看了眼他们两个："你们什么时候在一起的啊？"

红毛最近也没怎么见过沈仟怀，不知道他们又在一起了。

邢芸还犹豫了一下怎么说，既然沈仟怀已经气消了，那他们应该能算是在一起了吧。

她正想推算一下时间，就听见沈仟怀说："没分开过。"

邢芸放在膝盖上的手握了握，脑子里都是他这句话，"没分开过"。

从红毛的出租屋出去的时候，摇摇晃晃的木梯，灯泡外飞着蝇虫，她小心扶着墙走："你刚刚说，你说……"

沈仟怀知道她指的哪句，看她小心翼翼的样子，牵过她的手，握在自己掌心里："你翻翻那条短信，我回了吗？"

邢芸愣了一瞬看他，那条分手短信单方面出去，并未有回应。

沈同学"被甩"也很硬气，手机里"分手"两个字后就再无后续了，他没答应。

好像是这么个理。

他没答应，就没分手。

又是一上一下地站在木梯上，他牵着她的手，邢芸看着他，小声说了句："你对我真好。"

他逆着光，额前碎发垂下来，眉眼隐藏在阴影里，半侧着身看她，闲闲勾了下唇，也没说话。

不对你好对谁好？

是你先不讲道理偏向我的。

笨蛋。

红毛因为那个姑娘的事儿，接连抑郁了几天，又重新送起了外卖。

只不过退了那个地下室的房子，还回到原来的员工宿舍了。

陆峥浩子他们几个觉得他神神秘秘，红毛只是笑笑说："怕干不成，先保密。"

军训结束，邢芸已经上了一周的课，大一课程比较杂，除了小提琴还有一些杂七杂八的公选课。

夏然洗漱完后进行了一系列精致的护肤，看了眼课表，忽然心如死灰："明天'早八'，起不来，你们谁起得来能给占个座啊。"

"我……"邢芸从被窝里伸出一只手，"我能起来。"

"那就拜托你了。"每天的'早八'，就邢芸起得最早。

顺带包揽整个宿舍的占座服务。

刚开始那几天沈仟怀和室友一起吃早饭，两天以后那些室友以王彬为首，统统自觉另坐一桌。

周记早茶，邢芸买好东西拎过来，这之前她还去超市绕了一趟，帮他带了瓶酸奶。

她坐下，把东西暗戳戳推给他："这个是夏然告诉我的，之前没喝过，但挺好喝的。"

沈仟怀瞧了眼那瓶子，挺奇怪的包装，平时放货架上他根本不会拿的那种。

"不会又是和绿豆汽水一样的东西吧。"

绿豆汽水他之前说是甜的，王彬说苦，他和邢芸没联系的那段时间，有次整理桌子看见还剩最后一瓶，就顺手开瓶喝了。

第一口味道有点怪。

可能是放过期了。

确实挺苦的。

"没有。"邢芸坚持为这瓶酸奶发声，"这个是真的好喝，我们宿舍都喜欢，就这个草莓味卖得最好。"

沈仟怀抬起眼，懒散靠向椅背："你喜欢草莓味的？"

她没在意说："嗯。"

他拿起酸奶瓶子在手上看，忽然问："真的不喜欢绿豆汽水了？我知道哪个超市有卖的。"

它小众，得专门找。

邢芸低头吃着三角饭团，不知道在掩饰什么："不喜欢了，它甜度太淡，要是再甜一点就好了。"

她之前自己跟自己赌气，说她不要喝绿豆汽水了，但后来也不算刻意避着，只是从邢朝军告诉她林女士生病的那天起，生活节奏加快，一直都挺忙的，再没去特意买过它。

邢芸和他简单吃了早饭，在校园里还能顺路走上一段，他教室近，但偏偏跟着她多走一段路到音乐系。

邢芸回头看他，还没张口，他就先说了："我又不给别人占座，误不了。"

她笑着说："宿舍三个都指着我呢，那我先走了。"

门口一别，进去后有人问她："刚刚那个，是你……"

邢芸大方跟她说："男朋友。"

她这话说出去，不知道怎么她宿舍人就全知道了。

夏然算是知情者，剩下两个知道她脱单了，好像还是高中带上来的男朋友，但不知道那人就是沈仟怀。

晚上，同宿舍的一个海城姑娘，当即发出一声震惊的感叹："他是海城的吗，是上一届的市状元沈仟怀吗？"

"是。"邢芸点头，没想到沈同学的名号依旧这么响亮。

海城这个姑娘因为名字取得凑巧，大家都叫她"穗子"。

"我是海城附中的，当时我高二，但高三模考那个总成绩表上，就一个五中的沈仟怀总在前头，其余好名次都被附中包圆了。"穗子说，"当时我还想着这人谁啊，五中什么时候这么出息了。"

毕竟像附中那样的重点高中，都是各个初中选上来最拔尖的学生，虽然不明说，但能力在那儿，都瞧不上那个小镇上的五中。

夏然吃薯片的动作都慢了一拍："状元，真的假的？"

"真的。"穗子点头，"我在我们学校排不上重点班，就是普通班，当时班里老师说，说看看五中这学生，人家争气，说我们有好条件还不知道珍惜。

"我们普通班其实只能上一两个 A 大，老师就拿他的例子当鸡汤，说五中都能考出这样的成绩，我们为什么不能。"

穗子当时好奇，还去打听了一下在铜钱镇的朋友，问知不知道这人是谁。

结果关于沈仟怀的事，在当地有各种版本。

什么听力障碍，什么住院休学，简直一男版海伦·凯勒。

穗子对那些事不知真假，现在邢芸一个大活人站在这儿，她忍不住想问："他真的有什么缺陷吗？"

"没有。"邢芸替他解释说，"他之前听力有点受影响，但应该早就没事了。"

晚上，邢芸洗漱完准备躺下，沈仟怀忽然给她发条消息。

暴躁修勾：下楼拿东西。

邢芸还以为他干什么这么神神秘秘，结果下楼，就看见他手里提着一个超市袋子。

他递过来给她，还挺沉的。

里面是那个玻璃瓶包装的绿豆汽水。

草莓味。

沈仟怀今天随口一句，她就真当他只是问问。

没想到他会去买草莓味的绿豆汽水，这应该是新口味。

"我刚在超市看到就买了。"沈仟怀挺认真地说，"绿豆汽水的新口味，要不尝尝，这个是甜的。"

邢芸拿在手上，四块五一瓶，她却觉得手握的地方都在发热，随便一句话也会被人记着的感觉，真的很让人心动。

时隔大半年，她又一次开了瓶绿豆汽水，和上次不一样，那天不高兴，今天却是挺欢喜的。

邢芸和他坐在宿舍楼下的长椅上，椅子扶手已经锈了，她拿着瓶绿豆汽水，空气里都飘着股让人愉悦的草莓味。

她喝了口，还有点冰，甜度刚好。

邢芸忽然就很开心，也往后一靠，叫他："沈仟怀、沈仟怀、沈仟怀……"

她像是个卡带的复读机，他唇边溢出声笑，幼稚地配合她，嗓音疏疏懒懒，答应了三个"嗯"："我能听见，这耳朵现在还算好使。"

她凑近些，手捏了下他耳朵，力气不重，混合着她说话呼出的热气，反倒痒痒的。

"听不见也没事，我可以多说几遍。"

当初陈阿花也是这么跟她说的，他听不到的话，她可以多说几遍。

他怎么样都没关系。

晚上，沈仟怀做了一个梦。

梦里回到很多年前，沈念牵着那个稚嫩版的他，把他带到了铜钱镇。

沙滩，大海，椰子树。

那是他第一次看见海，算得上非常漂亮的风景，但沈仟怀和大部分人不一样，他一点都不喜欢。

那天舅妈和舅舅做了一桌子的好菜，热情招待。

屋子里没有空调，就一个老旧的风扇"吱呀吱呀"地转。

因为住得远，平时除了过年，他基本没见过舅舅和舅妈，吃饭的时候也是安安静静的，不说话。

直到吃完，赵彩霞给了他一本图画书让他去房间看。那本书挺旧的，图案粗糙劣质，外面大人在沙发上说话，他在小房间里看得心不在焉。

他悄悄开了一点门，听见他们的对话。

"你还年轻，跟人处对象带个孩子肯定是累赘，人对方做生意的，一个大老板追你这么久，也不嫌你嫁过人，你把孩子放我这儿，放心走就行了。"

沈念有点为难："哥，我也不知道这怎么办。"

舅舅说："我给你照顾两年，等两年你嫁过去稳定了，该有你们的孩子也应该有了，到时候你跟他说，再把这孩子接过去住。"

当时的对话对于一个七岁的孩子来说太过于难懂，他听了，又好似没听到。

没多久沈念就进来房间，长发散在肩头，大方漂亮，蹲下身跟他说："仟怀，你以后就在这儿住好不好？"

她声音温柔，像是裹了蜜饯的药丸。

他手里捧着书，冲她摇头："不好。"

他当时并不知道沈念是要把他丢下，只单纯地回答她这一个问题，他不喜欢这个地方，他不要住在这儿。

"小孩儿认生。"赵彩霞笑着说，"这巷子里好多他这么大的，等过几天玩熟了就好了，我们俩又没孩子，照顾他还不是绰绰有余。"

他拿着那本旧旧的图画书，看着屋子里大人们相互说话。

他说了不好，但根本没人听他的。

最后沈念走的时候跟他夫妻二人说："那我先走了，等过几天他要是实在待不住，到时候再说。"

他丢下书，追着她跑了几步，有些着急："妈，我不想在这儿。"

舅舅及时拽着他，跟沈念摆手："快走吧，越说越分不开。"

他挣脱不掉，就那么眼睁睁看着沈念走了。

刚来那一周他总是一个人坐在码头，一边闻着渔船上的腥味想吐，一边又不愿意回舅舅家，也不敢跑远，怕找不回来。

在那几天认识了红毛，接着就是镇上那几个朋友。

有人说话，他就可以不用一个人坐在码头了，舅舅和舅妈白天各自在发廊、牛杂店忙活，每天剩下不多的时间里，他们住在一起还算是和和睦睦。

一个多星期后沈念打来了电话，他当时带有赌气的成分在，嘴硬地说："我不要回去。"

后来沈念就再没说过要他回去的这类话，也不曾来看他，只是每月给他寄东西，衣服、礼物，还有钱，他都不要。

再往后那些东西就逐渐少了，因为沈念有了自己新的孩子，为那个小孩重复看病治病的这个过程，总想着等那个孩子身体好一些不需要到处跑了，就把他接回去，结果一年又一年，她像是完全忘了在某个小岛上，她还有个叫沈仟怀的儿子。

高二那年赶集，为了救沈浩东，他难得逞一回英雄，在最后意识消失前，是一阵强烈的耳鸣，能模糊看到周围混乱的打砸，但听不到一点声音。

浑身痛感复苏，地面带着午后余温，他头一回没骨气，开始后悔当初电话里赌气说那句：

"我不要回去。"

王彬打着电话进来，边走边说："知道了妈，待会儿就去了。"

梦到此为止，沈仟怀缓缓睁眼，有些烦躁地扶了下额，这都什么陈芝麻烂谷子的破事儿了，怎么会忽然梦到这个。

王彬挂了电话，才看见他还在床上："你还在啊，我以为你早出去了。"

沈仟怀一般都起得挺早的，今天已经九点多了，算是罕见。

"起迟了。"他不咸不淡地应着，脑子里还都是刚刚那个梦。

王彬说："正想叫你来着。我爸妈来了，说让我叫上宿舍的人，一起去吃个饭。"

王彬爸妈不住这儿，这次出差路过，顺便来看看他。

中午王彬叫了宿舍这几个人一起去了饭店包厢，沈仟怀先没进去，在外面抽了根烟。

邢芸下课路上，给他发消息说：在干吗？

暴躁修勾：王彬他爸妈来了，叫我们来吃饭，就大学城一个饭店。

邢芸也正要去吃，但吃的是家东北菜，应该和他不在一起。

是芸不是云：我和室友也出去吃，吃完要是不远的话，还能碰个面。

实际距离确实不远，王彬这边开始得早结束得早，他爸妈还得赶下午的高铁。

邢芸在东北菜馆门口看见沈仟怀，他站在路边公交车站旁，穿了一件单薄的黑 T 恤，靠着广告牌，双手环胸，嘴里闲闲咬着根烟，烟尾红光明明灭灭。

她走过去，他就顺手把烟拿下来，掐了。

沈仟怀以前是不吸烟的，或者说是戒了。

但现在看着，明显又开始了。

邢芸看了眼他："你又开始抽烟了？"

他像做了错事，眼睛看向别处，含糊"嗯"了声。

她其实不在意男生抽不抽烟，就是这东西，总觉得不那么健康。

邢芸："你之前不是戒了吗？"

沈仟怀沉默了瞬说："你不喜欢，我就戒了。"

能戒一次也能有第二次，不算太难的事。

邢芸没再继续这个话题，目光往下落了一点，他衣服领口有点斜，能看见锁骨上方露出的一点文身。

那天在台球厅她就隐约看到了，出于好奇，她伸手往下拉了一下，随后手腕就被人握住，制止了她的动作。

"喂，光天化日的。"沈仟怀唇边溢出声笑，懒懒散散地说，"你怎么上手扒人衣服啊。"

一句话把人点醒。

她指尖微收，耳尖一红，把手缩回去，有点不好意思道："才没有，你去文身了？什么时候的事？"

"去年冬天文的，这儿原来是道疤，王彬要去文身，那天我跟他去的，顺便就让把这疤用文身遮了。"沈仟怀看她耳热，也不逗她了，手插口袋里，懒声说，"随便文的。"

他虽然一般没什么心思去欣赏自己的裸体，那天就是凑巧了，王彬说"你锁骨上那条疤可以遮一下"，他想着干等也是等，就让去做了。

刚刚就一瞬，她也看清了，沈仟怀文身在锁骨处，是片荆棘缠绕玫瑰的图案。

这种图案出现在他身上，不显得娘，配合他这张脸，反而是艳。

很艳。

她真的很想说，沈仟怀，你是狐狸精转世吧，月黑风高夜就变身勾魂的妖怪。

下午两个人都没课，可以在外面转转再回去，他们走路挨得近，她能闻到他身上若隐若现的烟味。

沈同学这烟瘾，有点大。

邢芸看了眼他，也没吭声，直到跟他路过一家便利店，忽然说去买东西，出来时手里拿了一把糖。

她双手捧着，眼睛里仿佛盛满细碎的光。

沈仟怀微垂下眼扫过，有些疑惑。

她这哄人的招数一招鲜吃遍天，但他今天也没脾气啊。

"糖你装着吧。"邢芸认真看着他，跟他商量，"要不，试试把烟戒了，我听说戒烟的，闲不住就吃糖。"

他拿走说："行，我装着。"

但他草草答应的这句话非常无效。

可能她前段时间没有特别去关注沈仟怀抽不抽烟这回事，从这天注意他开始，就发现他这人基本烟不离手。

食堂门口、楼道、宿舍楼下。

总能看见他手里夹着根烟。

戒烟需要时间，总不能让他一天就断了，邢芸也没有催他，只时不时给他买糖。

京市到了十一月，气温就逐渐降下来了，出门得穿冬季的厚衣服才行。

室内暖和，邢芸穿了件毛衣出去，倚着阳台围栏，给林女士打电话。

"妈，你们最近还好吗？"

　　林秋月说："挺好的，我过两天就先办出院，等半个月再来复查。"

　　邢芸听着林女士声音和那边热热闹闹的电视声，磨蹭半天才问了一句："爸呢？"

　　"你爸去买晚饭了。"林秋月电话聊起来，舍不得挂断，"我看天气预报说你那儿快要下雪了，走的时候有没有带够衣服？要不趁这几天再买几件？"

　　"衣服够了。"邢芸耳朵里好像自动过滤掉林女士说的有些话。

　　她藏着事儿，犹豫说："妈，我谈恋爱了。"

　　邢芸对于坦白谈恋爱这件事，其实很没底，毕竟上次坦白，从开口那一瞬事情就变得一团糟。

　　所以这次她吸取经验，没有先告诉老爸，而是先告诉林女士。

　　林秋月停了一瞬问："是大学里的同学吗？"

　　邢芸没有拐弯抹角，直接报了名字："是沈仟怀。"

　　铜钱镇就那么大，更别说沈仟怀那莫名其妙的话题体质，小镇状元着实让他在当地又火了一把。

　　高二的时候他们总在一起出现，说出这个名字，林女士不会不记得他。

　　没听到回应，邢芸心里更没底了，手指在围栏上有一下没一下地戳着，声音也低了些："我不知道老爸是不喜欢沈仟怀还是怎么回事，但是我喜欢他，只喜欢他。"

　　林秋月刚放下电话，邢朝军就拎着晚饭进来了，看见她笑着说："刚跟谁打电话。"

　　"跟女儿。"林秋月把手机放在小桌子上，整了整身上的毯子，"女儿说，她谈恋爱了。"

　　谈恋爱这回事一提起来，邢朝军就忍不住想到上次在机场找到她，脸上表情没什么变化，拆着食品袋，似随口说："又谈了？"

　　林秋月："你上个月跟我说女儿之前谈的那个，男生是不是叫沈仟怀？"

　　前段时间邢朝军跟她提起过，说去年女儿复读谈恋爱，那个男生还来家里找过她，邢朝军想着那个时候应该把心思放在学习上，就让他们分开了。

　　林女士听听就罢，想着既然分开了，又过去那么久，也没什么好说的了。

　　没想到兜兜转转，女儿还是和镇上那个孩子在一起了。

　　邢朝军其实记不太清那个名字了，现在林秋月一提，他才想起来些，点点头："是，好像是。"

"那孩子挺好的，长得不错成绩也好还有礼貌，都一条巷子里的，十二三岁就在他舅妈店里打杂，挺辛苦的。"林秋月笑了下说，"女儿怕你还是不同意，就先告诉我了，她说喜欢那个孩子，只喜欢他。"

饭盒打开，里面是份香气四溢的生煎，邢朝军慢慢抽出双筷子，没想到隔了大半年，女儿和那个男生又在一起了。

"我不是看不上那孩子，只是当时时候不对。"他过了好一会儿才说，"是我不对。"

邢芸打完这通电话，才从林女士口中得知，去年邢朝军让她分手，那天还有个男生去家里找过她。

她没有异性朋友，那个人只能是沈仟怀。

她记得那天老爸正在气头上，估计出口的话也很伤人，但沈仟怀从没跟她提起过。

要不是今天林女士说她复读谈恋爱的事，她压根不会知道。

邢芸忽然心情有点复杂，想问问他，那天她爸跟他说了什么，但是又不知道该怎么起这个头。

这天晚上，她难得熬夜，迷迷糊糊睡过去一会儿又醒来，一看时间，才四点多。

微博上好多人都在发，京市下雪了。

这算是今年初雪。

像是心有灵犀似的，她点进微博那个小狗头像，对方一分钟前也发了条。

暴躁修勾：下雪了。

她点进私信里面说：沈仟怀，还不睡？

等了五分钟，对方依然是已读不回。

可以，沈同学。

邢芸转头又切回微信里去：沈仟怀，微博上那人是我。

之前没告诉他，是不想打扰他个人的树洞途径，但这么久了，他已经不会在微博上发牢骚，甚至还有了几个微博互关好友。

又等了会儿，他才回复：刚忙完，有个比赛，天快亮了就不睡了，没课，随时可以补觉。

是芸不是云：我刚醒，看见微博上说下雪了，今年的初雪。

暴躁修勾：要不，吃个早饭？

从某种意义上讲，她就当这是看雪的邀请，答应说：好啊。

沈仟怀不在学校，来的路上还得一段时间，邢芸怕吵醒室友，轻手轻脚地下床，穿了件米白色的厚外套悄悄出门。

不到五点钟，天还没亮，除了路上偶尔几个早起锻炼的学生，连早点摊都还没营业。

白雪纷飞，雪花透过暖调的路灯落下来，连带着染上一层淡金色。

她踩着厚厚的雪刚到门口，就看见前头不远处，沈仟怀风尘仆仆地赶过来。

两人视线对上，他穿着件黑色的羽绒服，头发和毛领上都落着雪。

光线晦暗不明，他微低下头时半张脸藏在阴影里，只能看清一截清瘦的下巴。

等人走近，邢芸才想起来问他："你不住宿舍了吗？"

"有时候做参赛的东西需要弄到很晚，不想打扰室友，前两天在外面租了个房子。"沈仟怀随手拍了拍衣服，让自己看着不太像个雪人，"挺近的，没课的话可以带你去看看。"

路上他可能走得快，说话还有点喘气，耳朵和鼻尖都有点红。

虽然这么说不太好，但挺像一只雪地里的小狗。

让人想狠狠地撸上一把。

她这么想着，也就真这么干了。

邢芸伸手摸了下他头发，避开他的眼睛，欲盖弥彰地先开口："有雪，帮你弄掉。"

雪掉没掉她不知道，反正自己是满足了，眼睛里倒映着盈盈的光，开心说："沈仟怀，下雪了。"

沈仟怀声音有点哑，笑得懒散："可算是看上这场雪了。"

从高中的时候她就惦记着想看一次北方的雪，那年回家过年没顾上，结果后面她连着两年高三，去年又在京市初雪前陷入分手僵局。

不知道什么时候起，看雪不只是她一个人的执念，而是成了两个人的，她想看一场北方的雪，他不太一样，是只想和她看一次雪。

两个人在路上走，任由雪落了满头。

忽然想到什么，她停下说："沈仟怀，给我拍张照吧。"

他好像还没有给她拍过照片。

邢芸身后就是棵松树，深绿色的针叶被雪压弯，她不太会摆姿势，只傻傻地比了个剪刀手。

沈仟怀退远几步，像模像样拍了几张给她看。

邢芸本以为他这种直男选手拍出来会像网上那样的惨不忍睹，但效果却令人挺意外的。

意外地好看。

她默默打开他微信要给自己发过去，才注意到沈仟怀给她的备注是。

那个小没良心的。

"……"

邢芸点手机的指尖顿了瞬，抬头看他。沈仟怀视线扫过来，又稍微有点尴尬地转开，清了清嗓子："去年改的，忘改回来了。"

说来还挺巧，是去年年底，他靠在酒店走廊窗口抽烟，一开窗看见外面白雪漫天，是京市初雪，沈仟怀几乎是下意识的，就想到某个小没良心的，心心念念想看北方的雪。

还说等京市初雪，他们就见一面。

结果那场雪来得太迟，初雪没见到，人已经分开了。

他当时随手拍了张图，发了朋友圈。

是发给谁看的似乎不言而喻。

发完又觉得人家都把他甩了，只抛下一条冷冰冰的分手短信，他却依然记着她想看雪，还婉转迂回模棱两可地发朋友圈，发完越想心里越不爽，但也没删，最终少爷病发作，回去幼稚地给她改了备注。

这个"去年"不难猜，应该是他们两个分开后的事情。

邢芸低头，他手机已经自动锁屏，她握了握，有话想问，但答案已经知晓，她微抬起头看他："你去年，是不是还去我家找过我，昨天我给我妈打电话，我才知道的。她说有个男生找过我，我想，应该就是你吧。"

他嗓子里含糊应了声，没说是，也没说不是。

邢芸语气低下来："我爸爸他那天很生气，估计说话口无遮拦的，我替他……"

"不用道歉。"他开口说，"我也没太在意。"

短暂安静了几秒，她试探问："那我爸爸跟你说什么了？"

这次的安静比刚才还要长，沈仟怀也比刚才更不自在了点，半晌才开口："你爸说，都分手了就不要再联系了。"

他当时确实挺蒙的，先是一条分手短信，又是她爸说那番话。

让人想不通这是为什么。

沈仟怀微垂下眼，睫毛压下去，又抬起来，漆黑的眼睛里没剩多少失落，倒是另外一种情绪更多一点，名为"赶紧的，开始心疼我吧"。

再加上他耳朵尖被冻得有点红，显得无辜，又"茶里茶气"。

她牵上他的手，指尖一点点紧扣，安抚下这个"受伤"的沈同学："我不管，沈仟怀，反正我喜欢你，只喜欢你。"

沈仟怀笑，嘴角轻扬："我也一样，我没听他的。"

路上的车辆开始变多，再往前卖早点的小摊也已经支起来了，隔着距离都能看见蒸笼冒出的腾腾热气。邢芸往前指了下："你饿吗，我请你吃个早餐。"

沈仟怀："行啊。"

两个人到了早餐摊儿，买了几样饭团和烧卖，有的还没熟透，需要等，他习惯性去衣服口袋里摸手机，才后知后觉手机还在她那儿。

邢芸见他找，就先递过去了。沈仟怀接过顺手付了钱，随口说："算你请我，拿我手机请。"

她没跟他争，"哦"了一声，刚才拿着他手机也没办事儿，这才说："把照片发给我吧。"

总共三五张，沈仟怀都发给她了。

等的过程无聊，邢芸又过了一遍那几张照片，不由得发出声感慨："沈仟怀，你还擅长这个。"

沈同学一脸坦然："不擅长，只拍你比较好看。"

他干什么都是这副气定神闲的样子，不过目前好像也确实没他办不成的。她想反驳，又无从下手，只得小声碎碎念："说得像你拍过一样。"

"拍过。"他沉默了一瞬，视线看过来，"在五中的时候。"

他站在楼上，拿着陆峥的相机试手，底下绿树成荫，孔子石像，镜头对准下面那个穿校服的姑娘。

邢芸没想到他真拍过，还有点不信："那照片呢？"

店老板打包好东西递过来，他接过，挺随意地跟她说："改天找出来给你。"

时间还早，邢芸和沈仟怀去了他租的房子里。

两室一厅，就他一个人住。

沈仟怀平时也不经常来，想着红毛退了原先的出租屋，要不跟他一起住这儿得了，但红毛最近神神秘秘的，说有大事要忙，这儿没员工宿舍方便。

于是作罢。

进门屋子里有一只猫在地上跑，邢芸看了半晌，是胖胖的一只矮脚猫："你还养猫了？"

沈仟怀进去给它抓了把粮搁碗里，看它吃得起劲："邻居的，研一学长，他昨天放我这儿，说今天下午来领。"

屋里暖气很热，他脱掉外套里面就只剩一件单薄的 T 恤。

可能他昨晚一点没休息，这屋里待着人暖和了，就只剩下昏昏欲睡。

邢芸看他困到一脸生无可恋，也没让他陪自己熬着，主动说："你是不是困了，要不，你去补个觉吧？"

他不咸不淡"嗯"了一声，嗓音倦懒，沉沉的调子，还有心思逗她："要不一起？"

邢芸转过脸去，耳根已经发热："想得美。"

然后就是他去补觉，结果这一觉睡得很沉，中午都没起来。邢芸一个人待着无聊，他卧室门开着，她就进去了。

坐在床边看了他一小会儿，邢芸脑子里在"吵醒他陪自己说说话"和"算了还是等他好好补个觉"之间徘徊，最后还是没忍心叫他。

不仅如此，自己还很没出息地睡着了。

比这更没出息的是，人醒来时就在他怀里。

她手牢牢环在某人腰间，明显是她要抱他的。

身体贴近，感受到某人的体温，邢芸的睡意都散了一半，她悄悄地收手，指望不被他发现，刚动了动，头顶就冷不丁传来沈仟怀的声音："醒了？"

他也刚醒没多久，嗓子含着颗粒感的哑，疏懒带笑。

沈仟怀就躺在她旁边，体温和心跳都是热的。屋子里没开灯，光线昏暗不明，能隐约看见他领口处那片文身，她只瞄了一眼，匆忙移眼把手收回来，心口止不住地"怦怦"跳。

某人的声音还在继续，开玩笑说："这算不算，投怀送抱。问你要不要一起，你不是拒绝吗？"

邢芸醒来发现在他怀里就挺不好意思了，此刻被他说又多出一种恼羞成怒，也许是脑子一热，她脸埋过去，直接报复似的咬了一下他的锁骨，她又不总干这种事，导致下口没轻没重。

沈仟怀皱眉，轻"嘶"了声，随意用指尖抹了一下，见红，却也不恼，只是看着她，笑得很浅："咬挺狠啊。"

他锁骨处文荆棘玫瑰的文身泛红，轻微渗血，那点红和这个图案的适配度莫名很高。

"谁叫你说我。"邢芸往后退，一本正经地坐到旁边。

也就是没开灯，才看不清她悄然羞红的脸。

沉默几秒后，她从衣服口袋里掏出几片创可贴递过去，也不看他："买东西送的，赠品。"

那是几片小兔子图案的粉色创可贴，包装上印着硕大又鲜红的"赠品"二字。

这话说得他好像不配用上正装。

某人拿过去瞧了眼，瞧不上，嫌弃得不行："娘死了。"

沈仟怀往旁边抽屉里翻了翻，拿了样东西出来，一转身，邢芸就看见他锁骨上贴了一个傲人以及非常"爷们儿"的创可贴。

正义之光。

奥特曼图案。

外面倏然传来一阵敲门声，二人对视一眼，他自觉出去开门。

门一开，那只矮脚猫看见主人，激动地往上扑。研一学长抱起猫，看见沈仟怀锁骨上斜着贴了一个创可贴，有点抱歉地指了指怀里的猫："这是它干的吗？"

"不是。"沈仟怀懒散笑了声说，"是别的猫，比它还野。"

学长走之前还一本正经留下句话："这猫啊，不能乱逗，不然它容易抓人。"

沈仟怀也挺正经说："是啊，下回就知道了。"

邢芸没出他房间，就在旁边坐着，听见外面的关门声才起身去开了灯。

沈仟怀的房间布置得很简洁，灰色系，桌子上甚至放了几个小盆栽，很有情调。

她刚左右看了看，他整齐的房间唯一的不足就是有个抽屉是半开的，她想顺手关上，就看见里头一摞东西，还没来得及看清，沈仟怀就不紧不慢地走进来，两人视线几乎是同时落在那个抽屉上。

他自认为抽屉里没什么见不得人的，过去彻底拉开，把其中一张挑出来放在最上面："怎么样，上午跟你说的，这张还不错吧。"

邢芸拿起来看，照片里她还穿着五中校服，旁边是孔子石像，这个角度还挺刁钻的，是从上往下的俯拍。

他当时应该站在楼上。

剩下的照片都很杂，照片里除了她，大部分都还有班里人，有的连他也入镜了。

"其他的都是陆峥在班里拍的，那段时间刚得个相机，新鲜得不行。"

这么一说，她也隐约记起来，确实有段时间陆峥老拿着相机在班里拍，包括篮球赛结束，沈仟怀胳膊懒散搭她肩膀上，这张也在他这儿。

每一张看过去，中间还夹杂了一张她小时候掉牙的红底照。

真的，很丑。

邢芸把这张照片给拿走，莫名的羞耻感席卷而来："不是让你扔了吗，怎么还留着？"

他虚倚着桌子，歪了下头，笑得有点痞气："扔了干什么，挺可爱的。"

邢芸凶巴巴瞪他一眼，这分明就是黑历史，而且还黑到不能再黑。

但不对等的是，她没有任何沈仟怀的黑历史在手上。

这人从小帅到大，哪有什么黑历史。

邢芸把红底照装进口袋，说不过他："反正不会再给你，这张照片必须扔掉。"

"行，你说了算。"沈仟怀被她逗笑，乐得不行，又怕再笑惹她炸毛，收敛些笑意说，"你饿不饿，要不出去吃点儿东西。"

现在已经到下午了，除了早上吃了点，中午直接睡过去了。

中途半梦半醒，他隐约感觉到身边的地方好像陷下去一点，以为是猫跑进来了，也没在意，结果没多久，一双手就搂上了他的腰。

她完全是睡梦中无意识的反应，他身子却明显僵硬一瞬，睡意都跟着散了一半。

那双手抱着他，脸埋进来，不知道梦到什么，嗓子里模糊哼了一声。

听着十分委屈。

叫人心软。

他也是头一回面对这种场景，手都不知道该往哪放，生疏青涩，最后轻轻落在她背后，也算是，抱着她。

　　邢芸故意说："你还知道饿，我当你一觉睡得不起来了。"

　　沈仟怀只是笑，过会儿才说："去吗？"

　　她挺饿的，说什么也没跟自己肚子过不去，点了点头："去。"

　　坐电梯下去，外面的雪已经停了，沈仟怀把衣服拉链拉到顶头，低头甚至能遮住小半的下巴，更别说锁骨上那点暧昧痕迹，压根是一点都看不着。

　　他衣领帽子上一圈厚实的白毛，看着很暖和。

　　小区附近有一排大大小小的饭馆，邢芸来上学也就才两个多月，大部分时候都在学校食堂吃，这附近她也是第一次来。

　　红绿灯口，沈仟怀手插在口袋里，轻抬了抬下巴："前面有家水煮鱼不错，要不吃那个？"

　　水煮鱼。

　　这是自那段昏暗的日子过去后，她再次听到这道菜名，邢芸沉默了几秒说："你能吃吗，我记得你海鲜过敏。"

　　沈仟怀似是没想到她还记得这茬，闲闲勾了下唇："淡水鱼不过敏。"

　　要不怎么说他没那少爷命还一身少爷病呢，吃条鱼还得挑是咸水还是淡水。

　　他自己都觉得，难伺候得很。

　　邢芸抬头看他："你什么时候知道自己海鲜过敏的？"

　　沈仟怀说："很早了，不记得。"

　　红绿灯闪烁交替，他们跟着行人往前走，对面就是他说的那家水煮鱼店。

　　邢芸也没矫情，吃就吃呗。

　　下午四五点钟，店里只有服务生和他们两个。

　　沈仟怀点了鱼，还有几份特色小菜，普普通通的木头桌子，也算不上精装的门店，玻璃上贴着广告红字：水煮鱼，78元一份。

　　红色的棉质门帘落下来，隔绝掉外面的冷空气。

　　距离期末还有一个多月，各科考试已经需要陆续准备了，邢芸看了眼班群，关掉手机，视线落向对面的人："等放假以后，你要回家还是待在这儿？"

　　茶壶里泡着热茶，他帮她倒了一杯，放她跟前："应该先留这儿，不太想回去。"

　　之前答应沈念的，在镇上读完高中就回去。

　　去年放了寒假，宿舍王彬他们都走了。沈仟怀当时和隔壁学长一起做一个创意策划，就在学长那儿住了段时间，没事了顺便帮学长喂喂那只肥猫。再往后那学长也回家了。空荡荡的房子，只剩下一人一猫，他不开口就没人说话，沈念再三来电话，他也故意找借口说有事要忙，最后拖到除夕那天才回去。

也不清楚在躲什么，就是回去挺尴尬的。

邢芸知道他和那个家关系生疏，不想回去也是情理之中。

他过去那些年只把赵彩霞当作自己亲近的人，尽管平时被数落了也会顶嘴发脾气，但这种生活上的摩擦，他也只有跟亲近的人才会产生。

结果事实揭露，令人难堪。

他和赵彩霞也逐渐断了联系。

邢芸在心里默默叹了声，这世间美好怎么就不能分他一小半，以为握到了一丝温暖，结果又被凉水彻底浇透。她握了握那杯茶，温度透过杯壁传到掌心，轻声说："我也留下。"

沈仟怀靠着椅背，懒洋洋地说："要陪我啊？"

安静几秒。

邢芸忽然想收回刚才的话："那我考完试马上就走。"

就留他一个人在这儿无聊到发霉吧。

她只是开玩笑性质地说，他却是当真了，漆黑的眼睛看着她，沉沉懒懒的嗓子让人听出点撒娇的意味："别走，陪我两天。"

店里服务生过来上菜，正好听见他们刚才的几句拌嘴，放下菜，脸上表情要笑不笑地走开了。

中间是大份的水煮鱼，和原来她喜欢吃的那家不一样，这家明显口味要更重一些，很下饭。

一时贪嘴，她吃得好饱。

冬天晚上天黑得早，从店里出去时，天上又开始飘雪了，地上厚厚一层还没化完，新的就已经又落上了。

雪天路滑，大部分人走路都小心翼翼像只企鹅，就他走得气定神闲，游刃有余。

邢芸刚想问他能走这么稳的秘诀是什么，微抬起头，发现他在看着前面走神。

她手缩在口袋里不想伸出来，用胳膊碰了下他："在想什么？"

灯光下白雪皑皑，沈仟怀微垂下眼，视线看过来："我在想，能这么和小没良心的看一场雪，真不容易。"

晚上，沈仟怀洗完澡出来，头发半湿扫在额前，乱发遮眼，可能是因为沾水的缘故，锁骨文身处有明显的泛红，白天那个随手贴上的奥特曼创可贴已经被他撕掉扔了。

这地方还挺尴尬的，红痕暧昧得要命，邢芸忽然有点不好意思，后悔自己气恼了才下口没轻没重："要不再贴一个吧，不然衣领总能蹭到。"

他敞着腿坐在沙发上，拿块毛巾潦草地擦了擦头发："不用。"

荆棘玫瑰的文身，很好地遮盖了原有的疤痕，只有离得很近时候才能依稀看到那道疤原本的位置。

不过一般人应该也不会凑这么近的距离看。

意识到这一点，邢芸才有些脸红地移开视线，确实，两个人此刻离得有些近了。

他微弓下身时锁骨更加明显，后颈棘突冷淡勾人，他不紧不慢擦着头发，余光瞥见她在悄然往旁边挪。

像上学时候她的小动作，每次都没逃过他的眼睛，沈仟怀放下那块毛巾，偏头看过来："挪去哪儿？"

"你不觉得有点太近了吗？"她振振有词，"干吗过来就坐得离我这么近。"

刚洗完澡，他那双近乎含情的眼睛里还藏着未完全散去的水汽，要笑不笑地叫她一声："邢芸。"

他眼睛漆黑，却很干净，半湿不干的头发让他显得整个人湿漉漉的，很无辜，像是白白被人占了便宜，要向她讨回公道："你今天抱我了。"

对视几秒，她就败下阵来。

邢芸有些别扭地不肯承认："那个不算，我睡着了，不算数的。"

他含着懒意，笑着问："真不算？"

她笃定地说："不算。"

短暂安静一瞬，他拉过她的手腕，让她的手落在他腰间，他身上硬邦邦的，肌肉紧实，隔着单薄一层衣服，她已经能感觉到他身上的体温，微缩了下指尖，不敢再碰。

他慵懒的嗓音说："看我。"

邢芸大概是被鬼迷了心窍，如同听到指令般，偏头看他。

　　沈仟怀凑近，不由分说地吻上她的唇，到唇边，又到眉心，一点一点，她似是难得的珍宝，他吻得很轻，但没忘了为自己讨公道："我说算，睡着了也算。"

　　她缓缓睁眼，正看见他喉结轻滚，视线往上对上他眼睛，刚想说话，他的吻又落了下来，让她声音只得淹没在唇齿间，发出"唔"的一声。

　　若即若离，他像是在自我克制，直到灼热的吻离开她的唇，沈仟怀声音很轻，气音和哑音掺杂在一起，快要听不清——

　　"别抵赖，你就是抱我了。"

/ 第 13 章 /

她生来就是高高在上的天鹅

他头发半湿，低头时无意蹭在她颈间，是说不出的暧昧。

她总算是承认，脸和脑子都是热的："是，抱了。"

听她承认，沈仟怀似是满意了，唇腔里溢出声笑，捏住她下巴，以一种幼稚的胜利者姿态吻她，低头垂颈，又好似甘愿臣服。

桌子上放着两个红酒杯，散发出隐隐约约的旖旎清甜，今天晚上他们都喝过酒，说不上这种红葡萄酒的清甜是在空气里，还是在唇齿间。

邢芸手搭在他腰上，隔着衣服也能感觉到他体温似乎比刚刚更高了些，如回应般，往前凑了点，轻吻了一下他的喉结。

细小的触感，一触即离，像小猫一样。

沈仟怀上身明显僵硬一瞬，微偏开头，血液躁动，哪儿哪儿都是热的。

这澡白洗了。

所有刚刚好的气氛以她这个吻作为终结，他偏着头，邢芸看不清他的表情，只瞧见他紧绷的下颌。

几秒后，他起身去了浴室，接着便是"哗哗"的水声。

沈仟怀又去洗澡了。

刚刚她感觉得到，可能因为先前喝了一点酒，两个人都有点上头。

他是那个先行抽身的智者。

沈仟怀这个澡洗了很久才出来，甚至还在里面磨蹭地吹了个头发。

邢芸身上盖了条毯子，窝在他沙发上看电视，吃零食。

他出来先去冰箱拿了罐可乐，松松拎着往这边走，身上都带过来一阵冰冷寒意，就坐在她旁边，也不说话。

除了电视里的对话，就剩下她吃薯片的声响，过了一小会儿，电视里插播广告，趁着空闲，她将破不破地问："哎，为什么今晚要洗两次澡？"

她问得模棱两可，他却没绕弯，直接得很："给你时间想一想，我怕你后悔。"

邢芸低头，"哦"了一声，手缓缓拿了片新的薯片，递过去了。

或许是暧昧散场后的余温，她眼睛没敢看他，递的位置也不准，他够不到。

沈仟怀握上她手腕，把薯片递到自己唇边，低头，咬走了。

他手很快就松开，邢芸也慢慢收回来。

不知道是他洗冷水澡的缘故，还是刚拿过冰箱里的可乐，刚刚他手握过的地方，一片冰凉。

这天晚上，到了睡觉的时间，邢芸站在他房间门口忽然愣住。

这算不算是"同居"啊？

她想了下，看向沈仟怀，他倒是挺淡定的，还有心思喝水。

邢芸过去掀开一边的被子躺下，离他挺远的，一点不挨着。

沈仟怀在另一边，随手关灯。

两个热恋期的年轻情侣中间隔的距离却像结婚四十年已经忽略对方性别相看两厌的老夫老妻。

白天不小心睡着了倒不觉得有什么，现在清醒着，脑子里就控制不住地胡思乱想。

邢芸暗暗呼出一口气，试图给自己洗脑。

就当他是姐妹，纯友谊，嗯。

黑暗中，沈仟怀忽然清了清嗓子："你紧张什么？"

声音低沉暗哑，充满少年人的磁性，无情打破她暂且拿他当"姐妹"的幻想。

邢芸借着屋里漆黑，睁眼说瞎话："没紧张啊，有什么好紧张的。"

他只是笑，无情戳穿："呼吸声都乱了，还要怎么紧张。"

某人现在这耳朵，有点过于好使了。

"旁边还有个卧室，被子什么都有。"他顿了顿，说，"外面还有沙发可以睡。"

虽然相互看不清，但她直觉告诉她，这人在笑。

像是某种被他传染的胜负欲，邢芸也学着他腔调，佯装淡定："我困了，不走了。"

这话确实像某人的风格，沈仟怀懒散笑了声，没有再说。

直到过了很久，他听着身边人的呼吸声逐渐平复，均匀规律，应该是睡着了。

沈仟怀白天基本都是睡过去的，现在睁着眼睛睡不着，想出去抽根烟解闷，还没起身，那个已经睡着的姑娘就凑了过来，再一次无意识地，抱上他。

女生的身子很软，从那边贴过来，她抱得很实，带着温暖的体温。

他就是现在想走也走不了了。

沈仟怀不想吵醒她，保持着原本的姿势没再动，她散开的头发总若有似无碰在他耳根处。

夜晚的房间鸦雀无声。

他听着自己的呼吸声一点一点乱掉。

清晨，邢芸睡醒就感觉自己像是窝在某人怀里。

反应几秒，她默默往后退。

她以前怎么没发现自己睡着了还有这种令人羞耻的习惯。

刚挪出一点，沈仟怀胳膊便不经意搭过来，让她逃脱不掉，她要是动作再大些，就该把他弄醒了。

邢芸想了几秒，放弃抵抗，算了，勉为其难再让他抱会儿吧。

免得他醒了又"茶里茶气"说她抱他了。

这下算扯平。

又过了会儿，她想再试试能不能走掉的时候，才注意到某人的呼吸声乱了。

她以牙还牙，拿昨天的话还给他："沈仟怀，你紧张什么？"

沈仟怀确实醒了，不过醒来没多久，嗓音含混，声音低低地笑她："你怎么还记仇。"

她故意道："我记仇得很，那年洗头收我一百八我记你一辈子。"

沈仟怀："那我可算是要倒霉。"

邢芸仔细回想说："我好像真没被坑过，你算是第一个。"

他无赖地"哦"了一声："荣幸。"

在发廊坑了她一百八，后续就是把自己赔进去了。

沈少爷想了下，有点不爽，这么算的话，一百八，还是要少了。

　　临近期末，沈仟怀和王彬经常泡在图书馆，邢芸待在琴房，练期末演出的曲子。

　　曲子是电脑随机抽的，是《我的祖国》。

　　夏然抱怨这曲子太熟悉，尤其是原来艺考时候就老练这首，甚至都已经练出肌肉记忆手放上去就会，没新意，随便练了两遍就回去了。

　　邢芸参加过两年集训，这首曲子她早就熟得不能再熟，但还是练到很晚，这毕竟算是她第一次登台表演。

　　她很珍惜。

　　晚上九点多，沈仟怀独自走在音乐系，楼里没剩几个人，只有琴房传来小提琴的声音。

　　这算是上大学后，他第一次听到她练琴，也是她第一次拉琴，只给他一个人听。

　　虽然是首耳熟能详的曲目，但明显比之前在镇上听到的成熟很多，不论是技法还是熟练程度，都称得上上乘。

　　琴房门开着，他倚着门框看了一会儿，屋顶灯光在她身上笼下光晕，她认真练琴，传出阵悠扬琴声。

　　前后两遍，她放下琴，揉了下酸痛的脖子，另一只手拿出手机给他发消息：图书馆快关门了吧，别看书了，我去找你。

　　消息发出去，提示音却在身后响起，透过衣料传出来，有点闷闷的。

　　沈仟怀拿出手机看了眼，同时往里走："这一层都没人了，以前可没发现你这么拼，原来这劲儿都没用在读书上。"

　　之前上学她都是被爸妈逼着念书写作业，管得严，她从小又听话，在双语学校一路升上去，一切都是水到渠成，成绩自然不会差，但她唯一真心想学好的东西，只有小提琴。

　　练琴不需要人逼着，她会主动去练。

　　"期末我们有演出，我是小提琴手之一，地点就在学校报告厅。"她从口袋里拿了一张票给他，"第一排的票，给你留着了。"

　　以前给他画的大饼，说她要是当上了小提琴手，一定会给他留前排的票。

　　现在虽然只是一个校内的表演，等以后她走进更大更豪华的舞台，也一定不会忘了给沈同学开这个后门。

　　沈仟怀接过，手里还拎着两杯奶茶，两杯不一样的新品，递给她说：

"你挑。"

他对奶茶这东西没什么区分感，可以统称为"糖水"。

票上写着演出时间地点之类的字眼，是那种人挺多的交响乐，曲目是《我的祖国》。

旁边还有空凳子，他就顺势坐下了。

看了眼票，对折起来揣口袋里，随后抬起手，放在她刚刚揉脖子的地方："是这儿疼吗？"

他的手很大，从外面进来带着轻微的凉意，这么放着，基本圈了她大半个脖子。

两个人距离很近，他漆黑的眼睛看着她，她忽然有点磕巴："没，没有。"

一结巴，这话听着假得要命。

他手掌压在那块地方，难得温柔一次，帮她轻揉："我之前在网上查过，说小提琴练久了，脖子、肩膀都会疼，也可能是练琴姿势不太对，我不会这琴，也不清楚。"

她咬着吸管喝奶茶，微低着头："你查这个做什么？"

他似是还认真想了下，然后说："忘了，可能是闲的。"

从琴房离开时，邢芸关灯，锁门，把钥匙放到旁边消防栓上。

下楼无意瞥见外面的树，树梢上落了层薄薄的雪，这种雪积不起来，估计明天一早就化得毫无踪影了。

邢芸推开一半窗户，看外面的雪："沈仟怀，又下雪了。"

沈仟怀身为一个在南方长大的北方人，对雪其实没有多少特殊情怀，但她每次看见下雪，眼睛都是亮的。

她忽然说："今年年后，你来一趟我家吧。"

他没马上接话，而是隔了半晌才开口："上次见过你爸，有点紧张。"

邢芸拍了拍他的背，安慰小朋友似的："没事，这次有我给你撑腰。"

这次不会让他感到任何一点的为难。

沈仟怀原本双手环胸，挺大爷的姿势，说的却是句很没出息的话："你要不再过来点？"

她侧头看他："做什么？"

话到嘴边，他忽然有点说不出口，最后干咳一声移开视线。

"听听我这被你撩拨的心跳。"

京市十二月，陆陆续续又下了几天雪，沈仟怀有事没事就过去看他们音乐系的演出彩排。

去的次数多了，加上人又长得招摇，有人问起来音乐系什么时候多了这号帅哥，结果得知他是经管学院的，两个学院间差不多隔了半个校园，不免又是一阵惋惜。

夏然回头神神秘秘地看了眼，然后转回来，小声跟她说："哎，他今天怎么没来？"

沈仟怀一般算着点来，这个时候通常已经站在侧门那里，她们这个位置，一扭头正能看得到。

邢芸也回头瞧了眼，门外有几个看热闹的舞蹈系学生，他没在。

她转回身，正对上夏然视线："他们专业这几天也该考试了，可能比较忙吧。"

"也是。"夏然点点头，"我听说他去年还领了奖学金，A大都'卷'成什么样了他还能拿到奖学金，绩点应该是很高了。"

前面老师拍了拍手，叫他们集中注意："今天最后一遍了啊，明天就正式表演，领回去的服装要是不合适的待会儿留下给我报尺码，我办公室还有剩余的。"

"音乐准备。"

舞台灯光亮起，今天最后一遍彩排，这首滚瓜烂熟的曲子她竟因为走神错了一个音。

果然，一心不能二用。

沈仟怀站在报告厅外，听着电话，嘴里闲闲咬着根烟，一身黑色大衣显得他身形更加优越，脖子上还围着条浅灰色的围巾，随性慵懒。

电话里，沈念说："仟怀，你们是不是快要放假了，到时候早点回来吧。"

他拿下烟，由它在指尖燃着："那么早回去也没事做，不如在这儿待着，干点我喜欢的事。"

沈念："在那儿放假的话，有地方住吗？"

沈仟怀说："我租了个房子。"

一问一答，听着冷冰冰的。

沈女士像是丝毫不这么认为，继续说："租金不便宜吧，这学期开学前给你的卡，前两天我去银行取钱顺便查了一下账户才知道，里面的钱根本没动过，你怎么都不用，平时吃什么穿什么。"

"我有奖学金，还有比赛得的奖金，你之前给我的还剩下不少，杂七杂八，我一个学生消费不高，够花。"

沈念："妈就是希望你过好一点，你也不愿意回家，除了多给你些钱，我也不知道该怎么办。"

沈女士句句真话，这头隔了半晌，他才开口说："我知道。"

他知道沈念是真心想对他好，但他就是亲近不起来，除了一句"我知道"，就又剩下长时间的安静了。

沈仟怀默了一会儿，又说："那小孩儿他……最近还好吗？"

"弟弟"这两字他叫着别扭，一般和沈念说话，都叫他"那小孩儿"。

"还行，可能是长大了，身体比以前好些。"沈念三句话不忘说，"我和你陆叔叔，都盼着你回来。"

他和他后爸还不如跟那个混账舅舅关系近，这话怎么听都假，盼着他回去的，只有沈念。

报告厅里音乐声结束了，沈仟怀靠着墙，指尖轻弹下烟灰："你管好那小孩儿就行，别操心我了，我这么大了，能照顾好自己。"

沈女士又唠叨了两句，关心慰问，才结束了这通电话。

邢芸从报告厅出去算早的，裹着围巾，几乎快遮住了下半张脸，只露出一双眼睛。

他指间的烟还没来得及收，就被她看见了。

夏然见她眼神往那边看，顺着瞧过去，立马懂了："我先走了，先走了。"

这电灯泡夏然可不想当，跑得比兔子还快。

邢芸过去，他正捻灭了烟，丢进垃圾桶。

她背着琴，状似不经意地随口说："上回说戒烟的事，你是不是转头就忘了。"

沈仟怀还是那个靠墙的姿势，慵懒散漫，却又不自觉站直了些，轻勾下唇："不太好戒。"

说白了还是日子过得太过于舒坦，不痛不痒的，当然不好戒。

这事儿都过去几个月了，她也一直没问，现在面对面站着，才想起来说："沈仟怀，你什么时候又开始抽烟的。"

他视线有点闪躲，错开说："忘了。"

邢芸回去还专程搜了一下关于戒烟的事，说这种烟瘾大的刚开始戒，身体还会有不良反应，比她想的还要麻烦。

她也不是非得强迫沈仟怀戒烟，怕让沈仟怀觉得她多事，连这个也要管。

思前想后，算了，不提了。

她往床上一躺，就是有点纳闷，问夏然说："我记得你之前的男朋友也抽烟，学管乐的那个。"

"是啊。"夏然想起记忆中的人，那时候的爱情幼稚得很，"他说那样凹造型比较帅，每天过来就在咱们班门口晃悠。"

夏然想了想，然后摇了摇头："不过他还是算了，再怎么凹也没沈仟怀帅。"

隔天的表演如期举行，邢芸在后台化妆，换衣服，女生统一的黑色长裙，简约大方。

她完事早，拿着手机在旁边给某人发消息：你来了吗？

附加一张小兔子表情包。

过了几分钟，没人回复。

旁边那扇门一开一合，她视线随之看去，有个志愿者脖子上挂着相机，匆匆忙忙进来看了一圈，问人说："王彬在不在？"

化妆间人多，还有几个学生会的到处拍照，邢芸刚放下手机，就听见旁边某个女生接话："他们系今天有考试，就让我来帮忙了。"

志愿者找王彬有事，人不在就只能叫她："那你跟我来吧。"

邢芸看着两人前后出去，王彬这个名字她并不耳生，是沈仟怀的朋友，两个人同班，那他应该也来不了了。

手机里发出去的消息无人回应，邢芸垂下脑袋，有点不开心，他今天有考试，好歹也告诉她一声啊。

白期待了那么久。

黑发、红唇，前面镜子里倒映出一个精致的美人相。

夏然化完妆，过来跟她闲聊，无意看见镜子里的人说："哎，邢芸，有没有人说过，你化浓妆更好看。"

舞台有灯光，想呈现出一个稍微有气色的妆放现实中看着就挺浓了。

"有吗？"邢芸也盯着镜子看了会儿，"我不太喜欢浓妆，感觉放我脸上有点怪。"

说不上来，可能单纯是她看不习惯。

最后去候场前她又看了一次手机。

那两条发出去的信息依然孤零零躺在聊天框。

夏然在前面喊她："邢芸，看什么呢？"

她匆忙放下手机说："来了。"

半分钟后，空无一人的化妆间内，邢芸丢在桌面上的手机亮起。

暴躁修勾：我到了。

表演曲目不是小提琴独奏，集体表演，算是人挺多的，光小提琴手就上了十来个，更别说还有管乐手和鼓手，看过去黑压压一片。

可能是抱有某种期待，她在台上，视线从观众席第一排看过去，靠左边其中一个位置上，沈仟怀坐在那儿，嘴里叼着根棒棒糖，咬着一截小棍儿。

台上的女生都穿一个样子，邢芸上一秒还在想他不是有考试吗？怎么会在这儿？那点来不及细想的心思又马上转变为，他会不会看完整场表演都找不到她在哪儿？

一切都是匆匆忙忙，她眼神还未触及他的，演出就开始了。

沈仟怀坐的位置靠前，左右都是空的，他胳膊搭在扶手上，微仰着头懒散靠向椅背，上面那么多人，他却是一眼就看到她了。

她穿了一件黑色的长款礼服，舞台灯光打下来，更显得人唇红齿白。她拿着琴，整个人都散发出一种堪称耀眼的魅力。

让人觉得，她就理应如此光鲜，不需要假意扮演，她生来就是高高在上的天鹅。

沈仟怀盯着台上看了好久，快结束的时候用手机拍了一张。

演奏结束，后面的歌舞表演沈仟怀不感兴趣，直接去后台外面等她。

邢芸几乎是刚进后台就出来了，她为了方便，出门时多穿了件长款羽绒服。

早上是这么来的，现在也这么穿着出来。

走廊没人，沈仟怀身高腿长，站在那儿格外明显。

他听见脚步声回头，邢芸慢慢走到他跟前，不知道他是不是没去考试，心情稍微有点复杂："我发消息你没回，本以为你不来了，而且还听说，你们今天有考试。"

不过很快，那一点点的疑虑也被打消。

沈仟怀站在那儿，随意道："考完了，做快点能提前交。"

他之前算着时间差不多，考完试去报告厅看她表演应该正好，就没跟她说这回事。

要是因为看她一个表演不去考试，她倒是真会有负罪感："那你们剩下几天还有别的考试吗？"

沈仟怀看着她说："没了，王彬估计已经收拾东西准备回家了。"

他眉眼漆黑，眼角微扬，睫毛在眼下带出一小片阴影，虽然平时看她时差不多也是这个"拈花惹草处处留情"的感觉，但今天他看的次数明显比之前多。

邢芸被她这么看着有些不好意思，跟他对视，总是她甘拜下风："沈仟怀，你今天怎么老看我啊？"

他倒毫不吝啬一句夸赞，收敛几分散漫，挺认真地说："你今天很漂亮。台上人那么多，我只看见你了。"

他说，"我只看见你了"。

某种名为甜蜜的要素在空气中炸开，安静一瞬，邢芸大着胆子亲了他一下说："算是表扬奖励。"

为了让自己这说法站得住脚，她还振振有词："我看网上有个说法，如果亲近的人时不时夸我漂亮，我就会真的变得很漂亮，所以你要记得夸我。"

沈仟怀笑，声音里竟让人听出几分宠溺："好，你最漂亮，以后都叫你'邢漂亮'。"

邢芸被夸得有点不好意思，于是跟他开启商业互吹："你也很帅，配我正好。"

沈仟怀跟着闹着，从口袋里拿了把钥匙给她，上面拴着一个小兔子的钥匙扣："这是我租那房子的钥匙，多一把，你拿着。"

他之前铜钱镇109号的钥匙，也给了她一把。

邢芸看了眼钥匙，又看了眼他，想着等放假这几天估计用得上，于是没推辞，收下说："沈仟怀，过两天就圣诞节了，我们一起去看电影吧。"

沈仟怀点头："好，邢漂亮。"

这个梗像是过不去了，邢芸胳膊肘戳他一下："我开玩笑的，也不用这么一直叫。"

"嗯。"他顿了几秒，低头笑了，"邢漂亮。"

圣诞节那天早上五点多，沈仟怀人就醒了。

他又做了那个梦，那个被沈念带到铜钱镇的梦。

分明他人已经上了大学，离开镇上已经一年多了，最近却时不时就会梦到当年的情形，关于那点陈年破事儿。

每次在梦里的感受都很真实，他一遍遍向沈念说不想住在舅妈家，但压根没人听他的，然后看着沈念离开，那扇门关上。梦到在电话里他赌气说不要回去，像一个无人依靠的孩子却要贪得无厌，无理取闹，于是被惩罚，被遗忘，他坐在码头的旧渔船上，瞬间斗转星移，海水倒灌，天上的星星都接连掉进了海里，冰冷的海水连他也一起吞噬了。

这种梦每次醒来都很难受，胸口被一团无处发泄的情绪堵着，像失重后的溺水。

他每次醒过来都得缓一缓才能恢复正常的情绪，不知缘由，只能说最近太闲，人闲了容易矫情。

以前忙的时候可压根没时间做这种梦。

邢芸醒得迟，电影票是下午场，她趁着上午时间还能慢慢洗个澡护个肤，下午收拾一下化个淡妆再出门。

她在被窝给沈仟怀发消息：醒了吗？今天过节，想想晚上我们吃什么？

暴躁修勾：火锅、烤肉、日料，你选。

这确实算是比较火热的三种选项。

她仔细想了下说：火锅吧，好久没吃了。

宿舍另外两个人已经回家了，夏然本来计划着今天下午回去，但早上起床就说肚子疼，改签了车票。

邢芸洗澡，护肤，中午简单在食堂吃了份饭，帮夏然买了点吃的回去。

结果到宿舍一进门，夏然已经穿好衣服坐在椅子上，白着一张脸，皱着眉，有气无力地说："邢芸，我好疼，陪我去趟医院吧。"

沈仟怀按照约定的时间到了学校门口，给邢芸打了两个电话也没人接，天寒地冻的，预报今天还有雪，他待了会儿，进了旁边一家甜品店。

圣诞节店里有推出的限定款，网上营销事先也做得很好，进来出去的很多人都买这个黑森林蛋糕。

店员热情地说："请问想要点什么？"

他也随大流，指了那个限定款："这个。"

店员细心道："这个今天限量，师傅在后面做不出来，所以每人只能买一个，在店里吃还是打包？"

沈仟怀想着这么稀罕的新品，那就留着等下给她买，随手指了旁边的："我换这个，店里吃。"

他其实不怎么喜欢吃这些，就是想找个地方坐着，总比外面大街上站着强。

邢芸中午从宿舍出去，医院看病流程多，前前后后费了好些时间，等夏然终于打上吊瓶，她得空拿手机看了眼。

已经下午六点多，距离电影开场都过去两个多小时了。

看到屏幕上七八个未接电话，她急忙走去医院的消防通道给他拨过去，那边人接得很快，似就在旁边守着。

她抱歉说："夏然生病了，急性肠胃炎，我中午陪她来医院就忘了告诉你。"

沈仟怀还在那个甜品店待着，桌上已经七七八八吃了好几样。

这种突发事件，他自然也谈不上怨谁，人没事就好。他偏头，看向大面的落地窗外："嗯，外面下雪了，注意安全。"

电话结束，他去前面结账准备走，无意看见玻璃柜里的圣诞限定只剩一个，他指了下："这个帮我打包，一起结，谢谢。"

沈仟怀带着蛋糕回去，从冰箱里拿了罐可乐，想找个电影看，结果翻来翻去，翻了一部恐怖片。看到一半，他兴致阑珊，倒是自己又饿了，于是看向桌上放着的蛋糕，拆开吃了。

今天一下午在甜品店吃了太多甜的东西，现在吃了小半就不想再动了，他把叉子放上面，对电视摁了暂停键。

有点犯困，一个人又待着没多久就睡着了。

嘴里蛋糕是甜的，梦却是苦的。

梦里有个温柔的女人牵着他的手，说："仟怀，你以后就住在舅妈这儿好不好？"

等夏然挂完水睡下，邢芸从医院出来已经九点多。天色黑透，节日的夜晚灯火通明，地上积起一层厚厚的雪，倒是看着很有圣诞的氛围，她站在医院门口给沈仟怀打电话，拨了三个，都没人接。

他没事的话，不会不接她电话的。

邢芸想了下，便直接去找他。

最近沈仟怀都住他租的房子里，她也没绕冤枉路，直接上门去找。

敲门没人应，她用钥匙开了门。屋内灯火大亮，沈仟怀躺在沙发上睡觉，身上搭了一条浅灰色的毯子，桌上还有吃剩的大半个蛋糕，电视屏幕是暂停住的某个恐怖片的画面，血腥得要命。

他睡得不踏实，毯子掉下去一半，邢芸蹲下身小心帮他拾起来，再抬头时无意看见他眼角有一点点的湿润，似是泪痕。

她手里抓着毯子，动作微怔一瞬。

但除了是泪，她想不出那点湿润能是什么。

今天圣诞节，他该不会是被她放鸽子，然后一个人在家越想越委屈，委屈到哭了吧。

沈仟怀什么时候变成个哭包了。

邢芸轻轻地把毯子帮他搭回去，心里生出些类似于内疚的情绪，涩涩的。

她忘了早些给他打电话，他怕是一个人等了很久吧，结果还被放了鸽子。

她自认为动作很轻了，却还是不小心把他碰醒。

沈仟怀睁眼，看见她就在眼前，刚睡醒一时没反应过来，盯着她看了两眼。

邢芸还是弯腰的姿势，眼睛一瞬不瞬地看着他。灯光明亮，她清澈的眼睛里甚至能倒映出他的轮廓，至少此时此刻，这个姑娘的眼睛里只有他。

他眼眶忽然有点发热，这算是出现在他身上挺蹊跷的征兆。

邢芸看了他一眼，他头发有点乱，不知道是刚睡醒还是什么，眼睛也湿漉漉的，她心里那点内疚也随之加深，主动解释："我怕夏然挂水睡着，所以，等她弄完我才回来的。"

沈仟怀不知道在想什么，屈起条腿半坐起身，微垂下眼。他似是这才慢半拍地感觉到自己眼下有点湿，本能抬手蹭了一下。

不蹭这一下还好，这一蹭，不光是眼睛，鼻子也跟着酸酸胀胀的。

压下去的眼皮抬起，无声无息，一滴泪从眼角落下，邢芸看着那滴泪滑下去，坠在他清瘦的下巴上。

他是，哭了吗？

沈仟怀拧了下眉，把头偏过去。

他今天怕不是疯了吧。

沈仟怀抹掉下巴上那滴泪，微昂起头，想让自己冷静，轻呼出口气，却连呼吸都是乱的。

一爷们儿在女朋友面前哭，后半辈子干脆别做人了，反过来当邢爷女朋友吧。

理智点吧，沈仟怀。

他眼眶是红的，喉结动了动，嗓子也很干，自我劝说的理智无效，新掉下来的泪都尝着咸了。

像是被自己这副没出息的样子给气笑了，他扬着嘴角，表情在笑，却又像个疯子一样眼泪在掉。

像电影里那种彻头彻尾的反派。

邢芸也被他这一出给吓到了，愣了几秒才匆忙去茶几上抽了几张纸巾，不知道是该帮他擦还是该如何，第一次体会到在他面前的手足无措："不，不是，你别，你别哭呀。我真的不是故意让你等我的，夏然她当时疼得都站不起来了，我担心她，然后一着急，就忘了早点告诉你了……"

他摇摇头："不是这个。"

邢芸不解："那是……"

"你等我会儿。"他不想给她看自己这狼狈的样子，转过脸去，视线看向别的地方，"等我缓缓。"

邢芸仔细在想，如果不是因为她放他鸽子，那她从进来开始，他还在睡着，眼角就已经有泪痕了。

她半猜半蒙，小声试探："你是不是做噩梦了？"

他声音闷闷的："嗯。"

邢芸看不到他的正脸，从没见过他这个样子，也不敢碰他："醒了还是很害怕吗？"

他还是一个字："嗯。"

"我来了，就别怕了。"

她小声安慰，他还是只会说："嗯。"

又好像是不太想说话，在敷衍她，这时候不管她说什么他都会说"嗯"。

前面电视机上定格的恐怖片画面，在这个时候显得很不合时宜。

邢芸拿着遥控器，把电视机彻底关掉了。他不吭声，邢芸就喋喋不休说些别的，又过了半晌，他总算转过脸看她一眼，然后什么也不说地靠过来，额头抵着她肩膀。

过了很久很久，邢芸都以为他要睡着了，才忽然听见他说：

"我梦到沈念了，最近老是做梦。

"梦到她把我丢在铜钱镇，我说我不喜欢这儿，但没人听我的。"

他呼出口气，带着轻微的气音："你就当我今天疯了吧。

"邢芸，我难受。"

沈仟怀第一次直白又毫不遮掩地在她面前袒露他的软弱，他抵在她肩上，说他难受，声音粗哑干涩，令人心疼。

"我一睁眼就看到你，距离很近，我看见了，你的眼睛里有我的影子，只有我的，你可能只是搭毯子无意看了我一眼，我就挺没出息的。"

他顿了顿说："没忍住。"

一边是梦里倒灌的冰凉海水、掉落的星辰，一边又是她，是清晰而又真实的月亮。

刚醒过来那种胸口窒息的沉闷还未散去，就被一道不讲道理的暖意击碎，长驱直入。

对比过于强烈，像溺水的人忽然得救。

没忍住也不能怪他。

两年多前他重读高二，沈念来镇上找他，跟他同吃同住，他大方说要她回去，那话也都是真心的。

那年十七岁的他已经能跟当时的自己和解，跟沈女士和解，时间足够久，他不想再怨任何人。

沈仟怀一直自欺欺人相安无事，直到最近频频做梦，梦到一次，难受一次，这种感觉过于真切，他才知道自己没办法释怀的，是那个七岁的自己。

他只说了少部分的几句，都是拣最不重要的说，她眼睛里已经满是心疼。

邢芸稍抽开身，吻了一下他眼角，尝到轻微的咸涩后退开，手捧过他的脸，不让他往别处看："沈仟怀，要不你平时多看看我吧，都说日有所思，夜有所梦，下次梦里带上我。"

沈仟怀握上她手腕，带着高于她的体温，有点灼热，勾着唇笑："你这不是会哄人吗？

"合着不是不会，之前是不想哄是吧。"

就连那大半年不清不楚地分开，他都不知道自己算不算被甩了，满肚子闷气。

她说回来便回来，也只是给了他一把糖。

沈仟怀现在想想，自己这也太好糊弄了，二十岁的人了，别人一把糖就能哄好，此刻后知后觉才觉得亏，但自己现在再去旧事重提属实没必要。

邢芸知道他指的是哪件事儿，不过说到糖，她现在还真有。

她摸了摸身上的口袋，拿出一颗糖给他："要不，这个也给你了。"

是橘子味的水果糖。

她给，他就吃，包装是彩色的塑料纸，糖吃到嘴里，是一种程度适中的甜。

沈仟怀看着她，四目相对，她眼睛里再次倒映出他的轮廓。邢芸看得认真，他眼底的湿意已经看不出来了，只不过眼尾还是有些泛红。

之前在铜钱镇有次一起看剧，里面男主角仙男落泪的场面现在在视频剪辑里依然爆红，当时她问过沈仟怀，问他哭过吗。

红毛这种跟他一起长大的，张口直接说没有，说我们仟哥是铜钱镇猛男一哥。

邢芸今天忽然看他这样，她除了心疼还是心疼。

沈念带有苦衷地把他丢下，他偏偏谁也怨不得，委屈只能自己咽，这本就是一个无解的死局。

沈仟怀同样在看她，那双眼睛很干净，也看得出，他的姑娘在心疼他。

她不会和别人一样去考量沈念一个年轻漂亮的女人当时带个七岁的男孩去谈恋爱会不会很难，也不会想站在沈念的角度，把他暂时留在没有孩子的亲哥哥家是权衡利弊下最好的选择。

别人会跟他说你妈也是没办法，你别埋怨她，一家人话说开了，该回家回家，好好相处。

但她从不考虑那些，和当初一样，沈念第一次回铜钱镇在牛杂店和赵彩霞吵架，整条巷子路过都是看热闹的，生怕里头没打起来。

唯有她什么也不问，不论是非对错，只站在他这一边。

她不讲道理，只为他一个人开脱。

他忽然没耐心等那颗糖慢慢融化，三两下咬碎咽了，手托住她的后脑勺，不由分说地吻下去。他从未吻过她这么重，细密带着啃咬，像最后一点不甘的宣泄。

仿佛连最后剩余一点橘子的甜味也物尽其用。

一个吻，两个人呼吸的频率也都乱了。若即若离间，他忽然问："你之前问我为什么要对你好，问我喜欢你什么，还想知道吗？"

她点点头："想。"

沈仟怀轻抬起她下巴，让她有些被动地仰起，他唇压下来。

"是你先向着我的。"

外面好像有人放烟花，"砰砰"地响，照得屋子里明一暗一下，他薄唇在她额头轻碰一瞬，像哄，也像是笑："笨死了。"

她腾空的手本能想抓点什么，往下落，无意捏了一下他的腰。

冬天在家都穿得很薄，隔着布料，她能感觉到这人身上很硬实，平时是有锻炼的。

沈仟怀清了清嗓子，人模人样，提醒她："手别乱摸。"

她没收手，还在那搭着，黑色瞳仁里干净纯粹："沈仟怀，你不想吗？"

沉默一瞬，他轻垂下眼看她，喉咙发涩："我想什么。"

邢芸从外面回来外套还在身上，里外毛衫让她热得脸颊发烫，但沈仟怀不是，他身上只有一件黑色的薄卫衣。

她头一次大胆，指尖勾起他衣摆，往上，轻滑过他的腹肌，然后点到为止地顿住说："是……这样？"

这天晚上，像是一把弹珠落地，一切乱套了，铜钱镇猛男一哥红了眼睛，从前最规矩的姑娘红了脸颊。

她也不敢，在壮着胆子试探。

邢芸眼睛看着他的，指尖继续往上，沈仟怀喉结上下滑动一下，声音有点不正常的哑："胆子大了？"

她没说是与不是，笃定说："我不信你不想。"

他经不住这么撩拨，能抵抗到现在算是克制了。

"成。"沈仟怀点头，下颌收紧，腾出只手从茶几下面抽屉里翻出盒东西出来，摆在明面上，似动了真格的。

邢芸在超市也见过这东西，更别说盒子上有字。

四四方方的，是避什么孕那什么套。

她视线移回来，沈仟怀解释得挺大方："我买的。"

这东西总不能是他刚刚去买的，邢芸迟疑看他："你早就……"

早就存着这种糊涂心思了？

沈仟怀说："也不太早，就前两天。"

那天他都觉得自己好像有什么毛病，晚上十二点左右从学校回小区，路过便利店进去转了一圈，店里就一个干兼职的女学生上夜班，他转完发现没什么要买的，但不买点什么就走好像不太好意思。

于是他最后过去走到收银台，随手从旁边拿了一盒这个放在台面上。

直到看见那女生的脸都羞红了，他才反应过来自己拿了盒什么东西。

然后，买回来就扔抽屉里了。

"怕了？"沈仟怀修长指节在盒子上点了点，没个正形，"现在要是……"

她猝不及防吻了上来，话都没让他说完。

两个人都是第一次，青涩，莽撞，潦草结束。

卧室灯没开，邢芸拿被子挡脸，除了二人交错的呼吸她什么都听不见。

终归是脸皮薄，她随手抓了件衣服说："我去洗澡了。"

沈仟怀在旁边"嗯"了一声，她穿上衣服走，全程都没敢看他。

洗个澡，可能是怕等一下尴尬，她磨蹭了好久。

最后要出去时才发现，她进来随便往身上套这件是沈仟怀的衣服，怪不得这么大。

沈仟怀坐在床边，一条黑色的休闲裤，额前碎发微乱，上身赤裸着，微弓着肩。

一身不夸张的薄肌肉，加上锁骨那片荆棘玫瑰的文身，出奇地艳。

他听见脚步抬头，正跟她对上。

不知道他这人什么体质，那点泛红的眼尾到现在还没退下去，像是被人狠狠欺负了似的。

低头似伤心小狗，抬头就是可怜兮兮。

让人觉得这世上谁错都不能是他的错，错了也说不得。

她以前怎么没发现，沈仟怀不是装，是自带一种浑然天成的"绿茶"感。

安静地相互看了会儿，她移开眼，大概是脑子迟钝了："你怎么不穿衣服？"

某人从旁边拿起一件浅粉色的线衫，拎着给她看："你觉得这点我穿得上吗？"

就挺像她穿了他的衣服还要反咬一口。

邢芸看了眼，顿了顿说："你应该还有别的衣服吧。"

他点头："还有一件羽绒服。"

邢芸不想跟他说话了，催他："你去洗澡吧，洗完就有衣服了。"

然后趁着人去洗澡，她换回自己的衣服。

等沈仟怀出来，一边走一边套上件卫衣，他头发上还往下时不时滴着水。

茶几下面的抽屉还是开着的，当时只顾着旖旎，没人管这抽屉。

邢芸顺手要关，才看见里面有一盒 A 大纪念品，这东西她很熟悉，曾经老爸出差回来给她买了一盒。

不过这已经更新换代很多年了，这一盒也不是最新款，是去年的。

邢芸把它拿出来说："你还买这个了？"

沈仟怀也往这儿看了眼："本来要送你的。"

结果去年拿了这盒纪念品，没几天就"被甩"了。

冬季主题款，上面是去年的年份。

邢芸算算也知道大概是什么时候的事，不管怎么说，关于分开，沈仟怀在其中一点错都没有。

盒子打开，里面的书签金属质感很强，镂空图案都很漂亮。

"本来扔了。"沈仟怀随手拿起一个说，"王彬说他在学生会专门给留的，让我留着。"

他说得云淡风轻，邢芸却想得出他"被分手"后，一脸冷淡地把这盒东西丢进垃圾桶的样子。

她侧头，现在也看不出什么："你现在还生气吗？"

沈仟怀手里拿着一摞明信片，看得漫不经心："没有，这事儿不都过去了嘛。"

桌上那半块蛋糕散发着阵阵香味，勾起了馋虫。她看了眼时间，晚上十点多，接近十一点："沈仟怀，你饿吗？"

沈仟怀虽然下午吃了很多甜品，但那些东西也不顶饱，把明信片随手放回去说："有点。"

今天圣诞节，还剩最后一个小时。

她忽然提议："我们去吃饭吧。"

于是两个饥肠辘辘的人收拾东西出门，前脚踏出单元门，差点被那股裹着雪的冷风给拍回来。

抬头，灯下的雪花洋洋洒洒，圣诞节的晚上，京市下了很大的一场雪，和今年初雪时差不多。

因为天气太冷，他们也没走远，去吃了上次那家水煮鱼。

店老板的儿子五六岁，玩具车掉了一个轮子装不上，举着玩具，跑去让爸爸给装。

邢芸捧着杯热茶，看父子俩装玩具车的轮子装了好半天，然后转过头，有些好奇地问沈仟怀："我好像从没听你说过你爸，亲爸。"

沈仟怀手机里还是那个种花的单机游戏，闻言，他轻抬起眼："我亲爸是开大车的，送钢架，经常高速上跑，疲劳驾驶，车祸走了。"

气氛瞬间凝滞，邢芸忽然后悔刚刚问他这个，正想说点什么，他无所谓道："没什么，从小他就很忙，不经常见，很早人又没了，那之后沈念就给我改了姓，我本来姓赵，不姓沈，我已经不记得他长什么样儿了。"

店里就他们一桌，饭菜很快上齐，不知道是两个人都饿了，还是饭前起这个头有点沉重，吃饭全程都没怎么说话。

从店里出去时，雪还下着，没走过红绿灯就落了满头白。

吃饭的时候她无意瞥见沈仟怀眼尾未消退的淡红色，忽然脑子里乱七八糟想了很多。

好像她不经意地做了和沈念一样的事。

此刻雪落身上，他们在路边并排走，邢芸没细心组织语言，扯了下他衣服："沈仟怀，你是你，别人是别人。"

红灯时间很长，沈仟怀听完转头看她，眼神有些不解，似是没懂。

"你只做沈仟怀就好了，剩下的都交给我。"

这附近算是大学城，圣诞节的氛围很浓厚，商店门口摆的圣诞树上落满雪，压弯了上面坠着的小橘子。

邢芸和沈仟怀一起走过红绿灯，忽然想牵他的手，低头看了一眼，于是就牵了。

他视线垂下来，远处又隐约传出放烟花的声音，"嘭咚嘭咚"如擂鼓，带动着他们的心跳。

她就要这样牵着他，恨不得大张旗鼓地告诉所有人："沈仟怀，我已经等不及了，我想带你回家。"

之前说好的年后，忽然也不在乎那两天，改到了年前。

这个寒假沈仟怀比去年提前回了家，多久不回来一次，上次回来是去年过年，一年不见，那小孩儿长高了很多，之前听沈念说上初二了，现在看着，个子已经差不多一米八。

陆叔叔还是那句话："快叫哥。"

那小孩儿也听话叫了声"哥"。

沈仟怀还是像以往一样点头，然后拎着行李箱进去。

算是兄弟的兄弟俩其实没太多话说，打过招呼就各干各的事，谁也不打扰谁。

沈念也慢慢察觉到越是对沈仟怀好，他就越想躲，她也逐渐放平了心态，起码他肯回家就是好的。

不再让那份亏欠和弥补变成对他心理上的负担。

这样细微的改变心照不宣，沈念也会偶尔问他们想吃什么，过年买哪家的干果花生，唠两句闲话。沈仟怀在家住了几天，每天无所事事吃吃喝喝，趁着年前，去了趟邢芸家那边。

邢朝军做了几道家常菜，可能因为之前那次见面不太愉快，现在两人对于明天的见面，都还有点紧张。

邢朝军放下菜，瞧着像是不经意问："明天，那个叫沈什么的孩子会来？"

邢芸说："爸，他叫沈仟怀。"

林秋月这些天一直在家，邢朝军也旁敲侧击地打听了一下沈仟怀的事。

打听出来他一表人才，能力出众，都是些好词儿，还算是满意。

但上回邢朝军棒打鸳鸯，跟他说分手了就不要再联系了，话说得很绝，一点后路都没留。现在有种搬起石头砸自己脚的感觉，人又这么大年纪，怎么也拉不下脸去跟小辈道歉。

对于明天的见面，谁也不知道会怎么样。

林秋月吃了药，端着杯水过来："朝军，明天人家孩子来了，你可别拉个脸，虽说不至于定亲，但那也是女儿的男朋友。"

"知道了知道了。"邢朝军把米饭摆出来，催促说，"先吃饭。"

邢芸听着爸妈说话，讨论明天是在家做一顿还是出去饭店吃，邢朝军说出去吃，林秋月不同意："出去吃有点太正式了，容易局促，明天早上你去海鲜市场买几样新鲜的，回来我做。"

"妈。"邢芸及时插了句话，"他海鲜过敏。"

不过因为这个尝不到林女士的拿手菜真是可惜，只能说沈仟怀没口福。

"他在镇上住那么多年，靠海吃海，还能这个过敏啊？"林秋月还惊讶了下，随后又说，"那不要海鲜了，随便买点其他，我都能做。"

邢芸之所以想让沈仟怀来一次，是觉得他和她爸之间那点小摩擦放着不管也不合适，两个人好好见个面，估计也就解决了。

她点着手机，在微信上问他：你紧张吗？

是芸不是云：我在这儿听我爸妈说明天做什么菜，我都觉得有点紧张。

又或者说……是兴奋？

他这一次不是同学，也不是朋友，而是以男朋友的身份来到他们家。

暴躁修勾：本来还不紧张，现在开始紧张了。

沈仟怀住在外面的酒店，点了份外卖吃，酒店房间还挺宽敞，墙上挂着几幅现代抽象画。

是云不是云：明天晚上你几点来？

暴躁修勾：七八点。

主要是去早了怕尴尬。

第二天林秋月和邢朝军早早去买了东西，切菜、炖肉，嘴上说着不要太夸张，又不是定亲，但这架势却眼看着就往夸张了发展。

邢芸不会做饭，在旁边干瞪眼看着也拦不住爸妈这两位。

邢朝军一边皱着眉跟林女士说："哎呀，行了行了，就多一个人他能吃多少。"问完又回头看向邢芸，"那孩子都喜欢吃什么？"

邢芸守在厨房门口，看着老爸这变脸速度堪称一绝，怔了瞬说："他不挑食，都行。"

直到沈仟怀进门的时候，锅里最后一样菜刚好出锅。

好巧不巧，这次还是邢朝军开的门。

邢朝军站在门内，开了门，看着门口的男生，此情此景，还和去年见的时候一样。沈仟怀叫了他一声："叔叔好。"

这次门内的人没黑着一张脸，而是摸了摸衣角，有些不好意思地"啊"了一声："那赶快，快进来吧。"

林秋月摘了围裙，看着人进来，热情道："仟怀，也不知道你喜欢什么，随便做了两样。"

以前在镇上时，林秋月还经常去他舅妈店里买牛杂，有时候看见赵彩霞在旁边叉着腰骂他，林秋月还会帮他说话，笑着跟赵彩霞说别老骂孩子，容易逆反。

但毕竟是别人家事，林秋月也不能老说，也就见十次总会有那么一两次忍不住开口。店里人多眼杂，每次赵彩霞听完不好意思，笑着说现在的孩子娇生惯养，少爷病，吃不了苦，但当下也不会再骂了。

久而久之，沈仟怀看林秋月也眼熟。

"谢谢。"沈仟怀站在当中多少还是局促，又说了遍，"谢谢阿姨。"

随后洗手吃饭，邢芸和他坐一边，爸妈坐在对面。

邢朝军话不多，大部分都是林秋月在说话。

林秋月说："你们上了大学应该不太忙吧，不像高中起早贪黑那么辛苦。"

沈仟怀夹了一块豆腐，还没往嘴里送："嗯，不太忙。"

这顿饭算是吃得融洽，饭后林女士收拾了桌子，邢朝军忽然来了兴致，要跟他喝酒。

邢芸来不及跟老爸说沈仟怀的酒量三杯倒，那边两人已经碰上杯了，邢芸手在桌子下拽了沈仟怀一下，眼神示意他不要喝。

沈仟怀反握上她的手，不明所以，还是喝了。

邢朝军已经是酒场上的老油条，千杯不醉，不过是借着这个才能拉下脸，跟他说："上回的事，对不住啊。"

忽然来这么一句，沈仟怀怔了一瞬，乖得不行："没有，叔叔，本来也没在意，这么说我反倒不好意思了。"

按照邢朝军平常的喝法，几杯下去这才刚开胃，沈仟怀就已经半低下头，看着不太对劲了。

邢朝军本意就是正常想和他小酌两杯，没想把人灌醉，只是没想到，二人这酒量有点过于悬殊了。

结局就是大晚上的，邢芸担心沈仟怀回去半路出什么问题，专程出门送他。邢朝军说要送的，忽然想起喝酒了，不能开车。

邢芸虽然高考过后那个暑假学了车，但平时也不怎么开，现在上路，开得小心翼翼。某人坐在副驾驶上却不老实，忽然凑过来，吻了一下她脖颈。

轻微的酒气在车内若隐若现地漾开，和暖风掺和着，暧昧到极致。

"喂，别闹。"邢芸侧头看他一眼，带着几分装凶的警告意味，"我开车呢，技术可不太行，最好惜命。"

沈仟怀看她手抓着方向盘，用力到骨节泛白，说完她已经又转回去专心致志看前面了。

他慢慢悠悠靠回椅背，懒洋洋道："你有本儿吗？就敢开，我来的时候前面有交警。"

言外之意就是，别被抓了。

邢芸为自己正名："看不起谁，我暑假就考到了。"

沈仟怀淡笑一声，扭头看向窗外，安安静静的，也不打扰她了。

他酒店房间在四楼，两人坐电梯上去，他走路一直挺稳的，看不出什么。

房卡刷上去"嘀"的一声打开，他进门，刚走了一步，整个人忽然就往前栽，邢芸本能去拉他，但力气太小，反而被他带着往前，沈仟怀及时手撑了一下地，呈一个半跪的姿势才没摔下去。

要不然那么直直摔下去脑袋上得磕个包。

门还开着一半，屋里没开灯，走廊的光投射进来，他不紧不慢地站起来。邢芸手扶着，担心地看他："喂，还行吗？"

他还是寻常那样一点头："还行。"

邢芸有点服这人的酒量，也太菜了点。

不过除了刚才那一下，他现在看着依然人模狗样，没有任何酒后失态。

等关门开了灯，扶他去沙发上坐下，邢芸才松了手，心疼又生气："我爸这酒量根本没几个人能喝过他，你跟他比什么呀。"

"没有。"沈仟怀手托了下脑袋，摇摇头，"你爸明显让着我了，我只喝了三杯。"

说罢，他还挺正经地想了下说："这酒量能练吗？"

"不知道。"邢芸双手环胸，姿势比某人更一本正经，"除非你愿意每天回来进门先摔一跤，就能练。"

"那算了。"沈仟怀手搭沙发背上，要笑不笑地看她一眼，"万一磕破相，你又有理由正大光明换个新的男朋友。"

他稍仰起头，懒懒散散地说："是不是，邢芸？"

邢芸虚倚着墙，故意呛他："那估计要换一百个，个个肩宽体阔，年轻力壮。"

她一时兴起，这几个词细品一下，好像……

有点……

沈仟怀忽然笑了一声，嘴角轻扬，站起来往她这边走，单手圈住她两只手腕，固定在高于她头顶的墙面上，慢悠悠微弓下身，眼睛一瞬不移地盯着她。

"你仔细说说，肩宽体阔，年轻力壮，我缺哪样？"

/ 第14章 /

青春永远热烈

　　刚刚也就是张口乱说的，若要细问，邢芸自然说不上来。

　　像打不过就跑的小孩儿，她识趣地认怂："我爸妈还在家等我。"

　　他"哦"了一声，开始耍赖："我听不见。"

　　他分明就是听见了。

　　邢芸手被他箍着，沈仟怀力气用得很寸，没弄疼她，却也挣脱不掉。

　　他呼出的热气无意拂过她耳畔，让人耳根发烫。

　　邢芸想躲，只得轻转过脸去，拆穿他这假到不行的谎话："我知道你耳朵早就好了，别装。"

　　"那不装了。"他摊牌，笑得有些痞气，"我无赖。"

　　这就是装一下都懒得，直接开摆。

　　他低头吻了下她眉心，一吻一离，一离一吻，如蜻蜓点水。

　　房间内，分分秒秒都是旖旎。

　　她忽然存了坏心，有点撒娇的意思："沈仟怀，你手握疼我了。"

　　沈仟怀稍直起身，垂眸看了她眼，把手松了："娇气。"

　　他睫毛压下来，不吭声时自然透着股冷淡，沉默一瞬后说："我都没敢用力。"

　　邢芸双手得到解放，眼睛看着他的，胳膊环上他脖子，有样学样，像只黏人的猫，一吻一离，星星点点地吻过他喉结。

　　轻微湿润的嘴唇碰在他下颌，耳根，最后轻咬了一下他的耳垂。

　　像触碰到了他碰不得的禁区，沈仟怀身子明显僵硬一瞬，喉结轻滚，如掩饰什么般清了清嗓子。

314

　　这是她无意发现的，不知道是不是他之前耳朵伤到过的原因，导致他耳朵附近的皮肤都很敏感。

　　她刚才的举动无疑是精准踩踏在他的每根神经上。

　　他眼尾有着微不可见的红。

　　邢芸胳膊还搭在他肩上，后背靠着墙："沈仟怀，你为什么不看我？"

　　他稍缓了缓，视线才看过来："故意的？"

　　她点头，承认说："第一次在渔船上，我揪你耳朵的时候就发现了。"

　　时间过去挺久了，邢芸估计他想不起来，手捏了下他耳朵，凑近，帮他情景再现："当时我说，你很好啊。"

　　回忆和现实两道声音重叠，此时所有欲念都到达一个顶点。

　　底下好像有人喝多了吵架，还有警车的鸣笛，酒店房间内，两道身影交缠吻在一起。

　　衣服也在稀里糊涂间脱得只剩单薄一件。

　　鸣笛声近，还有什么东西摔碎的打砸声。

　　"吵死了。"沈仟怀忽然拧了下眉，拦腰将她抱起，去了房间卧室。

　　门关上，瞬间隔绝掉外头的声响。

　　静谧无声。

　　邢芸坐在床上，微蜷着腿，四周黑漆漆的，什么也看不清。

　　"动手揪我耳朵的，你是第一个。"他单腿支地，半跪在床沿，轻俯下身，"对我，你全责。"

　　她刚认识他的时候，曾经做过一个梦，梦里是铜钱镇的码头上，倏然天地变化，斗转星移，所有星星都坠进了海里，渔船上站着一个高高瘦瘦的少年，他回头，手里捧着个会发光的月亮。

　　他是不幸跌入深海的星辰，海水倒灌，乍起波澜。今晚，只与他的月亮沉沦。

　　靠近，所有声响在这个夜里都变得缠绵。

　　第二天中午，几缕阳光透过窗帘缝隙照进来，邢芸怎么睡着的都忘了，只知道醒来，自己胳膊又抱着他。

　　"……"

　　这什么毛病。

　　邢芸想把手收回来，某人就低了下头，距离太近，鼻尖差点就碰到她的，沈仟怀人已经醒了，只比她稍微早几分钟。

对视一眼，她还是有点不好意思，缓缓把手收回来，改抓着被子，往旁边翻了个身。

邢芸躺了会儿，在略带尴尬的氛围里起身先去了洗手间，洗脸到一半，他忽然双手环胸靠在门口，眼睛一瞬不移盯着她看。

这儿护肤品什么的都没有，省去那些流程只简单洗个脸也挺快的，她拿了块毛巾擦手，让开位置让他洗漱。

沈仟怀也没说什么，潦草洗了把脸，等他关掉水龙头，无意间抬头，和镜子里的她对视上。

不出几秒，两个人忽然都低下头笑了。

他额前的头发被水浸湿了些，脸也没擦，还有几滴水已经顺着脖颈没入衣领。

沈仟怀手搭在洗脸池边，嘴角还带着笑，回头看她："你笑什么？"

邢芸反问："那你在笑什么？"

他认真想了下说："我不知道。"

她"哦"了声："我也不知道。"

沈仟怀本来今天要走的，结果航班取消了，只能多待一天。

林秋月知道了叫他们去家里吃饭，说人多热闹。这次是沈仟怀开的车，她坐在副驾驶上，吃着上车前他从便利店买的面包和酸奶。

他也还饿着，邢芸忽然不好意思一个人吃，把手里的奶酪面包送过去："要不要吃一口。"

沈仟怀视线看着前头，跟着前面那辆白车打了方向盘："不用。"

他的手骨节分明，修长白皙，清瘦手腕上戴了块黑色的表，随意搭在方向盘上就很好看。

可能是 DNA 里伴随的耍帅基因，很多时候，他不是故意要装这么一下，好像有人天生就是这样的。

比如单手开易拉罐，单手打方向盘，再比如昨晚单手……

嗯，握她的腰。

邢芸把那口面包塞自己嘴里，轻呼出一口气，平心静气，杂念消散。

昨天她专心开车的时候他可不老实，说不上出于某种心理，她视线看过去，描摹过他的鼻梁，最终落在他唇上。

沈仟怀似是看穿她的企图，将破不破地点了一句："你爸这车，撞坏了我一学生可赔不起。"

她忽然想起来问："你有驾照吗？"

沈仟怀："考完没开过。"

车厢内安静几秒，邢芸放下面包，默默攥紧了安全带。

那不就跟她差不多嘛。

转眼就快到除夕，沈仟怀回家之后邢芸一个人也挺无聊的，除了手机上聊两句，就是逮着机会和"当糊艺人"碰了个面。

虽说都在大学城，但相互课表不一样，大部分时候都是你闲了我有课，等我有时间另一边又忙的抽不开身。

姜语嫣上大学到现在已经有一年半了，总共谈了三个男朋友，一个比一个渣。

姜语嫣已经自称"'渣男'收割机"。

邢芸和姜语嫣各拿一杯奶茶逛商场，姜语嫣帽子口罩都不戴，大大咧咧跟她讲完自己的血泪史："不过也就我比较糊，谈恋爱根本没人在意。"

邢芸默默低头吸了口奶茶里的芋圆，如果这个时候说"哦，那我挺幸运的"，岂不是特招人烦？

姜语嫣叹了一声，把话题又绕回来："你是不知道，大一的时候你不在，我们系有个女生追沈仟怀，天天往你们A大跑。"

这事儿邢芸压根不知道，去了A大之后也没听说，挺好奇的："你们电影学院还缺帅哥啊，那不是随手一大把。"

"不一样。"姜语嫣神神秘秘摇头，"说不出来，那可是A大，我们学校确实不缺长得帅的，但沈仟怀算是所有帅的那一堆里成绩最好的，也是成绩好的那堆里长得最帅的。"

姜语嫣喝了口奶茶，挺认真地评价："而且吧，他身上有种感觉，是一股逆流直上的韧劲儿，就算跟他不熟也能感觉得到，他和旁人不一样。"

这话邢芸是认同的，因为那是只有在野地里生长才会独有的坚韧，所有一切都只当是恩泽雨露，他坦坦荡荡，迎风生长。

那是她被其吸引，又羡慕不来的潇洒。

他何止洒脱，又何止年少。

邢芸咬着吸管，想再问两句八卦："那个女生追他，然后呢？"

"然后他说有女朋友，就自然而然给拒绝了呗。"姜语嫣说，"我当时还听说大一追他的人挺多，但是后来都知道他有女朋友，就不再自讨没趣了。"

姜语嫣回头，拍了下她的肩："那个神秘女友，你很有眼光。"

这种花就得趁早摘。

除夕晚上，邢芸给"那朵花"拨了个视频电话。

他那边刚一接通还挺热闹的，好像是在什么包厢里整个家庭聚餐。

沈仟怀拿着手机出去，关门，走到另一边走廊的尽头，他看着屏幕，笑得懒散："怎么，又要看烟花？"

今年不在铜钱镇，也没有盛大的烟花。

一句话无形之中勾起回忆，邢芸看着屏幕上那张脸，忽然说："等夏天，我们再回去一次铜钱镇吧。"

"成。"他答应，又不是多大不了的事儿，"想去就一起去。"

除夕夜，要是打断他和家里人吃饭还挺不好意思的，邢芸用手戳了下屏幕："刚刚我看到的这块，是你在和家里人吃年夜饭吗？"

"是吧。"要是没这个电话，沈仟怀其实也坐不住了，"主要都是我后爸那边的亲戚，我都没见过，进去就低头吃，从头吃到尾，都吃撑了。"

还有不知道该叫什么的叔叔搂着他的肩，热情给他递了一杯酒："老陆这大儿子就是出息啊，来来来，让状元讲两句，讲两句讲两句。"

邢芸听着好笑，问他说："然后呢，你说什么？"

沈仟怀："我说，祝各位新年快乐，恭喜发财。"

他后爸陆叔叔那一边亲戚都是做生意的，各个家里拜财神，没什么比发财更合适的祝福。

邢芸在卧室，关着门安安静静的，就想听他说话，这两句祝福小学生都会，丝毫彰显不出状元水准："我还以为状元会说什么更有水平的话。"

沈仟怀刚从饭店包房出来，外套落在里面了，身上只有一件卫衣，他背后是窗户，似靠在墙边，隔着屏幕叫了她一声："邢芸。

"新年快乐。"

他顿了顿又说："我想你了。"

这次轮到她说："嗯，我也是。

"新年快乐。"

邢芸翻着日历数了数，A大开学挺迟的，赶不上给他过生日了。

但想想这是他们正式在一起后，沈仟怀的第一个生日，起码要一起吃

318

个蛋糕什么的吧。

她开着免提，手已经点进软件里那些蛋糕推荐界面，想着到了学校，给他补过生日的时候买哪款比较合适。

沈仟怀半天没听见这头说话，出声问："在干什么？"

"在挑……"

邢芸忽然想卖个关子，保留点仪式感，拐弯抹角地问他："你喜欢小配饰吗？"

现在蛋糕店都不像从前那种裱花，而是会往上插一些花里胡哨的装饰，不知道他喜不喜欢。

今天除夕，明天大年，正月十六又是他的生日。

她忽然这么问，动机好像不难猜，他随口说："还行。"

于是邢芸把屏幕上那款加入了收藏清单。

开学那天已经距离沈仟怀的生日过去五六天，他刚去那两周课也少，不怎么忙，偶尔和王彬去球场打打球。

休息时间，王彬大刺刺坐在地上喝水，沈仟怀手拿着球在旁边有一下没一下地拍。

男生间要是不见面，平时手机上很少联系，属于没事就不闲聊型。王彬手搭在后面座位上，仰着头看他："你过年怎么都没吃胖，我起码胖了五斤，我爸妈天天说哎呀上个学看把孩子饿的。"

沈仟怀说："不知道。"

他抬手，闲散抛了下球，无所谓进没进，但很巧，球在筐上滚了一圈，进了。

王彬在旁边看着忍不住拍了拍手："又被你装到了。"

沈念做饭还挺好吃的，可能为了照顾到那小孩儿的体质，口味就会正常偏淡一些，骨汤、鱼肉炖得都很养生。

除了过年前后那几天，他像是吃了一个月的病号餐。

很补。

沈仟怀也坐下，和王彬大概隔了一个座儿，屈起条腿，从旁边外套口袋里翻了翻，找了根棒棒糖拆了叼着，微仰着头，整个人懒洋洋的。

王彬问他："你高中打过篮球赛吧，我都想象得到那得有多少'迷妹'。"

"打过。"沈仟怀想了下，"迷妹"倒是没有。

他高一朋友还是挺多的，都是同学，时间久了就知道他不难相处，只是需要那么一个熟悉的过程。之后他重读高二，熟人都去了上一届。

沈仟怀没耐心等，咬碎了那颗糖，摸出手机看了眼时间："还打不打，不打我就找人去了。"

王彬转头看他："谁啊？"

沈仟怀放了手机说："女朋友。"

"……"

王彬这种至今没谈过恋爱的，不懂，真的很不懂。

这人谈个恋爱怎么能恨不得一天二十四小时黏在一起。

不会腻吗？

前面有人去捡了那颗滚落场边的篮球，招呼几句边上这些人就都起来了。

邢芸进去篮球场的时候他们正打着球，沈仟怀打球她高中就见过，但现在看着又是另一种感觉，独自在观众席看了会儿，安静地等他结束。

沈仟怀拿球转身的时候无意扫见观众席坐了个熟悉的身影，很巧，上回那个乍一眼像她的女生也坐在差不多那个位置，他多瞧了一眼就被球砸了。

今天不只是像她，真的是她。

场上又热闹了会儿，到晚饭点儿，刚一解散，沈仟怀就把球一抛，冲王彬说："先走了。"

他刚打球老往观众席看，那块就只有一个女生，再迟钝的也看得出来。

他一走，后面人拖着长长的调子起哄："哟，什么情况？"

一起打球那几个人中有个黑衣服的凑热闹问王彬："那就是他女朋友啊，是又换了个还是以前那个？"

王彬喷了声看他，一脸"你说什么胡话"："沈仟怀，老情种了，一直是这个。"

黑衣服又回头，看了眼两人背影："可以，我看他还以为是女朋友不断，私底下玩得花的那种。"

王彬语重心长拍了拍他的肩："兄弟，格局小了，之前两人好像是闹过分手，第二天我刷牙不小心踢翻了阳台垃圾桶，一点不夸张，一地烟头，都是他的。"

黑衣服纳闷儿："抽那么凶？我看他平时不咋抽啊。"

王彬恨铁不成钢："咱格局能不能稍微打开点，这几个月是为爱戒烟，咱们这种'单身狗'，这辈子不会懂。"

沈仟怀走到最边上弯腰拎上自己的外套和水，刚打完球很热，衣服就随手搭在胳膊上。

他拧开盖子喝了口水，说话气息还有点不平稳："今天怎么这么早，不在琴房卷别人了。"

"今天先不内卷了。"邢芸提前是有计划来着，按部就班地进行，"去吃饭吗。"

她来之前去取了一趟蛋糕和礼物，现在这两样东西，她已经稳妥地放在了他校外租的房子里。

邢芸说吃饭，是想暂且保密，不想让他起疑，本以为他晚上只随便吃两口，结果去了食堂，他七七八八要了几样，每一样都不多，加一起就看着……

分量很足。

这一顿吃完还怎么吃得下蛋糕。

邢芸忽然有点后悔卖这个关子，试探着提醒他："要不你，少吃两口？"

沈仟怀抬眸看过来，她有点不自然，连忙找补说："晚上不要吃太多，容易积食。"

他似是认真想了一下要不要少吃两口，语气有点无辜："不吃我饿。"

那"茶里茶气"的感觉忽然又上来了。

"算了算了，你吃吧。"邢芸总不能让他饿着，就差告诉他蛋糕放在你那儿，不吃就坏了，"别吃太饱，一会儿还有别的要吃。"

邢芸也低头扒拉着碗里的饭，不过她吃得少。

在她停下的时候沈仟怀从衣服口袋里拿了根棒棒糖给她。

邢芸拿起来看，是橘子味的："你怎么随身带这个？"

他吃着东西，随口说："戒烟。"

戒烟这回事，她已经好久没提了，忽然想想，他最近好像确实没怎么抽。

邢芸缓缓撕开糖的包装纸，把糖塞嘴里咬着。

看他安静吃饭，周围吵吵嚷嚷，她想了想，小声说："平时你喜欢的话，偶尔少抽两根应该问题不大，别太多。"

沈仟怀的生日礼物，邢芸准备了两样，一样是自己手工做的木雕八音盒，不过上面不是芭蕾舞女，是她按照自己记忆中的样子，雕了一艘渔船，梦里的少年站在渔船上，手里拿着一个月亮。

旋转起来的音乐就是那首《小星星》的曲子，"叮叮当当"的，很好听。

沈仟怀仔细端详了一下上头那个木雕，很精致，明显是下了功夫的。

他侧头问了句："这东西雕了多久？"

"这木雕本来是给我自己做的，为了纪念一下我在铜钱镇的那段日子，断断续续雕了有半年多，但刚雕刻好就到你生日了，想着送你了，算是纪念我们一起在镇上的时光。"邢芸指了指渔船上的人，"这个场景是我做梦梦到的，上面这个小人，是你。"

虽然不知道她具体做的什么梦，但感觉梦里应该不赖。

"这个八音盒我还能理解。"沈仟怀放下八音盒，从另外一个盒子里拿出样东西，"那这个又是什么？"

一个做工精美的皇冠。

拿在手上沉甸甸的，上面镶嵌着很多的茶色宝石。

这也太公主风了。

她拿过去说："皇冠。"

邢芸眼神一上一下，某人打消她的意图："打住，别把这东西往我头上戴。"

让某人折损猛男一哥的颜面，自然是比较困难，她看着桌上的八音盒，故意说："我雕这个船的时候把手都划破了好几次。"

"本来也不是给我做的。"沈仟怀没留情面地揭穿她，却还是口嫌体直地微低下头，"赶紧，就戴一次。"

她心满意足，拿起皇冠找了个合适的位置，怕戴不稳："你再低下来一点。"

沈仟怀弓着身，有些好笑地叫了她一声："小矮子。"

邢芸没给人戴过这种东西，怕卡不牢，小心翼翼的，她手指穿过他黑发间，握着金属质感的皇冠。

他低头垂颈，漆黑的眉眼压下去，似虔诚俯首。

她亲手为梦里渔船上的少年加冕。

那年小镇少年站在她楼下，夜色沉沉，他抛了下手里的东西，微仰着头看她："喂，送你个月亮。"

戴好后她退开看了看，不免感叹，很满意。

他头发在灯下更显得蓬松柔软，上面戴着一个精巧的皇冠，宝石散发出冷调的光泽，他轻抬起眼，鼻梁和下颌清晰硬朗，有点像西方神话里的天神。

不过天神今天有点饿。

蛋糕也放在桌子上，沈仟怀不紧不慢解开上面的丝带，忽然说："我好像很多年没这么正式地过生日了。"

上回这么正式，还是他亲爹活着的时候。

这事儿越想越让人感慨。

不过他这边还没来得及细想，邢芸就拍了下他的肩："以后年年这么过，我每次都给你戴皇冠。"

盒子一打开，蛋糕散发出一股淡淡的香甜，他指了下头上："你对这破皇冠有什么特殊情结。"

"情结算不上。"邢芸靠着桌子，一双清澈的眼睛看他，"就是想你七老八十头发花白的时候，还能记得今天。"

记得你曾经送我一个月亮，那今天就让月亮亲自，为你加冕。

八音盒和皇冠，这两样东西后来就被放在了展架上。

这个展架是之前房主剩下的，应该是放动漫手办那类东西，大大小小很多格子。

暗调铜金色的皇冠，在那个四四方方的格子里熠熠生辉。

月亮为他加冕的这一晚，他又梦到了铜钱镇，这次，是个艳阳天，他和一个姑娘坐在码头，那姑娘拿了一瓶绿豆汽水，他拼命想看清她的容貌，却怎么也看不清。

她把汽水递给他说："沈仟怀，我来梦里找你了。

"以后再也没人会把你丢下。"

三月，五中的孔老师在微信上问沈仟怀有没有空，像是被某种东西牵引着，沈仟怀就顺势回了趟铜钱镇。

第一天到得太晚，睡到第二天下午才出门转转，天气正好，阳光晒着人都是暖的。

沈仟怀走过那条熟悉的巷口往里走，本来都走过去了，又忽然后知后觉往后退了几步。

赵彩霞的牛杂店又营业了。

里面人依然热热闹闹，他不知道出于什么心理，往跟前走了几步，看了眼出餐口忙活的人，并不是赵彩霞，沈浩东也不在店里。

沈仟怀没进店，看了眼时间也没回 109 号，而是直接去了五中，毕竟回来就是有正事要办的。

办公室里，老孔正端着他那用了七八年的水杯喝茶，转着半个身子跟后面老师说话。

后面女老师扬了扬下巴，提醒他说："哎，来了。"

老孔转回头，把杯子放了站起来："来得还挺早，没耽误你上课吧。"

沈仟怀说："不耽误，最近课少。"

老孔好像又吃胖了点，蓝衬衫掖在裤腰带里，拴着把钥匙看着很有中年发福的趋势，笑着跟他说："待会儿广播就都叫他们出去了，你给讲两句。"

两年时间过得很快。

沈仟怀高三那年也坐在下面参加过这种百日誓师动员大会，校园里红色的横幅拉满，主要是气氛烘托到位了，台上人随便讲两句都显得振奋人心。

今年轮到他上去讲，拿着话筒，看着下面一排排的学生。他没有提前起稿的习惯，就随便说两段："大家好，我是你们的学长，海城五中，沈仟怀。"

老孔站在自己班前头，拎着水壶看台上。

旁边一个穿着附中校服的混在五中人堆里，校服颜色不一样，看着尤其明显。少年模样俊俏，肤色很白，更显得眉眼漆黑，是常年闷在家不见光才能透出来的那种病态，眼角下有颗泪痣，看着挺冷淡的长相。

他校服袖子撸在手肘，手腕上戴着一个白色的耐克护腕，一脸优哉游哉看着热闹的心态："老孔，这谁啊，你学生还有这么出息的？"

"之前带过的一个学生，这以前也是不开窍，浑得不行，不穿校服我说他两句都给我甩脸。"老孔眯着眼睛看台上，转脸过来催他，"填完表格赶紧回附中去学习去，别在这儿凑热闹。"

老孔嘴上催着人走，等人过会儿真要走了，他又看着少年背影，有点走神，每年一茬又一茬，总有那么几个不听话的有相似之处。

他还记得这小子刚到班里的时候成绩一般，经常请假，平时也不说话，还以为是个哑巴。

结果现在高三了也学着别人开玩笑叫他老孔，好的不学赖的学。

等人走远了，老孔才笑着骂他一句："臭小子。"

台上的讲话已经接近尾声。

沈仟怀拿着话筒，身上绿条纹的衬衫没扣，随意向两边敞着，声音透过话筒传出来，如野草般迎风生长："以前实验班的老孔总告诉我，说高考是我唯一的路，也是十八岁时，堂堂正正掌握在我们自己手里的唯一机会。

"少年人的雄心不该被这片海域圈住，每个人的未来都应该被阳光看见，高考没有捷径，只有不甘心趋于被动，无人知晓又逆流而上的决心。

"世上总有千万种不公，我们唯一能做就是在有限的条件里做出最大的改变。

"纵使天定泥泞路，我辈仍可上青云。"

……

大概因为有一个市状元光环加持，下面掌声雷动，经久不息。

结束后沈仟怀又和老孔在办公室叙叙旧，老孔说："刚才可以啊，讲得不赖。"

不提还好，一说沈仟怀就有点尬："别笑话我了，要不是你早上跟我说让我上去讲两句漂亮话，我压根没什么可说的，这东西想考好就死命学，一句话就讲完了。"

哪至于长篇大论像写作文一样。

老孔笑了笑："原来班上考去京市那几个，平时还联系吗？"

沈仟怀点头："还挺好的，偶尔联系。"

"你那光荣榜学校现在还没撤，五中总共也没出几个，就一直在那榜上挂着。"老孔喝了口茶，万年不变的枸杞菊花茶，"这两年五中整体升学率上来了，拔尖的不多，但都能凑合上个学。"

老孔："红毛去京市了你知道吗？"

老孔："前两天我碰见他爸了。"

铜钱镇一个碗口大的小镇，私底下大概率谁都认识谁，老孔说起来就关不住话匣，跟他聊了很多。

等沈仟怀从五中出去的时候，脑子里还回想着刚才的话。老孔消息还挺灵通的，说前两天跟红毛他爸在街上碰面了，红毛这大半年神神秘秘都是在闷头赚钱。

上班的地方管吃管住，红毛赚的钱都能攒着，想等几年回海城，在海城市区找个租金不高的地方开家花店。

因为师范里那个姑娘住在海城市区，因为那个姑娘喜欢花。

沈仟怀回去的路上再一次路过牛杂店，觉得自己今天像魔怔了似的，以前避之不及，恨不得绕路走，现在却非常想走进去看一看。

那个曾经看到厌烦的牛杂店，里面每一块桌子他闭着眼睛都能摸出是几号桌，自己也弄不清楚他现在想要看什么。

就这么脑子一热进去吧，又怕遇见赵彩霞，两人尴尬。

他像个蹲点儿的贼似的在牛杂店门口转了转，然后去了那家发廊。

"洗剪吹"的槟榔哥在店里，看见他回来愣了一瞬说："剪头发？"

沈仟怀这头发其实不长，但人都进来了总不能说"我就进来转转"。

这是家发廊，不是商店。

他点头说："剪一下吧。"

槟榔哥看了他一眼，说："这也不长啊，给你剪了半长不短最难看，修一下得了。"

槟榔哥业务熟练，给他修一下头发也挺快。

沈仟怀憋着话，忍不住问："前面牛杂店怎么又营业了？"

"哦。"槟榔哥说，"换人了，赵彩霞把店盘出去了，现在是原来后面那条街的牛杂店老板接手了。"

沈仟怀不咸不淡地应了声，视线平行，盯着镜子看，没再说话。

赵彩霞走了，沈浩东也走了，牛杂店闭店，现在已经又换人营业。

从前镇上的朋友已经分散各处，好像关于他在铜钱镇的那十年，已经真真切切地过去了。

开心的不开心的，关于赵彩霞关于鱼腥味的，一切都距离他挺远了。

"钱就算给了，咱也算亲戚，自己人。"槟榔哥最后收了吹风机，随手放架子上，"你帮我看一下店，我去个厕所。"

沈仟怀点了点下巴："嗯。"

这店里也没个空调什么的，破风扇也早就不转了，坐一会儿就觉得热，他把衬衫袖子往上挽了两截，胳膊搭椅子扶手上，人往后靠。

槟榔哥这个"厕所"像是上得失踪了，他等了有二十多分钟，还有点犯困。

没耐心往店门口瞧了一眼，依然没有见到槟榔哥的人影。

他等得百无聊赖，倏然发廊外传来一阵行李箱轮子滚过地面的响声。

噪音有点大，像是缺了个轮子。

他懒懒散散地偏头瞧了一眼，一个穿着白裙子的姑娘拖着行李箱站在门口。

傍晚，阳光带着昏黄暖调，像细碎的金箔洒在她头发上。

邢芸跟发廊里的他对视上一眼，此情此景，如穿梭时空，画面定格一瞬后两个人忽然都忍不住笑。

所有的美好都藏在这个傍晚，藏在树荫下的点点光斑里。

她手握着拉箱杆，故意朝里面的人说："喂，这里，给洗头吗？"

沈仟怀靠着椅背，噙着一把懒腔，嘴角轻勾："涨价了，这回两百八啊妹妹。"

那年盛夏暴雨后，她满身狼狈地来到这个小镇，又无意闯进他的生活，替他拾掇身后的满地狼藉。

少年的耳机里没有声响，小提琴的乐曲悠扬回荡在午后小巷。

她也曾爱得小心翼翼，以可进可退的朋友之名，好在万幸，她喜欢的人也喜欢她。

她逆着光，任由黄昏洒了满身金箔。

发廊里少年还是那样漫不经心的姿势，身上松垮垮穿着一件绿条纹的衬衫，潇洒肆意，眉眼带笑。

在树梢上，在蝉鸣里，在上课写下的小字条中，都藏着以时光为名，美好而又盛大的秘密：

青春永远热烈，蝉鸣永不停歇。

是热血，也是少年。

/ 番外 1/
差一点就提前遇到了

林秋月有几样首饰落在镇上，虽然平时也不戴，但想起来就觉得放在老房子里可惜了，邢芸趁着这个由头，跑了趟铜钱镇。

于是，才有了眼前这一幕。

"轮子又掉了？"沈仟怀顺手帮她拎过行李箱，往下瞧了眼，"你怎么这么废箱子。"

邢芸指了下后面的路："你怎么不说这路多少年了都不修，坑坑洼洼，容易把轮子卡坏。"

她来一次，就废一个箱子。

这应该是第三个了。

沈仟怀走着走着就发现快了她半步，逐渐压下速度说："以后买箱子什么也别看了，就看轮子耐用不耐用。"

夕阳西下，骑楼小巷灯笼已经接连连点亮，地上两道人影随着脚步拉长又缩短。

沈仟怀："你来镇上怎么没提前跟我说？"

邢芸："临时决定要来的，帮我妈拿上那几件金首饰。"

她顿了一下又说："主要是为了找你。"

邢芸和沈仟怀在镇上住了三四天，这里的一草一木都和从前一样。小镇像褪色的老照片，除了人在里面走动，其他的一切都是静止的。

沈仟怀的109号，这两年没人住，原来林女士留下的DVD机也因此放坏了，光盘放进去都没反应。

他收拾了冰箱里的过期饮料，换了新的。绿豆汽水瓶子轻微碰撞，邢芸听着声响，坐在沙发上，安静地打量着这间屋子。

她大概四五岁的时候和林秋月在这儿住过一段时间，电视后面的墙上全都是她拿蜡笔画上去的涂鸦。

乱七八糟，兔子不像兔子，猫不像猫，倒是像五颜六色的妖怪。

直到这间屋子里，住进了沈仟怀，直到她不知情地闯进，拿起了那把写着他名字的吉他。

明明也没有很久，她就是忽然很感慨，像年过半百的老人坐在村口，不声不响地盯着眼前的陈年旧物，脑子里满是回忆。

他们曾经在眼前的电视上看过《大话西游》，曾经在沙发这个位置查高考成绩，她曾经在桌子前，差一点就跟他告白。

沈仟怀放好东西关上冰箱，他们不准备久待，几天就走，因此他也没有买太多，这会儿手里提着一袋子垃圾，过来顺势把茶几也收拾了。

刚才各干各的没吭声，现在走近了才发现她盯着黑屏的电视发呆。

他问："看什么呢？"

邢芸目光落在角落的一沓卷子上："这儿和从前一样，一点都没变。"

仿佛昨天他们还是一起坐在那儿为了高考奋斗写题的学生。

沈仟怀捞起地上的易拉罐放进塑料袋里，打结放地上打算一会儿带出去扔："没人住，自然没变。"

邢芸往沙发背上靠，忽然有什么东西硌着，她伸手摸了一下，是从口袋里掉出来的MP3。

这个东西是她不小心带过来的，里面是沈仟怀当年录给她的几句话。

她正要点，东西就被沈仟怀拿了去。

"那个，我还没那么好意思自己听自己录的话。"

甚至现在回想起来只觉得有些羞耻，忍不住自我调侃说："沈仟怀，你之前竟然还会录这种矫情兮兮的话啊？"

MP3被他不小心摁到，自动开始播放第一段录音。

"在那边不要怕，有事儿就告诉我，你男朋友……"

沈仟怀手忙脚乱摁了暂停键，声音戛然而止，下一秒，就被他放到不站起来谁都够不着的地方。

听过千百遍的录音，她张口就能接上下一句："我男朋友，好歹是个市状元。"

这段录音陪着她度过那大半年的时光，MP3 就是那半年里最后一点希望，也是他唯一留下的东西。

她和沈仟怀好像心照不宣，关于中间分开的那段日子，见面后谁都没提起自己过得好与不好。

关于分开的"不得已"，她说了老爸态度上的强硬拆散，说了林秋月生病，说了那一连串倒豆子般的巧合。

就是没跟他说，其实，她也很想他。

分开之前邢芸用小满的手机联系过他，但分开后，就像所有缘分都要跟着一起斩断一样，小满的手机落在了校区内的便利店，等再回头去找的时候已经找不到了。

因为是封闭规定下私藏的手机，小满也不敢叫老师帮忙问。

多米诺骨牌的最后一张牌倒下，连仅剩的一点可能也跟着一起不见了。

那年过年前后，邢芸其实也猜不到沈仟怀会回家还是回铜钱镇，二选一，听起来撞见的概率挺大，她选了后者，铜钱镇。

当时艺考结束，邢芸跟爸妈说有很重要的资料落在铜钱镇，等过了年复习要用，邢朝军不让她一个人乱跑，说多重要的资料，再买就行了。

邢芸小心思藏得很深，和老爸费了一下午的口舌，最后是老爸和她一起去了铜钱镇。

那一路上的心情激动又忐忑，她这辈子没体会过那么复杂的心情。

铜钱镇很小，她甚至只需要站在 109 号的楼底下闲转，就大概率能碰到他。

只可惜二选一没选对，他那年过年回了家。

最后邢芸顶着老爸的目光在老房子里翻了几本市面上都买得到的资料书往书包里一装，说："拿好了，咱们走吧。"

她当时就在想，如果沈仟怀今年在镇上，他们一定会见到的，一定会。

虽然没想好见了面要说什么，是该先说"我想你了"还是"对不起，上次我没能好好把话说完"，就是没理由地想见一面。

那天走的时候邢芸还看了一眼 109 号门口的铁皮信箱，但当时被邢朝军催着走，她也来不及写下任何东西。

匆匆忙忙跑了一趟，人没见着，什么也没留下。

此刻邢芸坐在沙发上看他，忽然叹口气说："沈仟怀，我没想到你前年过年回家了。"

之前他可是人到家了都能再回来的，那年居然老老实实地在家待着。

让人刮目相看。

其中并没有什么隐情，他实话说："我之前答应我妈的，高中念完就回去。"

外面忽然一阵吵吵嚷嚷，应该是五中初中部的孩子们放学了，他们的声音是年轻又热闹的，像一茬又一茬打着卷儿的枝头嫩芽。

刚收拾好的塑料袋子放在地上，里面某个空瓶往下滑了一下，轻撞出一声响。

"差一点，差一点我们就提前碰到了。"

她顿了一瞬说："前年过年前两天，我来过这儿。"

/ 番外 2/

我不等了

　　有时候其实就差那么一点点。

　　那年过年沈仟怀要是没回家，他们说不定还真是早就把话说开了，他也不至于生那么久的闷气。

　　不过还好，多米诺骨牌真正意义上的最后一块，她接住了，她考上了A大，同样光彩熠熠地站在他面前说："沈仟怀，我考上A大了。"

　　一切都不算太晚。

　　沈仟怀想了想她这句话里的意思，两个人眼神对上，忽然就沉默下来。

　　他当时不想回家，在京市和那个养猫的学长一起待着，他甚至抽了一天时间去了她家那边，站在她家楼下，仰着头往上数。

　　那个姑娘曾经说，左边第九个亮灯的就是她家。

　　他从一数到九，从下午待到晚上，数了又数，一遍一遍，直到看着那个窗户亮了灯，却再也酝酿不出当初愣头愣脑的勇气。

　　沈仟怀怕上去一敲门，开门的男人跟他说，分手了就不要再联系了。

　　这种意义上的纠缠，很没意思。

　　他站得两腿发酸，就在旁边长椅上坐着，小区里穿着橘色马甲扫地的大妈过来过去，时不时跟他能对上两眼。

　　最后那个大妈以为他是跟父母吵完架跑出来不回家的高中生，热心拿了一兜橘子给他："天凉，再坐就要冻感冒了，回去吧，家里爸妈该着急了。"

　　沈仟怀笑了笑，总归没好意思接下那兜橘子："阿姨，我等个人，我等到九点半，还有半个小时，如果她没下来，我就回家。"

　　长椅旁边正好是个路灯，半明半暗的光照下来，洒在他蓬松的头发上。

沈仟怀当时已经在楼下待了七八个小时了，他一被冻着鼻尖耳朵都会发红，到晚上九点，看着就有点不该出现在他身上的楚楚可怜。

大妈看他和自己家孩子差不多大，心疼他说："你是等谁啊，要是不好意思，我帮你叫一下她。"

他大概是被冻傻了，还真给人指："阿姨，左边第九个亮灯的就是她家。"

接着，他就看着橘色马甲的大妈过去，要在门口系统上拨上面的门铃。

他忽然开口说："阿姨，算了吧。"

少年微哑的声音落在冬天的冷风里，被风吹散，落地无声。

"太冷了，我不等了。"

那七八个小时里他想过无数种可能，唯独没想过回铜钱镇，没想过邢芸会去找他。

他低下头笑了一声，邢芸不知道他笑什么，也跟着笑，像两个电影里的谐星，一笑就停不下来。最后还是她问："傻笑什么？"

"你来这儿找我，我去你家楼下干坐着。"他笑了一声，没脾气了，"你是不知道，人都冻傻了。"

邢芸微怔一瞬说："你去找我了，那怎么不敲门啊？"

"我怎么敢。"他仰靠在沙发上，侧着头看她，"让你爸把我撵出去吗？"

她知道沈仟怀就是随口这么一说，没有斤斤计较那点事，但她就是忍不住要替他委屈。

邢芸凑过去捧过他的脸，吻了一下他额头："沈仟怀。"

她只叫他的名字，没有说"对不起"那类他不想听的话。

只需要两个人对视一眼，他都会明白的。

没有任何算得上动人的情话，也没有任何朦胧暧昧的氛围，甚至外面小孩哭天喊地还乱糟糟，沈仟怀却觉得这一刻很幸福，他懒笑一声说："以后哄人，就这么哄。"

想了想，他又觉得哪里不对："只能哄我，别人不行。"

高中是同桌，大学沈仟怀成了她的学长，邢芸曾经在某软件上发问：和同校学长谈恋爱是一种怎样的体验？

下面回复：

体验大概就是教室、食堂、琴房、宿舍、操场、校道，所有上学范围内都能有跟他相关的回忆。

以前一直没发现沈仟怀还是个醋精，结果在一起后时不时就要看看身边沈某人醋坛子翻没翻。

邢芸异性缘一般，周围除了老师也没什么异性，但就这样，沈某人的危机意识也总是很强。

某天见邢芸和隔壁艺术学院的某个男生走得很近，前几次没说什么，往后一个多礼拜邢芸老往艺术学院跑，还被沈仟怀逮了个正着。

沈仟怀站在电影学院门口，双手环胸，一整个守株待兔的姿势，堵到人的时候邢芸还笑容满面，他轻移开眼，一副受了天大委屈的样子："那谁啊，校草，比我好看？"

邢芸哑然一瞬："你不觉得他有点眼熟吗？"

"眼熟，这段时间和你快成连体婴了，我室友都说让我小心点，说隔壁艺术学院玩得花，别把我女朋友拐跑了。"他点了下头，"不爽"两个字从眉眼蔓延到下巴颏儿。

邢芸见沈仟怀是真不记得，主动提醒说："你之前见过的，就镇上那个，你们还一起吃过面。"

沈仟怀怔了瞬，看向她的眼神还有点蒙，仔细想了一下确实是有那么一个人，一个特别瘦还坚持减肥的不知名艺人。

不过现在主流审美应该变了，不再追求瘦成一把枯柴，所以看着没当时那么弱不禁风，一面之缘也没认出来。

沈仟怀看了她一眼，情绪稍微有点复杂地"哦"了一声："所以你天天往这儿跑是……"

"我不找他，我找我朋友，姜语嫣。"邢芸叹了口气，"你怎么什么气都要生。"

沈仟怀半低着头，可能还有点情绪，邢芸忽然往前倾了一下，亲了一下他侧脸。

他沉默了下，随后清了清嗓子，表面这人模人样最终还是没维持住，忍不住笑了。

虽然两个人在一起挺久了，但每次干这种事儿还是会心跳加速。

或者本来觉得还好的，两人相视一眼，就会一秒破功。

高考结束后的盛夏，云镇酒店，他将醒未醒想要继续装睡，却猝不及防被一个姑娘吻在眉尾。

那蜻蜓点水的吻，似流星划破黑夜，照亮了这世间所有。

天地变化，斗转星移，就算星星都坠进了海里，在码头旧渔船上，他也拥有属于自己的唯一的月亮。

铜钱镇，那个他曾经千万次想逃离的地方，因为那儿有关于她的故事，他竟然也慢慢觉得，好像没那么讨厌了，连带着鱼腥味也没那么不能接受了。

又一年盛夏暴雨后，雨点渐渐沥沥，沈仟怀撑了把伞早早出门，去了老街。

拿着封泛黄信件挨着去找上面的邮寄地址，最终在老街某个角落里找到一个连门牌都没有的芝麻小店，门口放着个红漆邮箱，木牌上写着"时光之门"。

雨停，他收伞支在门外，雨水顺着伞尖洇出小小一片。

里面老板娘抱了只猫，见人进来抬头问："写信吗？"

沈仟怀之前对写信写情书这种过于文青的东西嗤之以鼻，觉得这是属于文人的矫情病，他上一次写文章大概是高考作文。

现在却不知不觉变了想法，专程找到这个地方，此刻面对老板娘的问话，他点点头说："嗯，写信。"

沈仟怀在架子上挑了一个不那么惹眼的信封，提笔，在信纸上写下句话。

星河滚烫，你是人间第二个月亮。

五年十年太长，一两个月又太短，他同样选择了两年为期。

两年后，六月。

邢芸穿着学士服风风火火赶去拍照，一手抱着花，一手压着帽子怕被风吹歪，路上碰见穗子，穗子伸手递给她样东西说："帮你取了，赶紧，别迟到了。"

她压根没顾上看，把那封信往花束里一插就急急忙忙继续走了。

教学楼前，是整个音乐学院的大合照现场，她和穗子被摄影师催着往台阶上站，扶稳帽子，稳住呼吸，在最后看向镜头时，余光好像瞥见一抹熟悉的身影。

"三、二、一。"

她来不及细看，画面已经定格。

等人群散开，到处都是三三两两拍照的学生，邢芸再去看刚才的位置，已经看不到人了。

她有些摸不着头脑地拆开来之前穗子塞给她的信，里面信纸上只有一行字：

星河滚烫，你是人间第二个月亮。

末尾只写了一个单字：沈。

邢芸抬头，沈仟怀站在不远处，阳光落了满身，他额前碎发被风轻微吹动，身上松松垮垮穿了件黑 T 恤，手里抱着一束热烈的向日葵。

他勾唇笑了下说："毕业快乐。"

雨过天晴，路边还剩下片浅浅的水洼。

好像还能想起在那个发廊，她孤零零地站在门口，狼狈又局促地问："这里，给洗头发吗？"

此时前面穿着学士服的姑娘往这边走，阳光刺眼，她伸手挡了一下说："沈仟怀，我又想起你坑我一百八了。"

阳光透过树梢洒下斑驳光影。

此刻清风徐来，他们对视，心跳胜过所有光景。

/ 番外 3/
月亮惹的祸

四年前，冬。

邢芸坐在大巴上昏昏欲睡，蓝牙耳机信号不太好，"呲呲"窜出些杂音。

耳机里是一首老歌，《月亮惹的祸》。

耳机盒子被她塞书包里去了，车上人多动不开身，邢芸就由那杂音在耳朵里乱窜。

车子晃晃悠悠又走了很远的路，直到旁边小满胳膊碰她一下："哎，到了。"

邢芸缓缓睁开眼睛，耳机里已经没声音了，不知道是没电了还是如何。

车窗外树也都是光秃秃的，他们一车的人都是来京市参加某个院校的艺考，时间太赶，邢芸没多少把握，提前也没做任何针对这所院校的准备。

又或者说她这半年满脑子 A 大，全部时间都用来准备 A 大小提琴考试，像一场豪赌，要么 A 大，要么落榜。

她来这一趟，完全是因为。

这里是京市。

大巴上秦老师催着让下车，说酒店就在附近，下车吃点东西都赶紧回去睡觉，明天好好考试。

所有人充满干劲，唯独邢芸看着无精打采，明天的考试考与不考，考得上或考不上，她其实并不在意。

下车后邢芸和小满挨着路边走，酒店就在前面，小满忽然说："邢芸，你帮我看一下琴吧，我返回去买点吃的，我看前面没有店了。"

她点点头，说："好。"

　　这琴背来背去也挺沉的，小满把它靠路灯杆子放着："你要不要什么，我帮你带。"

　　邢芸想了下："要瓶牛奶吧，热牛奶。"

　　"行，我走了。"

　　小满返回去和刚下车那群学生挤便利店里买东西，一时半会儿怕是出不来。

　　邢芸站在路灯边上玩手机，忽然有什么东西落在屏幕上，白色的，晶莹的。

　　随后化成一个小圆点的水珠。

　　下雪了。

　　邢芸抬头看，白色雪花穿过昏黄灯光，像无数金色的碎片飘飘而落。

　　她脑子里出现的第一个念头便是关于那个人的。

　　下雪了，沈仟怀。

　　这都十二月底了，应该不是初雪了吧。

　　雪天对她有莫名的吸引力。邢芸仰着头看了好一会儿，看到眼眶有点发热，还好是仰着头看，不然眼泪这会儿一定藏不住。

　　以前和他说好一起看雪的，也不知道还有没有机会了。

　　可能没有了吧。

　　好遗憾。

　　小满买好东西拎着过来，从里面拿出瓶热牛奶："给，还热着。"

　　"谢谢。"她接过，欲盖弥彰般打开盖子喝了一口，半低着头。

　　现在她眼眶一定是红的，叫人看见又不知道如何解释。

　　酒店再走三四十米就到了，给她们女生安排的房间视野也好，正好能看见下面路上一点一点逐渐积起的白雪。

　　小满趁着晚上想再练两遍琴，邢芸考完A大单招就觉得一切随缘了，不想再练，倒是想忙里偷闲，去外面看雪。

　　她悄悄关上门，酒店走廊还能听见各处传出的曼妙琴声。

　　沈仟怀嘴里咬着烟，身后窗户开了一点，他垂眸默默看着这场迟来的初雪。

　　眼眶跟着一点一点地红了。

　　京市初雪。

下得真不是时候。

那个说话不清不楚的笨蛋，你不是说喜欢看雪吗？现在呢，不喜欢了吗？

不喜欢雪，也不喜欢我了吗？

他衣服放在包间没拿出来，窗外冷风直往里灌，他也舍不得关。

想多看一眼，替那小没良心的多看一眼。

以后要是见了面，他一定亲自讲给她听，告诉她今年京市初雪，真的很漂亮。

底下雪花穿过路灯，洋洋洒洒，落地无声。

沈仟怀拿起手机拍了一张，来不及看拍得怎么样，走廊传来阵脚步，他匆忙放回手机，如做贼心虚。

陆峥过来见他在这儿，怔了瞬说："仟哥，怎么不进去？"

他随口搪塞："喝酒，头疼。"

陆峥像个二傻子似的，以为他说是真的："是很疼吗？"

毕竟是撒谎，沈仟怀轻移开眼，瞧了眼窗外，底下一个人都没有，雪地干干净净，不曾有一串脚印。

他随手关了窗户，衔着烟点了点下巴，声音含糊沙哑："嗯。"

邢芸不知道今天为什么一定想出来，可能是刚刚在小满面前收了情绪，又后知后觉引得心口一阵酸涩，急于寻求一个释放。

这会儿地上已经积起了雪，干干净净，无人踩踏，她当了那个第一个踩雪的人。

脚印深深浅浅，她在个路灯前停下，旁边不知道是饭店还是什么场所，上面三楼窗户后有人，是背对着的。

月亮挂在天上，卡带的耳机忽然恢复运作，歌手张宇的声音从耳机里传来。

她没在意窗户上模糊的人影，看了一眼便移开，只知道歌很好听，雪很漂亮，在灯下似雨后金箔。

只不过看着看着，温热的眼泪就挂在脸上，她伸手用袖子蹭掉，在这个寂静无人的角落，她喃喃自语，对这场北方的雪告白："沈仟怀，我喜欢你。

"等等我，就快了。"

我一定，一定会考上 A 大的，一定会正大光明地站在你面前。

这一次，换我朝你走。

那天晚上她在这个路灯下待了好久，作为一个没见过大雪的南方人，她真的很向往这样白雪飘飘的冬天。

走的时候她忽然心血来潮，像小时候那样在路边车上画画，用手指在车窗那层薄雪上写了个名字。

沈仟怀。

没留下任何属于她的证据。

只一个名字。

上面酒局散场，陆峥下来取车送他回去，是隔壁一个富二代的车，借他开几天。

人还在后面没出来，陆峥就看见车窗上一个名字。

沈仟怀。

陆峥伸手开门，无意就弄掉了，掉得看不出是什么才想起回头调侃他说："你也太自恋了吧。"

在雪上写名字这种事儿，陆峥觉得沈仟怀真干得出来。

沈仟怀压根不知道他说什么，递过来一个"你有病啊"的眼神。

陆峥："在玻璃上写你名字干吗？"

沈仟怀今晚确实喝了酒，现在介于一种晕晕乎乎想睡觉的状态，脑子转速慢，懒得争辩，没搭理他。

陆峥转眼就忘，也没再说。车子缓缓上路，没走多远就看见路边有个女生在走，低着头，戴着耳机，晚上黑灯瞎火什么也看不清。

就这样总共不到两秒闪过的一瞬，在陆峥脑子里转了起码两分钟，才反应过来说："刚刚那人你觉得像不像邢芸啊？"

陆峥趁着红绿灯的间隙转头往后看，沈仟怀没吭声，在后面头靠着车窗已经睡着了。

陆峥咂了咂嘴，不自讨没趣，转回去安心等红灯。

是像的吧？

也可能是他太久没见过邢芸，"脑补"过度，认错了。

毕竟那模糊一眼任何一个女的看上去都差不多，说像水冰月的话，也能硬扯出点相似之处。

沈仟怀在车上半睡半醒，快到的时候隐约听到这车里放了首老歌。

《月亮惹的祸》。

邢芸第二天的曲目表演，她表演了一首小提琴曲，《月亮惹的祸》。

这曲子她也就之前感兴趣随手练了两遍，技巧不强，用来考试不吃香，原本定的曲子也不是这首。

唯一一场在京市的考试，她不在乎考不考得上，就是心血来潮，体验就好。

调子缱绻绵长，浪漫也忧伤。

沈仟怀，这歌词真曼妙。

你说要我单独拉琴给你听，我来过京市了，就当作你也听到了吧。

/ 番外 4/

月光照进来了

关于结婚这个词，其实每个人都或多或少地提起过，不论男女。

小时候镇上孩子玩过家家，沈仟怀觉得幼稚，总是看他们玩也不参与。

陆峥抱个椰子过来，咬着吸管，跑得满头汗："仟哥，我们去玩叮当猫吧！"

沈仟怀坐在牛杂店门口的石头上，百无聊赖："不想玩。"

陆峥也跑累了，跟他坐下，忽然皱着眉问了一个当时自认为十分成熟的问题："以后你要跟谁结婚啊。"

"不知道。"日头正晒，沈仟怀不自觉往里挪了挪。

"我肯定要娶一个对我好的，我也肯定对她好。"陆峥喝了口椰子水，一脸英雄豪杰的模样，"要特别特别好。"

那时候的陆峥有着某种英雄主义，甚至"中二"到深信不疑等自己长大了一定会是像铠甲勇士一样的超级英雄，保护地球上的所有人。

只不过现在没长大，个头矮，英雄嘛，也总得有个漫长的成长期。

陆峥十二岁以前每年生日愿望都是一样的，那就是快快长大，买辆摩托车变成铠甲勇士。

直到十二岁那年因为和亲戚家孩子抢玩具被自己老爸不分青红皂白打了一顿，他才忽然觉得，前十二年的愿望都白许了。

十二岁的陆峥抹着眼泪去牛杂店找沈仟怀，坐在张满是老油的桌子前闷闷不乐，忽然看向他说："沈仟怀，我是不是长大了也成不了英雄？"

哪有英雄一言不合会被老爸揍一顿的。

也太没面子了。

沈仟怀当时在柜台后面拿着计算器算钱，钱多了就是算错了，少了就是谁忘了买单便走了，多了可以再算，少了等下要被骂。

他手上不停地点着计算器，头也没抬地敷衍说："等下啊，英雄。"

英雄这两个字再次不经意地伤到了陆峥同学幼小的心。

午后骑楼巷口，悠长而又寂静，赵彩霞在楼上追着沈浩东喂饭，下面除了陆峥那边偶尔传出几声鬼哭狼嚎，其余桌子上都只剩还没来得及收的碗筷。

外面树上传来几声虫鸣，还有夹在其中计算器的"归零""归零"。

楼上传来些响动，赵彩霞拿着个空碗下来，看店里除了陆峥没其他人，扭头冲沈仟怀说："等会儿把这些碗都收拾起来，桌子擦干净。我去市里买东西，有什么需要的吗？"

"我想要一块表。"沈仟怀数完手里最后一小撮零钱，抬头看她一眼，一个不算过分的要求，他却下意识想多句解释，"要上初中了，我想要块表。"

一块表，他不需要太好的，能看时间就行，二三十块那种就可以。

赵彩霞没吭声，这让他觉得是不是要求提得过分，正想说不用了，他去打两天零工用自己的钱买也行。

"行。"赵彩霞点头答应了。

等赵彩霞走了，陆峥那点眼泪也被这鬼热的天气给烘干了，脑子还有点卡壳："我刚说什么来着。"

沈仟怀倒是脑子好使，替他记着："你说长大了也成不了英雄。"

"哦。"陆峥刚刚平复的心情又开始郁闷了，"长大真没劲。"

沈仟怀慢悠悠过去收了陆峥那张桌子上的碗筷，要笑不笑地调侃："是挺没劲的，我以后估计得是刷锅英雄、洗碗英雄、算账英雄或者抹桌子英雄。"

陆峥看桌子上那些个客人洒出来的汤汤水水，忽然想说这英雄不当也罢。

沈仟怀动作熟稔地抹桌子，时不时跟闲出毛病的陆峥唠唠嗑。

外面停下一辆三轮车，穿着人字拖的大叔利索地卸了两箱货，还顺带扯了张字条下来，勾勾画画写了两行字往柜台上一拍，隔着老远吆喝："两箱汽水送到了啊。"

沈仟怀笑着招手："慢走，张叔。"

搬货、算账，在这样闷热的午后忙忙碌碌，年复一年，那时候的沈仟怀想，他往后余生的日子，应该也就这样了吧。

就这么一个牛杂店里不起眼的打杂小子，谁曾想几年之后，他会是那个盛夏风光无两的理科状元。

称上一句"耀眼"也丝毫不为过。

沈仟怀很少向赵彩霞提要求，那块表算是一个。最后买回来的也确实不是很贵，小一百块，坏了就去表铺三两块修修，那两根指针就这么兢兢业业地走了五年，直到高二那年赶集出事，脆弱的表盘才在那场恶性斗殴中彻底碎掉了。

如果说除了这块表，赵彩霞买给他的另外算得上"礼物"的东西，是他出院后，赵彩霞从市区回来带给他的一双鞋，一双小两千的白色篮球鞋，还有一块五百块钱的表。

在那之前，他从没穿过这么贵的鞋。沈仟怀那段时间经常听不见，和人交流都很费劲，赵彩霞进门就叫他过去，说这款鞋卖得很好，市里很多这个年纪的男孩都穿。

他心不在焉地点头，说："好，谢谢舅妈。"

沈仟怀当时觉得这两样东西是赵彩霞对他救下沈浩东的"奖励"，又或者是对他莫名其妙一身伤的补偿，后来才得知，那只不过是老妈打了钱，像这样小两千块他从没穿过的鞋，那笔钱大概够买一整面墙的。

从那之后，除了上课放学，闲暇的日子也还和之前一样。

收钱，抹桌，听着午后虫鸣捎带着算算账，偶尔吵架脾气上来就甩手不干去发廊偷偷懒。

在某个台风来临的阴雨天，沈仟怀坐在发廊的红色软椅上，后面红毛和陆峥横七竖八地靠着沙发，他盯着前面镜子上的裂痕走神，过了会儿有些午后疲懒地往后靠，微仰着头，忽然就觉得很没劲："这日子什么时候才是个头。"

陆峥玩着游戏，在暴雨声中抬了下眼："等考上大学就好了，咱们镇上什么都没有，出去外面看看，去大城市，一定有好玩的。"

"等赚够钱就好了，有钱了就能买好多东西。"红毛说。

沈仟怀轻闭上眼，也没吭声。他不是觉得累，只是觉得无聊，没意思。生活日复一日，简单地重复着，陆峥想考大学，红毛想赚钱，他似乎什么也不想干，没一点所谓的"奔头"。

这些年没饿着没冻着，偶尔来发廊赚点零钱也乐在其中。

所以这片破烂衰败的码头，月光什么时候才能真正地照进来。

是先听见那阵行李箱滚过地面的拖拉声，是闻到空气中雨后潮湿和洗发水夹杂的劣质香味，是玩笑声中，他懒散倦怠地偏头看见一个姑娘，金箔落了满身。

月光照进来了。

那时候的他带着满身世俗市井气，淹没在小镇骑楼的生活琐碎里。

沈仟怀看那个姑娘胆小又怯懦，而他身上那份被赵彩霞称为"泼皮无赖"的品质或许也可以称之为"勇气"，除金钱之外的东西他向来大方，给她一点也无妨。

这一给，却叫人一发不可收拾。

十八岁，他们还没在一起的时候沈仟怀就在想，如果有朝一日，那个姑娘说喜欢他，他又能给她一些什么呢，他两手空空，除了自己这个人什么也给不了。

可是她却说"沈仟怀，你很好啊"。

她不厌其烦地，说了好多遍。

就算在后来分开的那半年，沈仟怀也无数次地回想起在码头渔船上的这个瞬间。

某天浩子开车，陆峥坐在副驾驶上，醉气醺醺地扭头问他："仟哥，你以后会跟谁结婚啊？"

这问题他很多年前就问过，只不过自己忘了，沈仟怀也忘了。

沈仟怀那天同样醉了，头靠着车窗笑了一下，"如果我会结婚的话，和邢芸。"

如果不是的话，就不结。

他单着一辈子。

陆峥说："如果她真的不回来了呢？"

明明白白地开始，模棱两可地结束，这样的事情似乎并不算罕见。

沈仟怀借着醉意，口是心非："不回来就不回来，随便，我还求她不成。"

于是，陆峥的问题又成功绕回去了："那她要是不回来，你真就打一辈子光棍啊？"

沈仟怀嫌他烦，蹙眉扫他一眼："光棍犯法啊？"

陆峥咂了咂嘴："不犯。"

万幸结局是好的，没让沈仟怀当一辈子"单身狗"。

当这些事情慢慢地，一件件不经意间从第三方的口中传到邢芸耳朵里，她将事件的主人公抱在怀里，忽然不知道该说什么好了："哦，沈仟怀，以后叫你'大情种'。"

他低低笑了两声："难听。"

邢芸从他身前退出来，忽然正经说："下个月马上就到你生日了，你想要什么。"

这些年生日礼物和平时大大小小的节日她已经把东西送遍了，最后都趋于老夫老妻的回归于实用，比如打折囤多了不知道要用到猴年马月的电动牙刷，或者图新鲜买了一书柜的文学巨著，结果买来根本不看。

每当沈仟怀收到这样的东西，都会故作伤心地提起那年第一个正式的礼物"渔船木雕"："是啊，要不是某人不要的，也不会给我。"

如今邢芸大方提议："想要什么都可以，我刚发工资，很有钱的。"

沈仟怀先是若有所思，又像提前想好了等着她问的那般笃定说："想再给你洗一次头。"

她怔了一瞬："收费吗？"

沈仟怀嘴角轻扬，笑得和当初一样漫不经心："不涨价，一百八。"

其实他只说了一半，他想求婚。

沈仟怀原本想再等等的，等夏天，因为他们初见就是在一个暴雨后的盛夏。

直到前两天他的姑娘挺委屈地跟他说："你好久都没有抱过我了。"

他忽然又觉得，这些天忙着准备那些条条框框的仪式感，没有也罢。

不等了，就算现在外面白雪纷飞，他也指鹿为马，说是盛夏。

生日那天他帮她细心地吹干头发，动作挺自然地牵起她的手，往上套了个东西："嫁给我，好不好？"声音比往日收敛几分散漫，带着轻哄。

她指上一凉，低头看了好半天，愣愣点头："好。"

一枚银色的戒指，上面花瓣造型包裹着一颗大小合适的钻石。

沈仟怀稳了稳呼吸才说："我本来是想等夏天的。"

可他们之间从来都没按照计划走，一场初雪，延了又延，他们差点就错过了。

他这段时间悄悄筹备着以后，她从来都在他的未来里。

说这话的时候他也在紧张，邢芸看一眼他，又瞧了一眼手上那枚戒指，忽然有点不争气地掉了眼泪。

她声音哽咽，笑着看他："沈仟怀，你就是夏天啊。"

就像是"爱让胆小者无畏，让无畏者胆小"，那个逃避问题躲去小镇的胆小鬼也能站在聚光灯下闪闪发光，铜钱镇猛男一哥牵着姑娘的手，小心翼翼地说："我本来是想等夏天的。"

她的夏天热烈而无畏。

她说："沈仟怀，我的夏天，永远大我一岁。"